在宝兴县邓池沟天主教堂为罗维孝远征送行

罗维孝和妻子李兆先、儿子罗里壮行仪式上（刘南康 摄）

出征前晚上，住宿在邓池沟天主教堂

入乡随俗"开洋荤"

哈萨克斯坦的儿童与马

中国驻哈萨克斯坦阿拉木图总领事馆

途经哈萨克斯坦

哈萨克斯坦粉丝

伏尔加河

俄罗斯顿河风光

骑经俄罗斯莫斯科

行进在路上

波兰警察和神父也追星

波兰修女

波兰境内的陶罐建筑

波兰天主教堂参加弥撒仪式

俄罗斯特色的"洋葱头"教堂

抵达法国巴黎

给家乡亲人报平安（梁晓华 摄）

法国卢浮宫夜景

光明日报驻巴黎记者梁晓华跟踪报道罗维孝的法国骑行

中国法国驻斯特拉斯堡总领事馆总领事张国斌欢迎罗维孝的到来

中国驻法国斯特拉堡总领事馆总领事张国斌率全体工作人员在门口迎接罗维孝

法国巴约纳
外事官员为罗维
孝系上"红领巾"

法国电视三
台采访罗维孝

从巴约纳到埃
斯佩莱特市的路
上，法国电视三台
跟踪采访骑行在路
上的罗维孝

法国巴约纳举行欢迎仪式

戴维家乡民居

　　2014 年 7 月 10 日，罗维孝骑着自行车高喊"埃斯佩莱特市我来了！"（梁晓华 摄）

罗维孝向埃斯佩莱特市市民展示骑行旗帜

登上戴维故居

展示骑行示意图

受到戴维家乡市民的欢迎

罗维孝身边的标本，就是大熊猫模式标本，是1869年戴维在宝兴发现的首只大熊猫

法国国家自然历史博物馆

罗维孝将骑行旗帜捐赠给了法国巴黎自然历史博物馆

离开戴维家乡，前市长戴海杜等人为罗维孝送行

行无国界

罗维孝丝路骑行

罗维孝 著

Traverser l'Asie et l'Europe à vélo, jusqu'en France
over Asia and Europe by bike to visit France

pays natal du Père David Armand
the hometown of Father David Armand.

Cycliste LUO Weixiao
Cyclist

四川文艺出版社

图书在版编目（CIP）数据

行无国界：罗维孝丝路骑行 / 罗维孝著. — 2
版. — 成都：四川文艺出版社，2019.3
　ISBN 978-7-5411-5246-7

Ⅰ.①行… Ⅱ.①罗… Ⅲ.①游记—作品集—中国—
当代 Ⅳ.①I267.4

中国版本图书馆CIP数据核字（2019）第027609号

XING WU GUO JIE

行 无 国 界

罗维孝丝路骑行

罗维孝　著

责任编辑	余　岚　奉学勤
责任校对	王　冉
责任印制	唐　茵
封面设计	刘　亮
内文设计	史小燕

出版发行　四川文艺出版社（成都市槐树街2号）
网　　址　www.scwys.com
电　　话　028-86259287（发行部）　028-86259303（编辑部）
传　　真　028-86259306

邮购地址　成都市槐树街2号四川文艺出版社邮购部　610031
排　　版　四川胜翔数码印务设计有限公司
印　　刷　三河市华东印刷有限公司
成品尺寸　146mm×210mm　　　　开　本　32开
印　　张　11.25　　　　　　　　字　数　320千
版　　次　2019年3月第二版　　印　次　2019年3月第一次印刷
书　　号　ISBN 978-7-5411-5246-7
定　　价　48.00元

只有坚韧，才能成功

—— 为罗维孝《行无国界》作序

◇谭　楷

风沙，烈日，长路……

饥饿，伤痛，迷途……

人的意志在困难中锻打，希望的星光在前方闪烁！

《行无国界》是一部用自行车细瘦的辙印和坚韧的足迹写就的书；

《行无国界》是一部浸泡着汗水与心血，展现平民英雄风貌的自述！

1869年4月1日，法国传教士阿尔芒·戴维神父在四川省宝兴县的邓池沟教堂看到了活体大熊猫，这一天，是科学发现大熊猫的日子，值得我们记住。

145年之后，即2014年3月18日，64岁的雅安退休工人罗维孝，从邓池沟出发，单车独行15000多公里，横穿欧亚大陆8个国家，历时115天，来到法国西边的比利牛斯—大西洋省埃斯佩莱特市，给戴维的故乡带去了中国人民的亲切问候，同时感谢戴维把大熊猫介绍给世界。

罗维孝的壮游，轰动法国。从巴黎载誉归来，亲人和朋友们去双流机场迎接他。

这是我第一次看见罗维孝：古铜色的脸膛充满刚毅，浓密的大胡子钢针样散开，飘洒的披肩发已经花白，带着一股劲风，从天而降！我想，若是怒目圆睁，活脱脱一个猛张飞。

我首先对他的形象发问：维孝，你这样子好吓人，咋不刮刮胡须，打扮得绅士一点呢？

维孝哈哈一笑说：这一路上埋伏着好多危险，我这样凶神恶煞的样子，才能让路上的劫匪望而生畏！

这才问及一路的艰险。

算时间，不管天气如何，每天必须骑行 100 公里以上。一路上，自行车换了五次内胎三次外胎，暴露在烈日下的肌肤，脱了三层皮，伸出胳膊来，老皮新肉，层次分明。

路途太长，语言不通，关卡太多，体力不支……

可以说：罗维孝有一千条理由半途而废，打道回府，谁也不会责怪他半句，因为此事"前无古人"！

事实是：罗维孝却只有一条理由，勇往直前——因为戴维的故乡，就在前方！

除了必胜的信念，罗维孝还有充分的经验积累。

他在中国骑友心中，是"骨灰级教父"。一辆自行车，早已骑遍了中国大陆31个省市自治区，还4次从不同的路线登上青藏高原。他写的《问道天路》，成为骑游高原的经典之作。

远行法国，他做好了充分的心理准备——

在哈萨克斯坦，遭遇劫匪挡道，他横下一条心，冲着劫匪径直闯去，一副拼个你死我活的劲头，居然吓退了劫匪；

在波兰，他误入高速公路，被挡获，警察亮出手铐。他大喊：NO！展示出当披风用的大地图，图中标明了他的骑行路线和途经国家及城市的邮戳，还有大熊猫照片。顿时让警察肃然起敬，向中国硬汉致以庄重的敬礼。

罗维孝说，走出国门，才感到有一个强大的祖国在支持着我。每到一处，华人华侨都格外亲切地接待我，为我指路、当翻译。我车头上的熊猫形象也帮了我的大忙，让外国人一看就明白，我是做啥子的。

掩卷沉思，细细领悟，《行无国界》最让我们感动的是什么？

是一个退休老工人心灵深处，蕴藏着"敢"字当头，敢为天下先的精神！

回顾历史——张骞敢于走西域，玄奘敢于赴印度取经，郑和敢于七下西洋，直到 20 世纪初，大批青年敢于跨出国门，留学海外，寻求救国之路。每一次国家民族的强盛与繁荣，都是敢为天下先的精神在发挥作用。

面对物欲横流、人心浮躁的大环境，中国人在谈论成功之时，常常谈到智商（IQ）如何重要。为了提高智商，望子成龙的家长恨不得将中小学生的每一个脑细胞都灌饱知识。

后来，发现高分低能，智商高的学生往往脆弱而敏感，成功率并不理想，相比之下，情商（EQ）比智商更重要。

近些年，美国教育研究专家将情商切割成七个要素，"提炼"出最重要的 Grit。Grit 在古英语中的原意是沙砾，即沙堆中坚硬耐磨的颗粒。据说，整个美国教育界全被 Grit 教育席卷。Grit，就是如何培养中小学生的坚毅。

IQ、EQ 固然重要，但只有坚韧，才能成功！古今中外，概莫能外。

《行无国界》对于读者来说，既是一本充满传奇色彩的书，更是一本教你如何坚韧的书。不管你从事何种工作，有着何其美妙的梦想，要想成功，就得像罗维孝那样坚韧。

一位年过花甲、并不富裕的退休工人，骑一辆自行车，就能创造奇迹。读者朋友，你有这样的坚韧吗？

自序

2014/4/17 4:29 应该说我是一个富有进取精神完全靠个人的拼搏奋斗来改变自身命运的人。我作为中国骑行领域开拓探索的先行者，率先骑着单车跨越国与国的疆界走出国门，仅凭这一点就需何等的胆量与勇气。一路西行向前，再向前，在骑行的路上我又一次读懂了人生的真正含义和价值取向及人活着的人生意境。相信并坚持自己的个性选择，坚定勇敢地走自己想去走的路！ CHINA骑士罗

2014/4/21 22:27 当骑游成为我生命中的一部分时我就注定了是在颠沛奔波中度日，披星戴月顶风冒雨那是常事。此次跨国西行玩的是心跳，依托的是勇气，支撑的是信念、意志力和充沛的体能。良好过硬的心理素质、平和的心态及心绪是我秉持的骑行理念。此次跨越疆界逐梦法兰西，是我梦想的拓展与延伸，也是一次狂野的个性张扬！ CHINA骑士罗

2014/4/23 12:22 我特殊的人生经历让我从一个单纯骑游健身的行者慢慢地转身，从盲目无序到将骑游作为一种文化理念而植入心中。对梦想的追逐与神往让自己遁入到精神层面的探索追求之中。文化的支撑与文化的综合素养会将我的视野和世界变得更加广阔。诚如爱国诗人屈原所言：路漫漫其修远兮，吾将上下而求索。 CHINA骑士罗

2014/5/1 22:01 进入哈萨克斯坦才是我轮迹亚欧跨国骑行的开始。从昨天下午起是对我各方面综合素质的考验与检验。高于智

商的是智慧，我相信我会用智慧之光去化解和处理好各种未知的难题。勇者无畏，智者聪慧！　CHINA 骑士罗

　　2014/7/16　2:20　我以强大的国家作为坚强的后盾与支撑，有沿途所经国家中国驻外使领馆的帮助与协调，有所经地华侨、华人的帮助与协助，我这个不懂外语的中国老头，才能从中国骑行到法国，把一个中国人想圆的中国梦圆在了法国！把历经艰难用邮戳来印证自信、自强的中国印记，永远地留在了法兰西的土地上！　CHINA 骑士罗

　　2014/7/16　3:23　铁骨龙魂，万里独行！在这里我摘录我在《问道天路》书中的一段话语来与大家共享。我做了一件我最想做的事，走了一段我最想走的路，看了一路我最想看的景，圆了一个我最想圆的梦！行至此，我不敢妄言说我成功了，但我敢说我努力了。我乘明天中午 13 点 25 分从巴黎出发的飞机，17 日下午 2 点 10 分到成都。　CHINA 骑士罗

　　温故而知新，我选择了几条在漫长的跨国西行路上在不同区域、不同时间、不同心情下发回的短信来作为我"一路西行横跨亚欧奔向法兰西回访戴维故里"纪实性游记的简略回顾，借以理清书写自序的大致思路。
　　从法国骑行归来后，面对鲜花、掌声及各个层面媒体的热捧、网民的热议点赞和各种接踵而至的荣誉，我心态淡定地选择了以平静来面对，并且"任性"地关停了手机，主动谢绝了一切不相关的社会应酬和朋友间的聚会。尽管为此还"得罪"了不少人，招致了一些无端指责和冷嘲热讽，但这却抵挡和排除了纷繁复杂的人为干扰。我在抓紧恢复体能的同时，强制性地把自己"软禁"在了屋里，把"放野"了的心收回"腾空"，以便自己以清静之心集中精力潜心清理、整理我在此次跨国骑行路上所记的笔记，在此基础上认真翻阅了我在漫长的西行远征旅途中发回和收到的400多条短信内容，仔细地调看了我沿线在各国各地拍摄的几千张照片（数码相机所摄的每张照片都

留存有具体的时间）。我还静下心来反复收听了多遍通过录音笔录存的音讯及看了近百枚在途经地邮局加盖的邮戳（每枚邮戳都有地名和时间），还有中国驻外使领馆的印章、法国两个市政府加盖的政府印章、法国自然历史博物馆为我出示的收藏证书……

我力图通过这一件件的各类资料和资讯来帮助激活我的记忆，借以打开记忆的闸门，力求重新唤醒记存在我脑海里的历历往事，并以此梳理出了写作的线索和游记的构架。应该说我这次拿生命作为铺垫的"惨烈"骑行经历的确值得我去记叙和书写，用文字去记录并非是为了炫耀自己的传奇，而是把自己看到和感受到的东西写出来。因此我怀着虔诚和敬畏的心去真实地写作。在写作过程中我非常喜欢用具体形象的词语来还原真实，这样让读者读起来有画面感并能发挥自己的想象空间！我以西骑列国作为游记的引导，以大熊猫文化作为载体贯穿整个骑行圆梦过程，以精神意志力作为支柱和支撑去感念悟道。然而，对我来说想要把已经远去了的记忆转换成文字去记叙并汇集成书绝非是一件简单的事情——是一件如同"炼狱"般痛苦之事！我在写作时心灵的劳苦，只有我自己知道。应该说当"坐家"远比我在西行路上当行者骑行时吃苦、受累、遭受磨难还要艰巨得多。我带着"海到无边天作岸"的骑士心境，用文字的表现力去传递不一样的心境及我的情怀与梦想。知易行难，在这一年多的时间里我可以说是全身心地投入到了"爬格子"的脑力运动中，整个人满脑子里装的和心里想的全是怎样去整理挖掘与此次跨国骑行相关相连的往事。往往为了求证还原我在书稿中记叙的事例缘由，我会不厌其烦地去翻找笔记、短信、音讯，查看沿途所摄的照片来佐证，去唤起和串起当时的现场和画面。因为纪实性游记不同于虚构性题材的写作，必须真实，唯有真实才能吸引住读者，打动读者，才能让其作品具有恒久的生命力去传承！

此次横跨亚欧大陆的远征骑游，累计骑行了15000多公里，共耗时115天。在这一路西行中，我带着对遥远法国的憧憬与对梦想的渴望执着前行，从梦想在望，到梦圆法兰西。其间充满了好奇与探究，既有一路上感受到的惊艳、惊喜，同时也时常伴随着诸多悬疑和不确定的变数带给我的惊恐、惊诧与惊险。如在凛冽寒风中冒雨骑行穿越川甘境地，在甘肃瓜州自行车爆胎无法加气修补摸黑推车夜行，神游张掖丹霞地貌览胜，在新疆境内屡遭"山口风"肆意"修理"，穿越"火焰山"遐想西天取经难，四月大雪困乌城，果子沟不幸摔倒路旁挣扎着自我"救赎"，惠远追思吊林公则徐，霍尔果斯通关出境陡生变数惊出一身冷汗，在哈境内迷失"科帕"夜行戈壁荒漠误将犬吠当狼嚎惊魂一刻，阿斯塔纳"坐骑"险失让我六神无主傻了眼，哈俄边境地带险遭歹徒绑架智斗绑匪逆势突围，在俄M5号公路上因体力不支冲出公路大难临头幸遇"洋雷锋"国际驰援，艰难穿越"红色城市——莫斯科"，恍然间误闯进入"女儿国"，麻起胆子穿行高速公路遭波兰交警"软扣"，误将我当成"流浪汉"的好心警察差点把我护送进"修道院"，波汉翻译"亮剑"出手协助警察解困，感知德国交警的善举与农夫的仁爱，圆满收官梦圆法兰西……

　　这次西行远征差不多有4个月时间，在其15000多公里的漫长跨国骑游路上，有太多太多的离奇故事发生在了我的身上。的确有诸多的故事可以去记叙，但因受限于文字篇幅，我既不可能也不可以逐一去赘述，而只能筛检出某些我认为有代表性且精彩而又有教益的"经典"章回细说阐明，这样既能吸引住读者，也能与读者分享共勉！

　　客观地说，当我萌发了骑自行车去法国戴维神父的家乡追思回访的想法时，也还只能算是停留在理想层面上的美好愿景而已。当我真正地把脚迈出国门后，关乎安全及吃住行与生存相关的诸多问题就现实地摆在了我的面前，需要我去应对和处置。虽说我具有多年的户外骑行经历和经验，在国内骑游就容易得多，相关的麻烦事自然也就少得多且好应对和处置，一旦走出国门就要牵涉各个方面的相关问题，一切又都要按照行经所在国的法律和规矩来办理才行。

　　当我一个人在不懂不会一句外语的情况之下麻起胆子走出国门后，一下子就陷入到了被动之中。这样一来就只能靠着简单的手势比画来完成我与外界的沟通交流。这在无形中就加大了我与外界交流沟通的难度和不确定性。置身于一个语言环境、生存环境和生活习性完全不同的陌生国度，会让人在心理上、生理上和思维想法上都受到相应的干扰和影响，让我的西行跨国之路更加充满且具有了不可捉摸的变数和悬疑。困惑、茫然、无助、无奈的境遇和在困境中一次又一次的挣扎、自我"救赎"过程，让我的内心承受着常人难以承受的精神压力和痛苦煎熬。我这段特殊的人生经历伴随着我的心路历程已深刻而又恒久地融进了我生命的记忆里，让我难以忘却！

灵魂华旅让我有幸骑游丝绸古道，西骑列国开拓了我的新视野。带有传奇色彩的横跨亚欧大陆的历险穿越，让我一步步进入到了西方世界，家国情怀、人文情结，让我感知体味到了多元社会交织的生存生活与情感世界，作为一名只身闯荡世界的自行车户外运动骑行人，我一个人西行穿越在不同国家、不同时间、不同的空间里，一个人孤独西征。"世界上最美好的体验，就是未知的神秘。"应该说我去体验一路上诸多未知的同时，也在体验着未知的风险和未知的自我。挑战与超越，探险与寻梦是古往今来全人类最为崇高的进取精神！

我在此本游记中使用我最擅长的口头语，以最质朴的文字、最接地气的语言，结合在骑行途中发出和收到的短信，展现一个中国老人渴望骑单车走出国门去看世界的愿景、梦想。亲自走出国门后，由于不懂、不会一句外语处处受限被动，被签证时效倒逼着一路狂奔，疲于奔命；受限于体能严重透支的糟糕身体状况，找不到行路而茫然无助、纠结郁闷；多次在绝望中挣扎求生，路遇绑匪斗智斗勇劣势突围行至人迹罕至的戈壁荒野之境地时，孤寂无助无奈的内心体味……这些非同寻常的体验有着真实的描绘。此外，我还把此次西骑列国与之相关的历史地理、宗教文化、自然景观、人文风貌、民俗风情、文学艺术知识根据行程途经地有机而又巧妙地穿插记录在书稿中。庄子、屈原、吴承恩、林则徐、龚自珍、汪国真、培根、维克多·雨果、爱因斯坦、海明威……古今中外的先贤和哲人的语录不时出现在我的游记中，他们如同我在漫长跨国骑行路上的偶遇者或同路人，短暂"闪现"后又隐去。确切地说，这些身影及他们的话语带给我的既是精神上的激励，也是一种在路上排遣孤寂聊以自慰的对话方式和情怀上的鼓舞，更是我灵魂华旅的精神食粮。知识性、趣味性、悬疑性……这诸多的综合资源方能激发受众的阅读兴趣而具有可读性。我用这样一种新颖的写作方式，将一路上的所见所闻、所思所想最为真实地再现出来，把我自己最本质的原始感觉、体味连同自己灵魂中最通透的光亮"晒出来"。生命对于一个人来说，只是一次人生的旅行，我以生命的自由状态去体悟生命中最让人愉悦的感受和享受!

　　我自诩是一个有血有肉、有情有义、有胆有识、有勇有谋、有思想、有信念、有追求的人。我在追逐自己梦想的过程中感知、体验并寻找回了一个本色真实的自我,我那已不再年轻的身躯里依然还流淌着追寻梦想的激情,我骨子里固有的血液里还依然浸透并散发着永不退缩、永不放弃的勇敢天性。我是一个对未知充满好奇、充满渴望并且又敢于去冒险的人,我的做人理念、天生好动的运动习惯及我的直觉告诉我:我的天地在原野!道法自然,崇尚自然,追求无拘无束的自在生活,既符合我的狂野个性,也是最能吸引我的动能所在。纵情于山野,搏击于江河,砺练身子骨,自然也就成为我退休后的最爱。"仁者乐山,智者乐水"。骑游让我得以摆脱地域的局限,并借以打开了我的视野和精神世界。开放的视野让我的生活变得更丰富、更多元、更精彩。我敢于用自己年迈的身躯和生命去触摸、丈量世界,用一个中国人的自信、智慧、信念和意志力来成就在世人眼中根本就无法完成的30000多里独行西征,把一个中国老人想去圆的跨国梦圆在了法国,让不可能变成了一段佳话和恒久的传奇!

上篇 》 出征：我纵横在南北
丝绸之路上

中篇 》 驰骋：**我从亚洲穿越到了欧洲**

下篇 》 回访：我完成了跨越百年的梦想

上篇

出征：
我纵横在南北丝绸之路上

四川 ⟞→ 甘肃 → 新疆

从邓池沟天主教堂出发

远眺邓池沟天主教堂

亲友和当地村民为罗维孝兰壮行（刘南康 摄）

2014年3月18日上午，在得知我特意要从雅安市宝兴县邓池沟天主教堂出发骑行前往法国阿尔芒·戴维神父的故里埃斯佩莱特去回访戴维的消息后，四川省大熊猫生态与文化研究会、宝兴县大熊猫生态与文化研究会等机构在邓池沟为我举行"万里骑行法兰西壮行仪式"。我作为四川省大熊猫生态与文化研究会的会员，为追逐我的梦想将从邓池沟天主教堂前启程出发，骑行到戴维神父的家乡——法国比利牛斯—大西洋省埃斯佩莱特市做一次横跨亚欧大陆的超长距离的旅行！

皮埃尔·阿尔芒·戴维

1869年，一个来自法国名叫皮埃尔·阿尔芒·戴维的传教士，将他在中国四川省雅安市宝兴县（原为穆坪土司）发现大熊猫的故事，第一次公开且毫无保留地展示在世人面前。随着大熊猫模式标本亮相于西方社会，在世界上掀起了强劲的大熊猫热的同时，也把世界关注大熊猫的目光吸引聚焦到了中国四川这一片云雾缭绕、森林密布的崇山峻岭之中。

壮行会上，天主教雅安教区的三位神父齐聚在邓池沟天主教堂，意在为我此次的远征法兰西专门举行一次富有特殊意义的弥撒仪式。邓池沟天主教堂，坐落于四川雅安市所辖的宝兴县雄伟壮观的群山之间。在戴维神父昔日工作过的富有川西民居特色且保留了欧式教堂风格的纯木质结构的弥撒堂里，浓郁的宗教氛围使我感受到了宗教仪式的庄重与典雅。前来为我送行的亲友和各界朋友们都参加了此次祈祷仪式，附近天主教的信众和村民也自发地赶往教堂来参加此次弥撒活动，并送上了他们的祈愿和祝福，祈祷上苍佑我一路平安顺畅。我不是天主教徒，甚至没有任何的宗教信仰，这是有生以来第一次参加弥撒仪式，可我也有幸成了享受三位神父同时同台主持弥撒仪式的幸运之人。在弥撒仪式上，邓池沟教堂本堂堂主陈神父所说的一席话深深地触动了我，他说："罗维孝先生不是一个只说不做的人，他是一个敢想敢说敢做的人，他是在用自己的行动和生命去感动另外的生命，他的行为和壮举值得世人的尊重与尊敬。我们在这里为他的勇敢行为和敢为人先的精神风骨而祈祷，我们送上祝愿祝福罗维孝先生一路平安，并预祝他此次横跨亚欧的骑行之旅取得成功！"试想我连自己都感动不了，又拿什么去感动别人呢？！

此前对我这次跨国之行，外界可以说是质疑声不绝于耳，就连今天到邓池沟来为我送行的人大多数也存有疑虑。此次西骑列国要穿越多个国家的疆域，还有一万多公里的超长距离，这么多个国家有着不同的语言、不同的文化、不同的时差区域和种族间的差异。不尽相同的文化风俗和民族风情、不同的饮食结构和生活习惯……一系列的问题和难题，客观且现实地摆在了我将要去骑行的路上，能不能克服和迈越这一并问题和在每天骑行过程中所遇到的障碍，也就成为我能否坚持骑行到终点的关键所在。接下来连续100多天的不间断骑行，每天又必须要骑行100公里以上的硬性数据，对于一个已年满64周岁的老人来说在生理上能不能够经受得起这样一种超长距离的辛劳奔波和高强度、高密度的超强大运动量，都是人们普遍质疑的问题。还有语言问题和走出国门后身边没有一个人陪伴随行，如果一旦出了问题和事故怎么办，这也是我的亲人和朋友们最为不放心的议论思考话题和焦点。我自己虽说对此行信心满满，但信心并不能掩盖一路上潜藏的忧患和风险，我在此骑行出发，到底还能不能够兑现自己对家人的

天主教雅安教区三位神父傅照清、陈勇、岳国清为此次远征祈福

承诺，从法国活着回来，说实话我心里没底，更不敢去"打包票"。无法定论承诺，也就成为此次跨国之行最大的一个悬念。我尽管在心里已把生死放下，具有了面对失败的勇气，但我依然渴望在圆梦法国后，能活着回来！

我虽然信心满满，也不敢拍着胸口说我铁定能骑车走出去，活着回家门！就我个人来说，此次跨越疆界的骑行是一次发自内心的对生命的渴望和热爱，我能从其中看到和感受到积极的意义，应该说这次的西行远征是一次远高于生命的价值体验。我敢于去做别人想去做而又不敢做的事，就必须具有直面人生的胆识和气魄，我已在自己的心中牢固地树立起了"时不我待，舍我其谁"的超然霸气，来坦然地面对一切。我深知此次跨越疆界的西行之路很难走，但在我的心里确实是很在乎这次独身横跨亚欧、闯荡西方世界的骑行体验。我已做好了身体和心理上的准备，在思想上已做好了最坏的打算，准备去穿越我的生命历程中最具风险的一段路程。挑战和超越最需要的是胆量、自信和坚持，我相信我会在坚持中尽我自己最大的努力去走好每一步路，用自己的信念和满腔热血去执着地坚持。在这条充满诸多未知悬念和不确定因素的高危风险路上骑行，即使我真的遭遇不测而离开人世，我也不会有任何的遗憾。我为了逐梦而走到了生命的尽头，那亦是命中注定的事情。"信天命，尽人事"是我遵从的生命信条。人在路上很多事情难以把控，某些未知的不确定因素，往往在几秒钟时间内甚至是在刹那间就能决定一个人的生死。我敢说没有一个人不怕死，然而，不同的人有着不同的生死观和世界观。纵观中华民族的历史，从远古起就涌现出不少舍生取义的先烈来。先贤龚自珍"青山处处埋忠骨，何须马革裹尸还""落红不是无情物，化作春泥更护花"，李清照"生当作人杰，死亦为鬼雄"的诗句，对我来说既是一种精神上的激励，更是一种情怀上的鼓舞。先辈们不畏死、不怕死的英雄气概，让我在感到释怀的同时，也帮助我克服了来自内心的畏惧和恐惧，让我振作起精神，焕发出了惊人的胆识、勇气和能量！我排除掉各种干扰而毅然决定靠燃烧自己生命里的"骨油"，作为动能来支撑和保障这次漫长的骑行，由此而铸就了我的"铁骨龙魂"，也筑起了我孤胆万里行！我将怀着"风萧萧兮易水寒，壮士一去兮不复返"的悲壮之情去轮迹天涯，用生命丈量世界，笑对天歌，胆为剑！按照中国先贤庄子的道家观念，来诠释我面对此行难以把握的风险，可以说我是以一种乐观、平和、开朗的心胸来认真地看待和应对；以一种既不怕死，也不去找死的超脱心境和良好的精神状态去迈越漫长征途。

妻子李兆先、儿子罗里为我送行

对于我此次西行，最为担心和放心不下我的应该是我的妻子，及我每一次远行从来没有亲自来送过我的儿子罗里。今天我的儿子专门和他的朋友赵德平开着车到宝兴邓池沟来为我壮行。我的儿子大学毕业后就留在成都工作生活，此前我的几次远行他都不曾到场送我出发，此次他的举动也给了我触动。我小弟成华作为家族的代表，也亲自赶到邓池沟来为我送行。血浓于水的亲情纽带，带给我的是一种不舍的感觉。

在庄重和凝重的氛围中弥撒仪式结束后，我们挪出了弥撒堂，开始了具有历史意义的简略庄重的壮行仪式。仪式由四川省大熊猫生态与文化研究会副会长罗光泽先生主持，然后由名誉会长、大熊猫文化学者孙前先生发表了热情洋溢的讲话，接着由我发表了简略的骑行说明和感言，之后宝兴县政府相关领导发表感言以示祝贺，紧接着中国十大民间艺术家司徒华先生赠送给我他亲笔书写的"雄风万里"的字画条幅。为此我要特别感谢76岁高龄的司徒大师和比我还年长两岁的孙前先生特地提前赶到宝兴邓池沟来为我壮行鼓劲。由于前来送行的人众多，特别是闻讯赶来的附近民众和天主教信众积极参与其中，仪式在众人为我壮行的热闹声中进入了高潮，

出征时，司徒华书赠"雄风万里"

在热闹的氛围中我还把自己精心制作并装框的路线图实物资料赠送给了宝兴县政府留作纪念，身着藏装的当地年轻藏族姑娘向我和我夫人及相关领导敬献了哈达，以示祝福。此次壮行仪式办得热烈、庄重、典雅而又欢快，既有浓郁的宗教色彩，又与藏式的民族礼仪相结合，真可谓是完美的开篇！

此前我特地准备了五幅装裱装框的路线图图片资料作为礼物分别送给有关单位和个人，其中一幅准备赠送给宝兴县政府，另外一幅已经送给我的亲家母，宝兴县政府和我的亲家母都欣然地接受了我的这份珍贵的礼物。其余所剩的三幅打算分别赠送给雅安日报传媒集团策划总监记者高富华先生、雅安市人民保险公司的黄凯先生和好友加"锣丝"的蔡蓉女士，以上三人可谓是尽心尽力为我做好骑行准备。在我办理签证过程中高富华先生真是费力又尽心地协助我办理赴法签证。我能如愿拿到签证，与高富华的不懈努力是分不开的；我与黄凯先生结识于偶然，由于办理签证需要出具保险公司的保单，在办理时他积极帮助我，在我朋友朱明先生为我勾画的西行路线的基础上进行补充和完善，使路线图更加具有参考性和实用性，另外还积极帮助我联系北京的中介公司为我办理途经国哈萨克斯坦、俄罗斯、白俄罗斯的签证；蔡蓉女士在得知我要骑行法兰西后，积极为我在网上购置有关骑行所需要的物件，如GPS、录音笔、快译通等东西，为我后来的骑行打下坚实的基础。三人中黄凯先生和蔡蓉女士都非常高兴接受了我赠送的这件礼物，唯独高富华先生坚决不要。他明确地告诉我他要我赠送给他的这件礼物是我从法国骑行归来后，将沿途加盖的邮戳和印章扫描复制到现有的路线图旗子上制作出来的，才是具有真实感与纪念意义和收藏价值的物件。我此次跨越疆界的逐梦之旅在众人普遍不看好的情况下，他却对我抱有十足的信心，也相信我一定能坚持骑行到法国戴维的故里并凯旋。我与高富华相知相交已十余年，相交甚深，算得上是知彼知己的朋友加兄弟了，但我们彼此之间的真诚相交却又清淡如水。可谓知我者，富华老弟也！

在众人的祝福声中，我从宝兴县邓池沟天主教堂出发了。自此开启了我充满争议、充满悬念、大胆而又冒险的跨越疆界的30000里追寻！

临行前与骑行旗帜的合影

由于从宝兴县出发时已经接近中午，加之宝兴县与雅安之间相距84公里的路程，我返回雅安到达家里时已是傍晚时分。昨天从雅安骑行到宝兴邓池沟也是100多公里的路程，今天又骑行了100多公里，还参加了相关的活动，觉得比较疲惫。晚上妻子考虑到我的身体，劝我在雅安休整一天，我也综合考虑了自己的情况，而且我所带的物件也不齐全，还需要补充，所以决定在雅安休整一天再往前骑行。

我的路线是，从南方丝绸之路出发，经蜀道转到北方丝绸之路，然后跨越亚欧大陆，经哈萨克斯坦、俄罗斯、拉脱维亚、立陶宛、波兰、德国等国家后，进入法国，从而完成约15000公里的骑行，从大熊猫故乡宝兴县到大熊猫发现者故乡埃斯佩莱特市的回访。

从四川省宝兴县穆坪天主教堂开始了万里征程

送君千里终有一别

实际上，我此次跨越疆界的西行是从3月17日那天就已经正式开始了。为配合四川省大熊猫生态与文化研究会和宝兴县政府在宝兴邓池沟为我举行西行远征的壮行仪式，把此次壮行仪式办得具有特色和纪念意义，我的老战友雅安市摄影家协会副主席兼秘书长刘南康及我在摄影圈里的朋友杨厚先生、张迅先生、谢应辉夫妻俩和刘安先生，与我长期一同坚持冬泳的泳友蔡蓉、李多萍以及我的弟弟等人17号就到达壮行仪式的举办地宝兴邓池沟与我会合。我多年的好友加铁杆"锣丝"牙科医生徐绍银、柯西春、高艺舰师徒三人为能亲自到邓池沟为我壮行并送我一程，特地停诊一天，于18号的清晨，不到6点钟就开车离开雅安市雨城区，前往邓池沟。在此要特别感谢我骑行界的"驴友"李阔先生和四川农业大学图书馆的龚力新老师于17日一大早就从雅安一直陪同我骑行到邓池沟，并在18日当天与我一同骑车返回雅安。刘安先生驾驶着摩托车陪我们一直到雅安市区才分手，并在返回雅安的沿途提前选好摄影的区位为我拍摄，留下了图像资料。

从邓池沟到雅安，亦属于2008年"5·12"汶川大地震带上的重灾区。时隔几年，在2013年4月20日以芦山龙门镇为震中位置发生了7.0级的强烈地震，这两天我们所走的一路正是遭地震灾害重创的波及带。

从雅安市区到宝兴邓池沟虽然只有107公里的路程，海拔高度却陡然间抬升了1100多米，凸显了宝兴垂直地貌的特征。前期我一直坚持每天游泳、骑行，不管出太阳还是刮风下雨，我都坚持在日晒风雨中强化磨砺，以此来增强体能。每天我都要求自己在确保完成每日游泳运动量的基础上再骑行80公里以上的路程。我这样一种"魔鬼式"的强化训练方式，是一种不得已的自虐方式，这种方式看来还是有一定成效的，在我的心里已树起了准备承受高强度、高密度的体能消耗战。走出去，一切都全靠自身去应对，体质体能既是关键所在，也是支撑超长距离骑行的基础保证。孤身一人骑行万里，只有拖不垮、不散架才能坚持到达法国戴维神父的故乡。另一方面也是为了检验自行车的车况和性能，借以来增进人与车的磨合与配合，为长途骑行打下坚实的基础保障。尽管有前期高强度的体能强化训练，但这样的山路还是对体能消耗较大，再加上昨天骑行到雅安已是傍晚时分，我的妻子李兆先无论如何都坚持要我在雅安休整一天再继续西行。从长计议，因此也就听从了爱妻的规劝，在雅安好好地静养一天，静养调整待启程，唯愿天公作美！

17、18号接连两天高强度的骑行让我感觉确实有点累，毕竟是已经年过60岁的人了，体力过度透支，恢复起来就不像年轻人那么快，好在我在雅安休整了一天，体能也得到了相应的恢复。

我一早起来看到下了一夜的雨还依然没有停的迹象，看来天公不作美呀！洗漱毕，我吃完妻子为我精心准备的丰盛早餐，收拾整理好自行车和行包，独自一人来到了书房。怀着一种难舍的依恋，我跪拜在母亲的遗像前，在心里诉说着我此次西行的情况，祈求母亲在天之灵保佑我在西行的路上一路平安，顺利地走完全程。不知何故，每当我在路上遭遇到危难时，依稀间我总会感觉到老母亲在冥冥之中"贴

两片绿叶摇曳的城市——雅安（李伊凡 摄）

身"护佑着我，并助我脱险。尽管母亲已仙逝多年，但她在我的心中依然是那样亲切、慈爱而又神圣。由于父亲过早辞世，我们兄妹七人全靠母亲一人拉扯着带大，并抚育成人。因家境清贫，母亲一个人经营着一家小食店，操持着全家的生活，日子过得异常艰难。她一生虽操劳持重，但因性格和善、心态极好，仍以86岁之高龄终其天年！我敬爱的慈母勤劳、俭朴、诚信、善良，在她身上具有中国女性传统的美德。母亲身上坚韧、自强、乐观、自信的品德影响了我一生，"要做一个对社会有用的好人"，这一教诲，让我至今依然遵记。作为即将踏上遥远征程的游子，我愿母亲在天之灵一路呵护，助我圆梦归来。

本来摄影圈和骑行界里的朋友们打算来送我出发，由于春雨的阻隔，我打电话给他们，请他们不要冒雨前来送行了，但就在我出发后不久，李阔、龚老师、蔡蓉冒雨开着车伴随并护送着我跑了一段路程，一直送我到名山和尚佬（地名）的背脊上。送君千里终有一别，他们在我的劝阻下依依不舍地返回去了。我刚与他们分别不久，自行车内胎就被扎爆了，这可能是携带的东西太重导致自行车不堪重负，这样的重载下车胎最容易被扎爆。由于自行车上驮的东西太多太重，我一个人只好将自行车上的行包和帐篷、睡袋卸下来进行补胎。冒着还不停下着的雨在雨中补胎，还真是有点难操作！在不得已的情况下我拨通了李阔的电话，向他求教（李阔是自行车专卖店的老板，在自行车的维修保养上比我在行）。李阔专门开着车到名山县新店乡来帮助我，并告诉我在不卸包的情况下怎样将被扎的内胎补好。今后这样的情况肯定会经常出现，如果每次都卸包的话耗时耗力又折腾人。补好车胎以后，我的背部基本被雨水淋湿透了。离开雅安才走了20多公里的路，就碰上了这样的难事，开局不顺，预示着接下来漫长遥远的跨国西行之路不知还有多少难事、险事在等着我去应对与处理。莫道前程处处难，举步维艰！看到我全身被淋湿，李阔建议我到成都时买一件分体的雨衣，我给在成都居住的儿子罗里打了个电话请他帮忙在成都专卖店给我提前购回，我到成都时去取。

由于途中补胎耽误了不少时间，再加上从邛崃到新津的路在全面改修，骑行的速度自然就很慢，临近傍晚时分我依然还在路上骑行，于是我决定当晚就住新津。从新津骑到成都只有30多公里的路程，单纯从体能上看是没问题，但我为此次漫长的骑行定下了一条原则：那就是在任何情况下都绝不走一天夜路，这样才能确保一路的安全。"安全至上，安全第一"对我来说是个刚性的原则，只有这样我才有可能活着回来！

我们家族留在成都工作的人众多，他们在得知我已办好签证骑行出国要路过成都时，特地提前相约好在我路过成都时，要在成都市区里为我举行一次富有家族亲情氛围的家宴来为我饯行。我此次孤身一人闯荡多国，验证了我们家族所具有的敢为人先的勇气和霸气。此次横跨亚欧的西行之旅，提升了我们家族的荣誉感，这种亲情可以说是由家族血脉汇流成的溪流，所具有的凝聚力和感召力及荣誉感，镌刻下了家族的记忆，是属于其家族特有的尊荣和不朽的精神张力！我心领了他们的一片心意，由于我路上耽误，我未能按照他们的意愿骑行到成都与他们相聚，但他们还是在晚上9点左右陆续赶到新津来与我相会，我的儿子罗里和儿媳还专门带来了为我提前准备好的雨衣。我和他们相聚在一块，交谈甚欢，其乐融融，并合影留念，算是了却了他们的一番心意和好意，亦算是给了他们一个比较满意的交代和心灵的安慰。结束相聚，并送走他们后，感到疲惫的我倒床就睡着了，就此结束了一天的骑行。

今天骑行距离为106公里。

小个子，大志向

　　3月21日一大早我从新津出发，准备骑行到绵阳。我骑行路过成都时，特地赶到法国驻成都总领馆去拜会，并当面向总领馆表示我对此次在办理赴法签证中法方给予我特惠的感谢。我申请办理的法国和申根签证为个人环球旅行的短期签证，按照法国方面和申根公约签字国的相关规定：个人短期旅游签证时效最长为3个月，也就是90天。然而，当我前往法国驻成都总领馆去领取法方的签证时，我发现所持护照上所签发的时间为2014年2月18日至2015年2月17日，法国为我签发的旅游签证时效期为一年。我简直不敢相信自己的眼睛，认为是我自己看错了。我拿着护照求证总领馆的首席翻译张露佳女士，确认了法方为我所签的旅行签证时效确确实实为一年时，我还真是乐颠了。从法方给予我一年的时效期来看，我认为法方是完全认同并认可了我骑行法兰西回访戴维故里的民间交流意义和我缅怀历史轨迹追寻宣传法国人阿尔芒·戴维发现大熊猫的历史意义而展开的文化和平之旅！

　　法国前外交部部长米歇尔·阿利奥·玛丽2012年3月16日在为孙前先生所著的《大熊猫文化笔记》法文版的书上写下"让熊猫文化风靡全球"的序中写道："作为和平的象征、友谊的大使、中国的国宝，大熊猫在中国的外交文化历史中扮演了非常重要的角色。被世界自然基金会选为会标以保护濒危动物，被北京奥运会选为官方吉祥物，大熊猫在近几年来得到了前所未有的传媒声誉。大熊猫在法国的受捧程度完全不受威胁，说明了它不仅是一种动物，更被认为是一种真正的吉祥物和神物。"她断言："在中国已经成为世界先进强国的背景下，这一文化定将继续风靡全球。"

　　当我来到成都总领馆时，我被保安堵在了门口，原因是我不能把车推进去，必须停在地下停车场。虽然我的自行车上的东西大多不怎么值钱，但都是我一路上不可或缺的，而且我只是进去拜访一下耽

误不了多少时间。保安人员还是根据相关的安保规定，任凭我怎样解释缘由，我还是不被允许推着自行车进入总领馆的区域。没办法，我只好打电话求助于首席翻译张露佳，所幸的是她就在地下停车场。让我万万没有想到的是，与她一同前来接我的竟然是法国驻成都总领馆刚刚履职的新任总领事魏树雅先生。总领事因刚履新职，还不知道我将骑着自行车横跨亚欧大陆到法国埃斯佩莱特市去回访阿尔芒·戴维的故里一事。当张露佳翻译简略地将我的相关情况向他说明后，他感到十分惊奇。他请张露佳转告我：如果真的如我所说的那样，我不懂外语，仅凭快译通和肢体语言去交流沟通，难度太大。语言是人与人之间沟通交流的工具和基础，是不可或缺的钥匙，如果我连起码的基础都不具备，那必将是制约我西行的最大障碍。魏树雅先生作为一名资深外交官，当然知道外语在人与人交流交往中的重要性，他一语中的，看出了我此次西行路上我将面临的最大难题，我将会用怎样的智慧去化解这个对我来说最大的难题也就成了一个悬念。魏树雅先生的善意和好心我心领了。我与魏树雅先生相互间经张露佳翻译表述各自的观念与想法。我与他握手时，紧紧地握住他的手，他惊讶地感叹我的力气真大。我还向他分别展示了两根指头和一根指头做俯卧撑的技能，他频频向我竖起大拇指称赞，他应该是没有想到像我这么一个看起来瘦瘦弱弱矮矮的干瘪老头会有那么大的力气，而我所要向他展示的正是我此行拥有的强大的信念和意志力。在我们即将要分别时，魏树雅先生和我都希望两人能合影留念。经总领事同意，保安破例允许我将自行车推到总领馆门口。在门外宽敞的地方，我从自行车行包中取出我制作的路线图旗帜，同总领事及翻译张露佳牵着路线图旗帜合影留念。旗帜上配有五星红旗，在五星红旗的映衬下，一个犹如身披着国旗且具有动感的骑行人正奋力冲刺；旗帜上还有醒目的大熊猫图案和用中、法、英三种文字构成的以地图为底色、用中国篆体书写的"铁骨龙魂，万里独行"的文字和我的亲笔签名。我还向总领事魏树雅先生赠送了一张塑封路线图照片。魏总领事接过我赠予的照片显得格外高兴，与我一起手捧着照片合影。

未到达成都时，因身体上的疲惫稍微影响了我的心情，而此时我的心情正如此时的天气一样由阴转晴。这似乎预示着一个好的开端，

与法国驻成都总领馆总领事魏树雅、翻译张露佳牵着骑行旗帜合影

在刚刚出发前往法国不久的路上我就收到了这么一个来自异国他乡的法国外交官魏树雅先生的祝福,我想今后的路我会更加有信心有勇气坚持走下去。

在结束了法国驻成都总领馆的拜访后,我向着广汉前进,到达广汉时,GPS上显示的行程是116.86公里,到此今天的行程也算是告了一个段落。

我的英雄帖

当晚在广汉住了一宿，今天准备向梓潼进发。按理说我今天的歇脚点应在绵阳而不是梓潼。按照骑行路线的规划和行程时间表来计算，我今天就应该在梓潼歇脚，但我既然都要路过绵阳又绕不过绵阳，就该在绵阳住上一宿，会会我的朋友们，这才在理。在绵阳我有着一大帮铁杆"锣丝"和铁哥们儿。话说回来，我与绵阳市骑行界的这帮哥们儿相识并结缘，起因就是我所创作的纪实性游记《问道天路》。

2005年5月20日，由我策划、组织并参与的雅安冬泳人骑游青藏高原活动拉开了帷幕，我和梁辉等人一起共同走进了原本遥不可及的西藏，一次性地骑行穿越了川藏公路、青藏公路，并从青海西宁转道川西高原，穿越了四川、西藏、青海、甘肃4省区45县市，总计行程5300公里，历时62天，开创了雅安人骑行青藏高原的新历程。我根据此次组团进藏的骑行经历创作出版了纪实性游记《问道天路》，《问道天路》一书在全国发行，对推动和带动骑自行车进藏旅游起到了较大的作用，为此在中国掀起了一股骑着自行车进藏的热潮。华西都市报在悉知后，与我取得联系并决定连载。从2006年4月3日起开始连载，报社将标题定名为"老顽童骑越青藏"。此书稿一经《华西都市报》连载，受到更多骑游爱好者的关注。在写作过程中，我把我内心最真实的感受和心路历程转换成语言表述出来，把心灵震荡与身体的体验原汁原味地呈献给读者。可能正因为我的真诚与用心，我的这本纪实性游记打动和影响了一批批骑游爱好者，让他们敢于和勇于循着我的足迹去骑行游历，我也因此结识了很多骑行界的朋友，并与他们结下了不解的缘分。

《问道天路》在《华西都市报》连载后，我不断接到全国各地打来咨询的电话，不少骑行界的"驴友"将这本书定义为骑行西藏的宝典。更有不少外地居住的人慕名专程到雅安来寻访我，并与我交流骑游健身的相关问题。接下来，不管是骑单车、骑摩托车或是徒步路过雅安从川藏线进藏的"驴友"们，对他们来说最高兴的事，莫过于在雅安能有机会与我会上一面并当面与我交流交谈。不少"驴友"还将与我的合影照马上发到网上去晒。一名山西临汾姓孙名铁牛骑摩托车进藏的"摩友"为等我为他签书，在东升竹庄候了我两天，我到该驿站后，他将事先拟好的名单请我给他共签了41本《问道天路》，让我都感到有些诧异。他告诉我说，他是我最最忠实的铁杆"锣丝"，此次借进藏骑游的机会想在雅安与我谋面好当面请教。最重要的是他代表一帮我的"锣丝"们，想请我给他们签书。我按照孙铁牛拟好的名单逐一签名。他除留下签给他本人的一本书在进藏路上看，其余书籍通知快递公司悉数寄走。他乐呵呵地对我说，还没等他从西藏赶回临汾，他们都已经在读你的《问道天路》了。川内的一些朋友也慕名而来，如绵阳电视台的夏清坤老师，就带着几位绵阳的"摩友"，通过间接关系找到我，请我给他们每人都签一本我的书。当年，他们拿着我的书就直接骑着摩托车走进了青藏高原。通过我的作品，我与他们相知相交，并成为朋友。应该说，他们既是我的铁杆"锣丝"加朋友，更是我的铁哥们儿。其中，张丹与我走得最近。这些年来我在东升竹庄为台湾、香港，新加坡、韩国、美国等地区和国家的进藏游客签售过《问道天路》。

2010年初，当张丹听夏清坤老师说我当年要骑车跑漠河北极村后，毅然向他所在的单位——绵阳市公安局申请提前退休（张丹系绵阳市公安局开发分局分管治安的大队长。按他所说，如果工作年限超过30年，本人可以申请提前退养）。这些年来，他骑着摩托车或是自行车，沿着我所骑行过的路线骑行，也已从不同方向的四条进藏路线进发西藏，在他骑自行车穿越新藏线时，因"高反"还差点把命搭在了"死人沟"，应该说他也算是个骑行界的铁血汉子。在我决定骑行出国前往法国后，我提前就将我的想法在电话中告知了他。因我与他骑着单车跑了一趟漠河北极村，双方相处融洽，体能状况也比较接近，尽管他比我年轻10岁，但各方面都还合得来。因此我在互联网上发布英雄帖向全国征集1—2名骑行者之前，我就将"一路骑行横跨亚欧奔向法兰西，回访戴维故里"的英雄帖原文发给了他。英雄帖发布后，他首先向我所设的报名点之一提前提交了个人申请、报了名。我在互联网上通过腾讯、骑游网、冬泳网等网站都发布了英雄帖，报名时间从2013年9月6日至10月26日，持续50天时间。此间尽管通过电话来咨询的人不少，但最终还是只有张丹一个人勇敢地报了名。有张丹加盟，起码路上有个人陪着说话，彼此间也有个照应，我西行的信心就更足了，我也就放心地开始着手我的行前准备。谁料，临近春节张丹突然从绵阳打来一个电话告诉我，由于他无法筹够路上所需费用，他决定不参与我此次的法国之行。悉知他执意要退出后，我也曾多次挽留他，但他心意已定，根本就没有任何商量的余地。他的突然退出，让我感到十分不理解和不快，并让我心绪不安，同时也在心理上造成了相应的波动和冲击。为什么原来信心十足、豪情冲天的张丹，说退出就退出了？这让我感到十分的困惑和茫然，我隐约感觉到他以筹措经费不够为理由是站不住脚的，想必另有隐情不便与我说明吧。朋友和家人们听说这个情况后，都纷纷劝阻我放弃此行。妻子、儿子、儿媳更甚，他们的理由就是我一个人走那么远，不同于以往，此次骑行一大部分时间都是在国外，他们心里都不踏实，所以要我放弃西行计划，好好地在家里待着，颐养天年。张丹的突然退出，使我一下子就处于了一个非常敏感、非常被动而又进退两难的尴尬境地之中。

行笔于此，我不妨将我2013年9月6日通过中国互联网发布的英雄帖的部分文字附上（在网上只要输入"一路骑行横跨亚欧奔向法兰西，回访戴维故里"就能搜到全文）以便与大家交流、分享：

一路骑行横跨亚欧奔向法兰西，回访戴维故里
——在全国范围诚邀有意参与者加盟此次中国骑行活动

中国四川雅安是"动物活化石""国宝"大熊猫的故乡，是世界上第一只大熊猫的发现地和模式标本制作地。雅安是当之无愧的世界大熊猫文化的策源地和大熊猫文化风暴的中心地带，然而，时至今日都依然很少有人知晓世界上第一只大熊猫的发现

人、命名人和模式标本制作人并非是中国人，而是法国传教士皮埃尔·阿尔芒·戴维。

皮埃尔·阿尔芒·戴维作为一神职人员，1869年从法国来到中国，来到四川雅安所辖的穆坪邓池沟天主教堂传教（穆坪为现在的宝兴县）。皮埃尔·阿尔芒·戴维神父是一名学识渊博具有狂热献身精神的法国人，戴维神父在宝兴邓池沟天主教堂传经布道期间，在邓池沟不仅发现并命名了大熊猫这个新物种，并将大熊猫制作成模式标本带回了法国，还将中国才拥有的这种珍稀动物介绍到了西方。由于皮埃尔·阿尔芒·戴维神父将大熊猫实物第一次带到遥远的西方，在西方世界引发并带动和掀起了强劲的"大熊猫热潮"。被皮埃尔·阿尔芒·戴维从宝兴邓池沟带回法国的大熊猫模式标本及相关资料，成为法国巴黎自然博物馆的"镇馆之宝"，永远留在了法国的土地上。

……

本人姓罗名维孝，是一个执着狂野、具有狂热献身精神的自行车户外运动的骑游达人！我崇尚绿色、低碳、环保的骑游健身理念，秉持着对生命的热爱和对生命信念的追求，骑着我最为心仪的"奔驰"牌"洋马儿"（自行车）穿梭奔走于华夏大地。崇尚自然、追求自由，既符合我的个性需求也是最吸引我的动力所在。确切地说我是一个"另类"的文化游历体验悟道者，是一个敢于挑战自我，勇于去追逐自己心中梦想的人，是一个充满激情与狂野个性的"骑士"。这辆骑行30000多公里的自行车，2009年已被雅安市博物馆收藏。

……

多年来我靠自己的信念支撑，靠我的生命活力、激情和顽强的生命意志力及生活经验，靠燃烧自我的"骨油"作为动能，克服并战胜了在骑行途中遭受的各种磨难，先后骑车穿越了川藏公路、青藏公路、滇藏公路和新藏公路，成为从四条不同方向的进藏路线全程骑行穿越青藏高原的人。多年来我骑着自行车几乎跑遍了全中国。至此，在青藏高原、川西高原、云贵高原、新疆帕米尔高原、黄土高原和内蒙古高原都留下了我骑行穿越的

印痕。在中国的版图上从东到西、从南到北都有着我穿梭行走时留下的踪影。通过骑游回归大自然这样一种生活方式，我借以释放出了生命中的活力与激情，让我以开放的心态将自己融入到了大自然和无限广阔的空间世界之中。我作为一个有梦想、有追求的户外运动骑行人，不可能再去围绕着中国固有的版图去进行反复的"丈量"，一个人只有想得远、看得远才能走得更远。我接下来所策划的骑行目的地，自然而然也就选择和锁定了出国去环游。然而，单纯的出国骑游并不符合我的个性，我思来想去走出国门的最佳骑游目的地应该首选法国。因为法国比利牛斯省是皮埃尔·阿尔芒·戴维的故乡。由于是戴维神父将中国特有的大熊猫模式标本带回法国，将大熊猫介绍给了法国乃至西方世界，由此才在世界上引发了大熊猫热。从雅安走出国门的大熊猫作为一种特定的文化符号和现象早已被全世界热爱大熊猫的人所熟知。大熊猫的形象早已被世人所接受，应该说大熊猫是最具中国元素，也是中国在世界上拿得出手的一张文化名片和旅游名片。

……

我所策划的是将大熊猫这个最具有中国元素的文化品牌与我在户外骑行领域的知名度和在社会的影响力相结合，做一次具有熊猫文化背景，有题材、有深度、有意义的横跨亚欧的出国环游。2014年恰逢是中法建交50周年，具有一定意义的特殊年份，此次活动一定能够增强中法两国人民的友谊和交流（中华人民共和国与法兰西共和国正式建交于1964年1月27日）。

……

我将此次跨国之行的主旨和宣传口号定为"一路骑行横跨亚欧奔向法兰西，回访皮埃尔·阿尔芒·戴维神父故里"。为配合此次法国之行，在此次骑行活动的旅途中我将把为此次活动特地设计制作成的由大熊猫图案和宣传标题组成的醒目外套穿在身上，自行车上所带行包和物件都喷绘上大熊猫图案与标题，这样既主题鲜明又标识醒目。这样一来，我骑行在路上就犹如是一道流动着的风景线和宣传车，我相信我这样的作为与举动最能吸引人们的视线和眼球，是事半功倍的智慧之举！

如能将出国签证办妥，我计划于2014年3月初出行，骑行出发地为世界上第一只大熊猫的发现地、命名地、模式标本制作地雅安所辖的宝兴邓池沟天主教堂前，翻越夹金山，途经金川、马尔康、红原、甘南、兰州、乌鲁木齐，经新疆霍尔果斯口岸出关，途经哈萨克斯坦、俄罗斯、白俄罗斯、波兰、德国抵达法国比利牛斯省。

多年来我独自一个人骑着自行车穿梭穿行于中国各地，特别是数次穿越了青藏高原，积累了相应的骑行经验，也具备了应付各种紧急情况和处理各种突发事件的能力。就此次骑行目的地法国和沿途所经过境国的骑行路线来看，其海拔高度与自然环境都不可能比青藏高原恶劣，尽管此次骑行路线遥远，但骑行风险和难度也远不及青藏高原。综合各种情况来看，我相信我完全具备了在骑行旅途中的应变能力和自我掌控的驾驭能力。此次跨国骑行，应该说是我骑行梦想的拓展与延伸，此次法国之行我已盘算和策划了三年多的时间，可以说我对此次跨国骑行是信心满满。"肯取势者可为人先"，"能谋事者必有所成"。看来这事是万事齐备也就只欠"东风"了。谓之"东风"也就是签证这道关口了，只要"通关文牒"办妥，我就将踏上横跨亚欧的征程！唯愿天佑我成！

我所策划的此次跨国骑行由于骑行途中要经历数个国家，且路途漫长，存在一定的风险性和危险性。有语言交流上的障碍和沟通上的不便，我思考再三决定组成一个骑行团队来共同完成此次跨国骑行。故而在网上发布此次骑行公告，决定在全国范围诚邀1至2名有意参与者加盟此次跨国骑行。有意加盟者须具备以下条件：

一、参与加盟者须具备国家和民族意识，须具有一定的德行修养。此次骑行尽管只是民间活动，然而组成团队走出国门就不只是个人的行为。

二、加盟者必须具有团队意识和精诚合作的理念与精神，凝聚力和向心力是团队的核心理念。参与者必须具有整体观念和大局意识，在漫长的旅途中只有同行者互励、共勉共渡难关才能不辱使命，才能共同完成此次充满诱惑、充满艰辛的跨国骑行！

三、加盟者必须具有良好的身体素质、充沛的体能和过硬的心理素质，有一定的骑行经历和骑行经验。因为在15000多公里的行程中，预计每天都需骑行100多公里的路程。途中如遇特殊情况和特殊路段就有可能要连续不停地骑行。参与者必须具备强健的体魄、充沛的体能，才能确保每天高强度、高密度的大运动量付出。

四、参与加盟者最好具有英语、俄语、法语等语种的外语水平和能力。在漫长的跨国骑行过程中，每天都会有会话、交流的基本需要。懂外语、能口语交流和书写是优先选择的条件。（注：如无这样的外语参与者，我就只能借助"快译通"等辅助器材来帮助沟通，另外靠书写注明汉语和外语的字条来解决。）

五、此次跨国骑行纯粹是一种自发行为，纯属是个人自愿，因而骑行途中的所需费用均由参与者自行解决。全程所有开支实行AA制。预计各种费用为人民币100000元左右。

六、参与加盟者在加盟时必须签订一份自愿参与加盟的生死文书。由于此次跨国骑行活动时间较长、路程较长，旅途中难免会遇到风险和危险。故参与者必须在加盟前就应清醒地评估自身具不具备各种加盟条件，途中出现任何问题概由本人负责，与策划组织者无关。符合条件者均可报名参与。

康巴游侠：罗维孝

2013 年 9 月 6 日

带一本书去欧洲

　　我将今天的歇脚点改为绵阳，本意是想在绵阳与张丹见上一面，借以了解他退出的真正缘由。我尽管在广汉就与他提前通过电话，告知了他我到绵阳的具体时间，并希望能与他见上一面。但不知何故，我从进绵阳到离开绵阳，都未能与他谋面，这让我确实感到不解和遗憾。不管怎么说，就算他失约了，我和他依然还是朋友。此次法国之行确实难度较大，路程超长，时间久，所经国家较多，对于骑行者的身体和心理都是一个极大的考验，我能理解张丹的顾虑。（补注：我回来后听许正和夏清坤老师告诉我，在我离开绵阳半个月左右，张丹感到头部异常疼痛，经住院检查，得知他患上了突发性的脑血管瘤，现已动手术摘除。作为老朋友的我，在此衷心地祝福他身体健康，生活快乐。）

　　在春雨的洗礼下，我一路向绵阳骑行，到达绵阳境内时，老许在绵阳体育馆前接我。

　　绵阳是四川省第二大城市，也是四川省第二个建成区人口过百万的特大城市。绵阳历史悠久，人杰地灵，自古有"蜀道明珠""富乐之乡"之美誉。古往今来，这块土地英才辈出，哺育了唐代诗人李白、宋代文豪欧阳修、诗书画家文同、清代才子李调元、现代作家沙汀、"两弹元勋"邓稼先等无数杰出人物，西汉名医涪翁、大辞赋家司马相如、文化先圣杨雄、蜀汉大司马蒋琬以及唐代诗人杜甫、王勃等均在此留有重要遗迹或作品。在绵阳还有王朗国家级自然保护

行至绵阳

区，保护区位于四川省绵阳市平武县境内，王朗国家级自然保护区的主要保护对象是以大熊猫为主的森林生态系统。

确切地说，我从宝兴邓池沟起，就一直穿行在大熊猫走廊带上。此时虽然天上下着雨，但因为之前儿子给我备了雨具，所以相对好一点，不过鞋基本上湿透了，让我感觉很不舒服，看来得想办法买一双鞋替换着穿才行。

今天老许骑着摩托陪伴我骑行到绵阳市区后，领着我到自行车专卖店将自行车进行了修理，并换了后轮内胎。骑行在路上时，我发现安装在自行车上的GPS卫星记录仪没了显示，老许带着我找到经营GPS的专卖店，检查发现原来是电量不足。因为装在自行车上的GPS卫星记录仪，不同于安装在汽车上的GPS记录仪在行车时可插上电源进行不间断地充电，使其电量能有持续保障。自行车上的GPS记录仪，如打开与蓝牙对接耗电太快，因此使用时间就不长。知道使用范围的相关情况后，我在今后骑行的路上就自然会引起足够的重视。老许和夏老师见我自行车上驮的东西太多太重，建议我适当地将重量减轻些。我与他们一起对我行包中所有东西进行了仔细认真地清点，行包中所装带的物品和物件都是与骑行相关的必需物件，根本就无法精减。唯一能减轻自行车负重的东西，也就只有我此次特意准备带在路上沿途盖邮戳的四本《问道天路》和孙前先生委托我带上的他所著的《大熊猫文化笔记》这五本书。就其重量来说，这五本书的重量确实不轻。他们对我说最好把这五本书精减下来留在绵阳老许家里。老许和夏老师不断地提醒并告诉我一个浅显的道理，那就是压垮骆驼的往往是最后一根稻草。他们不希望在他们看来无关此次骑行的这几本书，成为拖垮我的物件。我权衡利弊得失后，听从了他俩的劝阻，将这五本书留在了老许家里。从广汉骑行到绵阳，共骑行了86公里。

3月23日早上在老许家里吃完早饭后，老许和夏清坤老师骑着摩托车冒雨将我送到梓潼县边界才折返回了绵阳。和他俩分别后，我又一个人独自骑行在西进的路上。身边无人陪伴说话，倒也落得清静。等我回过神来一寻思，这才意识到我不该将五本书全部留在绵阳老许的家里。我认为我至少应该带上一本我写的《问道天路》，因为书中有我的多幅照片，当人们一翻开书的扉页就能清楚地将我辨认出来，这就增加了不熟悉我的人对我的基本情况的了解。应该说《问道天路》既是代表我的文化名片，也是我的生命符号。我考虑再三后，觉得还是应该带上一本我的作品《问道天路》，它才是最好的佐证和说明我真实身份的物件。对此事想明了后，我拨通了老许的电话与他进行了解释和说明，并请他无论如何都要想办法给我送一本《问道天路》来。刚骑摩托车返回绵阳市区的老许接到我的电话后，又约着夏清坤老师一同开车追到梓潼，将书给送过来了。关键时候来回奔跑并能帮助解决问题，这完全就是铁杆"锣丝"加"哥们儿"的情义所致。在此，我再次向许正和夏清坤老师表示我的谢意。从梓潼再次启程，我朝着剑阁老县城的方向骑行。

　　从绵阳出发，途中经过梓潼县七曲山、翠云廊直奔剑门关。我顺着翠云廊骑行，一路欣赏着七曲山的雄伟险峻。翠云廊是古蜀道的一段，而且是以险著称的剑门蜀道的一段。翠云廊被称为"东方"的罗马大道。诗人李白的"蜀道难，难于上青天"所描述的蜀道就位于此段道路上，这段道路也被称为"三国蜀道"。

　　穿越翠云廊就到达了剑阁老县城。从绵阳出发一路骑行到此，行程为137公里。今天歇在剑阁老县城，这里离剑门关还有一段路程，这一带对我来说还是比较熟悉。2007年我被首都新华书店发行公司邀请到北京图书大厦和地安门新华书店签售我所创作的《问道天路》一书时，我骑车路过剑阁县就住在剑阁。

　　3月24日从剑阁县出发，我一路向青川沙州骑行，行程为97.8公里。想到马上就要出川进入甘肃，心情还是有些起伏。

　　来到剑门关，我就被剑门关的雄伟壮观、气势磅礴所征服，这里当真是"一夫当关，万夫莫开"的兵家要塞。剑阁县处于地震带，在2008年的"5·12"大地震中也受到了自然灾害的波及。剑门山以天险形胜之地构成川北屏障，关隘险绝，兵家必争。剑门地势险峻，为秦蜀交通咽喉。

　　走完剑门关，经过新县城，再到宝轮镇。

　　这段路从出川到甘肃，沿途的海拔是在不断抬升的，骑行起来会比较费力！

出川入甘，新一轮的挑战

3月25日，天气晴朗，不用披着雨具骑行，轻便了不少。我从青川县沙州出发，直向甘肃奔去。

离开青川沙州进入甘肃境内，算是迈出了一大步，又向目的地靠近了一点。今天共骑行了126公里，最后在甘肃省陇南市武都区洛塘镇住下。这两天骑行的行程都在130公里左右，看来状态调整得还算可以，希望这种状态能够一直保持下去！

3月26日的天气就显得稍微阴沉，我从陇南市武都区洛塘镇出发，骑行到了武都区的两水镇，行程是116公里。

甘肃界前，振臂欢呼

依据相关资料来判断，在其后两天左右的时间里，我都要在这错综复杂、跌宕起伏的陇南所管辖的地盘上穿越，从宝兴邓池沟1700多米的山区下行到450米左右的川西平原。四川地理环境条件为盆地，人们习惯将其俗称为"四川盆地"。我现骑行所经过的地带为四川盆地的盆口边缘带，逐渐地进入到地处西秦岭的甘肃陇南山区，再慢慢地随着中国阶梯地形的过渡带的抬升而进入到甘南高原。这段路上特殊的地理位置和相对海拔落差的变化，让我感觉到体能消耗太大。体能的过度消耗，让我的骑行速度开始变得缓慢，骑行过程中感到既费力又难受。偶尔间还感觉胸闷气紧、喘不过气来，双脚也逐渐地变得沉重。我想这恐怕是体能过度透支所致吧，但愿还能坚持骑行到住宿地。今天从武都区到两水镇、明天从两水镇到宕昌县、后天从宕昌县骑行到定西市岷县，这样才算走完陇南市。

干一碗宕昌羊肉汤

骑行甘肃，我的路线是从陇南到陇西，等于是斜穿甘肃。

3月27日，我已穿越陇南市武都区两水镇朝着陇南市宕昌县进发。从广元开始这几天都在奋力地翻山越岭，海拔陡然间抬升了不少，地形地貌的变化和海拔高度陡然间的抬升，使骑行相当费力，在时间上也感觉到特别难熬。谢天谢地我总算是熬过了最难熬的这段时光，看来我的状态还算是可以的，以我这样的年龄，都还能经受住这样高强度的运动量的折腾，已经算是很不错了。

两水镇位于陇南市区西北部，平均海拔1108米。两水镇是一个多种经济并存的多元化经济大镇，全镇经济收入主要依靠劳务、蔬菜、林果、畜牧、商饮服务等。

这天的骑行虽然不算轻松，但总还算是能够坚持住！从两水镇到宕昌县已经骑行了130公里。

到达宕昌县后，我用短信向媒体和我的几位好友都予以了通报。我的老朋友兼铁杆"锣丝"海军装备局的朱明老弟，特地给我发来一条短信，推荐我去一家正宗的羊肉汤店品尝一下宕昌山羊肉，并在电话中告诉我这家羊肉汤店的羊肉汤味道特别纯正。我按照朱明老弟在电话里讲的方位找到了那家羊肉汤店，羊肉汤店坐落于城区边缘，离我住的旅店不远。我在此店美美地饱餐了一顿。纯羊肉和羊杂碎都是18元一碗，两碗羊肉汤外加三个馍就填饱了肚子，划算极了！进入甘肃境地后，沿途的餐馆和小食店基本上卖的都是以牛、羊肉和面食为主，羊肉泡馍外加凉皮、拉面是西北人最爱吃的东西。西北地区是我国穆斯林人口较为集中的地区，这也就是他们的饮食习惯。路上偶尔也有卖米饭炒菜的餐馆，但都由于我忙于赶路，基本上都不会去光顾。走进饭馆就得点菜，等炒菜上桌一般都得等上一段时间，这样既费钱又耽误时间。基于此，我自出门以来就没有吃过米饭炒菜了。就

甘肃陇南境内三国古栈道

甘肃哈达铺红军长征纪念馆

补充体内热量来讲，羊肉泡馍自然而然就成了我补充能量的首选。

3月28日我从陇南市宕昌县骑行到定西市岷县，共骑行了130公里。

骑行在宕昌到岷县的路上，想到宕昌县和岷县都是中国工农红军一、二、四方面军长征时经过的地方，留下了无数革命先烈们的足迹，而我今天竟有幸走在革命先烈曾经走过的路上，我激动不已。我怀着一颗崇敬的心缅怀他们、缅怀历史，向他们致敬、向历史致敬。

3月29日早早地从岷县出发，朝兰州进发。于下雨路滑在翻越一座大山时因体力不支，未能把控住自行车，而使自行车翻倒在地。车倒下时把高速变速器线碰到而无法使用，我只好将就使用低挡位变速来骑行。

鉴于在骑行过程中自行车出故障是属于正常的事情，我将此情况用短信的方式向李阔进行求助，让他帮忙查查临洮有没有修理我这种自行车的专卖店。李阔接到我发给他的短信后，及时在网上查询并联系到了在临洮自行车专卖店的经理，并用短信给我发来了该品牌自行车在临洮专卖店的详细地址。我维持在低挡位变速的条件下向临洮赶去。由于骑行速度慢，再加上下雨，骑到临洮县城时已临近傍晚，好在我与专卖店经理冯强已提前通过电话联系，他和他爱人在专卖店等我。由于只是变速器线碰断这点小问题，冯强很快就将故障排除并将车修理好。将车修理好后，他二人又陪着我去寻找住宿。在他们的帮助下寻找到一家家庭旅馆，此旅馆清净、整洁，一个单间才35元。等我住下后，冯强两口子执意要请我吃饭，冯强告诉我他们已提前联系好了他的几个朋友来作陪，主要是来听我给他们讲讲此次骑行路上的见闻。经过短时间的接触，我感觉冯强这个人热情好客，人还不错，我也就答应了他俩的请求。在我答应了和他俩一起吃饭的同时，我又婉拒了他所邀请的另外几个朋友的作陪。我明确告诉他俩，我这个人不喜欢吃别人的请。特别是这次我一个人独自骑行出国，更不愿意惊扰他人，因为我一个人独来独行已成为了一种习惯，这次又是一个人独行闯荡世界，谨言慎行是我骑行的理念与风格。此次跨国西行路途相当漫长，并且又是一人一车闯世界，故而特别低调，就是为了不引起太多的关注与重视。我深知过于张扬会招惹并给自己带来许多不必要的麻烦，低调行走、低调行事不惹人注意，这才是安全防范的重要环节。基于此，这一路走来我除了绵阳老许外，婉拒了不少朋友的接待安排和媒体的采访，这样一来自然而然排除了不必要的外来干扰，我凝神聚力地骑行在路上，心里自然就多了一份安稳与踏实。听我讲完我的理由，他俩也就没有去招呼其他的朋友来参与。在临洮一家比较高档的餐厅，我同他两口子一起美美地饱餐了一顿美食。这顿美食是按照四川人的口味来点的菜，既符合我的饮食习惯和口味，又补充了我体内的热量。在此，我再次向远在临洮的冯强先生表示我的谢意，并顺祝他的专卖店越来越红火兴隆。

临洮历史文化悠久，古称狄道，是兰州南大门，自古为西北名邑、古丝绸之路要道，是黄河上游古文化发祥地之一。

本来打算骑行到兰州市，可至今还在定西市徘徊，看来老天是有意这样安排，那我只好顺应天命了，明天再到兰州也不迟。全天的行程为116.3公里。

3月30日我从临洮出发后，今天一半多时间都是在雨中穿行。临洮到兰州这段路程起伏不太大，相对来说还算是平缓。兰州是甘肃省省会城市，是我此次西行抵达的中国境内的第二个省会城市（注：成都是我第一个抵达的省会城市）。

此次骑行进入甘肃境内后，基本上有一半以上的时间是在雨中穿行。听当地人讲，甘肃属于是雨少干旱之地，按照往年的气候看来，春季一般都很少下雨，但今年的春季偏偏又是多雨的季节，就季节来看有点反常。然而，俗话说"春雨贵如油"，春雨对地里的庄稼来说，是希望所在。细雨润丰年，但愿甘肃今年有个好收成！这个季节的雨水对地里的庄稼来说是"金贵"的，但对我来说却又是难受的。春寒料峭时，地处西北的甘肃气候相对于四川来看就属于高寒区域了，这个时间段在雨中骑行多有不便，雨量虽然不大，但却让人难受。原因就在于身上的衣物不能穿得太少，衣物穿多了骑行起来动作受限不舒展，衣物穿少了身上不暖和又怕感冒。尽管身着雨具，但鞋依然会湿透，让人感觉到身上总是冷沁沁的，真是不好受，再加上自3月20日从雅安冒雨出行以来，就一直在高强度、高密度的骑行中艰难跋涉，就我的身体而言，在一定程度上说来基本上每天都在进行着超过自身负荷的大运动量付出，这就远远超出了我的身体机能所能够承受的范围。按照长距离骑行的规律来讲，前十天左右的时间尤为关键，在此期间骑行人都有必须要经历周期性的磨合期、适应期和疲劳期。看来我尽管已度过了磨合期和适应期，但疲劳带给我的困难让我依然无法回避，适者生存，面对开局不利的艰难，一路上我都在努力调控调整自己的心绪和心态，以一种乐观、开朗的心情去面对、去适应。"路漫漫其修远兮，吾将上下而求索"，既然选择了远方，便只顾风雨兼程。

兰州是我此次西行路上须要穿越的省会城市，作为省会城市的兰州，其城市规模和市区范围自然也就大。经打听询问我朝西行就必须穿越城区朝西固方向骑行。西固区为兰州的工业集中区，也就是兰州石油化学工业公司的所在地。兰州石油化工公司是中国石油天然气集团公司旗下的地区服务公司，兰州石油化工公司的前身——兰炼、兰化都是国家"一五"期间建设的重点工程。半个世纪以来，"两兰"为国家的经济建设和社会发展做出了重要贡献，以"出产品、出技术、出人才、出经验"而闻名全国，被誉为共和国炼油工业的"长子"和新中国石油化工的"摇篮"。由于我对兰州的地形不熟悉，在穿越城区的过程中，一边问路，一边骑行，也算是颇费周折，到达西固城区已是傍晚。在西固城周围找了一家招待所，就此也就结束了一天的行程，今天骑行了116公里。找到住的地方后就去找吃的，经打听在我所住的招待所不远处就有一家拉面连锁店，据说此店为兰州一家经营拉面的百年老字号拉面馆。当年国务院副总理吴仪到兰州考察时，就曾光顾过此店。这家老字号拉面馆经营的拉面品种齐全，各式各味的拉面都有，并配卖有各种小食。我既然人已到兰州，当然也就不会放过在兰州品味兰州拉面的机会。在这里我品味到了纯正地道的兰州拉面，也算是不枉兰州一趟，着实过瘾！

兰州应该说是一座丝绸古道上有着厚重文化、坐落在黄河岸边的城市，这里既有西北人的粗犷，又有西北汉子的豪迈。

2014/4/1 7:10 我今天已从兰州骑行130多公里到达天祝县城。近半个月来不间断的每天骑行都在一百公里以上,高密度、高强度的超负荷运动量真是消耗体能,看来我已度过了长途骑行的磨合期、适应期和疲劳期,状态还算可以。 中国骑士罗

天祝藏族自治县地处甘肃省中部,山脉与交通线交汇的乌鞘岭是地扼东西的通道,势控河西的咽喉,地势险要,素有"河西走廊门户"之称,兼有"高原金盆"之美称。在天祝有圣洁的马牙雪山,这就极大地增加了这里的神秘感与神圣感。这里还有天堂乡本康村为主的本康丹霞地貌,本康丹霞地貌是由陆相白垩系红色沙砾岩构成的,岩石颜色朱红,且高低错落、造型奇特,千姿百态,线条舒缓优美。

骑行在天祝的路上,突然间收到黄凯先生的短信,悉知中介未将哈萨克斯坦的签证办妥,哈方要求当面面签。由于我已行走在路上,现在返回诸多不便,时间上也不允许,若是富华老弟能想办法办妥此事,我便不用返回了。我想了想,只好麻烦黄凯先生马上将此情况向高富华先生通报,请富华老弟将此情况向新华社新疆分社做一汇报,并恳请帮助在新疆乌鲁木齐办理签证事宜。办理哈萨克斯坦的过境签证的地方全国只有三个,北京、上海和乌鲁木齐,若是我能在乌鲁木齐将赴哈签证办妥,便省去了飞北京的麻烦。去往法国,哈萨克斯坦是必经之地,办不妥哈萨克斯坦的过境签证,我就到不了法国,此次西行之旅就会夭折于此,一切都将前功尽弃!我定要办妥此事,决不能因为这件事而阻挡了我西行的路程。

4月1日从天祝县城出发骑行到武威市(古称凉州),行程为131公里。

昨天收到哈萨克斯坦的过境签证未办理好的信息,心情稍微有点压抑,现在看到这一路美不胜收的风景,我心中的阴霾也一扫而去。清晨时收到黄凯的短信说富华老弟已经联系新华社寻求帮忙,希望能够顺利办妥此事,"车到山前必有路,柳暗花明又一村",我相信此事定会有一个完满的答复。

既然选择了远方，便只顾风雨兼程

4月2日我从武威（凉州）骑行124.6公里到达永昌县红山窑乡，红山窑乡位于远离312国道10公里处。由于离山丹县还有60多公里的路程，我无法在天黑前赶到也就只好绕道住下。

一大早吃完早餐又开始了新的一天的骑行。今天一路上都飘舞着雪花，雪花随着风吹，不断地往眼睛里钻。由于温差太大，我根本不敢戴眼镜，因为眼镜里的雾气被冰雪和冷风一吹，顷刻间眼前就会变成白茫茫的一片，什么都看不见。气温骤降，寒风刺骨，对我的体能消耗较大，而且天黑前我定不能到达山丹，也因为我出发时就给自己定下了一个刚性的原则，那就是决不走一天夜路，以保障自身的安全。路途遥远，我必须时时刻刻提醒自己要把"安全第一"的原则摆在首位。此情此景让我时不时又梦回西藏，触景生情，在感觉上又回到了青藏高原的骑行。从2005年以来，我骑着我最为心仪的"洋马儿"从四条不同的进藏路线穿越青藏高原，走进了世界第三极，全世界最高的雪域高原，完成了我曾许下的诺言——那就是在60岁前，从四条不同方向的进藏路线穿越青藏高原。我用自己的双脚和两轮去丈量青藏高原，丈量我生命行程的轨迹，让行动镌刻下属于我自己的年轮记忆！骑游青藏高原本身就是一种自我的超越，超越自我就具有一定的风险性和挑战性，人是该用自己的意志力和毅力去挑战自我！在我所经历的人生冒险旅程中，我战胜了生命过程中遇到的各种磨难。人生最美的旅程就是在不断探索与穿越过程中，用自己的信念和意志去追寻自己的梦想。对于逐梦者来说坚韧与坚持尤为重要，生命不屈的律动，应是坚强的。高寒、饥渴、必须要忍受住的孤独感和漫长旅途所带来的极度疲劳……那就是个性追求的体验代价；追逐与追求，是我得以保持活力与激情的永动力！我是一个充满活力、激情，自认为是一个类似于堂吉诃德式的中国骑行悟道者。

2014/4/3 20:09 4月3日从永昌县红山窑乡一路狂奔，骑行到张掖市，行程为112.4公里。屈指算来，我此次横跨亚欧大陆奔向法兰西、回访戴维故里的骑行之旅，都已是半月有余。半个多月以来我可以说是风雨兼程地向西挺进。 中国骑士罗

"既然选择了远方，便只顾风雨兼程。"在汪国真的诗句里，我感悟到了执着与坚定，并寻觅到了共鸣的和声。汪国真的另一诗句："没有比人更高的山，没有比脚更长的路。"我一路上都在朗诵，意在激励自己。从兰州开始我就一直顺着312国道骑行，由于312国道原有的道路路基在甘肃境内的很多路段都已被连霍高速公路（即G30国道，连霍高速公路从江苏连云港至新疆霍尔果斯口岸）所挤占，现有的312国道的很多路段都只有重新建设。这样一来路基不稳，路况不好也就成为一种常态。大多数车辆都上了连霍高速公路，312国道车流量少也就成了不争的事实，长此以往，对道路的维修养护也就相应地成了难题。在我骑行的路上，一些路面就连自行车骑行都不好选路，有时根本就无法骑行，我只好推着车行进来躲避被汽车碾压形成的沟槽和坑洼，推着车行进自然也就放慢了骑行的速度。

2014/4/3 20:35 我知道我此次的跨国骑行不知牵动着多少人的心，随着我一步一步地往前骑行。为感谢人们对我的关心、关注与关爱，我从今天起将把我在路上的所见所闻用日志的方式，抽空用短信发给《雅安日报》和北纬网与大家分享。 中国骑士罗

美哉！张掖七彩丹霞

2014/4/4 18:38 4月4日不到6点就起床洗漱，缘由是我想早一点骑行到临泽县张掖丹霞国家地质博物馆去看看丹霞风光。张掖丹霞的地质风貌对于我这个摄影爱好者来说，有着不可抗拒的诱惑力。尽管来回折返，多骑行了近50公里的路程，在我看来值得！ 中国骑士罗

骑游即是一种绿色环保低碳的健身方式，骑和游应该说是兼而有之、相得益彰的一种旅行方式。如果一个人骑行在路上只是一个劲地向前骑行，而不懂得欣赏身边的自然风光、人文景观和民俗风情，那就只能算是一路狂奔展示个人飙车的技能而已。我作为一名资深的自行车户外骑行人，这些年我骑着单车游走于华夏大地，行进中我

纹理天然的神奇丹霞景观

以一种相对动态的视角去观赏处于静态中的景物。每当眼神聚焦到一处我认为太美的景色时，我会停下车来取出相机按动快门捕捉我中意的画面。张掖丹霞地貌景观是令我神往已久的美丽景象，多次错过前来观赏的机会，这次我再也不能错过如此良机。在路上我就盘算着怎样去选景拍摄丹霞之美。张掖的七彩丹霞的色泽耀眼醒目，纹理线条天然始成，偌大的一座山及附近相邻的山色山头，构成了张掖丹霞地质风貌独特雄奇有极高色彩之美的神奇壮观，给人以美的享受。此时的我完全陶醉于七彩丹霞的壮美景象里，在欣赏这美妙景色的同时，我以丹霞地貌为主题，不断地用视角去扫描并用手中的镜头来定格下张掖丹霞地貌最美的画面。张掖七彩丹霞像一块彩纹宝石镶嵌在河西走廊上，更凸显出了张掖大地非同一般的美。张掖丹霞地貌向我敞开了一幅惊艳宽广而又美丽多彩的宏大画面，我完全沉浸于地貌色彩的变化和其间奇妙的景色之中，我真的不想把我的眼睛从这片如此吸引眼球的壮美景象中移开。作为过路客的骑行人，我又无法把脚步停顿下来花时间去专心品味这丰盛的视觉盛宴，但这样一种充满美感、充满灵感、让人感官上得到愉悦享受的满足感，最容易让人忘却旅途的艰辛和疲劳！美哉，张掖七彩丹霞地貌！壮哉，张掖七彩丹霞地貌！

> 2014/4/4　20:27　张掖丹霞地貌的地质风光不同于我以往所见过的类型，其特征是色彩明快且层次分明，让人印象深刻。我不停地按下快门，捕捉着每一处的奇景，镜头里的风景时而色彩单调，时而色彩缤纷，让人有视觉上的美的享受，带给人精神上的愉悦。张掖地质风貌真的不一般，真是能够带给我不一样的快感！　中国骑士罗

张掖的七彩丹霞景区又分为两层，一种是上面看到的艳丽颜色，一种是这样单一的色调，远眺山脉，有明显的分界线，真是奇妙。"不望祁连山上雪，错把张掖当江南"，来到张掖，你会发现大西北也有柔美的一面。在夕阳之下、光影之间，大片的丹霞地貌呈现出七彩的颜色，你能感到大地脉搏跳动的频率，你能听到大自然的血液汩

张掖丹霞，丹霞观止

泪流淌的声音。这种苍凉和壮美之下的婀娜，激起了无数文人墨客珍贵的灵感。

我今天共骑行了126.3公里，18天的时间总计行程2175公里，平均每天骑行约120.83公里。

清明路上雨霏霏

4月5日，是中国24个节令之一的清明，在我骑行的路上飘洒着蒙蒙细雨，真可谓是清明时节雨霏霏。清明天落泪是在为我逝去的亲人动容致哀。按照往年的惯例，每年的春节和清明我都会同我的亲人买上鲜花到父母亲的坟前去祭祀扫墓，并敬献上花篮再行跪拜之大礼，诚怀感恩之心以报父母双亲老大人的养育恩德，尽感念追思缅怀之亲情。"寸草春晖"，孩儿思源感悟尤念想已仙逝之父母，情深似海却无从回报，儿自责愧疚。由于我今年远征法兰西，现今行至祖国西北边陲，故而不能抽身返回故土亲往父母坟前为父母亲行孝祭扫墓园。尽管我对扫墓祭祀之大事有所安排，但总不如我像往年一样在父母的亡灵前亲自敬献上鲜花并行叩拜之孝行为好。古言说得好，"自古忠孝不能两全"，我深信我父母在天之英灵定会体察我的实际难处，并能体谅我因故不能亲自在父母坟前扫墓的难处。我感知到我父母的在天之灵一定会护佑着我一路西行，去成就我跨越疆界逐梦法兰西的美妙旅程！这天，我从高台县骑到航天城酒泉，行程145.6公里。

酒泉市位于甘肃省西北部，地处河西走廊西端，是甘肃省面积最大的城市。酒泉是汉代河西四郡之一，自古是中原通往西域的交通要塞，是丝绸之路上的重镇。张骞"凿空西域"后，这里成为汉朝经营河西、开拓西域的重要基地和战略前哨。这里绵延起伏的汉代和明代长城，立守千年的阳关、玉门关、肩水金关，为中华雄伟的长城文化增添了浓重的一笔。两汉、魏晋、隋、唐时期，随着丝绸之路延伸、扩展、繁荣，这里成为东方与西方经济、文化、艺术交流的必经通道和重要中转站，为促进中西文明的广泛交流，互相吸纳，共同发展发挥了重要而独特的作用。

酒泉还是一座重要的科技城市，是中国科学卫星、技术试验卫星和运载火箭的发射试验基地之一，是中国创建最早、规模最大的综合型导弹、卫星发射中心，也是中国目前唯一的载人航天发射场。在这里建有酒泉卫星发射中心基地，在这里先后成功发射了神二、神三、神四、神五、神六、神七飞船。

　　2014/4/6　9:30　由于昨天下午骑行到酒泉时邮局已关门故而没盖上酒泉的邮戳。尽管往前赶路要紧但我不想放掉航天城酒泉这枚邮戳，等邮局开门我将邮戳补盖上才骑车往西赶路。离开酒泉西行23公里就来到了古时的边关重镇嘉峪关。走出嘉峪关我就走出了关外，古人言"西出阳关无故人"，所指就是嘉峪关！　中国骑士罗

　　2014/4/6　23:00　我今天有幸被破例免费参观了古丝绸之路博物馆和嘉峪关古长城游览区。作为重走古丝绸之路的行者，睹物识先辈，我为中华民族厚重深远的历史文化而感到自豪。今年适逢中法建交50周年，又是法国神父——阿尔芒·戴维在宝兴邓池沟天主教堂发现大熊猫并将大熊猫制作成模式标本带回法国145周年。我作为骑行者又沿着古丝绸之路向西方骑行去进行民间的文化交流和交往，是有其意义的！　中国骑士罗

　　2014/4/23　15:33　古丝绸之路东起古都洛阳，西安，甘肃，新疆经中亚细亚直达欧洲穿越27个国家。其中新疆段2600多公里约占全长的三分之一。丝绸之路作为大型线形文化遗产。中国与中西亚五国2006年达成一致意见，决定联合开展丝绸之路申报世界文化遗产。借以整合丝路文化遗产，以便更好地保护好人类共同的遗产。丝绸之路的真实性和完整性及普遍意义上的突出价值已远远超越了国家界限而引起关注！　中国骑士罗

　　以上文字是我以短信的方式发的文思联想。在古丝绸之路博物馆，我有幸被馆长邀请免费参观了博物馆。按照该馆规定，就是当地人要参观古丝绸之路博物馆，也得购半票方可允许进入该馆参观。我被破例免费参观博物馆的起因是我想牵着我的路线图旗帜在博物馆

门前照一张照片。谁料想当我展开路线图旗帜请人帮忙摄影时，竟引来了一大帮围观者。众多围观者看到我的路线图旗帜上已加盖的各地邮戳，既感到新鲜又感到好奇，纷纷向我提问。在得知我此行前往法国时，不少围观者都惊呆了，认为是中国人敢为人先的壮举，不少围观者要求与我合影留念，更有人要求博物馆为我破例允许我免费参观博物馆。由于负责值班收门票的人无权放无票的人进入，也就只好请示馆长来决定。馆长在电话里知道我的情况后，亲自出来为我免票放行。

丝绸之路博物馆外观设计古朴、大气，线条明快悦目。馆内存放的各类摆设和物件，都是古往今来的遗物，折射出古丝绸路上昔日的灿烂与尊荣。

　　　　行万里路，读万卷书。由于现代媒体的发展，行万里路更有意义，独行万里更是在古丝绸之路上创造现代的奇迹。

以上文字是我的铁杆"锣丝"朱明老弟在接到我的短信后，回复我的短信，亦算是勉励吧。

牵旗帜在丝绸之路博物馆门前留影

参观完古丝绸之路博物馆后，我急匆匆地往嘉峪关方向骑行，行至嘉峪关市就急着去找邮局，找到邮局后谁料想邮局竟然不给我加盖嘉峪关市的邮戳。其理由为来此加盖当地邮戳的外来游客太多，因此该市邮电局明文规定除在信件、包裹等邮件上加盖嘉峪关邮戳外，一律不在其他非邮寄物品上加盖邮戳。我反复地给她们讲述我的情况，请她们破例为我加盖上该邮局邮戳，经营业员将我的特殊情况向有关领导请示后，依然是不予加盖，最后只为我加盖了一枚有嘉峪关城墙图案的纪念邮戳。此枚纪念邮戳有嘉峪关市邮局的文字和时间，只是比正规的邮戳多了城墙图案，客观地说嘉峪关的这枚邮戳更为珍贵。嘉峪关长城是明长城西端的第一重要关口，也是古丝绸之路上的交通要塞，是我往西行进路上的必经之地，我自然也就想去参观访问。由于嘉峪关长城的特殊地理位置和历史缘故，来此参观游览的人自然不少，基于此嘉峪关长城明文规定游客只能只身前往参观。我的情况特殊，长城为游客设置的寄存处，没有寄存自行车的地方和空间，我只有骑车前往方可。然而，在我之前从来就不允许任何人推着或是骑着自行车进入长城，经过协商并经过请示，鉴于我的特殊情况，嘉峪关长城管理处最后同意我推着自行车进入长城游览区，并对我破例免费。一天之内两处重要景区都为我免费放行，这让我感到很不安，盛情难却那就只好领情啰。1973年在部队当兵时就去过"天下第一关"——山海关，41年后骑车来到嘉峪关，又是另外的一番景致。"天下第一雄关"和万里之遥的"天下第一关"皆是万里长城的重要关隘。我有幸登临雄关，感受最为壮观的长城防御体系，真是大饱眼福。

2014/4/9　17:00　昨天从酒泉骑到玉门镇行程159.9公里，这段路路况相当差，其原因就是汽车都上高速公路，原有的312国道基本上没汽车跑，老路缺乏养护，有些路段路太烂根本无法正常骑行只能推着车走。在这种情况下只能硬着头皮往前赶。春风不度玉门关，走到玉门就完全走出了地理概念上的河西走廊，逐渐进入了戈壁荒漠。　中国骑士罗

"天下第一雄关"嘉峪关

　　2014/4/8　7:41　已过去的一天为2014年4月7日，这一天对我来说是最惨烈最倒霉也是最难熬的一天。本来骑行在通往瓜州的路上一切都还算顺利，但下午1点钟在瓜州所辖的双塔镇吃过午饭往瓜州方向骑行时，后胎被细小的铁钉三次扎破，前两次被扎经取出内胎在被扎处快速将内胎补好再继续往前骑行。最不可思议的是后胎第三次扎破后，我迅速将内胎补好装上，但让我万万料想不到的是随车携带的打气筒无论怎样也无法将气压打进内胎里。　中国骑士罗

　　以上是我在路上发回的短信，看来是打气筒失灵出了问题，在平常碰上这样倒霉的事不要紧，但在甘肃靠近新疆的戈壁荒漠上就成了最要命的麻烦事。这里几十公里的路上荒无人烟，根本就无法找到能打气的地方，我本想在路旁找一辆路过此地的汽车将自行车搭到瓜州去补胎，但路过的车就是没一辆停下。时间就这样无可奈何地耗过去了，我看手机上的时间接近下午6点钟时，一个骑摩托车的人路过此

地并主动停下车来与我攀谈。在得知我车胎被扎爆我的打气筒失灵无法将已补好的内胎加上气骑行后，他告诉我他是当地人，是附近的村民，他的家里就有打气筒，但他的家离这里有30多公里的路程。如果他回去拿来打气筒的话，一个来回就得要一个多小时的时间，听说他家里有打气筒我也就看到了解决这个难题的希望所在。他如果能返回家中将打气筒拿来帮我将补好的胎加上气，那是再好不过的事情了，只要能将自行车车胎加上气，我就能往前骑行，时间早点晚点倒也无所谓。他答应返回家里去取打气筒，但他开口就一个价，要我付给他200元"跑路费"。这个在我看起来老实憨厚的村民确实不简单，他看到了我的危难之处也就乘机狠狠地猛敲我一竹杠。我清清醒醒明明白白地知道他在宰我，但我也认了，不就200元钱嘛，我不想去计较。他接下来向我提出的问题着实考验我的智慧，让我感到棘手也感到难办的是他要我先支付他200元他才回家去拿打气筒，不先付钱他就不去。我反复告诉他没有打气筒我加不上气哪里也去不了，我会待在这里等他。不管我怎样耐着性子与他交涉，他根本就听不进去。在他看来如果我不先付给他200元"跑路费"，这事就没有商量的余地。我尽管急着催他回去拿打气筒，但我也不可能随他的意将200元钱先支付予他。我与他素不相识，如果我先将200元付给他，他拿了钱不回家去拿东西，我找谁去？就凭他乘人之危猛敲我竹杠一事，我自然已是无法相信他，最后这事没法谈拢自然也就告吹了。此时已临近傍晚，我不可能待在这里不走，尽管我车上也带着帐篷、睡袋，在这前不着村后不着店的荒野，我不可能在这荒郊野外、人生地不熟的偏僻之地随便找一个地方搭起帐篷露宿，在这无助无靠的情况下，我也只能不靠天助靠自助硬着头皮摸黑往前闯。通往瓜州的路实在太烂，我只能推着后胎没法加上气的单车深一脚浅一脚地朝瓜洲行进。在戈壁荒漠的无人区域，我一个人在万般无奈又不得已的情况下慢慢地向瓜州靠拢，到瓜州城区已是晚上11点46分，等找到旅店住下来已是8号的凌晨。此次西行之初我就给自己定下了"决不走一天夜路"的自律规则。不管我今天走得如何艰苦、艰难与惨烈，亦算是自己破了自己制定的规矩，但愿今天的倒霉事不要再重复发生为好。闯进荒漠地带在诸多不利的非常时期，依然往前推进了146公里。

2014/4/8 15:53 信息没有读完，但感觉冥冥中有神人协助。装备的可靠性看来无论是战时还是平时都相当重要！好在罗老师"久经沙场"，这些事对你来讲只是运气问题。享受过程也算是一段经历了。

2014/4/9 17:55 罗老师好！过路的车辆不给您停、搭不了，您就拿上百元钞票晃悠，一定能搭上的。这是王永利老师刚才告诉我的，他也很为您担心，也帮不上忙。

以上两条短信第一条是海军装备局朱明，第二条是天津皇甫华收到我发回的短信后的回复。

对我来说确实是一个不堪回首的悲惨倒霉日子，诸事不顺且拖到4月8日凌晨时分才到瓜州城里，人自不待然地感觉到疲乏至极，随便找一家旅店住下来歇脚解困。

由于心中有事不可能安稳歇息，天刚放亮我就起身洗漱并给李阔发去一个短信，请他帮忙查询在瓜州有没有该品牌自行车的专卖店。李阔收到我的短信在网上查询后用短信回复我瓜州没有专卖店，只有临近瓜州的酒泉和敦煌才有该品牌的专卖店。基于此情况，我不可能回返到酒泉去补胎修车，也没有往前赶将车推到敦煌去维修的可能性。看来唯一切实可行的办法就是在瓜州寻找到一家自行车修理店补胎加气。由于瓜州是甘肃的偏远地区，又邻近新疆、青海，在这偏远的荒漠地带自然从事自行车户外运动的就少，但也不能就此推断瓜州就没有一个能修理自行车的地方。能不能在瓜州找到修车的地方看来还得碰碰运气。成事在天，谋事在人！鉴于此情况我只好提前退房后推着后胎瘪气的自行车在瓜州街上转悠，经打听在瓜州只有自行车户外运动俱乐部能修自行车。我好不容易才找到该俱乐部，然而却是紧闭着大门不营业，我只好拨通了门上所留的电话并向对方简略地讲解了我的情况，对方接电话的人听完我的讲述后明确答复我可以帮助我修车解决问题，但要等到10点后才开门。我总算是看到了能将车修好的希望。此时的我不管愿不愿意都只好耐下心来等待着开门修车，只有将"坐骑"彻底修好我才能继续骑行上路。好不容易等到俱乐部开门，一个姓段的年轻人先用高压打气泵向后胎加气，但却无法把气加进去。后来他叫我卸下车上行包，将后胎拆开仔细检查后才发现后轮内胎多处都被划伤扎破，根本就没有办法把气加进胎内，唯一的办法就是把后轮的内外胎全换掉才行。看来后轮的内外胎就算彻底地报废了，可能是由于昨天晚上摸着黑路推着车行走，一路上道路坑坑洼洼不平坦再加上行包过重，在这种自行车受损的情况下负重前行，没气的内胎硬性直接接触地面，致使自行车后胎严重磨损。他告诉我俱乐部没有我这个型号的内外胎备件，只有到别处去找找看，看能不能买到该型号的内外胎。在我的自行车后架上和行包里我尽管带了两条外胎、两条内胎，那是预防着在路上特别是在国外关键时候更换的，所以我舍不得现在过早地使用我车上带的备品备件。谢天谢地段先生总算是在别的地方找到该尺寸的内外胎，但他明确告诉我尽管找到了能匹配该车型号相同尺寸的内外胎，他却不敢保证车胎的质量，原因是仿冒的东西太多，根本就不知道是不是正宗厂家生产出来的备件，看来我也只好将就这样一种处置方式，一切都只能顺其自然。

在瓜州将自行车修好并重新购置了一把打气筒，也就基本上具备了上路骑行的条件，但这些天来一直困扰我的一个难题又实实在在地摆在了我的面前，需要我去决断。从瓜州走312国道到柳园只有不到80公里的路程，从柳园通往星星峡的路是通往新疆的一条便捷之路，从这条路走无疑是要省不少的路程。另外一条路就是从瓜州绕道到敦煌，再从敦煌绕道柳园，这条路绕行到柳园要跑230多公里的路程，如果图便捷又省路自然该从柳园走才是，但敦煌又是我多年以来一直想去的地方。此次西行至瓜州我没有理由不去敦煌游览，敦煌对我来说是一个充满诱惑力的文化圣地。敦煌莫高窟属世界文化遗产名录，中华民族几千年来的历史文化、悠久的文明史所具有的灿烂与厚重都能在敦煌这个历史的大观园里寻觅和感知到。看来舍近求远绕道敦煌是我决断后最明智的选择。一路上不能只看路程的多和少，重要的是心灵的满足感和文化旅行的收获，放飞自由的心灵，去寻找和感知真正属于自己的世界！

临近中午我冒着零星小雨朝敦煌骑行。瓜州至敦煌的道路相对平缓，只是这条省道旁在加修高速公路，故而此条路上车流量较多。由于只有100多公里的路程，我5点钟就骑行到了敦煌市区。最不可思议的是眼看快要骑行到市区，后车胎又被再次扎爆，我急忙将车补好。骑行到市区找到该自行车品牌的专卖店时，对车进行了维修。在修车的过程中，我与修车师傅谈起这一路上自行车后胎多次被扎爆一事，我感到不解和困惑。为此，修车师傅专门与我探讨了此事，他对我说："你还没有弄明白为什么你在此条路上车胎经常被异物扎爆，其原因是：一则你车身后驮的东西多负重过大，再加上你自身的体重，其载重量远远超过了自行车的负荷量，如遇到异物往往最容易将车胎扎破。二则最重要的是在这条通往新疆的主干道上跑的大多数为负重量过大的大型集装箱拖挂车，这些大型货车的车外胎都是由一层或是多层细钢丝包裹在橡胶内，这如同水泥预制板里夹杂加强强度的钢筋一样，为的是加强外胎的牢固度和强度，但这些细钢丝一旦遭到外胎爆裂就会自然断裂。散落在公路上的这些细短而又尖锐的细钢丝，对自行车薄薄的一层外胎杀伤力是最大的，但却又是防不胜防的。"听他一解释，我算是弄明白了后车胎屡遭爆胎的基本原因。到敦煌，今天的骑行也就算是告一段落，麻烦事也总算是解决了，从瓜州骑行到敦煌行程为117公里。

绕道敦煌，不虚此行

到达敦煌在自行车专卖店将车修理好后，找了一家清静且卫生干净的招待所住下。

我到招待所附近一家戴尔电脑专卖店，请该店经理刘全先生帮忙给我儿子罗里发回了几张我在路上拍摄的照片，并配上了文字说明。在该店我与儿子通了电话，要他将我传回的照片转发给雅安日报传媒集团的策划总监高富华先生，我请刘全先生帮忙传完照片后向他表示了谢意，并向他打听相关的情况。说来凑巧，刘全先生也是一位爱好自行车户外运动的"驴友"，并且是我忠实的铁杆"锣丝"。他告诉我他近期一直在网上关注着我骑行法兰西的报道，让他万万没想到的是我为了传回几张照片，竟然不请自到地走进了他在敦煌的戴尔电脑专卖店，并与他面对面地交流。他指着电脑画面上他所搜到的与我此次骑行法国所相关的图片和文字资料与我交谈，我完全惊呆了，一脸的惊愕，一脸的茫然，让我真不知道怎样说才好。他告诉我在互联网上只要输入罗维孝这三个字或是我所写的《问道天路》这四个字，就能在网上搜集到所有的相关资料和信息。我这个人尽管不上网去查找与我相关的信息，但此时的情景还是让我这个"网盲"深有感触，也让我感受到了现代互联网传播速度的快捷和现代媒体的超凡功能，这让我在感知、感叹的同时也被折服了。我和刘全先生很是谈得拢，也有着相互交流摆谈的话题，谈到高兴处他立马拿出手机打电话叫他的爱人赶过来，他爱人来了之后他笑着指着我说我是他的偶像，叫他的爱人帮我和他拍照留念，我也请他爱人用我的相机拍下了我和他的照片以此留存。我与他尽管南北各处一方，竟然能在敦煌以这样一种方式相会相识，都说"西出阳关无故人"，虽然我人已出关外，却依然还能在这里遇见刘全这个知音，让我感叹并释然，这的确算是一种缘分。在交流摆谈过程中我特意向刘全先生打听敦煌的传统美食，他向我推荐了顺张驴肉黄面店和夏家合汁这两家敦煌最具名气的特色美食。顺张驴肉黄面店离他的专卖店不远，我与他分别后就直奔顺张驴肉黄面店。该店从清朝以来就一直经营驴肉黄面，实属老字号招牌。我特意点了两样最具该驴肉店特色的"招牌"菜伴以黄面来品味，确实可口，味道鲜纯。俗话说"天上龙肉，地下驴肉"，这家顺张驴肉黄面店无论驴肉还是黄面都做得地道，比我在河北和天津所吃的驴肉都还好吃。能在敦煌城里品味到大西北的美食，的确痛快至极，看来我明天骑车到莫高窟游览的路上一定要想法找到老刘向我推荐的另外一家敦煌美食——夏家合汁。夏家合汁尽管离我住的招待所不远，因我人生地不熟寻找到该店沿路也打听了不少的人。经几道弯几道拐后，我终于找着了夏家合汁，原来这是一家羊肉汤锅店。当地人所称呼的合汁，原来就是我们习惯上所说的羊肉汤，只不过富有当地的特色而已。说白了这就是一家羊肉泡馍店。在夏家合汁饱餐了一顿羊肉馍，倒也算是吃得过瘾。这家羊肉泡馍店不同于陕西西安的馍店，是有其特色和味道的，感觉还不错。

从敦煌市区吃过早餐就匆忙向莫高窟方向骑行，由于从分岔路口开始一路都在新修快速通道，因此道路路况非常糟糕。敦煌到莫高窟短短的27公里路程，我走了差不多3个小时。莫高窟属于世界文化遗产，从走进莫高窟算起，我的眼球就完全被莫高窟的奇特风貌和厚重的历史文化吸引住了。纵观莫高窟古朴的景色和深沉的外观，就足以让人震撼。我绕道敦煌多跑了不少的路程，综合各种因素来看，的确是值得，也算是了却了我多年以来的一个夙愿。

行至莫高窟，了却多年夙愿

莫高窟木质结构窟檐

2014/4/9　21:27　看来我从瓜州绕道敦煌多骑行230多公里的路程是完全值得的，绕道敦煌是明智的选择也是我的性格使然。今天从敦煌骑行到离市区27公里的莫高窟参观游览了世界文化遗产名录。莫高窟向世人展示了中华文化厚重的历史和灿烂的悠久文化。能骑车到此一游，让我一路狂奔疲惫的身体得到了心灵上的满足与放松。来回骑行54公里的确是收获满多。　中国骑士罗

2014/4/9　21:28　思路完全正确，其实你还可以走和田萨城到喀什，那里是新疆最富饶的地方，美丽的天山养育和滋润了那片美丽的天地和人们。那里的人善良朴实。

以上两条短信的第二条是朱明老弟回复我的。

4月10日，骑行的路线是从敦煌到柳园。从敦煌出发后的前56公里道路较为平缓，其余翻山的上坡路骑行起来比较吃力费劲，好在今天刮的是左侧偏风，风势不大，人还能扛得住。这段路上的车流量不大，在路上骑行还算是清静。

2014/4/13　20:54　一路向西骑行除了辛苦艰难外，最难排解的是孤寂。大西北甘肃接近新疆边缘的这一区域，本来就属戈壁荒漠，地广人稀，很多路段几十上百公里没有人烟。一个人在路上骑行很难遇到一个人说说话，偶尔间有车辆从身边路过也只能听见汽车的轰鸣声和喇叭声。这一路走来也就只有我那孤独的身影和单车始终与我相伴相随。耐得住寂寞是一个行者最需要具备的自我修养与素养。铁骨龙魂，万里独行！　中国骑士罗

自2005年骑游西藏以来，我就一直使用"康巴游侠"这个雅号。雅安原属西康省省会城市，按照地理版图划分也就是人们通常在概念上所讲的藏、汉、彝、羌结合过渡带上的"康巴"地区。我非常喜欢"康巴游侠"这个粗犷的称谓，不知怎么的，在此次跨越疆界的西行路上我总感觉到我不能再沿用这个略带地理概念的雅号。因为就"康巴"这个词语的使用范围不宽泛，而且太带地方属性也并不为人们所熟知，基于以上的综合考虑，我认为"康巴游侠"这个略带区域称谓的雅号既不响亮也不大气。我既然敢于一人一车去闯荡法兰西，那么就对前方的路无所畏惧。法兰西的骑士理念对我来说既是一种精神上的激励，也是一种情怀上的慰藉。法国人最崇尚的就是"骑士"，"骑士"既是一种称谓，也代表着一种精神，更是一种荣耀与勇气！法国的"骑士勋章"所表彰的就是一种精神信仰。大漠孤烟直，跃马横天下！

2014/4/10　18:46　柳园镇属瓜州管辖，是甘肃靠近和邻近新疆哈密地区的最边远的一个乡镇，也是离青海省柴达木盆地较近的地方，属北戈壁。柳园是甘肃、新疆、青海三个省区的连接交会处，是内地通往新疆的物流聚散地和主要通道，也是古丝绸之路上的重要驿站，再往西骑行90公里就进入新疆哈密所管辖的星星峡了。今天从敦煌骑行到柳园138.56公里。

如果8号从瓜州沿着312国道骑行到柳园只有不到80公里的较短路程，但从瓜州绕道到敦煌骑行了117公里，从敦煌莫高窟

折返一个来回又是54公里路程，再加上今天从敦煌骑行到柳园的138.56公里，光是此次绕道就多跑了230多公里的路程，还搭上了整整两天时间。两天时间整整48个小时，对于我此次西行来说是非常重要的，但这两天时间我并没有耗费，绕道敦煌让我收获了难得的精神和文化享受。两天时间算不了什么，我会抓紧时间奋力追赶，把两天时间给补回来。路遥方知马力，我定会加倍努力勇往直前。 中国骑士罗

2014/4/11 18:05 由于每天体能消耗过大，我的饭量大得惊人，每天除正常的三餐吃饱喝足外还得消费报销掉五六个芋头蛋和三盒纯牛奶。我每天的饮食是常人的三倍以上。体能消耗太大就需要及时地补充进热量来维持其平衡。对于住宿我也不讲究，只要干净清静就行，只有睡眠好第二天才有精神骑行。吃得睡得累得是我的特长所在。今天到得早些也就能抽空多发几条短信与大家交流分享。 中国骑士罗

2014/4/11 18:07:00 是的，罗老师您又上了一个大的"台阶"，这些天来一直感受着您骑行最艰难时的心情，为您的安危担心，心与骑士飞远，这段路上的经历和体会是您用生命的升华来写给朋友们的，只有经历过燃烧自我的骑行的骑士，才有权评论和评价自己所看到的一切。路在骑士的车轮下，离法兰西的路途一点一点地在靠近，跨出国门展现中国人的精神面貌，传写出您的所见所闻。您是最棒的！加油、加油！安全第一！

最后一条是天津皇甫华回复我的短信。

荒漠转折点

到达柳园找到住宿地后，向当地人打听才悉知原有的312国道已被连霍高速公路完全挤占。由于此段公路特殊的地理位置和地势缘由，从柳园起的312国道相当一部分路段都已不复存在。当地人告诉我，312国道到柳园就中断了，从柳园到新疆就只有连霍高速公路可走，看来不管我愿不愿意，从柳园到星星峡这段路我都得上连霍高速公路上去骑行。本地人除了开车或是骑摩托车上高速外，没有人骑自行车上过高速，所以他们也不知道自行车能不能上高速骑行。他们只是每年夏、秋季节看见不少的外地人骑自行车经过柳园到新疆，他们所看见的外地骑行人基本上都是从原312国道残留段翻过去进入高速公路，至于高速公路的收费站让不让自行车通行，他们都说不清楚。为了弄清楚基本的相关情况，昨天下午我还专门抽空到进入高速公路的地方去实地察看了地形地势，我从原有的一段312公路的尽头翻沟越坎进入到了连霍高速公路骑行。由于高速公路上车流量密集，而且基本上都是大型拖挂货车，所以我一进入高速公路通道就感觉到心里既害怕又担心，真害怕自行车与汽车发生碰撞或是被汽车擦剐而伤及人和车，因此我就贴靠着应急通道最为靠边的地方小心谨慎地朝前缓慢骑行。在高速公路上缓慢地跑了一段距离后，才逐渐地把心平稳下来。客观地说在高速公路上骑行应该说比在普通低速公路上骑行还要安全得多，因为高速公路上行驶的汽车，尽管车流量大、车速快，但完全都是各行其道，而且都是同一个方向行驶，这样也就减少了行驶中车辆间的相互擦剐。高速公路上的应急通道不允许汽车随意地在应急通道上行驶或滞留，这样一来在应急通道上骑行的人比普通等级公路上都还要安全得多，平坦程度也要远高于普通等级公路。另外一点，是我一直担心在高速公路上骑行既危险又不具合法性，将很有可能会被高速公路警察和管理人员发现后驱离。实践证明我这样的一种担心是多余的，我在骑行的过程中多次与巡视高速公路的交警相遇，他们并没有驱赶我离开高速公路，反而是提醒我骑行时尽量往边上靠，千万不要超越应急线，否则很容易与高速行驶中的车辆发生擦刮。看来312国道被连霍高速公路挤占后，在此路段上就只有高速公路这条通道可走。既然不是擅自闯入高速公路行驶，我忐忑不安的心也就自然放了下来。星星峡尽管只是一处过往车辆驾驶员停车歇脚吃饭的路边站，但由于是新疆境内的第一个食宿点，所以名气特大。

> 2014/4/13　17:29　自3月17日从雅安骑行到宝兴邓池沟天主教堂作为此次跨国骑行的起点日以来，26天高强度的不间断骑行让我感觉到身体非常疲惫。在国内这段路的骑行走得很艰难，这一侧由于路况不好再加上海拔不断地抬升，让体能消耗太多而感太累。由于签证时间所限制我又不得不一路上都在狂奔而不能停顿。既然是自己选择要去走的路就必须勇敢地坚持走下去！　中国骑士罗
>
> 2014/4/13　17:53　既然想骑着自行车走出国门去看世界，就必须具有坚定的信念和顽强的生命意志力作为骑行的强有力保证。只有脚踏实地一步一步，一米一米地往前走才有可能走出国门走到国外去。挑战与超越，探险与寻觅，应该说是全人类永远都最为崇尚的进取精神！　中国骑士罗

星星峡是我进入新疆境内的第一站，因从柳园骑行到星星峡的这段跨越省际的路段不算长，今天的骑行比较轻松。

不管我从哪条路走，我人已进入到新疆地盘上。

> 2014/4/11　15:35　我已从甘肃瓜州柳园骑到新疆哈密所辖的星星峡镇。从3月25日进入甘肃境界武都，算起来我穿越甘肃整整用了18天的时间，累计行程2366公里，平均每天骑行约131.44公里。在古丝绸路上骑行，穿越了河西走廊又进入了国家极旱漠极荒漠地域，真可谓是吃尽苦头艰险又艰难，进入新疆又将是进入了新的历程！前面未知的一切在等待着我去领略。　中国骑士罗

新疆欢迎您

骑行在连霍
高速公路上

以上文字是我4月11日15时35分从星星峡发回的短信。

确切地说，星星峡也就是省际的一个驿站而已，之所以具有名气是由于星星峡的地理位置特殊，星星峡是从内地通往新疆的主干道上的连接通会点。星星峡属新疆哈密管辖，但在此条通道上星星峡的区位优势明显，原因是从星星峡到哈密200多公里的路程途中没有驿站可供食宿，只有一站拉通到哈密才能解决食宿相关的问题。基于此，星星峡对于进疆的人来说也就是关键之地。从我的路线图和路书上看，星星峡至哈密是我此次跨国骑行已知的最长距离，属于戈壁荒漠无人区。看来我只能采取早行晚止的骑行方略才有可能一站拉通到哈密，用时间去换距离是我唯一可行的办法，但早早地起来却吃不到早餐，吃饭问题自然也就成了一道摆在我面前的难题。自进入甘肃威武起的这一路上，早上吃早餐就成了一个现实的难题。西北人的饮食习惯早上都吃得比较晚些，8点开门营业还算是早一点的个别小食店，我若是想早点起来趁早好赶路的话，就只有到超市或是小卖部去买上几包方便面和几盒纯牛奶来填肚子充饥。由于这里的餐馆要等到8点以后才开门营业，到哈密这段超长的路程完全要靠时间来保证。头天晚上我到附近加油站里的超市买回四袋方便面和两盒纯牛奶来作为早餐，提前准备足了干粮也就算有了底。

走进哈密也就是走进了新疆，哈密离新疆出境哈萨克斯坦的口岸——霍尔果斯的路程只有一千多公里，也就是说按照前一段时间的骑行速度我还有十多天时间就能到达出境口岸霍尔果斯。眼看快到边境口岸，此次跨国骑行途经的哈萨克斯坦国的过境签证还依然未办妥，这让我心里感到十分不踏实。我抓紧时间与高富华通了一个电话，他在电话中明确告诉我新华社驻新疆分社无法将我过境哈萨克斯坦国的签证办妥，原因是哈萨克斯坦设在新疆乌鲁木齐的领事馆只负责办理户籍属于新疆维吾尔自治区境内的中国公民的签证事宜，我的户籍所在地为四川雅安而不是新疆，所以新华社驻新疆分社就无法跨越这个刚性的原则。听高富华在电话里讲明原因和情况，我也就彻底地甩掉了心里寄予厚望的依赖"包袱"。事已如此，一切都只能靠我自己去处理，去解决。看来要想办妥过境哈国的签证，我只有亲自去一趟北京哈萨克斯坦驻中国大使馆面签方可拿到哈国的过境签证，但从时间上和行程上来推定，留给我的时间非常之紧！假如我从哈密骑到乌鲁木齐后再买机票飞北京，恐怕在时间上就没有了回旋选择的余地。因为北京中介为我办理的过境俄罗斯的签证时效为2014年5月24日至2014年6月22日，30天的过境签证倒逼着我也制约着我的行程安排。从现实的实际情况来看，我必须抓紧可利用的时间尽快地飞一趟北京，此行宜早不宜晚才能在时间节点上抵达边界出境口岸。决断考验一个人的魄力和智慧，基于各种因素的考量，我果断地决定在哈密我下榻的酒店预定了15号中午12：55海航从乌鲁木齐飞北京的机票，票价为1330元。本来15号也有从哈密直飞北京的飞机，由于此架飞机在我预订机票时只剩下商务舱，票价为2236元，所以我选择了乌鲁木齐飞北京的普通舱，尽管此举还要从哈密坐火车到乌鲁木齐才能坐上飞机飞北京，但从哈密到乌鲁木齐的新空调硬座火车票价只要78元。此次跨越国界的远征骑行，我谢绝了各方各界的资助，完全靠花自己的钱来支撑所有的开销。我的原则和处事的风格是花自己的钱，去做自己想做的事。没有钱的纷争，也不看谁的"脸色"行事，坦荡荡一个身心完全属于自己完全按照自己的意念去支配自我的"自由人"，以这样一种方式和方法做人，既洒脱又超脱。不欠谁的，而且心安理得。既然是花自己的钱去做自己的事，那当然是该花的花，不管花多少钱都行；该省则省，哪怕是一分钱也要计算着去节省，因为每节省下来的一分钱都是属于自己荷包里的"硬通货"。

从星星峡骑行到哈密骑行了210.2公里的路程，人本就很疲惫，再加上到达哈密住下来后就忙于吃饭和办理预订机票的相关事宜，等我忙完拿到机票都已是13号的凌晨。我从哈密发回的短信在手机上所显示的时间为4月13日0时13分。

　　2014/4/13　0:13　天不亮就起来吃过早饭然后骑车直奔哈密，从路书上看这次跨国骑行今天的行程最长，由于此路段属戈壁荒漠无人区，在途中没有食宿点也就只有一站拉通。经十多个小时的不间断骑行于晚间抵达哈密市，在自行车上所安的GPS卫星记录仪上所显示的轨迹行程为210.2公里。此次跨

国骑行我特地安装了卫星记录仪就是为了真实地记录骑行数据。 中国骑士罗

预订好15号中午12点55分从乌鲁木齐飞北京的机票，从时间上来说让我掌握了主动权，我不踏实不安宁的心也暂时放了下来。时间已经较晚，处理好了机票等相关事宜我也可以安心地睡个好觉了。

大强度的运动导致今天早上起来还是觉得疲惫，想来飞北京的机票是15号，也不急于赶往乌鲁木齐，便决定放松自己这段时间紧绷的身体和心灵，之后再乘坐火车到乌鲁木齐去换乘飞机也不迟。

4月14日早上起来吃完早餐，我主动找到我下榻酒店的经理协商自行车寄存的相关问题。听我讲述完情况，酒店经理欣然同意我将自行车和车上的行包免费寄放于该酒店地下室的库房里。将自行车寄放于酒店，我也就免去了后顾之忧，也就可以安心地从哈密乘坐火车赶到乌鲁木齐去换乘飞机直达北京。

我从早上起来就一直忙于与酒店经理协调自行车存放一事，将自行车推到酒店地下室库房寄存好后，我抓紧时间乘公交车赶到哈密火车南站，买到一张12点26分路过哈密的车票赶往乌鲁木齐，到乌鲁木齐已近傍晚，我在火车站附近找了一家旅店住下来。原打算今天也继续在哈密休整一天，明天才坐火车到乌鲁木齐，由于担心不能按时到乌鲁木齐耽误了乘飞机的时间，故而临时将前往乌鲁木齐的时间改为今日。世事难料，还是谨慎一点为好！

成事在天，谋事在人

4月15日，我乘坐的HU7246航班在乌鲁木齐机场准时起飞，也按时降落在北京机场，没有耽误航班和飞行时间。到达北京机场后，我换乘地铁直达北京市东城区东直门外大街48号东方银座公寓，找到了黄凯先生委托协助我办理赴哈签证的王××，并从中介处了解到与我签证有关的相关信息和关联情况。听介绍，东直门外大街离使馆区不远，走路半个小时左右就能到达哈萨克斯坦驻中国大使馆的签证处。我办理签证的护照和相关资料，黄凯已在我从宝兴邓池沟天主教堂出发前就邮寄给了这家负责办理签证的中介机构，我过境俄罗斯的签证在我出发前已通过该中介机构办妥，所以我此次飞到北京面签的护照及相关资料全都在该中介机构，我直奔东方银座就是为了与该中介机构取得直接面对面的联系与衔接。中介告诉我说由于这两年哈萨克斯坦开发石油天然气和铺设石油天然气管道需要大量的工程技术人员和施工人员，所以这两年到哈萨克斯坦去务工的中国人特多，去哈的人数大量增加就相应地增加了办理签证的难度。每天去哈萨克斯坦大使馆签证处等待面签的人，按照事前提交的人员名单排着长长的队伍。中介告诉我我的情况特殊，因为哈萨克斯坦地处亚欧接壤的过渡地带，此地带三股势力异常猖獗，人员构成相当复杂，由于我是一个人自由行，所以哈方很审慎地对待我的面签。鉴于以上情况，中介根本就不敢保证我面签成功，并一再告诉我要注意言行举止，并要我将我写的书和我加盖满沿途邮戳的路线图旗帜带上，这样能给签证官增加印象，也能增加签证成功的系数和把握。我与中介指派明天协助我去哈使馆面签的人约好，16日早上8点准时在使馆签证处汇合。

此次特殊的北京之行若不能将赴哈过境签证办妥的话，我就无法从哈萨克斯坦过境，不能穿越哈萨克斯坦的领地我也就不可能通过其他过境国而到达目的地——法国。对我此次跨越国界的西行之旅来说，哈萨克斯坦的签证实在太重要了，赴哈签证能否办妥，对我来说直接关系到此行的成败。如若办证失败就意味着前功尽弃，在此之前我所做的一切努力都算是徒劳而无功的，我决不能因此而"梦断"哈国打道回府。然而，在与协助我办理签证的直接相关人员的一席谈话后，让我感觉到此事难办，心里根本就没有一个底。如果哈方设置的签证门槛太高我不能迈越，那我就没办法了，只能是望签证而声叹，就此而罢休矣。没有哈方签署的"通关文牒"，料我就是插翅也难以飞越哈之领地！"成事在天，谋事在人""信天命，尽人事"是我做人处世的不变信条。我此行做的是文化交流之事，行的是和平通融之旅，唯愿天遂我愿面签顺利。

北京寸土寸金，自然酒店、招待所的住宿费较贵，我住的小旅店是利用防空设施开的旅店。防空设施也就是防空洞，防空洞自然在地下。住地下室住宿费不贵，我住的两人间住宿费每人60元，小旅店卫生干净，就是感觉到有点憋气闷人。

我已习惯早起，16日早起，吃完早餐我就一个人步行朝使馆区走，到使馆签证处，见签证处门前早已排起了长队，在此排队的人起码有一百多人，看来在此排队的人肯定都是等待签证的候签人。我到后不久中介派来陪我候签的人员也来到了签证处，由于我昨天下午才到北京，没有提前来签证处预约签证的具体时间，所以我也就无法排上签证号。没有提前预约排上候签号，要想面签就成了一个难题。听在此排队候签的讲，有些人已经在北京等了几天时间，也不知道还要等多久才能按预约排号把签证办好，我不可能就此在北京按预约等候。时间对我来说每一天都非常重要，时间不等人。情急之下，我当着负责喊号念名字的签证处安保人员和排着长队等待进去面签的众人之面，拿出我此次西行的路线图旗帜向大家展示，并把我面临的实际情况做了一个简略的说明，并恳请给予我帮助和支持。我展示一路上已加盖了不少邮戳的路线图旗帜，自然引来不少人围拢观赏，这当中也少不了负责喊名字预约排号的安保人员。我趁机再把我创作的《问道天路》这本书拿给他看，他大概翻了几页后把书还给了我，并向我竖起了大拇指表示赞赏。可能是我的亲和力感染了他，他竟然当着排着长队等待候签人的面问大家同不同意让我提前进去面签办理签证。让我没想到的是在此排队候签的不少人竟然都举手赞同我不按预约号提前进入室内等待面签。这个负责喊号的安保人员还真够意思，等我进入室内后他到里面去把我的实际情况向签证官做了通报和说明，因为我没有预约所以签证官那里并没有备案我的资料。不一会儿签证官就叫我把我的签证资料送过去，并且很快地喊我的名字到签证窗前面签。这位负责与我面签的签证官讲一口流利的中文，按照签证流程通过询问我的相关情况后，他要我把我的路线图旗帜和《问道天路》通过窗口递进去，他想亲眼见识并欣赏这两件物品。他看完这两样东西后又从窗口递还给了我，并竖起大拇指夸赞我，通过对讲机对我说："你太棒了，你真了不起！"告诉我面签过关，到对面银行去交签证费就行了，通过小窗口递给了我一张到银行缴签证费的缴费单。

听签证官当面告诉我已面签过关时，我还简直不敢相信这一切是真的。看来真是"事在人为"，半个小时前我怀着试一把的复杂而又忐忑的心绪当众展开我此次西行的路线图旗帜时，根本就没有想到如此难办的事情在瞬间就给搞定了，谈笑间逢凶化吉、遇难呈祥，由此可见我的确是一个不按常理出牌、天性自溢、率性而为的性情中人。这也说明和验证了朋友们对我赞誉的评价：说我这个人人品极好，人缘亦好。与我之事相关联和不相关联的人都能通融相助！天助、人助、我助，天时、地利、人和，是通向成功的要素。在确信我过境哈萨克斯坦的签证已顺利通过后，我很快就平复了激动的心情，我赶紧收拾好随身携带的东西走出了签证处。我找到黄凯先生委托协助我办理签证的该中介机构人员，将我已成功办理签证事宜的相关情况告诉了她，她听我简略地叙述完事情经过后，既感到惊诧又感到不可思议，她根本就不相信我竟在如此短的时间内能通过自身的努力在没有事前提前预约好面签时间的情况下顺利通过面签。面签成功就等同于是拿到了哈方的签证，她说我用如此简单的方法就这样搞定了难以搞定的签证问题，简直是不可思议的举动，确实算得上既精彩而又神奇。她神秘兮兮地告诉我说，这些年经她的手协助过不少赴哈面签的人办理过签证，还从来没有遇到过我这样的签证人。听她说完后，我庆幸我有勇有谋的过人胆识派上

了用场，暗自里也为自己的智慧喝彩、骄傲。办妥了一路上都在思考让人放心不下来的哈萨克斯坦的过境签证，悬在我心上的一块石头算是落下来了，终于得以恢复平静。一波三折的签证让我暂时中断了骑行而飞到北京城，看来还真是好事多磨。我当机立断的处事决断力让我变得更加理性而又自信，高于智商的是智慧，做一个智慧而又理性的行者，是我的追求。

与她谈完有关我的签证问题，我顺便请她通知该中介代我购买飞乌鲁木齐的回程机票，中介机构很快就回复了我返回乌鲁木齐的航班情况，根据反馈回来的情况既有19点30分的航班，也有22点的航班可供选择。我选择了22点从北京起飞的夜航航班，该航班将于17日凌晨1点55分抵达乌鲁木齐机场。

我到该中介去取机票时，特意再次向该中介机构说明了我取消原委托该中介代办理过境白俄罗斯短期旅游签证的缘由。我原本通过黄凯先生与该中介机构联系，请该中介代为办理俄罗斯、白俄罗斯和哈萨克斯坦三个国家的个人短期旅游签证。赴俄罗斯的过境签证在我从宝兴出发前就已办妥，但白俄罗斯和哈斯萨克斯坦的签证由于各种原因迟迟办不下来，这让我既为难又着急，心里没有踏实感。按理说赴白俄罗斯的过境签证比较好办，原来白俄罗斯方面也要求签证人必须面签方可，后来因故也取消了此限定。俄罗斯、白俄罗斯、哈萨克斯坦这三个国家的签证都比较宽松，而且不像赴法签证需要资产明细证明、保险证明和相关资料。这三个国家的签证资料只要护照、身份证复印件和两张大2寸的白底彩照即可。鉴于此，我策划和制定骑行路线时就选定了从中国出境口岸——霍尔果斯出关到哈萨克斯坦，从哈萨克斯坦出境穿越俄罗斯、白俄罗斯、波兰、德国再到法国，这条路线相对来说要便捷得多。我途经白俄罗斯的过境骑行路线只有560多公里就能到达波兰，但由于中介方要求在办理白俄罗斯过境签证时需一次性缴付白俄罗斯规定的酒店住宿费，才能办理白俄罗斯过境签证。由于白俄罗斯所规定住的酒店与我的骑行路线不相符，我当然不愿意按该国硬性规定提前支付缴清所有住宿费，这样一来我赴白俄罗斯的短期旅游过境签证就成了不是问题的问题而无法办妥。好在法国给我的一年签证里同时具有申根签证，申根协定签字国其中包含有拉脱维亚、立陶宛、波兰、德国、法国。看来我只有从俄罗斯出境绕道拉脱维亚、立陶宛、波兰、德国抵达法国，这样绕道的办法可取也可行，就是要多跑1000多公里的路程，我不愿白白挨宰，那自然就要绕道多跑路才行，这也是我不得已而为之的无奈选择。

返回哈密，继续赶路

我乘坐的航班于16日晚22点起飞，该航班于17日凌晨1点55分抵达乌鲁木齐机场。半夜飞抵机场再拼车到市区火车站已接近清晨4点钟，一站拉通还能省下一天的住宿费，就是人辛苦点。由于四月中旬正是新疆每年的招工高峰期，所以进疆的火车票和机票都比较紧张难买。飞乌鲁木齐的机票自然也就要贵些，我乘坐的CZ6906的航班机票为1630元，再加上代购机票的手续费和税金总金额为1800元整。

2014/4/16　19:44　由于途经国哈萨克斯坦的签证必须要本人面签才行，不得已我临时中止骑行，15号从乌鲁木齐飞北京去哈使馆面签。我上午已在哈使馆将签证办妥，并买好晚22点飞乌鲁木齐的机票。零点后抵乌我将抓紧时间赶往火车站购票返回哈密继续我西进的跨国骑行。途经国的签证均已办妥，接下来我将要面对更为艰苦的骑行！　中国骑士罗

2014/4/16　20:17　对我来说东方离西方并不遥远，只不过才万里征程而已，一个中国骑士的心将伴随着他狂野的西行梦想，用双脚踩踏着自行车去丈量西行的轨迹和心路历程！开阔的眼界让我敢于骑车走出国门越过国与国的疆界横跨亚欧去畅游世界，尽览世界。　中国骑士罗

2014/4/16　21:03　心诚则事成，这一周折既给了你几天调整的时间，又再次验证了你须经历多次挑战和磨难，才能到达自己的终极目标。祝贺你又迈过了一道坎！

第三条为朱明老弟回复我之短信。

尽管此次赴北京面签异常顺畅，我也精确地计算安排好了每天的行程和时间节点，就是这样紧凑的安排，也让我耗费了四天的光阴。

没有了签证问题的纠缠困扰，自然也就感到轻松自在多了，接下来的行程我会抓紧一切时间勇往直前争取把办理签证耽误的时间抢回来、补回来，心诚则事成。这几日来回的奔波折腾也算是给了我几天的放松与调整。

2014/4/17 4:29 应该说，我是一个富有进取精神、完全靠个人的拼搏奋斗来改变自身命运的人。我作为中国骑行领域开拓探索的先行者，率先骑着单车跨越国与国的疆界走出国门，仅凭这一点就需何等的胆量与勇气。一路西行，向前再向前，在骑行的路上我又一次读懂了人生的真正含义和价值取向及人活着的人生意境。相信并坚持自己的选择，坚定勇敢地走自己想去走的路！ 中国骑士罗

此条短信亦是我在路上的真实写照。

从北京办妥去哈国的签证返回到新疆哈密后，4月18日，我从哈密寄存自行车的酒店再度起程，一步不少地往西骑行。

在路上正好遇上一位骑车上班的四川小老乡，此公姓刘名永江，在离哈密市区较远的新疆铁路职业技术学院上班。他告诉我他每天从市区往返一趟铁路技术学院有近40公里的路程，他说他已坚持了三年多时间而且是风雨无阻从不间断，并且节假日还抽出空余时间到周边的郊县去骑游，这也算是一种健身休闲的生活方式。听他说来亦算是骑友，基于是老乡也是骑友的缘故，我还顺道去了他所在的学院并请他帮忙从网上给我的儿子传回了几张进入新疆后拍摄的图片资料，并借打气筒将自行车前后胎的气压加足。在与他骑行的路上听刘永江老师介绍，他的父辈是从四川郫县援建新疆的老一辈援疆人。按照他的说法，他在新疆出生，在新疆生长，在新疆上学，也在新疆工作，应该算是一个土生土长的新疆人，新疆应算是他的第二故乡。他应该算是川籍第二代援疆人吧，照他说来他的父辈肯定是属新疆建设兵团的农垦人，此代人入疆多年，为共和国献了自己的终生又献了自己的子孙，算是为新疆繁荣发展做出过突出贡献的援疆人，历史是不会忘记为新中国的成长发展做出过特殊贡献的兵团农垦人！

骑行了103.6公里到三道岭煤矿歇脚宿营，三道岭煤矿属哈密管辖。三道岭煤矿属于是露天开采的超大型煤矿，是新疆乃至大西北最大的露天煤矿。作为摄影爱好者的我还专门骑车到煤矿去参观了露天采掘的挖煤过程，并拍摄了不少老式蒸汽火车运输煤炭的图片资料。每年到三道岭煤矿来拍摄的外地人还不少，甚至还有来自德国等国的外国人不远万里地从国外来专门拍摄还在运营的老式蒸汽机车的运煤图片。

闻风丧胆的"山口风"

4月19日天刚刚放亮我就穿衣起床，抓紧时间洗漱完后按照我的习惯先检查自行车的车况。由于此行的一路上后车胎多次被异物扎爆，所以我对车胎就特别留意，我总是爱用手转动车轮并仔细地触摸外胎接触地面的花纹处，因手敏感细腻最容易感受到外胎有无新的划痕和异物。见气压稍微不足，我取出便携式打气筒将气压加足，作为一名多年在户外骑行的资深行者，我已自觉地养成了勤检查、勤维护的良好习惯，对"坐骑"认真养护，在路上骑行时才能省时不耗力。

洗漱完然后就出去找填饱肚子的地方。由于三道岭镇离煤矿采掘区不远，大多数煤矿工人都住在镇上，这里商铺林立，与露天煤矿相关联的各种营销机构和公司随处可见，就城镇规模来说远比我沿途所见的县城都还要繁华得多。既然是超大型的露天煤矿，自然少不了施工队伍和务工人员，煤矿带动和联动了相关产业，由此而产生形成了一个完整的产业链和供应链。来这里开餐馆和经营各类小食杂货店的特多，所以说在三道岭吃东西根本不是一个问题，在我所住的这家煤矿招待所的街对面就有一家经营小食的早餐店在营业。我在小食店吃完早餐顺便买了5个盐茶蛋带在路上充饥，今天总算是又买到"芋头蛋"带在路上做备用干粮，心里总算有底了，往后走的较长一段路程都处荒漠地带，沿途有没有卖吃的我心里实在没底。从出发算起，我只是从哈密暂时中断了几天的骑行时间飞北京面签途经哈萨克斯坦的签证而休整了几天，除此之外每天都是在高强度的运动中奔走。平均每天100多公里的骑行距离让我的体能消耗过大，如果没有足够的食物来补充体能消耗后的能量，体内没有足够的食物和碳水化合物来提供热能，人就根本不可能有持续强劲的动能来支持高强度的体力消耗。我的饭量大得惊人，每天除去正常的三餐尽可能地吃饱喝足外，在骑行的路上还得补充五六个"芋头蛋"和3盒以上的纯牛奶。我每

生命力顽强的新疆胡杨

天的饮食是常人的3倍以上，成了名副其实的"大胃罗"。我的体能消耗太大，也就需要及时地补充进高热量的食物来维持其平衡。西行路上自甘肃河西走廊开始，由于逐渐地进入到戈壁荒漠地带，地广人稀的荒野根本就无法保证每天每顿都能吃到能够正常维持自身体内能量消耗后的热量补给的食品。好在我这个人不挑食，不讲究，只要能填饱肚子吃什么东西都行。吃得饱，睡得着，跑得，累得，应该说是我这个自行车户外运动骑行人多年以来养成的行为习惯。"行动养成习惯，习惯养成性格，性格决定命运。"

在邻街对面的小食店里吃过早餐回到煤矿招待所退房结账后，我从三楼住的房间里抬着自行车下楼（注：多年来我养成的一个习惯是不管住多高的楼层，有无电梯，我都要将我的自行车抬上楼挨着我。我的"坐骑"对我来说既是承载着我一路奔行的代步工具，也是与我形影不离的"心仪伙伴"。"坐骑"始终不能离开我的视线，这是我爱护我的"坐骑"的一种方式。）准备骑行上路，谁料想才与我办完退房手续的老板手里拿着一袋东西二话不说地挡在了我的自行车龙头前不让我走。他这样的一种举动真还把我给弄糊涂了，我不知道他到底想要干啥。他见我愣站在那里发呆，他也表现出了不好意思的样子，随后他开口对我说道："昨天晚间到你住的房间与你合影留念后，怕影响你休息所以没有陪你多说话。昨天你同意与我照相已算是给足了我面子，今天我等照相馆开门就去把与你的合影照片放一张大一点的挂在招待所显眼的地方，我要让来我煤矿招待所住宿的人都知道你独自一人骑行法国的事迹和壮举。"他还告诉我说："这到底算不算是在打广告我不知道也说不清楚，但我就要这样做，不管你同不同意我的做法，我都要把我和你合影的照片放大挂出来。"他接着开玩笑说："总之你今天就要走，就要离开三道岭，你就是不同意我的做法，你拿我也没有办法。"说到此处他话锋一转又对我说："我们昨天根据你住宿时出具的身份证和住宿登记在网上搜到了你老先生的相关信息，你真是了不起！就凭你一个人有胆量骑单车去欧洲闯荡，就没有几个中国人敢这样做，你的勇气和你的气魄都证明了你是一个非同一般的牛人，你这样的壮举无疑是在为中国增光添彩，按现在的说法你身上彰显出来的'精、气、神'就是中国精神！你是在传播正能量，我们为你能在我们招待所住宿一夜感到高兴和自豪。根据网上提供的信息，你此次骑行法国，你拒绝了一切资助，所有费用完全由你自己去承担，我们相信你不愿接受赞助有你自己的理由。我们考虑到你的实际情况，决定将你支付的60元住宿费全额退还给你，算是给你免单！你说你不同意退还住宿费有你的原则理由，还说我们不能由此而破了你制定的规矩。我们主动向你提出免单退还房费你都还不同意，你真是个转不过弯来的'死脑筋'，像你这样的人现在还真是难找，你不同意免单就算了。为此我们特意为你准备了几块煮熟了的卤驴肉，你一定要收下带在路上吃。你今天想骑行到红山口，从三道岭到红山口这一路上都没有地方吃东西，说不定这驴肉到时候还管用。"听他说完这一席话语，我再也没有什么话可说，也就接受了他递过来的驴肉，权且当作备用的干粮而带在了车上，对于煤矿招待所老板的一片好意我心领了。

2014/4/19 18:47 一大早从三道岭出发骑行到达红山口。红山口属哈密管辖，既不是乡镇也不像三道岭是大型露天煤矿，这里原名十三铺也就只是原312国道上接待过往人员的驿站，离乌鲁木齐还有300多公里的路程。今天骑行距离为105.7公里。 中国骑士罗

这里既不是乡镇也不像三道岭有大型露天煤矿，这里只是原312国道上的一个接待过往车辆的驿站而已。现在这里只有几间破旧的房屋和一个加油站，由于高速公路挤占了原有的312国道，这里也就很少有车辆经过，只是原312国道的旧址缩影，冷落凋零是现今红山口的真实写照。我在加油站对面一家重庆人开的家庭旅店住下，这家旅店能解决吃饭问题，就是相对要贵点。我问老板饭菜为何比别的地方都贵，老板告诉我这里的水都是由10多公里外的地方用车运来，所有的东西都从哈密或是从鄯善运来，不管从哈密或是从鄯善运来都是100多公里的路程，这里的东西贵就因为运费贵。不管怎样说能住下来有休息歇脚的有吃的地方就算是不错了，这里的一切东西不管是吃和住既没有协商的可能，也没有选择的余地，贵就贵点吧，这点费用不用去计较才是。

2014/4/19 22:00 明天是4月20日，是芦山4·20地震灾害一周年的日子。作为雅安人我在心里牢记着这个惨痛日子带给芦山及雅安周边的严重灾难。从5·12到4·20在不到5年的时间里雅安相继遭受两次重大的灾难！雅安人在两次如此重大的灾害面前所表现出来的坚强信念和意志足以抗击重大灾难。我虽骑车在外，心里依然牵挂着芦山灾后重建。我为雅安祈祷！顺致问候。 中国骑士罗

以上是我19号晚22点发回的短信内容。我怕明天在骑行的路上手机没有信号，故而提前发回了此条短信。

2014/4/20　20:22　今天一大早从红山口出发，经过近11个小时的艰难骑行抵达善鄯县城，行程135.5公里。今天的风稍微比昨天要温和点，但今天在骑行45公里时后轮内胎接连两次遭异物扎爆，两次补胎耽误了不少时间。走进新疆地界第一次顶着风沙连补两次内胎也算是练修车手艺，艺高人胆大，西行路上放眼量！　中国骑士罗

2014/4/22　7:40　此次跨国骑行对我来说是一次全新的未知课题，骑行途中所要遭遇的各种磨难及诸多不可预知的风险都需要我去克服和化解。由于途经国过境签证时间所限每天都必须骑行100公里以上且要不间断地骑行100多天。如此高强度高密度超越体能承受极限的疲劳运动，对我这样一位花甲老人来说是困难重重。路是由人走出来的！用我的脚去丈量我历经磨难的心路历程！　中国骑士罗

说实话，在大风中补胎没有可遮挡的地方，根本就难以找到被扎的地方。这里地处戈壁荒漠，没有水源和水就很难找到并找准漏气的地方，此时将气压加上依然无法判明漏气点，按原有的经验，爆胎后补胎如无水源检验查找漏气处，都是先将气压加足后对着额头或眼睛部位，人的面部神经系统较发达，额头特别眼睛部位非常敏感，这样一种检查内胎被扎后漏气处的方法算是一种不得已而为之的方式，但这样的一种检查方式在新疆"山口风"地带根本就不管用，因为外界的风势和风声的强劲完全覆盖住了漏气点释放出来的"一丁点"气压感，多次将内胎加足气压后依然还是找不出漏气的地方。此时的我内心焦躁不安，感到特别灰心沮丧，在戈壁荒漠没有人烟的地方前不着村后不着店，时间就这样一点一点地耗过去了，无法查找到漏气源就无法将车胎补好继续往前骑行。我不能因此而无奈地受困于戈壁荒漠，便开始冷静下来动脑筋想办法。我尝试着从自行车上的行包中拿出雨衣反穿着披盖在头部，这样在一定程度上减少了外部风力的干扰，风势和风声的减弱让我能从容地拿着加足气压的内胎在额头和眼部查寻到被扎的漏气处，用这样的一种笨办法很快就找到了该补的漏气处，我马上从衣服口袋里掏出一根牙签扎在此处使其不能随便挪

位，按此办法自然也就搞定了我被困于此一筹莫展的疑难杂事。办法总是人想出来的，活人总不至于被"尿"憋死吧！看起来此次跨国西行之路我还真是要经历九九八十一回磨难才能最终抵达法国戴维的家乡。我总算是又经历了一次小小的磨难且全身而退成功脱险解危。

在狂暴疾风的横扫下，我被风吹得来左右摇晃，处于摇摆摇晃中的身体有时根本无法保持平衡并站稳，见风势太猛我索性将自行车推倒在地，人就势迅速蹲下，就算是人已迅速蹲下却也无法保持稳定，最后人干脆趴在地上才似乎没有了晃动的感觉。原来只是听说新疆哈密至吐鲁番一带的风口带狂风厉害可怕，当我骑车来到新疆风口地带亲身遭受到"山口风"肆意的摧残与"修理"，感受并领教到了大自然"冷酷屠夫"的蹂躏，这让我更进一步加深了对新疆"山口风"的认识与了解。这些年来我骑着自行车"轮迹天涯"，几乎算是跑遍了华夏大地，作为中国骑行界有一定影响力的资深户外运动骑行人，我已从四条不同方向的进藏路线数次走进西藏穿越青藏高原，已记不清楚曾经历和遭受过多少暴风雪和暴风雨的侵袭和折磨，与青藏高原和诸多高原及沿海沿边的风力和风势相比较，新疆的"山口风"显然要霸道和强势得多，这里呼啸狂卷的"山口风"吹刮在人的脸上犹如刀割般难受。这里由于是戈壁荒漠植被稀少，裸露的山体和荒野因为干旱少雨沙尘较多，狂风吹卷起的沙尘弥漫在空中，一些细微的沙尘和粉尘会随着猛吹过来的风灌进到我的口中，吸入沙尘呛得人难受，此刻的我感觉到胸闷气紧呼吸困难，有着一种令人快要喘不过气来的憋闷窒息感。在新疆风口地带遭遇到这样极端恶劣的狂风伴着沙尘"折腾"，还得硬挺着顶风坚持住，一旦风力风势减弱或是风向转变，就得抓紧时间立马往前骑行，在这特殊的关口着实考验一个人的意志承受力。这一带的风口地带是我事前就已知的最危险的路段，在这段路上遭遇到狂风无休止的肆虐折腾，无形中会带来很大的风险，如果遇风处置不当就有可能会就此失去生命。

2014/4/21 7:42 这一路走来让人最担心的就是从甘肃瓜州段开始到新疆吐鲁番强劲而又无序的风势。一路走来从河西走廊的古浪县起沿途随处可见风力发电场，即说明这一带风力资源可以开发利用来造福人类！我一路处处谨慎加小心算是有惊无险地闯过了风区。此时的我想起维克多·雨果说过的一句话:大自然既是善良的慈母，同时也是冷酷的屠夫！　中国骑士罗

　　2014/4/21　20:42　愿善良的慈母陪伴你到法兰西。

　　2014/4/21　20:46　大漠孤烟直，两轮在戈壁。西去万里路，英雄奔路急。

　　2014/4/19　21:27　罗老师您好！这段路程，是有史以来的"鬼见愁"，自然环境、路况都非常不好。您在这样恶劣的条件下，完成了您给自己定下的每天骑行百公里以上的计划。今天要好好地休息，热水洗洗脚，给自己做一下按摩，放松疲劳的肌肉，尤其是您提到的腰疼部位。一定注意安全，连续超负荷的"燃烧身体能量"，更需大量补充有能量的食物，一定要好好休息祝：顺！

　　2014/4/21　20:42　罗老师，这段时间因为做标书比较忙，所以没回复您短信，忘见谅！虽然不曾与您同路，但是却一直牵挂！每天看到您发来的短信，心中无比感慨！美慕嫉妒！美慕您有这样的勇气和毅力，去完成这不可思议的旅行！嫉妒您一路领略着这样美好的风光和祖先们留下的杰作！遥祝您一切平安！

以上短信第二、三条为许正，第四条为皇甫华，第五条为黄凯所回复。

对新疆风口带风之厉害我早有耳闻，行前也查过与新疆风口地带相关的资料，也多次听过摄影圈里来过新疆"采风"的圈内朋友和来新疆当过兵的四川本地老乡对新疆风的印象和感受，也听过他们对新疆风的夸张描述，每个与我摆谈起新疆"山口风"的人均是谈风色变，感慨不已。前几年在中央电视台播放的新闻节目中，就看到过异常强劲的狂风将正在运行中的火车吹翻出轨倒地的新闻报道，像火车这样的庞然大物都能被风吹翻出轨倒地，一个人的自身重量才不过一百多斤，重量之悬殊又怎能与火车相比。一个在骑行中的人如果遭遇能将火车都吹翻的强劲风势和风力，又该拿什么去应对？！应该说中央电视台的这段新闻报道场景之惨烈恐怖，在我的脑海里留下了非

常深刻的记忆。由于对此场景印象深刻的缘故，当我行至星星峡起就对这一段路上的风势和风力特别留意，在我的心里既有对新疆"山口风"的担忧与畏惧，也提前做好了防范与应对的准备，防患于未然才是最好的应对之策。所以在我的思想上和行动上都不敢有一丝一毫的马虎和懈怠，因为任何的闪失和不当处置都有可能危及自己脆弱的生命。我认为假如我的生命如果就此"断送"了结，虽说亦算是一种"解脱"，但却是我人生生命的彻底失败！人生的短暂与生命的无助和无情，让我在如此极端的生存环境里更加深刻地感知和体验到一个人能够健康愉快地活着恐怕才是最重要的。要是没有记错的话，当年将火车吹翻的实际地点，也就是我往前骑行的必经之地，新疆鄯善所管辖的地界！

　　2014/4/11 16:27　此次西行，对我来说确实是一次全方位的综合素质全面考验。一个"32公岁"的花甲老头竟然还能萌生出把自己的梦想做到国外去，这样大胆奇异的想法和念头不能不让世人感到奇怪和惊讶，而且是靠燃烧"骨油"作为动能去丈量遥远的跨国路程和自己的心路历程，这不能不说是一个中国人的传奇。　中国骑士罗

　　2014/4/11 16:57　这一路走来让我感觉到很疲劳很辛苦，我毕竟已是年过花甲的老人了。每天一百多公里的超强度的大运动量付出，的确非常人所能承受。作为上了一定岁数的老年人超强的运动量后比年轻人恢复起来要慢得多，故每天住下来后我都要做腰部和腿部的按摩和放松以便让肌肉得到调理以利于恢复并减轻疲劳程度。　中国骑士罗

　　尽管我在路上发给媒体、家人亲朋的短信都已成为历史，但从短信的内容就可以了解和熟知我在路上的心态和状态，以此来感知一个最为真实的我，这应算是情感寄托和聊诉体己话的有效便捷方式，也算是一种分享吧。

"火焰山"遐想西天取经

2014/4/21 21:14 本以为我已走出戈壁荒漠和令人生畏的恐怖风口地带。今天从善鄯骑行到吐鲁番的一路上倒也顺利，下午4时骑行到吐鲁番邮局加盖邮戳时才悉知从今天晚上开始又将刮起10级以上的大风和沙尘暴，并降温10度以上。看来新疆的风势硬是撵着我一路狂奔。我只有放弃在吐鲁番住一晚上的原有打算，朝前赶路往小草湖服务区，明天一早将往乌鲁木齐方向赶路。今天骑行距离157公里。 中国骑士罗

2014/4/11 16:04 此次我所策划和已在经历的跨国骑行对我来说是一次全新全面的总体考验和检验，为此我将面临我一生前所未有的巨大挑战。能否超越并战胜自我并把我的梦想拓展延伸到遥远的法国比利牛斯—大西洋省去，就要看我的心态、体能和生命意志力了。旅途中一切都有可能发生的未知在等待着我去解决和处理，以不变应万变方为上策。 中国骑士罗

2014/4/15 10:58 这两天新疆的气候变化莫测，用当地人调侃的话说就是两天经历了一年四季春夏秋冬，天热热死人，天冷冻死人，气候反复异常真是折腾死了人。北疆二十多年来在这个季节还未有过如此的骤然变化，我碰上了这样的天气也算是上天对我的适应能力的一种适度考验与检验！适者生存，这是自然界的生存法则。 中国骑士罗

从我发回的短信中方知道我在路上的实际情况和我的心绪心态，权且也把它当成温故而知新的"另类"写作方式。我力求用还原真实的场景和状况来全方位地真实展现纪实性游记写作的根本与灵魂。

我听从了心的召唤在跨越疆界的追寻中西行远征，一路西行随着我行进中的轮迹，我的视野也在不断地向前延伸。在大西北我领略

到了自然人文两种有别于其他地方的奇特风情与风采。"葡萄美酒夜光杯，欲饮琵琶马上催。醉卧沙场君莫笑，古来征战几人回？"来到西部让我梦回远古，遥想起这首古代勇士豪放的经典诗歌来，对我来说既是一种激励的动能，也是一种情怀的释然。我既然敢于一人一车"玩命"西行，说明在我的骨子里有一种无所畏惧的进取精神且在血液里还依然流淌着冒险的基因。"肯取势者可为人先，能谋势者必有所成"，在悠扬的胡乐声中我以自我的不断超越，以放松的心态展示我乐观进取的精神风貌，努力去实现自己人生的终极梦想。大漠孤烟直，跃马横天行！

鄯善至吐鲁番的公路沿线都能看到葡萄架和新疆独有的"坎儿井"，新疆吐鲁番一带由于地处戈壁荒漠的边缘地带，自古以来就属干旱少雨的地方。这里日照时间长紫外线充足，最适合种植葡萄和其他时令瓜果。聪慧的维吾尔族人根据当地的实际情况摸索总结出了一套适合葡萄种植的方法，巧妙地综合利用了地下水源的囤积发明了适合葡萄种植生长的"坎儿井"，"坎儿井"也就是能浇灌地表葡萄枝藤的四通八达的地下暗渠，要是我没有记错的话新疆拥有的"坎儿井"已进入世界文化遗产预备名录，"坎儿井"在新疆受到了很好的保护和合理的开发利用。

2014/4/20 20:21 4月20日星期日，晴，今天是芦山4.20地震一周年的纪念日，此时的我虽万里独行在西进的路上，但我依然牵挂灾后重建的故土家园。我作为雅安的子民为雅安祈福！唯愿天佑赐福于故园，顺祝雅安康泰祥和！ 中国骑士罗

这条短信是我20日20:21发回的短信内容，两天时间内，我为芦山4.20一周年的特殊日子接连发回两条与之相关的短信，可见我心里对芦山地震灾后重建的关切！

4月21日，我骑行还路过了赫赫有名的"火焰山"景区，"火焰山"风景区属吐鲁番管辖。火焰山出名是因为中国古典名著《西游记》里提及的唐僧师徒四人前往"西天"取经，途中所发生的与火焰山相关的故事。由于《西游记》的作者吴承恩在火焰山这个章回里对

唐僧师徒四人和铁扇公主都有详细而又精彩的着墨，让世人熟知了火焰山。我西行路过此地，自然对火焰山就格外地留意。火焰山景区就在我行进的路上，就火焰山的山体和山势来讲并无奇特，这里唯一的特色是裸露的山体、山脊、山梁所呈现的都是赭红色。按我的理解火焰山就是一处典型的丹霞地质风貌，这一带的山体有些横断面色彩斑斓，条纹和肌理线条清晰可辨，也很是吸引人的目光眼球，但从火焰山的整体山势与丹霞地貌的特质来说，又远不及张掖丹霞地质风貌，正可谓"乐山乐水，见仁见智"。

行至火焰山，触景生情，让我这个孤独的行者浮想联翩，感慨不已。吴承恩所著的《西游记》是借助唐代玄奘印度取经的真实题材，采用章回小说虚幻的故事情节来描述唐玄奘取经路上历经的艰难困苦，九九八十一次磨难的故事情节确实打动人，可见吴承恩的用心良

火焰山触景生情

苦。吴承恩为何要用虚构出来的唐僧来替代历史上真实的玄奘？其真实的意图我无从知晓，也无法考证。吴承恩在小说里采用虚构的写作方式，用虚构出来的唐僧外加孙悟空、沙僧、猪八戒和一匹白龙马来组成了一个西行取经的团队，这四个人外加白龙马在路上各有分工，各司其职，其间既有分工又有合作，且性格各异没有雷同。这样的组合彰显出了团队的优势，不管是降妖除魔还是涉流遇险，都丝丝入扣，描绘得出神入化，让读者读起来爱不释手。应该说这样的团队组合令人拍案叫绝，因为在路上尽管都听命于唐僧，然而他们却又是一个个独立的个体，在共同作战的期间，既相互依存又相互照应，遇事商量，充分体现出了人多好办事的特点，借以说明了四个人总还是要比一个人强得多的道理。同样是在取经的路上穿行，唐僧师徒四人是一个肩并肩共同为西天取经而搏击奋斗的团队，然而我却是一人一车西骑列国在孤军奋战，这样的战斗是一个人的战斗，这场战争对我来说是一场看不见硝烟的残酷战争，这条通往法国的西行路上潜伏着各种各样能置人于死地的高危风险，战场也就在行进的路上。

2014/4/21　7:03　罗哥"西游记"，九九八十一难，挡不住前进的脚步！

以上是富华老弟发给我的短信。

从火焰山联想到中国古典名著《西游记》，再来看我所做的一切，让我感慨不已。我西行的路如同《西游记》里唐僧师徒四人走过的路，也如同唐玄奘当年去天竺取经的路，我所走的西行路可以说艰苦卓绝，危机四伏，我只身单骑西行闯荡是真正意义上现实版的"西游记"，我所承受和享受到的是将我轮迹的印痕留在了我西行远征漫长而又艰险的一路上。长距离骑行需要理性和理智，更需要极强的耐性来保证超常的体能消耗，要有坚强的信念支撑、顽强的生命意志力和强有力的耐性才能最终抵达梦想中的目的地！我和唐玄奘一样都用自己超乎于常人的信念和坚持去触摸到了终极的极限，不忘初心，修成正果！

路遇日本"女将"

　　2014/4/21　22:27　当骑游成为我生命中的一部分时，那就注定了我是在颠沛奔波中度日，披星戴月顶风冒雨那自然是常事。此次跨国西行玩的是心跳，依托的是勇气，支撑的是信念意志力和充沛的体能。良好过硬的心理素质，平和的心态及心绪是我秉持的骑行理念。此次跨越疆界逐梦法兰西，是我梦想的拓展与延伸，也是一次狂野的个性张扬！　CHINA骑士罗

　　在鄯善歇脚住宿时我从下榻的酒店服务员那里学会了用英文字母来拼写中国二字。眼看快到新疆首府乌鲁木齐，按行程规划对我来说只要路上不出现大的问题，我在一个星期左右的时间就能抵达新疆出境哈萨克斯坦的边境口岸——霍尔果斯。在骑行的路上我在想我为何不将中国骑士罗改成英文和中文合璧的组合呢？当有人教会了我用英文缩写的中国来书写，我就此把短信落款改成了"CHINA骑士罗"，看来我真还不是一个墨守成规的人。一路上我将"康巴游侠"的落款改为了"中国骑士罗"，现在我又把"中国骑士罗"的落款改成了"CHINA骑士罗"，顺应时代的发展与变化使我不会落伍，也算是跟得上潮流，这算不算是标新立异我也说不清楚，权且就把它当成排解孤寂的一种自娱方式来看待。一个人在路上行走孤寂难耐，排解孤寂的方式也就是在不分散精力和注意力的前提下尽量不要让头脑空闲着，要不然就发傻地对着天空和荒野一个人唱歌或大声地呐喊嘶叫，一个人成天不说一句话，会把人给憋疯，倒不如自娱自乐为好。

　　由于中央电视台已提前预报了乌鲁木齐及其周边都有大风降温伴随沙尘暴的相关信息，风大自然是情理之中的事情。从小草湖服务区一出发就顶着大风爬坡，骑行起来非常费劲，在不得已的情况下只

好推着车前行，上完一段坡后又顶着风往前骑行，这应该算是逆风飞扬吧！在这样恶劣的气候下骑行还偏偏遇上后轮内胎遭扎破，此时的我不管天气条件怎么样恶劣都还得想办法把扎破的内胎补好才能骑着车往前赶路，这一带的路上既无遮挡的地方而且风势非常强劲，也找不到避风的地点，只好把自行车挪动到路旁就地补胎。前两天就因地制宜地摸索出了在大漠荒野上寻找漏气处的有效方法，今天如法炮制将雨衣反披在头上这样就减少和阻隔了外界风力的干扰，很快就查找到了被异物扎爆的漏气点，我刚将内胎补好正准备拿出便携式打气筒加气，此时从我的后面突然冒出来一个骑车路过的"女将"。

从雅安出发以来的一个多月时间里我还是第一次看见一个骑自行车的户外骑行人，这第一次在路上碰上的竟然还是一位长相秀气的女士，她见我补好胎后准备加气，便将自行车停靠在我的车旁并从她的车上取出一把打气筒递到我的手里，并示意我怎样加气。她不说话但却又十分友善的举动让我在心里感到纳闷，我心想难道这个人是个"哑巴"吗？怎么连一句话都不说，我猜想这个人如果不是"哑巴"的话说不定还是一个"老外"。她递给我的打气筒还真是管用，不几下就将补好的胎加足了气。将补好的内胎加足气后，我马上将打气筒递还给了她并帮着她把打气筒捆绑好，这时我出于礼貌主动先伸出手来与她握手并予以道谢，此时的她既不扭捏也不矫揉，大大方方地与我用较"生硬"的中国话再辅之以手势与我交流摆谈。她说中国话的吐字发音比较含糊，听起来有一定的难度，好在她说话时语速较慢并借助肢体语言帮助，在相互交流一番后我才算是基本上弄明白了她的大概意思。她告诉我她是日本人，家住大阪河内长野市，她从日本出发借道中国经哈萨克斯坦、俄罗斯再转道英国，英国是她此次旅行的目的地国，她到英国主要是为了去游玩，到英国游玩后直接从英国坐轮船返回日本。我也向她介绍了我的相关情况，我告诉她我此次骑行的目的地为法国比利牛斯—大西洋省，去回访大熊猫的发现人和模式标本制作人法国神父阿尔芒·戴维的故里埃斯佩莱特市，并从车上行包中取出已加盖满沿途邮戳的路线图旗帜和我著的游记《问道天路》给她看。当她看到旗帜上和书中加盖了不少邮戳的实物，感到很惊讶也很惊奇，她问我怎么样做才能将每个地方的邮戳给盖上去，我告诉了她加盖邮戳的方法，这让她感到十分高兴，看来她是要学我的办法让邮戳来见证一个人曾经到过的地方。用邮戳作为佐证来印证一个人所走过的地方能让人感到真实可信，因为邮戳上所显示的地点和时间都反映出了真实性和有效性。此时的她显得异常兴奋，主动提出要与我结伴骑行到哈萨克斯坦或是俄罗斯，她说路上有一个人陪着骑行好相互照应，不孤单也不寂寞。看来是她刚才看到了我的路线图旗帜和我著的书，对我算是有了相应的认识和了解，在一定程度上也算是解除了戒备之心，由此也产生了一定的好感，要不然她不会在并不认识我这个人的情况之下草率地邀我与她结伴骑行。按理说我与她都是自行车户外运动的骑行人，尽管两人都有自己不相同的骑游目的地，却又有一段共同都要经过的骑行路线。单纯从这段出国后的骑行路线来说，有她加盟肯定对我会有所帮助。原因很简单，她会说英文，这样的组合也就弥补了我不会外语的短板，从这点来说就完全有理由结伴骑行。但我的理智告诉我这样做非常不合适，原因同样是简单，我与她从不认识相互间缺乏了解，自然就缺少了基本上的信任感。况且我和她性别不同，一个是男人另一个是女人，暂且不说在交流与沟通上存在一定的困难和障碍，在体能和意志力上同样存在差距，在生活上也存在诸多的差异之处，就很难相处相融；关键的问题是她是一个外国人，如果一旦在路上出现任何问题都会很麻烦，弄不好还要引起外交领事纠纷。基于上述考虑我果断明确地告诉她，我不会与她结伴骑行，尽管我没有同意她想加盟参与骑行的请求，我还是友善地与她进行了交流与沟通。最后她请我从车上取出此次西行的路线图旗帜相互间进行了拍照，她主动提出来要在我的笔记本上把她的姓名等相关的信息给我签上。她在我的笔记本上签写下了五行不同的信息，第一行字体她用中国繁体字写上了她的中国名字"牛華繪"，第二行在牛华绘的名字下用英文字母来书写这三个字的日语发音，第三行用英文书写的是"日本大阪"

"巾帼不让须眉"的日本女骑行
人牛华绘

（Japan，Osaka），第四行是用中文书写的"日本大阪"四个字，第五行为"5-1-9清见台.河内长野市"，我也在她的笔记本上留下了我的姓名和相关的信息。

　　在我看来这个日本女人的确不简单，她尽管看上去不够强健，体型弱小，但她却有胆量一个人从东方闯荡到西方。不管她在骑行的路上搭不搭车，敢于一个人独闯世界这就了不起，她这样的胆识和勇气定会让不少男同胞汗颜！

　　2014/4/23　2:49　出发就顶着风爬坡真难，往前骑行也算逆风飞扬吧！在这样恶劣的气候下骑行还偏偏就遇上后轮内胎遭扎，不管天气条件怎样糟糕还得想办法把被扎的胎补好才能骑着车往前赶路。在路上内胎被扎破在没有水检查被扎处时一般情况下往内胎里加点气将内胎对着额头或眼睛敏感部位查找方可，但在这样特殊且风特大时这样的查找办法亦算失效。　CHINA骑士罗

　　2014/4/23　3:15　想尽各种办法好不容易才将车胎补好往前骑行，由于随车携带的打气筒轻便，将气加足困难，在无法一次性将气加足的条件下我只好边加气边骑行一直拖到达坂城找到一家修摩托车的修理铺借到气枪将气加足才骑到乌鲁木齐。在中国风谷风力发电容量特大的路段上骑行的这些天，我可以说是饱受威风的折腾与折磨，由此也就感受和体会到了西北大风的厉害！　CHINA骑士罗

2014/4/22 6:59 野性骑行，逆风飞扬！我行我路，我写我心！

以上第三条短信为高富华先生回复我的。

原本想过完吐鲁番就走完了新疆的风口地带，谁料想今天从小草服务区出发就在风中穿行，这一路上都竖立着风能发电设备，路旁一排大字格外醒目——"中国风谷"，从星星峡开始这一路走来我就在"中国风谷"中穿行，可以说是受尽了狂风的"修理"与折磨，我总算是硬挺着熬过了这段最艰难的行程。

4月22日我从小草湖到乌鲁木齐，行程为127.4公里。

在"中国风谷"逆风骑行

天涯若比邻

2014/4/17 12:37 罗老师早晨好！您一路风风火火骑行，"马不停蹄"地跑路，克服了各种艰难险阻，不断地超越自己，用燃烧身体能量的方式，向世人证明：当理想和信念并存，梦想和现在就不再遥远，孤独的骑士在路上能体会、领悟到人生的真谛。您是骑行界和骑行历史上最棒的骑士，我为能有您这样的老师、朋友而自豪骄傲。祝：保持旺盛的精神和体能，加油！加油！

以上是天津皇甫华回复我的一条短信。我与皇甫华相隔千里之遥，我与她相识结缘起源于我创作出版的纪实性游记《问道天路》。

2012年6月11日下午，我正在雅安我常去的一个驿站给进藏的一群年轻人讲解进藏需要注意的相关事项，和沿途要注意防范"高山反应"的预防措施和经验。此时从成都方向赶来的一男一女两个人引起了我的关注与好奇。让我感到好奇的是进藏的骑行人一般都是骑两个轮子的单车，这两个人却是别出心裁地将两个轮子的自行车改装成了两人同时用脚去踩踏的三轮车。用这样的方式想骑进西藏在我看来有一定的难度和不确定性，创意不错，关键还在于路上骑行时相互间配合的默契与效果。两人一见我就兴冲冲地向我走来，并提出来要我为他俩签书，我畅快地答应了他俩的请求。我为他们签完书后，那位姓皇甫名华的女士首先做了自我介绍，并把她进藏的相关情况向我做了一个简略的说明。她告诉我她的运气看来不错，在路上她就一直在想到雅安后能不能有机会碰上我并请我给她签本书。她告诉我她一直就想像我一样用骑行的方式走进西藏去圆一个自己心中的梦。她在网上收集了不少有关我骑行的信息，她此次进藏一是渴望能在雅安见到我并请我当面为她签本书，这个愿望眼看就要实现了，她心里感到既幸运又高兴；二是拿着这本书进藏，初次进藏的路上对他们会有所帮助。我根据我的骑行经历创作的这本《问道天路》被进藏的骑行人誉称为骑游世界第三极的"骑行宝典"。凭着我的直觉皇甫华女士是个胆大心细之人，她直接问我要了我家中的座机号，她说这样她好随时与我联系来咨询沿途的相关知识和问题。皇甫华告诉我她由于没有进藏的知识也不知道进藏的风险防范，所以显得不太自信。她告诉我她是天津人，出生于1957年2月，是一个自行车户外骑行人，同时又是一名冬泳爱好者，她后来的话题亦算是满足了我的好奇心理。一般说来从雅安进藏的人群分为自行车户外骑行者、徒步行者和摩托车或是汽车自驾游者，然而他们的进藏骑行工具却是由两轮单车改装而成的三个轮子的三轮车，我这么多年来还是第一次看见有人敢于骑着三轮自行车跑"天险"川藏路，真是大胆新奇的创意。她说她一直担心她的身体和体能情况难以完成川藏公路的艰难骑行，然而又十分渴望能用骑行这样一种方式进藏。是她的骑行伙伴也是她骑行的老师——王永利，自己动手用单车改装成三轮车，改装后的三轮车前后分坐两人各踩一副脚踏板来共同完成骑行，来帮助她完成进藏的梦想，这是个不错的主意但的确具有相应的难度。通过彼此间的交流与交往，对她也算是有了一个初步的了解。作为既是自行车户外骑行人又是冬泳爱好者的我，主动邀请并陪同皇甫华和王永利到雅安的母亲河——青衣江里去畅游了一番。他们骑行进藏期间，我基本上每天都与皇甫华通过电话交流，交流沿途的景观风貌和注意事项，基于我与她每天的互通电话交流，也逐渐增进了彼此的认识和了解。

去年在她准备要去新藏线期间我也如约与她通过电话交流，向她介绍新藏公路的相关知识和相关情况。她一个50多岁眼看就要进入"花甲"的中老年妇女，能循着我的骑行轮迹从不同方向的进藏路线去穿越青藏高原，就足以说明她对大自然和户外运动的热爱，确切地说皇甫华是我这么多年骑行路上所结识的最投缘的女性"驴友"，她也算是我众多铁杆"锣丝"中的最为"出众"的巾帼豪杰，亦可称她为"津门女骑侠"。2012年她在雅安时我就将我准备要骑行法兰西的打算提前告知了她，此后逢年过节她打电话来问候时都要提及此事。在我网上公布"英雄帖"前我就提前将"英雄帖"发给了她。当我拿

到法国的签证后，她专门打电话来祝贺我又向梦想迈进了一大步，我亦在电话里告知了她与她分享了我拿到签证后的心情。我自3月18日从邓池沟扬帆起航就一直在用短信的方式与她交流分享我一路上的所思所想所见所闻，我将她回复我的短信用这样一种方式发布，亦算是一种分享。（由于我在中国自行车户外运动骑行领域里具有一定的影响力和相当的知名度，可以说我的铁杆"锣丝"众多，遍布于全国各地，皇甫华亦算是众多"铁粉"中的一员。）

　　2014/4/23　11:19　俗话说下雪天留人天，看来我今天要被天上不断飞舞的大雪和路上覆盖着的近10厘米厚的冰雪困在乌鲁木齐了。下雪天路上湿滑不适宜骑行。鉴于如此特殊的气候条件，不管我心里怎样想都得将前行的脚步暂时停顿下来。一个多月以来我每天都在西行的路上狂奔，是该将骑行步伐放缓停下来好好地休整一下以利再战。将过度疲劳的身体调整调整是一件好事。我理应顺势调整以利恢复体能。　　CHINA骑士罗

　　这条短信反映了我今天所处的境地，我只能在此休整一天了。乌鲁木齐为新疆维吾尔自治区的首府所在地，据有关资料介绍，乌鲁木齐是中国内陆地区离海岸最远的城市。

不受天磨非好汉，冲出"雪"城

2014/4/24　22:31　四月飞扬鹅毛雪，料峭春寒银白色！天气骤变，气温陡降，令人防不胜防。4月24日早起，看天气略有转晴之可能，抓紧时间吃完早饭就又往前赶路。一路上残雪还未融化，这给骑行带来诸多不便。路上重车多、流量大，我只好尽量往贴近最边缘的地方骑行，这样相对要安全些，但靠边骑行往往又要碾压在冰面上，一路上我是小心加谨慎，真可谓是如履薄冰艰难骑行。从乌城骑到石河子市耗时12小时58分，骑行177公里。　CHINA骑士罗

2014/4/24　22:57　今天路上的确骑得很辛苦，陡然降温让人感觉到俨然是在隆冬季节。骑行在路上人感觉到非常之冷，我赶紧停车将所带的衣服全部穿上好像也无济于事。这样的情景还真有点像2005年我和梁辉在可可西里遭遇暴风雪的味道，但今天的情景又完全不同于可可西里。既无高原反应又无生命之忧，但又同样很冷酷，骑行到昌吉太阳出来后才慢慢把气缓过来。　中国骑士罗

以上两条短信是我从乌鲁木齐前往石河子市的途中所发。

雪花在空中飞，我在飞扬的鹅毛雪的裹挟下艰难地往前骑行。风卷着雪花纷纷扬扬，这让视线变得有些模糊，把眼镜摘下来是要看得清楚些，但时间稍微一长眼镜就感觉到刺痛难受。我担心由此患上"雪盲症"，不得以又只好把眼镜再次戴上，戴上眼镜时间一长同样也看不清，原因在于温差让眼睛产生雾气而看不清楚路面情况。由于路面光滑坚硬我在这段路上骑行是非常之谨慎和小心，并留意观察着路面的冰雪情况。乌市通往石河子这一段路上的车流量较大，我只能尽可能地往边上靠，太靠边的路面没有车辆碾压，路面结冰光滑得

很，骑行起来很难把控住车身，有几次稍不留意就滑倒在地上，为此自行车龙头也被擦伤了多处。这些年我骑车穿越了不少的地方，路上遭遇暴风雨和暴风雪那还不是常事。在我的印象中最深刻的一次是2005年我和梁辉在青藏高原的可可西里遭遇到暴风挟裹着雨雪的劲袭，那场狂暴的风雪是我和梁辉有生以来第一次碰上的，那场可怕的狂暴风雪差点就要了我俩的命，能死里逃生算是侥幸。人只有经历过生死历险，才会懂得生命的宝贵与可贵，才有可能具有抛弃一切杂念将生死置之度外的胆识和豪情！

  2014/4/17 20:40 我在林芝的朋友说你雪、雨、雾、塌方、堵车都遇见了，这也算是经历了。经历让人心态平和，坦然面对！

以上是朱明老弟在西藏回复我的短信。

乌鲁木齐这场大雪促使气温骤降，也破了近30年来的气象记录。不知是我这个人的运气太好还是太差，此次西行西北地区特别是新疆极端恶劣的天气都让我给撞上了，雨雪、冰霜外加沙尘暴，我全摊上了。看来还真是应验了那句老话"不受天磨非好汉"，要想成为"好汉"就要经受得住风霜雨雪的轮番冲击和打磨。

由于路面积雪骑行起来既费力又艰难，再加上骑行的距离较长，在路上耗费的时间已近13个小时，骑行到石河子已是晚上9点多钟，看来今天是不可能将石河子市这枚邮戳给盖上了。不知怎么的我对石河子这枚邮戳十分看重。今天由于错过了时间没有把这枚邮戳给盖上，明天无论如何都要等到邮局开门后将这枚邮戳补盖上后再走。

我的邮戳情结

这么多年以来，我每次骑行外出到达沿途所经过的各县市，顾不上吃饭就先得要去打听寻找当地的邮局来加盖上当日的邮戳，这已成为了我多年的骑行习惯。这看似小小圆寸间的一枚枚邮戳见证并展示了我所骑行所经历过的地方，这既是我骑行历程的见证也随之永远地定格进入了我的历史！为加盖上这一枚枚的邮戳，我已无法算清跑了多少"冤枉路程"。如果路上耽误了时间，邮局已关门就无法将当日邮戳盖上只好等第二天。如果下一站的骑行距离较长，第二天需要早点走，那就无法将当地邮戳加盖上，这样的事例也不算少，最气人的莫过于有些邮局根本就不给我加盖邮戳。因为我在我所著的《问道天路》的书页上及笔记本上或其他物件上加盖的邮戳不属于信件或是邮件，按相关规定就不给我加盖，遇到这样的事情我还真是没办法，最后也只好作罢了事。每到一地加盖邮戳对我来说都是一件较难办的事情，拿我这次跨国骑行来说，路线图旗帜就有四面，外加两件需要加盖邮戳的骑行"马甲"、一本书和两本笔记本，共九样物件需要加盖邮戳，也就是说我在每个邮局都要盖九次邮戳，这就相应地增加了难度。如遇到和蔼客气点的营业员还好说；如果遇上呆板教条的人，任凭你怎样说都不管用。某些地方的营业员不仅不给你加盖当地邮戳，除故意刁难外而且还说话难听，出言不逊。面对这样的情况，我的心里自然会不舒服、不痛快，但依然还得腆着"老脸"、赔着笑脸去做善意的解释和沟通，其目的不外乎就是为了能把邮戳给加盖上。遇上这样的情形不管我做怎样的努力都仍然是无济于事无法将邮戳盖上，还真是让人哭笑不得又无可奈何。在国内加盖邮戳都这样难，在国外语言不通的情况下，我还能不能将沿途所经国家和地方的邮戳加盖上？这还真是成了一道难题，确实要考验我的耐性和智慧。屈指算来我从事自行车户外骑行已是十多年时间，我系统地收集加盖邮戳的

"戈壁明珠"新疆石河子市

时间跨度也有近十年的时间，这一枚枚邮戳的积累已达到了一定的数量，其间还有不少的珍品。这些邮戳涵盖了中国版图上的东、西、南、北、中各地，把这小小的"圆寸"串连起来就可展现我每一次长距离或超长距离的骑行路线，这就是我的自行车户外运动骑行史，这一枚枚的邮戳既是我的骑行史的定格见证，也是我浓缩的人生！

　　我从心里很是看重石河子这枚邮戳，原因很简单，石河子市是新中国成立后由当年戍边屯垦的新疆生产建设兵团的农垦人在荒漠上开发建设出来的一座新兴城市。新疆生产建设兵团是一支屯垦戍边的部队，这支具有优良传统和作风的部队于新中国刚成立不久由部队成建制转业到新疆，从事新疆的建设与开发。石河子原为一片不毛之地的大漠荒原，现已建成了四季瓜果飘香的大粮仓和重要的棉花生产基地，已建设成为农工商一体化的"戈壁明珠"。石河子在新疆乃至全国都有相当的知名度和美誉度，城市绿化覆盖率达42%，是联合国"人居环境改善良好城市"，是全国优秀旅游城市。新疆生产建设兵团代表着一种精神，也是一种精神的象征，基于此我从心里看重石河子这枚邮戳！

糟糕的身体与沉甸甸的念想

2014/4/25　8:10　今天是2014年4月25日，今天对于我来说是个特殊的日子，今天是我特喜爱的乖孙罗雨彤一周岁的生日。作为彤彤的爷爷我本该等乖孙过完生日再出行，但考虑到行程周期太长还有签证上的原因，我不得不将行期提前。我在新疆石河子市为我那可爱的乖孙祈福！愿彤彤健康富有灵性、活泼可爱！　CHINA骑士罗于新疆石河子

本来按照我原来制定的出行计划是在4月底或5月初，后来考虑到路程上的实际骑行时间将近要4个月，还有就是途经白俄罗斯、哈萨克斯坦的过境签证未能办妥，可能骑行的路上因签证问题还要耽误些时间，经通盘考虑后我将出发日期调整提前到3月18日。我的朋友们听说我准备将出发日期提前到3月份，都感到不能理解并且都表示不赞同我将行期提前到3月18日。理由是3月份从宝兴出发时季节不合适，气候冷，在路上是往西北方向走，甘肃、新疆的气候更是寒冷。据查证，这个时段是一年中"山口风"频发的季节，这时出发衣物会带得多，衣服穿多了骑行起来也不方便。因此不少朋友向我提议，与其变更出发的日期，还不如变动骑行的行程。他们希望我甩掉国内的4000多公里行程，直接从成都坐火车到新疆乌鲁木齐，然后转车到我此行的出境口岸——霍尔果斯，再从霍尔果斯启程骑行到法国。同样是从中国境内出发骑行到法国阿尔芒·戴维的家乡比利牛斯—大西洋省，这样既缩短了行程、节省了时间，也同样到达了骑行的目的地，还相应地减少了在途中的风险。我老伴一听说这样的建议，就特别支持并希望我能采纳这样的建议，我对此建议当然反对也断然不会采纳。我此行的初衷意愿和选择都是从宝兴邓池沟启程出发前往法国，那是因为1869年法国传教士吉恩·皮埃尔·阿尔芒·戴维在雅安宝兴

邓池沟发现了大熊猫，并将大熊猫制作成模式标本带回了法国，由此才在全世界引发了大熊猫热。我的意愿既然是想循着一百多年前的历史轨迹去法国回访阿尔芒·戴维的故里，因而理所当然地要从大熊猫的发现地、模式标本制作地和命名地宝兴邓池沟出发西行才在理。缩短行程既违背了我的出发理念，也失去了我不远万里跨国西行回访戴维故里的实质和意义。"雄关漫道真如铁，而今迈步从头越。"我既然决心已定，那就会步步为营，从头做起！

如果按照原定的计划出发我就有足够的时间来陪乖孙过生日，并看她怎样去"抓周"。世人都说隔代亲，在我看来此话说得有理，人到了一定的年龄阶段自然而然就会有一种爱的转移，隔代亲是再自然不过的事情。小彤彤天性活泼充满灵性，很是逗人喜爱，我相信此时我如能陪着乖孙过生日肯定会乐在其中感受到乖孙带给我的幸福和满足，这样一种颐享天伦之乐的幸福，就这样让我给错过了，看来取和舍往往就在一念之间。

"何人不起故园情"，我尽管痴迷并喜爱自行车户外骑行，但就骑游来说只是我生活的一部分，而不是我的全部，所以说家庭对我来说更为重要。家，是我的精神支柱和精神依托；家，是我动能补给的"加油站"、困倦后休养生息的"疗养院"和宁静的港湾，让我切实地感受到了人生的愉悦与幸福。确切地说家是我的希望所在，亲情的关切与关爱，家庭成员间亲密的关联和亲近是源于血浓于水的"基因"和血肉相连所构筑起来的"血缘纽带"。家的概念对于我这个常年在外奔波漂泊的人来说是一份沉甸甸的念想，家是我的支撑，家是我的依靠，家是令我魂牵梦萦的温馨福地。就我来看，家应该是让人可以自由放松的地方，身心自在即是家。家对我来说尤其显得重要万分，亲情重于山，此时的我虽身处他乡，心里依然思念今天刚满一周岁的小彤彤，也更加想念和思念近四十年来与我相亲相近、相濡以沫、患难与共的爱妻李兆先。俗话说男主外女主内，我们这个家自我俩结婚以来都是由她一个人操持家务，未退休前她作为家庭主妇既要上班又要料理家务，可以说是忙前忙后不得空闲。她这个人勤俭朴实、温柔贤淑、宅心仁厚且富有同情心，待人接物谦和，也十分善解人意，在我的眼里她算得上是一个

好妻子、好母亲、好儿媳和好女儿。她对两边的老人都十分尽心孝顺，我此生能娶到这样一位贤惠的妻子，是我的幸运，是命运对我的厚爱，也是我的福分。这让我享有和具有切实的满足感，"知足常乐"会让人心态平和，恬静安然！

然而近十年来因我痴迷于自行车户外骑行，我把我的主要精力和心思及很大一部分时间都投放在了外出骑游上，这样一来自然就疏远了家庭，也很难照顾到家庭和家人。作为共同生活了近40年的人生伴侣，她当然不希望也不愿意我对家不管不顾而常年一个人在外奔波漂荡，但她从我的现实身体状况来考虑，又理性地支持我去坚持"冬泳"和骑游健身。她知道我糟糕的健康状况必须通过自身刻苦的长年锻炼才有希望和可能增加自身的免疫能力。

由于我1972年至1978年在部队服兵役期间当的是基建工程兵，具体从事的是铀矿井下开采工作（铀是重要的天然放射性元素，也是最重要的核燃料）。在当兵期间的六年时间里我就有近五年的时间参与铀矿石的采掘，直接面对面地与铀矿矿石所放射的伽马射线亲密接触。由于长期受放射性元素的辐射接触，我的身体也就自然地受到了辐射射线的伤害。1992年在我所在的单位进行体检时我被查出我体内的白细胞还远不到3000，正常人白细胞计数在4000—10000个/平方毫米范围内，平均为7000个/平方毫米。在拿到体检报告时我简直不敢相信我的眼睛，这样的一种结果也让我感到沮丧和无奈，因我已从事了多年的铀矿开采，从职业的角度和基本的意识都十分清楚铀这种放射性元素放射的射线对人体造成伤害的严重后果。一个人如果身体遭受到了辐射，将会杀伤和杀死人体内的白细胞。白细胞是人体内重要的免疫细胞，白细胞数量下降至正常水平范围以下便会危及人的免疫系统，影响正常的免疫功能。免疫能力低，就代表我这个人的抵抗力差，在很长一段时期里，我的后背心总是感觉冷沁沁的，如遇天气变化身上的衣物穿得少或是晚上睡觉不注意将胳膊露在被子外，稍不留意就会感冒发烧。一个人长时期地受感冒发烧侵袭和困扰，自身机体防御能力减弱导致感染，就会影响并伤及肺功能，致使肺功能下降。一个身体正常的人哪怕有再健康的身体也招架不住长期反复的侵袭和"折腾"。

前一段时间在中央电视台黄金时段热播的电视剧《国家命运》，主要讲述新中国成立后为改变贫穷落后受制于人的战略格局，国人展开了一系列自强行为，包括关乎国家命运的核工业在国防战线上的研究发展，"两弹"的开发研究制造出的原子弹和氢弹大大增强了国防实力，让中国具有了坚实的和平盾牌，其国际地位也得到大幅提高。中国不仅在核能的发展上有了大幅提升，还掌握了核战略布局和核战术的开发应用，具有了核保障能力的同时也在军事上拥有了强大的后盾——核武器，中华民族也从此摆脱了"弱国无国防，弱国无外交"的弱势局面，国家命运由此发生了历史性的重大转折。我和我的战友们都属于中国核工业战线上的一员，我尽管身体因辐射而造成了免疫力低下的状况，但我并没有因此而后悔过，我甚至为我曾经有过这段特殊的当兵史而感到骄傲和自豪。因为我在国家需要我的时候，在我的生命里最美好的时光中投身到了国家需要的地方，也算是完成了我的人生在这一段的历史使命。我的牙齿由于直接遭受到辐射，在部队服兵役时就开始松动脱落，现在几乎已成满口假牙，就我的身体状况来说，我是一个深受病魔侵袭而在医学上又无法完全医治的残疾人。既然事已如此我不该就此消沉而拖着病躯昏昏沉沉过日子，不如奋起自救与命运顽强抗争。一个血性男人要敢于有直面人生的勇气！对我来说就是要尽己所能战胜病魔，战胜自我，想办法加强身体锻炼提高自身身体素质来增强自身免疫能力来抗衡病魔。听我的一位朋友说冬天冰冷的雪水能刺激并促进人体内骨髓（骨髓是人体的造血组织）的再生，以此来增加白细胞的数量，借以来增强人的免疫力和抵抗力。为能增加增强自身御寒的能力，我从1992年起就自觉地加入了"冬泳"健身的锻炼。"夏练三伏，冬练三九。"20多年来我都一直在坚持冬泳，从未间断这样一种自虐式的既残酷而又痛苦的身体磨砺（"冬泳"被称为"残酷"的自虐式运动）。我针对冬泳和自行车户外骑游为自己制订了一套健身计划，还提出了健身理念和口号，那就是"锻炼身体，增强体质，保家卫自己"！从1992年在知道我的白细胞数量过低后，起初每一个月我都要去查血，之后是一个季度去查一次血，然后变到半年查一次血，到现在是一年查一次血，20多年来一直如此从未间断，但我的白细胞数量并未朝我预期的方向增加，而是没有多少变化（维持在2870—2930个/平方毫米之间），好在我心态特好并未自暴自弃，经过长年的锻炼我的免疫力和抵抗力增强了很多。我的妻子她赞同并支持我搞冬泳和自行车户外骑游，但她却不赞同甚至极力反对我一个人冒险去搞超长距离的户外骑行，对这次法国之旅她更是极力阻拦，就是不想让我一个人冒着风险和危险去骑行。

我的夫人不支持我去独行冒险闯荡，是有其理由的。由于我这些年来的外出远行多次险些命丧"黄泉"，让她和其他家人既担心又害怕，还产生了一种无名的"恐惧症"。尤其是我的爱人李兆先，每次我外出骑行离开家门，她就开始担心牵挂，搞得来坐卧不安而焦躁烦闷，就生怕我一个人在外面"出事"。

2011年4月28日我在福建古田遭遇车祸，致使头部多处受到伤害，当时休克昏迷不省人事，幸亏被古田交警及时发现送进国古田县医院抢救，才得以死里逃生。与死神擦肩而过的我，侥幸逃脱了"鬼门关"。按照古田县医院住院时的入院诊断：1.右侧颞叶挫裂伤；2.侧颧弓及左侧颞骨骨折；3.全身多处软组织挫擦伤；4.左眼结膜挫伤；5.中颅窝颅底骨折。这飞来的横祸致使我头部多处受伤还伤及头部神经。我虽大难不死逃过一劫，但却在他们的心里蒙上了一层厚厚的挥之不去的阴影。在她和儿子、儿媳得知我因车祸送至古田县医院住院抢救后，他们三人赶紧购买机票坐飞机赶到福州机场、再转乘汽车到古田县来看望我。当我苏醒后，睁开眼第一眼看到我的妻儿老小时，我和我的妻子都忍不住流下了眼泪。当时的我心在颤抖，也可以说是在滴血。俗话说："男儿有泪不轻弹，只是未到伤心处。"我此时流的泪水，应该说是一种对家庭和家人愧疚的泪水，对于妻儿我应该说心里是有愧的。

自2005年我第一次骑着自行车去西藏，这些年我可以说痴迷于自行车户外骑游，确切地说自行车户外骑游已深刻地融入我的血液里，也融进了我的生命中。当轮迹天涯成为我生活的常态，常年在外颠沛奔波的我，自然而然也就淡化了家的意识和概念。我以四海为家，在无形中又冷落疏远了家人的亲情，也不曾去考量他们的内心感受，由于我自身无法分离我的喜好，分离我的灵魂和肉体，致使我游荡的身躯漂泊无定，这也就让我的家庭失去了往日的祥和和安宁，使得她娘俩不得不为我而操心、担忧、焦虑。在此我向他们表示深深的歉意，并道一声对不起了。在常人的眼里看来，与死神擦肩而过躲过一劫的我会心存阴影畏惧死亡就此而收手罢休。我这个人恐怕是"命硬"，也可能是生命意志太强之故，虽然身体遭受到这样大的伤害，依然是痴心不改，没有任何的惧怕而敛足止步。骑行游天下是我的骑行理念，我既已选择了将我的生命融入户外骑行，融入大自然户外骑游也就成了我生命中的一部分。试想如果一个人连死都不怕，对于这个人来说还有什么是可害怕的呢？！多少次与死神擦肩而大难不死，说明我寿元未尽，连"阎王爷"也不要，还要发我回人间重新受苦受累，若按藏传佛教对生命的认知，死亡对一个人来说，不过是从今生过渡到来世的一瞬间而已。应该说是户外骑行与路结缘让我才有机会去直接面对生死，这让我更加深刻地对生命有了特殊的感知和理解，并借以思量考量生命存在的意义。她生怕在这个年纪里失去一起生活了近40年来相濡以沫、患难与共的伴侣，她也生怕这样平淡安静的生活被再次打破。此次我骑行去法国的路程超长，风险难料，她既担心又害怕，生怕我在漫长的骑行途中遭遇到类似的事故，所以她态度坚决，想尽一切办法来制止我远行。她明明很清楚阻止不了我，却还是不断地劝阻我，意在让我放弃此次跨越国界的骑行。但这次法国行是我多年来的心愿，这次我可以说是孤注一掷，固执地坚持，绝不让步。在我拿到了法国签证局势已定的情况下，她又不得不转变之前不赞成不支持的态度来支持我，并默默地为我做着行前准备工作。她生怕我路上肠胃出毛病中暑拉肚子，特意到药店为我买了藿香正气胶囊和黄连素等相关的药物；还为我准备了巧克力、奶粉、沙琪玛等她认为在路上食用方便的食物。她生怕我一个人在路上照顾不好自己，怕我在路上冷着饿着，又怕我被强烈的紫外线晒伤，她怕我水土不服饮食不习惯而拉肚子。总之我骑行的所有物件和东西都在她考虑之中，她为我仔细准备在路上的东西，带少了怕缺，带多了又怕重。她听说海关对有些物品要求是不能带过关口的，还要担心带的东西能不能过海关。经她手装进自行车包的东西被她放好了又拿出来，拿出来又装了进去，一直到她认为满意为止。在这段时间里她强装着笑脸来陪着我，就怕我分心走神。我知道她的心绪和神情是复杂的，她知道已经不能阻止我跨越疆界西行，剩下的也就只有希望我一路顺畅能够平平安安地从法国回来。她还再三地对我说："在国外不要把钱省着花，不要刻意限制自己每天该花多少，钱财都是身外物，身体才是最重要的（我为我设定的花钱尺度为国内每天花费100元人民币，在国外每天100美元）。你一个人在外我不能为你做什么，对你也没有什么要求，但你要学会善待自己，照顾好自己就可以了。你的梦想究竟能不能实现我管不着也不想管，总之你一定要为我、为我们这个家庭平安地活着回来！"我知道她说此话的分量，诚如我一个要好的朋友所言："你是你们这个家的'天'，一旦你有'闪失'，将如同于天垮塌下来了一样。"试想这样的灾难，哪个家庭能够承受得起？！说实话，我非常喜欢这样的家庭生活和家庭的氛围，也十分渴望和家人们聚在一起去享受幸福美满的家庭生活。我也非常珍爱自己的生命，在一定的意义上还可以说我是一个不折不扣的"活命主义者"（普京语），但却又是一个有信念、有思想、有追求的人。挑战与超越是我的天性使然，也是我永远遵循不变的信条。然而不管我心态如何，或轻松或凝重，抛家舍亲友行走在路上的我，也就成了我的家人和朋友们始终无法割舍的没有尽头的担忧与牵挂，而亲友们这种强烈的亲情与友情相联结的担忧与牵挂，也将转化成我西行路上的无穷勇气与精神力量，有这样的血脉相连的精神食粮作为动力定会支撑着我坚持到底、永不放弃。

　　2014/4/26　7:50　由于极端天气所致，奎屯已停水一整天，无水洗漱倒也无所谓，难就难在到处都找不到水喝，鼻干舌燥极渴难耐。今天从奎屯骑行到乌苏市所辖高泉镇，高泉是新疆生产建设兵团农七师一二四团所在地。一出奎屯就遇上逆风且夹杂着横风，时而还有沙尘暴相伴相随，所以骑得非常艰苦也异常费力。顶风骑行只是耗费体能骑得慢些，让人感到最难受的还是从旁边吹来的无规

律的横风。横风在猛然间吹过来，让骑行中的我感到左右摇摆不停根本就控制不好自行车龙头。 CHINA骑士罗

2014/4/26 17:17 再加上一个劲猛刮的沙尘暴让人睁不开眼睛，这时的我骑行在路上时而像是在扭秧歌，又好像是在跳迪斯科，还有点像是在打醉拳！此时的我生怕出事，只好把车放倒停下来不走。北疆的风不如东疆风口地带那么大但也具杀伤力。我原打算今天住精河县所管的坨坨，经打听得知还有90公里路程，从安全出发我根据实际情况决定就住高泉。今天骑行距离为72.6公里。 CHINA骑士罗

2014/4/27 7:03 进入新疆后接连遭遇极端恶劣的气候折腾，确实给骑行带来诸多不便与麻烦，行至此又不能光考虑自然因素而将骑行的脚步停下来。漫步古丝绸之路，感受到来自大自然最为真实最为直接的善良与冷酷，也是我人生的荣光。人的一生不可能总是心游所想！我行我路，我写我心，能与大家分享也就行了。 CHINA骑士罗

2014/4/27 6:37 艰难的骑行、乐观的心态、拼搏的精神、卓越的成就。每天都在紧张忙碌中骑行，超负荷地挺进。跨国签证的时效期，仿佛是吹起了集结号，时不我待，只能是全身

迎着朝霞一路向西

心地投入，追梦行动一天天有序地进展。爱车的保养、装备的补充也是迫在眉睫。我们今天骑行山路一切顺利。祝罗老师骑行也顺利！注意安全！

以上第四条短信是天津皇甫华收到我的短信后的回复。

一个多月以来的连续超强度的骑行，让我的体能在满负荷、超负荷的情况下艰难地坚持着，可以说这段时间以来我疲惫的身体很难得到有效的恢复和放松，体能过度透支人总是感到精疲力竭，双脚像灌满了铅一样的沉重。在这样特别的困难时期，我在心里反复地提示并告诫自己一定要把心平稳下来，欲速则不达，平稳坚持才能完成此次超长距离的跨国骑行。

这个"三只手"真是讨厌

2014/4/28　3:55　由于受过境国签证时效所限，我每天都必须骑行100多公里才能确保按签证规定时间抵达出境口岸验证出境。俄罗斯签证时效期为5月24日至6月22日，过境签证有效期为30天，从今日算起新疆所剩路程与哈萨克斯坦的里程相加还有3100多公里，还剩下20多天的时间，不一路狂奔又怎么能按时抵达俄罗斯的入境口岸？！这一个多月来的连续骑行让我感觉到很累很疲惫，但又无法停下来休整。　CHINA骑士罗

2014/4/27　21:54　今天一大早就从高泉出发一直骑行到21时18分才抵达博乐州管辖的五台镇，耗时13小时26分，骑行距离180.8公里，总算是把昨天才骑行了72.6公里的行程追补上了。对我来说每天必须骑行100公里以上的行程，只有每天保持这样的行程并且要连续骑行100多天才能到达目的地法国比利牛斯—大西洋省——皮埃尔·阿尔芒·戴维的家乡。只有步步为营，才能步步为赢！　CHINA骑士罗

2014/4/28　20:32　罗老师早晨好！骑行穿越在古丝路上，每天的赶路奔波虽然艰难困苦，但路在自己骑行的车轮下一圈一圈地丈量着，风景不停地变换着，这是靠长期骑行、冬泳运动的底子、独行的胆识、科学的快速恢复体能来完成的。签证的时间窗口不等人，由不得半点懈怠。您的骑行朋友们为您加油！为您喝彩！！为中国最棒的骑士而骄傲自豪！！安全第一，一切都在双手的操控中。祈福平安！

以上第三条短信是天津皇甫华接收到我的短信后的回复。

从高泉到五台的道路相对要平缓些，风势也相应地减弱了不少，有一段路还遇到了顺风，顺风省力人也感觉到轻松。骑行到精河县城

找了一家卖肉饼的店铺去饱餐了一顿精河肉饼，精河牛肉饼算是精河的特色食品。填饱肚子后我在附近找了一家小卖店准备去买几盒纯牛奶带在路上喝，由于这家小卖店室内光线太暗，我戴着墨镜感觉不太适应，在付钱时顺手将眼镜摘下来放在收银台上。我把眼镜放下付完钱后等老板娘找零钱，找付我的零钱我还没有拿到手我突然发现我放在收银台上的眼镜已不见了踪影，这时我放开嗓门大声高叫谁把我的眼镜给拿走了，然后老板娘才说刚才有一个进店买东西的人从后面伸手把我的眼镜给拿走了，我问她为什么不告诉我，她只是冲着我憨笑而不回答我。另外两个在店里买东西的年轻人听说有人拿了我的眼镜后，主动跑出去帮忙寻找那个人，不知为什么这个人一出门就没有了踪影，找了半天也白找，算我倒霉偏偏碰上这样的人。要说一副眼镜丢了就丢了，也没有什么了不起的，但这副眼镜对我来说太重要了，我从雅安出发就一路上都戴着这副眼镜。由于新疆日照时间长，户外紫外线比较强烈而且风沙大，在路上骑行如果不戴眼镜眼睛长时间裸露在外遭受紫外线的照射和风沙的吹袭，眼睛根本就受不了。这副外观新颖的墨镜是我的朋友徐绍银在我出发前在网上给我买的，特别适合户外骑行，我也很是喜欢。这个长着"三只手"的精河人真是让人生厌，随手偷拿别人的东西本身就是一种令人讨厌的不道德行为。好在我在出发前就多准备了一副墨镜备用（此副备用眼镜是我的儿媳刘夏伊专门为我此次西行法国而购买的），要不然就无法上路骑行，看来我在今后的路上更要多加小心，处处谨慎才行。

果子沟挑战生理极限

2014/4/28　23:13　今天在逆风、雪、雨中骑行，到达伊宁所辖的芦草沟乡，距离为126.9公里。这里离霍尔果斯口岸只有39公里，但由于我要到伊宁去检修自行车还要去办点相关事宜，所以我明天经由去伊宁的分岔口直接去伊宁，这样来回折返要多跑120多公里的路程。今天从五台出发就开始爬60公里的上坡路到达赛里木湖，然后就是近70公里的下坡路。据有关资料查证这60公里的上坡路陡然抬升了1490米，是新疆公路坡度最长、海拔抬升最快的路段。　CHINA骑士罗

由于我已事先洞悉了要骑行经过的道路情况，心里清楚骑行路段难度颇大。

4月28日我一出五台镇踏上高速公路就开始爬坡，刚出五台镇的有一段路程相对要平缓些，往后骑行就感觉到越来越陡。我在路上骑行时把我的精力和心思都用在了调节骑行速度和观察道路路面路况上了，谁知在快要到三台（三台是一个只有几户人家的自然小村落）时突然间从路边一家修车店里蹿出一条体型较大的"狼狗"朝我猛扑了过来，差点就咬在了我的左腿上，我被吓了一大跳还差点摔在了地上。为摆脱这条狼狗对我的追赶和扑咬，我可以说是用尽全力猛踩着脚踏板让车速加快，经过一阵用力费劲的猛冲才总算是与此条"狼狗"拉开了一定的距离。由于突然遭遇"狼狗"追赶，我猛然间发力过度，我开始感觉到两条腿又酸又胀，身上好像没了劲似的，只好从车上下来推着车前行，下车后我才注意到后胎不知何时又被扎爆了，看来刚才遭遇与"狼狗"的"赛跑"时慌不择路碾压上了异物，导致后轮内胎又被扎爆。眼看就要到三台，我只有推动着后轮瘪着气的自行车前行，到三台再想办法补胎。推着瘪气的自行车走了一公里多的

距离到达三台后，我赶紧寻找吃饭的地方，找到吃饭的地点后我抓紧时间将后轮内胎补好并将气压加足。吃饭时这家饭店的老板劝我今天就在三台住下来明天再走，他告诉我说每年骑车前往赛里木湖或是去伊犁的骑车人，基本上都将这段较长距离的爬坡翻山路分成两天来走，原因是这段路程都是上坡路，何况今天天气又不好。说实话按道理我今天还真是应该在三台住上一宿，这样有利于让疲惫的身体得到恢复。然而因签证时效的倒逼，我实在没有办法停下来歇歇身子缓口气。

由于从五台出发后就一直在爬坡，长距离的爬坡翻山路段耗费了我大量的体能，再加上被"狼狗"追撵，猛然间发力过猛又耗费了大量的体能，让我感到腿脚酸胀，身体疲乏四肢无力，身体处于一种紧绷的状态，看来我的体能已接近或是达到了严重透支的程度，我真的想躺下来就此不走了。此时的我由于体能透支的原因已无法正常地把控好自行车龙头，尽管我在身体上感觉到极度疲乏无力，依然还得要坚持往前推进。从三台出发往赛里木湖的这一段爬坡翻山路段我走得异常艰难，有很长一段距离我推着车走走停停，停停走走，每朝前爬一段坡就得停下来休息调整一会儿，并利用这短暂的休息间隙深深地吸气来补充体内的氧气，然后又一步紧接着一步向赛里木湖山的垭口迈动我那沉重而又缓慢的脚步，好在最后冲顶的那一段距离不算太长太陡，不然的话以我的体能状态根本就无法到达山巅的垭口。昨天在五台镇未能买到纯牛奶和盐茶蛋，今天也就没有可以补充体能热量的食物，再加上今天早上起得较早，五台镇卖吃食的地方还没有一家开门营业，故而只能靠泡方便面来维持早餐，在三台也只有依靠面食来充饥。我深知人体内必须有足够的热量和水分的涵养才能保证维系身体的正常，才能具有充沛的体能来支撑身体的运动。在户外骑行了这么多年，我只有2008年单骑走新藏时，于9月28日在翻山红土达坂时身体体能出现过今天这样的糟糕状态，看来我今天的体能消耗及体能透支真的可能已达到极点。越往前推进，海拔高度也随之在不断地抬升，让我越发感觉到呼吸困难，明显地感觉到胸闷气紧异常难受，总是有一种喘不过气来的感觉。此时的我感觉到四肢无力浑身无劲，双脚和两条腿就像被灌满了铅一样沉重，简直就根本就不想去迈动双脚，实在是走不动了，我只好将脚步放慢或干脆就停顿下来站着歇息，并张开喘着粗气的嘴大口深深地做做深呼吸来缓释难受难熬的痛苦感受。我知道此时此刻的我正经历着此次西行路上最为残酷的体能考验和心理考验，在这要命的关键时刻我生命的躯体和生命的意志力正在进行着殊死的搏斗和反复的较量。面对如此艰难困苦的难熬期，我用我的毅力、韧性和沉重而又坚定的脚步来见证了我的顽强、执着和坚持，我就这样咬紧牙关硬挺着坚持熬到了山的垭口，达到垭口也就走进了赛里木湖。看见赛里木湖，我也就看到了远方和希望。

　　赛里木湖是新疆境内高山湖泊中湖面面积最大、最美、最具景观知名度的旅游景区。赛里木湖与青海境内的青海湖、西藏境内的羊卓雍湖、纳木错湖和班公湖等湖泊齐名而享誉华夏。作为一名摄影爱好者，我已遍游了以上高山湖泊，所以说赛里木湖我是心仪久矣，故而具有令我无法抗拒的诱惑力。今天能借道此次西行之旅来到赛里木湖，也算是了却了神往已久的夙愿。然而，出现和展示在我眼前的偌大一个赛里木湖，由于气温太低之故，冰冻依然还未完全消融，有很大一部分湖面仍然被冰封冻着，被冰冻所包裹的明镜似的银色湖面让赛里木湖大为失色。由于失去了湖光山色的映衬，也就减弱了高山湖泊应有的神奇、深邃、灵性和秀美。

冰封的赛里木湖

此时赛里木湖的天空还在飘扬着雪花并伴随着雨水。天公不作美也就罢了，最大的问题还在于我此时受异常虚弱的身体拖累，再加上身体的极度疲乏，也就相应地减弱了游湖的兴致。连霍高速公路有近10公里的路面是沿着赛里木湖修筑的，我在此路段顺绕着公路环湖骑行的过程中，随意选了几个我认为满意的角度定格了几张赛里木湖的画面后，就朝伊犁方向骑行。

此后的行程一路都是下坡路段，特别是果子沟这段路弯度较大也比较陡，果子沟就因其弯多、坡陡而闻名，其中的果子沟大桥就更具名气。果子沟大桥是根据果子沟公路段落差太大、坡度陡降的特殊地理环境而设计的，大跨度的桥墩结合隧道环绕，采用螺旋式的科学布局来解决了公路坡度陡降的难题。

尽管果子沟大桥景观壮美，但我却要面对的是下坡路上极端恶劣的天气情况和我那异常虚弱的身体和糟糕的体质体能。由于天上依然还在下着雪和雨，而且雨越下越大，此时的我正遭受着雨夹雪的双重打击。我戴在手上的皮手套因较长时间被雨雪飘淋已全部湿透，脚上穿的鞋由于没有鞋套保护也已湿透，再加上气温偏冷，所以让我感到手脚和背心都发凉。从赛里木湖往下的这段路程又是超长距离的连续下坡路，骑行起来基本上就不费力。

雨水顺着帽檐不停地往下流淌，这在一定程度上模糊了我的视线。天上稀稀松松下着雨夹雪，再加上下坡路上迎面猛吹过来的"顶头风"，使得我的手和脚被冻得来逐渐失去了相应的体温和直觉，我的背部也感到了一种说不出来的透心冷，手脚也随之变得来不听使唤。从赛里木湖就开始的下行路段，除去经过的隧道路面比较平缓外，可以说都是坡度较陡、弯度较多的道路路况。坡大坡陡放行起来人倒是轻松又不费力，但在此路段上我却是感觉到紧张难受，这恐怕是和前半程近60公里陡然抬升的爬坡翻山路段让我耗费了大量的体能致使体能严重透支有关，再加上这下坡放行路上雨雪伴随寒风的夹击与肆虐，这时的我可以说是既感到饥饿又感到寒冷，这段下行路骑车放坡本该轻松悠然，我却是手脚动作迟缓心里发忧。由于有多年的户外骑行经历和经验，深知在大坡陡坡路段放行下冲最具风险性和危险性，下坡路段上一旦放开速度加重量的惯性冲击最难掌握和把控，如果不能很好地控制住车身和龙头，惯性冲击所产生的速度和离心力会让自行车如同脱缰的野马而无法驾驭得住。我的经验和判断让我在这一路下坡的路段上格外警觉，我把我主要的精力和关注点全都放到了对自行车的把控及对道路路况的观察判断和对各种突发事态的处理上，我真害怕由于身体虚弱乏力加上手脚僵冷而无法自如地掌控和驾驭住急速下行的单车。应该说我处处小心谨慎，尽量想办法使劲握住龙头和刹车，让其减慢和放缓车速来适应不断变化着的路况，但这一路上让我担心害怕的事情最终还是发生了。我见长距离的陡坡基本上放完，一直悬垂着的心总算是给放了下来，由此而深深地喘了一口气，谁料想我骑行到一处坡度较缓的拐弯地时，车的重心偏离了公路主道冲到了公路的边缘，我眼看着自行车跑偏却又无力和无法控制住惯性而下的自行车，连人带车翻倒在了拐弯处的最边缘处。这突然间发生的事情让我根本就无法反应过来，也就不可能去采取减速或其他的措施来应对，只能眼睁睁地看着自行车俯冲而下撞在树上。幸好跑偏的自行车前轮冲撞在了公路边上的一棵树上，自行车的前轮的半个轮子悬吊吊地悬空在了悬崖的最边缘处，假设如果没有这棵树的话，我和自行车便就是直接冲出公路掉入深沟里，那后果将不堪设想。今天冒着雨雪骑行在路上所遭遇到的这两次危机，还真是应验了中国的一句谚语："福不双降，祸不单行"。在悬岩和瀑沟边缘的历险经历，让我至今回想起来依然感到胆寒。是福不是祸，是祸就躲不过，看来是这棵树帮助我化险为夷躲过了今天的祸事，这应该算是不幸中的万幸了，我在心里暗自庆幸有这棵树的存在，是它的阻挡让我避免了惨剧的发生。好险啊！要不是自行车驮的行包中装的东西较多，倒地后的帆布行包紧贴地面滑行又增加了阻力，再加上车的前轮撞在了树干上，这些因素致使自行车减慢了冲击的速度，无形中算是阻碍了车身的继续往前移动。就只差那么几厘米的延缓距离，再往前移动一点我就极有可能连人带车翻滚着坠落进路边的深沟里。尽管我没有连人带车掉进公路边的深沟里，但我从雅安出发时就一直带在车上的两条自行车备用外胎，由于自行车倒地后磨断了捆绑在帆布行包上尼龙绳，致使两条外胎自行脱落而滚进了深沟里。惊魂未定的我实在是没有能力下到深沟里去寻找，只好自认倒霉，就此作罢了事。好在这里离伊犁首府伊宁不远，只有到伊宁时再到专卖店去买两条外胎在路上备用。如果我连人带车翻滚到路边的深沟里，说不定就车毁人亡了。那恐怖的场景和后果，我还真的不敢去想象，实在是太恐怖、太可怕、太危险了。疲惫、胆怯、惊愕、呆滞，让我茫然而不知所措，这就是那惊魂一刻带给我的感受。

我又一次与死神擦肩而过，算是躲过或是逃过了又一次劫难。翻倒在地上的我一个人呆滞地蜷缩着身子躺在紧靠着公路边缘遍布泥水的湿滑面上，连动都不想去动。在地上躺了不知多少时间我才慢慢地把劲给缓过来。这时从惊恐的场景中舒缓过来的我，想从地上爬起来去挪动一下依然还有半个轮子悬空着的自行车，但不知怎么搞的我就是无法站立起来。我尝试着用双手扶着地想从地上爬起来，但因腰部无力支撑而无法站立起来。我接连几次努力，结果都是以失败倒地而告终，这时的我可以说是既无可奈何又无能为力，只好被迫躺倒在地上。到这个时候我才意识到，恐怕是我连人带车翻倒在地时身体扭曲把腰给扭伤或是拉伤了。我自己估算了一下从翻倒在地到现在足足有半个多小时的时间，按理说如果没有什么地方给伤着了的话，都这么长的时间了人应该能够站起来才是，但此时的问题是腰部无力，根本无法把腰伸直，想要站就是站不起来。此时此刻，最让我担心的就是倒地后身体因扭曲而伤到了我的腰椎体。

行前我还专门到医院去做了核磁共振，具体检查了颈椎和腰椎部位，检查结果为"腰椎体变异性椎体管狭窄"。尽管属于是老年性的椎体变形，但检查结果显示我的腰椎体是有问题的。但愿这突发的意外不要伤及我的腰椎体，假若真的伤及我的腰椎体的话，麻烦就大了。若翻倒时只是将腰部肌肉拉伤或是扭伤的话，我自己都有能力进行扭伤后的自我推拿和按摩。

人的腰部是整个人体的发力源和力量的支撑部位，腰部力量具有支撑人体和平衡人体力量的维系功能。我无法从地上站起来，这就说明了我腰部的伤情应该说是比较严重，但我的腰伤部位又没有感觉到明显的酸胀疼痛，腰部以下的腿依然还能动弹，依我判断应该没有伤及腰椎，极有可能是伤到了多年累积的腰伤部位，这也就是问题的关键所在。我这次翻倒后伤及的腰部恰好在我多年陈旧性腰伤的同一部位，这样的结果是加剧了原有旧伤的伤情复发，这附带巧合的重叠自然会加重腰部的伤势，这才应该叫作"痛上加痛，雪上加霜"。

此时的我可以说是多少次想站起来都因无法站立而倒下，在遍布泥水又靠近公路边沿的湿地上进行着无可奈何的痛苦挣扎。我究竟还能不能重新站起来，此刻就成了我最关心的实质问题，此刻我最期盼就是能从我摔倒的这个地方重新站起来。

尽管有不少过往的汽车从我倒地的身边驶过，但自始至终都没有一位"好心"的驾驶员把车停下来过问一下我倒在地下的摔伤情况。客观地说由于公路上车流量较大且车速较快，这里又处于下坡路段的弯道上，真正想把车停下来还具有一定的难度，弄不好还会造成堵车追尾的现象。但从主观上来看，现在的人都比较现实，生怕去做好事帮助他人而招惹上说不明道不白的麻烦事来，就我现在的实际情况来说，如果我的伤势比较严重，那就得送医院救治。该送到哪里去救治是一个问题；如果我的伤情和伤势需要住院的话，住院费用又由谁暂时去支付或垫付？这些具体的实际问题阻碍了想去帮助施救的人。救与不救，又该怎样去救助？再联想到媒体上报道的一些相关事件，突发疾病倒地的老人或病人因未得到过往路人的及时救助而离世的事件，以及一些好心人在帮助了这类人之后被倒打一耙被诬陷的事件，这些诸多负面的报道事件让人感到心寒，这些事件都反映出了社会的不良风气和社会公德的缺失！躺倒在地上的我内心十分苦楚，处于困境中的我在心里多么希望并祈盼从我身边经过的"好心人"和"善良"的人能主动伸出援手把我从湿冷的地上扶起来，协助并帮助我从眼前的困境中解脱出来。如果怕惹上麻烦不愿伸手相援的话，哪怕就只有语言上的关切顺便道上一句诸如伤得怎样、需不需要帮忙等问候话语，也会让处于困境中的我感到人与人之间人性温情的关怀和善良的一面。期望的失落让我感到心寒、伤感和无助的悲凉，我就这样在众多过往车辆和驾驶员的眼皮子底下，一个人在绝望中进行着痛苦的挣扎。我再也无法控制住内心的焦躁、茫然和苦楚，此时的我隐约感觉到我的眼眶里噙着泪水，这眼眶中的泪水恐怕是由于绝望酸楚悲叹所致。我想强忍着不让泪水流出来，但最终还是没有能忍住，在我的脸上依稀间还是感觉到了浸润流淌的湿润感。我相信这绝非是我随意

"轻弹"出来的伤心泪，而是触景生情无法自抑的疲惫流露。泪洒边关君莫笑，逐梦须得放眼量！

此时此刻，我最大的愿望就是能从我摔倒的这个地方重新站起来，我努力去把控情绪去调整心理和心态，慢慢平复压抑的情感和情绪，用我那脆弱而又坚毅坚强的血肉之躯去挑战我生命中最困难的时刻和生命的极限，准备去接受我生命中最为残酷的殊死考验。我知道接下来我还有很长的路要走，面对今天这样如此特殊的生存困境，我只有把命豁出去了才有可能自我拯救于危难关口。

我在我的心里反复提示并告诫自己在这特殊的非常时期千万不要惊恐和慌乱，"每临大事有静气"，晚清风云人物翁同龢的话语，在提示我以沉稳镇定的心绪去应对眼前的困难局面。面对眼前的困境，我不由想起贝多芬的一句名言："卓越的人的一大优点是：在不利和艰难的遭遇里百折不挠。"确切地说我的生命在这里可以说是举步维艰！应该说没有哪一个人喜欢并且愿意去自找苦吃，寻求磨难，但就我此次跨越疆界的超长距离的骑行来看，又不可避免地要与艰辛和磨难纠缠着并行。吃苦受累是我的选择，既然选择了这样的人生道路就得无怨无悔地去承受。吃苦受累对此刻的我来说并不重要，也不可怕，最重要的也是关键的问题是我究竟还能不能够站立起来。如果我不能够站立起来的话，那就意味着我之西行将"梦断"于果子沟。

我咬紧牙关坚持硬挺在我生命中的难熬时刻，时间就这样在我咬紧牙关抗命硬挺的坚持中一分一秒地度过了。我躺在地上尝试着用双手去推揉按摩我的腰部伤痛位置，推拿好一阵后腰部的创伤部位才逐渐有些知觉，而后慢慢又感知到腰部有所缓动和舒展，这样的尝试与努力又让我看到了我还有希望把腰伸直重新站立起来，为此我就这样不间断地努力坚持着对腰部扭伤部位的按摩。经过了近一个小时的自我按摩与调理，我的腰部才能开始摆动并逐渐地具有了能发力的感觉。我的努力没有白费，我终于顽强地站立了起来，最后在自我的坚持和不轻言放弃中"拯救"出了自己，得以在危难中趟出了一条"血路"。应该说，我用自己顽强的生命意志力和信念拯救出了自己，同时也支撑捍卫起了生命的尊严！

好在我摔倒的地方离芦草沟乡不远，我等身体慢慢地恢复到能自行站立起来后才缓慢地骑着自行车摸黑抵达芦草沟乡。在芦草沟乡住下来后我在旅店旁边的餐馆把饿瘪了的肚子填饱，并喝足了茶水来滋润生命的机体。在旅店的公共洗澡间里美美地冲了个热水澡，让本已透心凉的躯体和手脚慢慢恢复到了身体的常态，随后我向该旅店老板借来了一把吹风机，将暖风调到最大对着今天受创的腰伤部位进行着热疗，而后又用吹风机的暖风来烘烤被雨雪淋湿透了的登山鞋，将鞋基本上吹干后，临睡前我又特意对腰伤部位进行了近一个小时的按摩与理疗。这样一种针对性较强的自我理疗与按摩，意在放松紧绷的肌肉，促进并帮助受伤部位加快血液的循流，让身体得到适度有效的调理和放松，借以缓释身体的疲劳程度。

依我来看，28号这天的日子对我来说不是"幸运日"。6年前的28号也就是2008年9月28日，我单骑走新藏，在翻越红土达坂时，就遭到了类似今天这样的残酷折磨。同样的情形不同的环境，同样是生命生存的搏击与较量，但在果子沟的遭遇没有青藏高原高海拔地区的高山反应，对生命构成直接的死亡威胁也没有在青藏高原上遭遇的那样残酷恐怖。

客观地说，每一个人都有着自己的梦想，然而，每一个人对梦想、人生和生命的存在价值和意义都会有着不同的解读和认知。这些年来我纵情奔走穿行于山野间，我这样一种不辞劳苦狂野奔波的常态、磨砺与磨难，可能会缩短我生命的长度，但却又会增长增加我生命的宽度。我那狂放的野性充满着活力与激情，向世人充分展示了那强劲而又顽强的生命意志力，像2008年9月28日在我翻越红土达坂和今天这样催人泪下的经典时刻和经典记忆，必将成为我这一生中最具闪光点的珍贵回忆和感动！

惠远追思林公

2014/4/29　7:44　今天的雨依然是下得很大，昨天被雨淋透的鞋尽管借老板的吹风机吹干了点，要是冒雨骑到伊宁肯定又得淋湿。鉴于过境国的时效所限，在时间上很紧，此时的我心里很矛盾又很纠结。这里的天气不同于南方依然很冷，昨天途经的赛里木湖都还被冰冻住未能解冻，我想看看等雨下小点再说走不走。　CHINA骑士罗

2014/4/30　3:25　等雨稍微转小，我冒着小雨骑车赶到了伊宁市。在前往伊宁的途中我专程到惠远古城去参观了伊犁将军府和清朝禁烟 (鸦片烟)大臣林则徐当年被贬流放到惠远的历史遗迹。骑到伊宁已是下午，我抓紧时间到中行办理了外汇汇兑并到自行车专卖店将车进行了检修，并更换了前后轮的内外胎。在骑出国门前，对爱车进行了彻底的清洗并更换了重要部件，我也就放心了。　CHINA骑士罗

2014/4/25　13:34　罗叔叔，新疆伊犁区中行营业部换外币的地方，具体地址：新疆伊宁市解放路5巷2号，电话：0999-8223350，请提前联系!

2014/4/24　21:50　罗老师，我今天上午已经通过顺丰快递将您所需东西发出，伊犁地址为新疆伊宁市胜利街16号——人保财险伊犁分公司（王庆忠：1550999××××）。

以上短信前两条是我在前往伊宁的路上所发，后两条分别是中行雅安营业部的王戎和人保财险雅安分公司的黄凯发给我的。

4月29日上午大雨，我等雨稍微下得小些后就赶快收拾好东西，抓紧时间往伊宁骑行。伊宁为伊犁哈萨克自治州府所在地，我这次骑行法国选择从霍尔果斯海关口岸离境出国，其中最主要的原因就是为

了能走进惠远古城去凭吊我心中的民族英雄——清朝禁烟（鸦片烟）
大臣林则徐先贤被贬后流放到惠远的历史遗迹地，并参观游览伊犁将
军府和惠远钟鼓楼等重要的人文景点。当年积极倡导禁烟运动的禁烟
大臣林则徐，不畏强权，顶住来自各方面的压力，毅然在广东虎门等
地销毁了大量来自英帝国的鸦片烟，从而引发并点燃了震惊中外的鸦
片战争。当年的清朝政府由于腐败和软弱无能，最终导致了鸦片战争
的彻底失败，鸦片战争失败后的清朝政府被迫接受了英帝国政府强加
给的丧权辱国的不平等条约——《南京条约》，并割地赔偿了大量白
银来了结战争。

当年倡导禁烟运动的林则徐，也就成了鸦片战争失败的"替罪
羊"，被贬流放到新疆伊犁将军府的所在地惠远城。当年的惠远因其
特殊的地理上的区位优势和地缘优势，成为当时新疆政治、军事和文
化上的中枢和中心地。应该说颇具历史厚重感的新疆惠远古城，在新
疆的历史上发挥过重要的作用。惠远尽管远离京城属边陲之地，但却
是军事重镇。由于特殊的历史成因，伊犁成为历代朝廷命官被贬的放

惠远古城追思林公

逐地和"犯事"之人的充军发配流放地,这其中就包括了林则徐等一批有政治抱负和影响力的文人雅士。这些精英人士的到来在无形中也就增加了内地人与新疆本地各民族的人员交流、交往,有力地促进了民族的融合和发展,也推进了伊犁历史的进程。

2009年在汶川特大地震1周年之际,我骑着我那心仪的"宝马——奔驰号"自行车轮迹天涯到广安、湖北、海南,向无私援建、援助雅安的父老兄弟而进行的感恩万里行。到海南后我又特意骑着爱车绕道前往广东东莞,其真实的愿望也就是为了能亲自到虎门炮台和当年销毁鸦片的场景去实地的凭吊和追思林公则徐。我到虎门炮台的时间恰好在5·12汶川特大地震发生1周年的这天,汶川特大地震为"天灾",鸦片战争却是英帝国制造强加给中国的"人祸",虎门炮台的特殊场景让我感慨万千!

2011年我的东南之行,重头戏应该说是在福建福州。4月27号这天我专门到福州三坊七巷林则徐纪念馆去做了一次深度的拜谒和参观。在我的心中清朝禁烟大臣林则徐是一位民族英雄,是一个伟岸之人,他的风范、他的气节令我钦佩、令我敬仰。我一路骑行既绕道到了广东东莞虎门,又骑行到了福建福州,完全就是为了我那心中固有的人文情结的释怀。由于林公在我的心中属偶像级的历史人物,追逐先贤的历史印痕缅怀先辈的历史伟业是我多年以来的夙愿,感知先贤的人文情怀,让我在发幽古之思的同时,也在从先贤的身上获取教益和能量,这在一定程度上也就促进了我人格的提升!我站在惠远古城当年林则徐遭贬流放的林公曾生活过的历史遗迹前,我既为林公的民族气节和民族大义折服喝彩点赞,又为林公遭此人生磨难被贬发配至此而鸣冤叫屈。林则徐命运多舛不济,是由于清政府腐败无能而造成的,这也是中华民族遭受强权屈辱的历史使然,这段惨痛的历史发人深省、让人感叹。一个地方历史感的厚重,文化的沉淀,是最吸引人的魅力所在。一座历史感厚重的城市,离不开文化的传承与推力!

此次跨国西行的路线选择,在国内的部分应该说惠远属于重中之重。我既然可以骑车绕道到虎门到福州,自然也就会从芦草沟折返绕道到伊宁,这一切都源于我心中那份沉甸甸的人文情结和自然景物情结。从芦草沟乡绕道伊宁,来回折返要多跑近200公里的路程,在我看来完全值得。我个人认为自行车骑游不单单只是为了骑游健身，而是一种大众参与的公路文化，既然是一种文化的理念，就应有其延伸的空间和价值所在，把骑和游相互间有机的链接和结合，才具有实质的意义。一个人骑行在路上只骑不游，只能算是在路上"飙车"而已。拿我此次绕道折返来说，要不是为了能到惠远古城去追思、缅怀、凭吊我敬重的民族英雄林则徐先贤，在我骑行路过的新疆境内的沿途城市如哈密、乌鲁木齐、石河子、奎屯等任何一座地/市级的城市都可以兑换外币、修理自行车、取护照和相关的东西，又何必去多此一举多跑冤枉路程？况且我还有过境国签证时效的所限与倒逼。当我以心中的念想来考量，这一切也就算不了什么，绕道伊宁既去追思缅怀了我心中的历史偶像，也能换汇、修车、取护照。尽管一个来回耗去了两天时间，但这却是一举"四得"的事情，我又何乐而不为呢！

当年林公作为朝廷钦犯和一大批命运相同的人被贬或是放逐到伊犁这个边陲之地，是历史造就的悲剧和历史的使然。而今，我以一位"熊猫文化"交流使者的身份从祖国的西南骑行到祖国的西北，从这里路过借道跨越疆界去自信豪迈地追逐追寻我的异国梦想。我与林公相比境况截然不同，他是以"阶下囚"的被贬身份流放于此，我却是堂而皇之、扬眉吐气地从这里开始横跨亚欧的个人游。由此来看国之盛衰维系着天下苍生的安危祸福与命运！我拿今昔来做一个对照和比较，我可以说是信心满满，感受到了一种启迪和力量。此情此景，既让人伤感，也催人奋进，这让我感觉到有一种历史赋予的使命感和责任感！

不是一个人在战斗

　　此次跨国西行，尽管只是我个人的行为，与任何单位和个人无关，但是由于我准备要出国骑行的消息经《华西都市报》《雅安日报》、北纬网等相关的媒体报道后，却是一石激起千层浪，引起并牵动了与我出国相关的单位和个人的密切关注。在此，中国银行雅安支行营业部负责办理外汇兑换的营业员王戎，不仅积极协助我顺利办理个人能在国外使用的长城信用卡，并在人民币兑换外币的相关事宜上给予了指导与协助。王戎向我建议只在雅安兑换少量的美元带在身上备用，除此之外所需的美元或是途经国所需兑换的本币，等到了新疆靠近哈萨克斯坦的边境口岸或外汇充裕的城市去解决换汇问题。这样一举两得，既保证了资金的安全，又能满足我到国外的货币需求。她在我还在路上骑行时就提前与伊犁区中行营业部进行了事先的沟通联系，为我到伊宁后顺利换汇在时间上赢得了主动。为此我在这里向中国银行雅安支行营业部和王戎表示谢意。

　　黄凯，一个我原本并不认识的人保财险雅安分公司雨城支公司的副经理，由于我在办理赴法签证的过程中，法领馆需要提供出国保险单方可，我在不得已的情况下只好到相关的保险公司申请投保，这样我才与黄凯开始打交道。鉴于我所投的险种属于是自行车环球个人游的保险系列，人保财险雨城支公司在受理了我的投保申请后感到既棘手又为难，缘由是人保财险公司从来都还没有办理过骑自行车出国环球个人游的投保保单。由于没有先例可循，承保后未知的风险太大难以把控其间的风险度，故而不敢擅自承保，只得将我的投保申请上报于雅安分公司。雅安分公司在接到雨城支公司的报告后仍然不敢贸然批复我的这份申请保单，我的投保申请就这样被逐级上报至北京人保财险公司总部。因为我有正当的经济来源和投保需求，人保财险总公司最终批复同意我环球个人游的投保申请，并批示雨城支公司抓紧时间给我办理了这份首开先河的自行车个人环球游的保单。一份保单还得要层层报批才得以拍板搞定，这也就折射出了我此次跨国骑行有多么艰难和不容易，这才真是好事多磨！由于我这份特殊的保单经层层批复，在时间周期上相对地多拖了些时间，这自然也就促成了我与负责办理我这份申请保单的黄凯增加了彼此间的认识与了解。当我拿到法国及申根国家的签证后，还要办理途经国哈萨克斯坦、俄罗斯和白俄罗斯的过境签证。尽管这三个途经国的签证办理相对好签，且签证要求不复杂，但这三个签证国在成都没有使领馆，就只能到北京等设有领馆的地方去办理签证手续。我在拿到法国及申根国家签证后，就忙于行前的准备，根本就没有时间亲自到北京去办理相关签证，所以我就决定请北京的中介代办理机构来代我办理这三个途经国的过境旅游签证。鉴于此，黄凯就又积极地替我在网上寻找并联系北京的代签中介机构来代我办理签证事宜。由于我从不上网因而也就不会上网查询相关中介机构资质等相关事宜，我也就全权委托黄凯协助我联系落实北京的中介代签机构。在我3月18日从宝兴出发前，途经俄罗斯的过境旅游签证黄凯已委托北京的一家中介机构代为办妥，白俄罗斯的签证因其附加的酒店住宿问题与我的骑行路线不相符，所以我最后断然决定撤销赴白俄罗斯的过境签证，改由从俄罗斯出境后绕道拉脱维亚、立陶宛到波兰，这样尽管要多绕近千公里的行程，但我却甩掉了白俄罗斯这个途经的签证国。（注：拉脱维亚、立陶宛都属于是申根公约签字国，我在办理法国签证时就同时具有了申根国家的签证。）因哈萨克斯坦驻中国大使馆签证处硬性规定，赴哈国的签证必须要由申请签证人亲自到哈使馆面签，才有可能拿到哈方的签证。这样的硬性规定既增加了签字的难度，无形中也加大了申请签证人的签证成本。

　　此次我在骑行途中飞赴北京到哈使馆去面签后返回拿到的出国护照，就是按照我事前与黄凯商定的办法，委托中介将我的护照通过快递公司快递到新疆伊犁人保财险公司后我再去取。这样既安全可靠，又能在我跨出国门前拿到我的出国护照。我在芦草沟绕道伊宁除兑换美元和相关的其他国本币外，修车更换自行车部件和到保险公司王庆忠那里去取我的护照，也是我绕道伊宁的成因之一。

　　黄凯不仅积极协助我寻找联系北京的代签中介机构促成了我的相

关签证国的签证事宜，还利用工作之余，依据我的铁杆"锣丝"朱明老弟和四川农大梁华同学协助在网上查询并给我绘制的此次跨越国界骑行法国的路线图概况进行了更为详尽的细化处理，使我这份路线图沿线所标注的位置更贴近骑行的路书指南。黄凯一再告诉我，他是被我的骑行理念和我的精神所感动，他才想为我的此次出国骑行做些他能做到的力所能及的事情来帮助我顺利出行。黄凯，一个我原本并不认识、不熟悉的，从大学毕业后来到雅安工作的广西籍的80后新生代，就这样通过我这份环球游的特殊保单与我相识、相交后成了我的朋友和我众多铁杆"锣丝"中的特殊一分子。在此，我从心里感谢黄凯先生对我此次出国骑行给予的无私帮助，让我能腾出时间和精力来一门心思放在行前准备和路途上。如果没有来自各方面的协调与帮助，我一个人根本就没有能力和精力来处置应对这来自方方面面的问题和难题。从表面来看似乎是我一个人在单枪匹马地征战，但却牵动着整个社会的关注与力量，由此而聚合了无数人的能量，这样的合力激发并调动了我的动能，让我必须使尽我的全力去奔向法兰西、梦圆法兰西！

下午骑行到伊宁市区时间不算太晚，我按照王戎在短信中发给我的地址，首先到解放路5巷2号伊犁中行营业部办理了人民币对美元的兑换。由于王戎事先进行了换汇联系，再加上有清晰明确的地址，我算较顺利地办理了外汇兑换。接下来我寻找到该自行车品牌的专卖店，对我的自行车进行了清洗和全面的维修，更换了前后轮的内外胎，并另外买了两条外胎带在路上备用。我最关心的是新换的内外胎和另外两条备胎的质量问题，新换的内外胎和两条备胎对我来说十分重要，事关行程的成败，但这个老板同在瓜州换胎时遇到的那个老板一样，说的话也差不多，说现在的假冒伪劣产品太多，他也不敢保证卖给我的内外胎是正规厂家的正品。听他一番话，我的心顿时就凉了半截，我还有那么漫长的路要骑行，如果像专卖店老板说的那样不敢保证是正品货而恰巧碰上是假冒的伪劣产品，那我骑行在路上就惨了。往前骑行100公里左右就要走出国门，哪怕是已换上的和备用的是伪劣产品我也没有任何办法了呀。现实就这样残酷，我也只好无奈地接受这特定的环境条件下的特定现实，一切都只能顺其自然，但愿我的运气偏好买到的是正品。

　　我在自行车专卖店修车时就多次接到了人保财险伊犁分公司王庆忠先生打来的电话，我等专卖店将我的自行车修好后才骑着车到保险公司王庆忠那里去取我的护照和东西。在保险公司办公室，我受到了办公室主任张宝刚和王庆忠的热情接待和款待。他俩特意请我到市内一家哈萨克人开的具有哈萨克当地特色的餐馆去品尝和饱餐了一顿哈萨克族的美味食品。头一次品尝到地道的哈族美餐，我既吃得痛快也吃得过瘾，这顿美餐是我继甘肃临洮后吃得最好最饱的一餐美食，大快朵颐还真是解馋。饭后他俩把我送到了伊犁宾馆居住，伊犁宾馆是我此次从雅安出发以来所住的最高档次的宾馆，免费让我吃住，还真是让我感到有点不自在，客随主便，我也只好接受了。伊犁人保财险公司的王庆忠和张宝刚在席间与我商量请我明天能不能在不影响骑行的前提下在离开伊犁前到保险公司，去给该公司全体员工做一次面对面的交流，我考虑到从伊宁到霍尔果斯口岸的骑行路程不算太长，可能大半天时间就能骑行到霍尔果斯，我也就畅快地接受了他们的邀请。这一夜我因睡前冲了热水澡，故而睡得真舒服，难得的享受让我尽快地恢复了疲惫至极的身体体能，养足精神，调整好心态，准备去迎接即将走出国门后的全方位的挑战和对身体体能的最严峻考验。真可谓"雄关漫道真如铁，而今迈步从头越。从头越，苍山如海，残阳如血。"

进入霍尔果斯

万卷书，万里路

2014/4/23　15:07　有幸作为古丝绸路上的现代穿行人穿行在丝路上 (新疆称古丝绸之路新疆段为车师古道)，观赏领略到了沿途各种截然不同的地质地貌和美丽自然风光的同时，也体验和感知到了在古丝绸路上的艰辛。作为丝路上探险探索的穿行者，我随着向前移动延伸的车轮印迹而步入了历史的长廊，走出国门跨越疆界也就成了我必然的选择！　CHINA骑士罗

2014/4/23　12:22　我特殊的人生经历让我从一个单纯骑游健身的行者慢慢地转身，从盲目无序的骑行到将骑游作为一种文化理念而植入于心中。对梦想的追逐与神往让自己遁入到精神层面的探索与追求之中，文化和精神的支撑与文化的综合素养会将我的视野和世界变得更加广阔。诚如爱国诗人屈原所言：路漫漫修其远兮，吾将上下而求索。　CHINA骑士罗

2014/4/15　21:13　多少年来我除去外出骑游冬泳外，最大的爱好就是挤出时间来读书。阅读各种各类的书籍让我不断地扩充和接受新的文化知识，让我具有并且保持了开放的思想活力，让我内在也滋养出了宠辱不惊的浩然正气，并具有了相应的文化意识和文化境界。读书让我摆脱了愚昧无知，也养成了一种高贵的品质和气度！爱读书的习惯让我受益匪浅，学习是我能不断进取的踏脚石，对我来说精神层面的追求远高于单纯意义上的骑行！　CHINA骑士罗

2014/4/19　21:39　经历像本书。读起来真实，感动！

2014/4/24　21:53　读罗老师路书有感——一场完美的长途旅行应该是这样的：1.了解目的地并确定行程；2.把自己的目标定的非常明确；3.把每天的感受和朋友分享；4.品尝正宗的特色美食；5.学几句地道的当地语言；6.随时用文字记下旅

途点滴；7.排除一切在路上遇到的艰难险阻；8.在一个陌生的地方重新了解自己；9.整理文字和照片；10.感受不同的异域风光。不枉此行。

以上最后两条短信为我的铁杆"锣丝"加朋友海军装备局朱明先生回复我的内容。

多年来，潜心修行的我已完全自觉地养成了一种良好的学习习惯，除去冬泳健身或骑游外出，时常是一个人足不出户硬性地把自己关在家里看书学习。我通过阅读各种类型的书籍来丰富我的文化知识，读书学习让我在补上文化知识的同时也让我对自己的人生具有了深层次思考，对自己有了相应的行为准则要求和严于律己的道德规范！因而又让我大开眼界，让我这个原本只有三年小学学历的"半文盲"极大地开阔了人生的视野，也释放出了我潜在的智能和智慧，并逐步地建立并完善了自我心灵体系，让我的思想观念和人生观和观察事物的方式视野都发生了彻底的改变，在思想道德和内在精神境界的追求上也实现了自我的超越与升华。"活到老学到老，学到老活到老"，跋涉平添阅历，思维捕捉灵感，确切地说我这些年来靠勤奋刻苦的自学积累，厚积而薄发才成就了我的梦想和人生的辉煌！一个人活出了自我才是最棒的！

文化是思考的延伸，行动应该大于思考，此次跨国之行只要我的身体状况能支撑超长距离的高强度大运动量，我定会不畏艰险地通过求证自我的过程去求证真正属于我的空间与世界，放飞自由的心灵空间，去寻找和感知真正属于我自己的空间与世界！

通关出境扬国威

　　2014/4/30　8:14　今天骑行的目的地为霍尔果斯口岸，霍尔果斯是我这次跨国骑行在国内的最后一站。伊宁离口岸不过100公里左右，下午就能骑到。昨天已将换汇等相关事宜办妥，并将我最为心仪的爱车做了彻底的维修和内外胎的更换，这就为我出国骑行做好了充分的准备，这样一来让我的心里就更有了底气。国内40多天4000多公里的路程，都是在为走出国门做提前的预习和铺垫，为这一天的到来我足足准备和等待了四年时间！　CHINA骑士罗。

　　2014/4/23　10:58　愿自然的微风从你背后吹来，把你送出霍尔果斯。许正。

　　以上第一条是我4月30日上午8点14分从伊宁发回的短信。

　　4月30日上午，按照人保财险伊犁分公司事前的安排，我与该公司的全体员工进行了一次简短而有意义的分享交流会。也就在交流互动会结束后该公司刘总经理当着众多员工的面从他的衣兜里突然掏出一叠人民币放进了我的行包里。他告诉我这些钱是属于他自己个人的。他从网上得知我从不要任何赞助或捐赠，很是敬佩我的作为，请我务必要收下这份心意。虽再三推辞但在不得已的情况之下，我也只好勉强地收下了他的这叠人民币。（我骑行到霍尔果斯后一一清点这叠人民币，为1400元。）刘总一再叮嘱我路上千万要处处小心留意，并祝我一路走好，一路好运！在和刘总道别分手时，他顺便递给我一张早已写上了电话号码的纸条，他告诉我一到霍尔果斯就按照这个电话号码联系，他说："伊犁公司已提前给你安排好了在霍尔果斯的食宿，这三天时间你就安安心心地待在霍尔果斯休整，食宿问题会有人负责给你安排你就不用操心了。"我听他说罢，并没有弄懂其意图，我直截了当地告诉他我就只在霍尔果斯住一个晚上，明天一早我就得要从霍尔果斯海关验证出关走出国门。但他却笑着对我说："你想明天出关还真是就出不了关。"他接着告诉我说："明天是五一国际劳动节，按照海关历来的惯例凡属重大节庆都要'闭关'放假，五一节要'闭关'放假三天。"经核实，海关口岸确实是要"闭关"三天后才开关放行。

我悉闻此讯立马就傻了，简直就没法把神回过来。"闭关"三天对我来说的确不是一个好消息，鉴于俄罗斯所签的过境时效所限，这三天时间对我来说尤为关键。如果我早知道海关口岸假期要休假"闭关"的话，我肯定不会在保险公司待那么长时间。时间的延误肯定要影响骑行的进程，我来不及多想赶紧就往霍尔果斯方向骑行。如果能在海关下班前赶到海关口岸说不定还有可能在今天通关后进入哈萨克斯坦，这一路上我拼命猛踩脚踏板，就是想抢在"闭关"前通过国门走出去。如果不能在海关下班前办完通关验证手续的话，那我也就只能是在霍尔果斯安心休整三天再行通关。"人在做，天在看"，我只要尽心努力了，那就顺其自然吧！

看来我的努力还没白费，我终于在下午4点38分抵达霍尔果斯，到达霍尔果斯后我抓紧时间到邮局去加盖上了在中国境内的最后一枚邮戳，然后去一家餐馆饱餐了一顿，并买了9个"盐茶蛋"、6盒纯牛奶和几个馕，作为干粮带在路上充饥（走出国门后还真不知道怎样去解决沿途吃东西这一关键性问题）。皇天不负苦心人，我终于赶在海关下班"闭关"前骑到了海关通关验证处。霍尔果斯海关的边防警官看到我出示的盖满国内沿途邮戳的骑行路线图旗帜和我著的《问道天路》后，肃然起敬，抓紧时间为我办理护照验证填写出国表格和检查完我所带的所有物品，协助我将通关出境手续办妥后纷纷与我合影留念，把我护送出了海关验证大厅，并叮嘱我紧随摆渡车后通过隔离缓冲带。这里是西出国门的最后一站，由此我行将踏上横跨亚欧的漫漫征途。

按照霍尔果斯海关口岸边防警官的叮嘱，我紧跟在摆渡车的后面往哈国海关口岸骑行。（中国海关进出口岸离哈萨克斯坦海关口岸间有近7公里的隔离过渡带，双方相通口岸的过境人员都须经彼此相互

间的摆渡车来通过隔离过渡带。来往通关人员的集中放行，这样有利于监控和管理。由于霍尔果斯通往哈国的摆渡车人挤货物多，边防警官怕车上装的东西多而且堆放杂乱而压坏自行车，所以特意安排我跟在摆渡车后通关。）

在丝绸古道上骑行的我，作为一名横跨亚欧的逐梦行者，此刻轻轻地一抬脚就迈出了国门，很快就要进入中亚哈萨克斯坦的境地。此时的我尽管已疲惫至极，却难掩已走出国门的兴奋喜悦、忐忑纠结相交织的复杂心情。想骑着车走出国门是我多年以来的愿望，今天果真是梦想成真走出了国门。但走出国门后等待着我的一切又一切的未知和不确定让我感到既忐忑又茫然，看来朝前走，须以不变应万变的既定方略去沉稳应对和迎接暴风雨前的黎明。我敢于毫无顾忌地独骑去丈量世界，挑战未知，说明我的胆是够大的哟！

谁料想处在沉思中还未完全将我的脚步迈过中哈两国共同设置的边境警戒线时，在哈萨克斯坦警戒线的另一端突然间冒出两名哈国的边防军官兵挡住了我的去路，其中一位肩上扛着"一杠三花"的上尉警官用中文向我喊话（中哈两国互为近邻，故而边境一带的哈萨克斯坦军人或民众普遍都能用中文会话），并态度强硬地命令我退出警戒线，退回到中国的领土去。这名哈萨克斯坦警官要我退出警戒线，退回到中国一侧的理由为：哈方海关的验证官已下班，无人验证。要我必须马上退回到中国的国土上去。这突然间从半路上"杀出"的两名哈方边防军官兵确实是让我始料未及，这突发的一幕让我一下难以适应，身上顿时被惊出了一身冷汗，致使我的神经一下就紧绷了起来。这时的我可以说是既惊恐又发呆，就这样呆傻地站在原地，一脸的茫然而又无从去应对。这时这名哈国上尉见我痴呆地站在原地并没有往回退的迹象，一下子"发毛"竟然从腰间掏出手枪来，冲到我的面前用手枪指着我的腿部威胁我往后退，并咆哮着警告我如若我不按他的指令马上退回到中国一侧的领土上，他就会向我开枪射击。这突然间发生的变故自然惊动了中国的边防警察，中国的两名边警火速跑过来劝阻哈国的边防军官冷静，莫把事态闹大，并随即用步话机同海关人员通话说明事情的原委。见有中国边防警官站在我的身旁，此时的我才完全回过神来并冷静沉稳地应对眼前的一切。我仔细一想我持有哈萨克斯坦驻中国大使馆为我签发的旅游短期过境签证，完全受外交领事条约的保护，在过境时效上不存在任何问题，通关放行后我只顾埋头骑行，又没有触犯任何通关条例或是存在其他问题，况且我在霍尔果斯海关已通过中国海关口岸验证放行，不属于偷渡，所以我根本就不用去理会他的阻拦。此时我听步话机里传来中国霍尔果斯海关口岸人员坚定的声音："这名中国骑行人已在中国海关办理完通关验证手续，在今天闭关前必须通关进入哈萨克斯坦。这名中国骑行人已办完在中国海关的通关验证手续，今天必须通关进入哈萨克斯坦。"中国海关发出的强有力的声音，代表着中国的自信和意志，让惊恐呆滞的我备感亲切和振奋！听完这段话，这名哈萨克斯坦的上尉顿时就像泄了气的"皮球"，一下子就瘪了气，表情沮丧悄然地把头低了下来，并放下了他那冷傲的强势做派，接着把手枪插回到腰间的皮套里，然后顺势把腰一弯用右手舒缓地做了一个礼貌的放行手势。此刻的我如释重负，镇定从容昂首挺胸地推着车从他的面前踏进了哈萨克斯坦的国土。中国人的自信，中国人的坦荡，中国人的尊严，此刻在我的身上威严地体现了出来，由此也折射和凸显了中国作为大国强国的"威仪"。"弱国"无外交可言，"弱国"也自然无国可防。中国综合国力的提升是在大国崛起进程中的必然展示，可以这样说，我有幸伴随着中国在大国复兴崛起的进程中而走出国门。如果没有祖国的强盛，我今天也只有乖乖地从警戒线上接受"屈辱"的"强暴"，退回到国门的出发地。国家强盛能带给国民福祉、安稳富足的同时，会产生出万众一心的凝聚力和民族自豪感！我庆幸我能生活在中华民族伟大的复兴时代，并亲历和见证了国家强盛带给我的人身保障护佑和人格尊严的捍卫。

　　我就这样以特殊的遭遇和"礼遇"信步于缓冲隔离通道上，继而进入到哈萨克斯坦海关口岸。可能是刚才在警戒线上突发的"偶然事件"惊动了哈国的海关口岸，也可能是这位上尉边防警官将我的相关情况提前与哈国海关边检人员做了沟通协调，我刚一进入哈方的海关大厅处就已有一位哈萨克斯坦的海关边防警官在等我，我主动伸出手与这位警官握手问候。在互致问候后，他把我引到了通关验证的地方，并协助我将通关表格用哈文填好，又仔细地检查了我的护照签证后，然后把我护送出了海关通关处，我这才算是真正进入到了哈萨克斯坦。

顺利通关，与哈萨克斯坦海关边防军官合影

中篇

驰骋：
我从亚洲穿越到了欧洲

哈萨克斯坦 → 俄罗斯
→ 拉脱维亚 → 立陶宛
→ 波兰 → 德国

无人之地饿得人发慌

2014/5/1 21:25 由于五一放假，进出口岸闭关三天，4号才能通关，我昨日抢在口岸闭关前通过霍尔果斯口岸进入了哈萨克斯坦。进入哈国后我才发现我的手机尽管已办理了国际漫游，但无移动网络支持无法与国内联系。我今天买了一张哈国手机卡，花了4000坚戈（哈币）才得以发出短信（1元人民币兑换29哈币），但依然无法直接通话。 CHINA骑士罗

2014/5/1 21:49 不知是五一放假还是别的缘故，早上我从巴哈德开始就未能吃到任何食物，饿着肚子骑行还真不是滋味，好在路上遇到几个哈国青年人送给我食物和水才让我免遭饥饿。在闭关前夕闯关进入哈萨克斯坦，开始了真正体验和感受人在异国他乡的骑行与生存，看来语言是我存在的沟通交流上无法回避的障碍，但却不是主要的问题。关键的问题是哈国地广人稀，食物和水在路上很难买到，这样就增加了骑行的难度。 CHINA骑士罗

2014/5/1 14:36 我已进入哈国，现已往前骑行100多公里，目的地为巴哈德。 CHINA骑士罗

2014/5/1 22:01 进入哈萨克斯坦，是我轮迹亚欧跨国骑行的开始。从昨天下午起是对我各方面综合素质的考验与检验，高于智商的是智慧，我相信我会用智慧之光去化解和处理好各种未知的难题及"疑难杂症"。勇者无畏，智者聪慧！ CHINA骑士罗

以上四条短信是我走出国门进入哈萨克斯坦境内发回来的短信，这些短信见证了我走出国门后内心的感悟和感受，对我来说这些短信较为完整地勾勒出了我出国后的境遇与现状。尽管这已过去的一切都

已成为我人生历史的断面，然而温故而知新才具有说服力和借鉴的意义！在此，我借用马克·吐温的一段话："历史不会重复自己，但会押着同样的韵脚。"

在昨天通关过程中所发生的看似平淡却又充满"火药味"的突发偶然事件平息后，我终于有惊无险地踏上了哈萨克斯坦的领土。由于经历了这样一番意想不到的意外险阻与折腾，在我的心里算是投下了一段难以抹去的阴影，这就让我的跨国西行之路更加充满了不可捉摸的不确定变数和悬念。当我一个人走出国门举目无亲、孤立无援地置身于一个语言环境、生活习性完全不同于国内的陌生国度，一切都会因语境、环境条件的彻底改变而发生质的变化。初来乍到一个人生地不熟的国家，会让人感到心里没底，无所适从，不知怎样去面对这一切的又一切。应该说无论这个人怎样自认为阅历深厚、阅人无数，哪怕就是再自信、再坚强、再勇猛，在心理上、生理上和思维想法上都不可能不受到影响。我努力调整自己的心绪，让自己保持平静和淡定，用信念、意志、勇气去驱散心中萌动着的影响情绪的杂念。

我深知独自一人在无依无靠的背景下走出了国门，进入到了一个语言环境完全不同于国内的陌生世界。由于我原本对外国文字和外国语言既是一字不识，也一句不懂，连26个英文字母都还未完全弄清楚理明白，一句外语都不会讲自然也就听不懂外国话，根本就没有办法去与老外交流、沟通。行前我托我的铁杆"锣丝"蔡蓉女士帮我在网上购得了一款快译通带上，原本指望借助快译通来弥补我不懂外文的这一致命"短板"。由于临出发的前两天我才拿到快译通，我根本就没时间下功夫去消化掌握快译通基本的使用方法与功能，故而在使用时才发现该款机型根本无法满足我将输入的汉语转换成我希望和想表述的外国文字与主旨语言的需求。我在完全不得已的情况之下，一下子就陷入了被动状态，这样一来我就只能是靠着简单的手势比画作为我的肢体语言来直接表述，来完成我与外界的沟通交流。语言关切到方方面面的巨细问题，最直接的莫过于吃、喝、拉、撒、住、行这些看似简单却又是极其繁杂的切身问题。能不能仅凭简单的手势既能寻找到能让肚子吃饱的地方，又能住进安全舒适且不"挨宰"的酒店歇息，所问询打听的道路是否不偏离主道不跑冤枉路，这一切都充满了未可预知的不确定变数，这在无形中就增加了我的骑行难度。我想借助快译通来帮助我转换语言交流的希望破灭了，这巨大的心理落差一下就把我推入到了无倚无助的绝望境地，让我困惑无奈又茫然，内心焦躁。事关成败，我自然不敢有半点的差池而紧绷了身上的每一根神经来应付如此艰难的困境。我就在这样一种窘境下开始了实际意义上的横跨亚欧通向其他国家的大熊猫文化巡游！

昨天在哈国海关办理完通关验证环节的相关手续，走出海关口岸都已是傍晚时分。由于哈萨克斯坦地广人稀，我所在的位置处在边境地带，人烟稀少，故而在靠近海关的地方没有村落，我只好趁着夜色打开手电筒照明来摸黑骑行。按照在霍尔果斯海关口岸通关时边防警官的提示，进入哈萨克斯坦境内约30公里处有一村镇路旁有一家外形如同蒙古包似的华侨开的餐馆（这家中国华侨所开的餐馆中文名称为加热肯特。餐馆门前形同蒙古包的建筑，后经餐馆老板介绍，我才知道不是外界所说的蒙古包，而是哈萨克族人的毡房。我走出国门的第一个晚上，就被这家餐馆的主人安排住进了哈萨克族人所住的毡房里）。我骑行到这里已是晚上11时27分，好在这是一家新疆塔城人开的餐馆，老板和他的员工都能说中文。这家路边餐馆主要接待过往的汽车驾驶员和长途客运的旅客，我骑行到这里尽管时间很晚餐馆已关门开始打扫卫生，但这家老板依然还是友好地接待了我。我听老板讲，几年前他同家人从新疆塔城到这里开餐馆，现已拿到了哈萨克斯坦的绿卡。他告诉我他的餐馆雇佣的厨师和员工全都来自他的老家塔城，他与这些员工还基本上都沾亲带故，他说这样便于管理而且还齐心协力。他顺便告诉我他这里的员工明天都要回老家过节，在国内过完节才回来开门营业，缘由是海关放假闭关三天，海关闭关就没有了通关过往的车辆，这样就只好停业关门。

由于我昨天从伊宁匆忙赶往霍尔果斯海关，抢在闭关前通关，因此没有时间到银行去兑换哈萨克斯坦的本币。通关前尽管有不少人手持哈国货币进行人民币或是美元的兑换，但我都不敢与这些人进行黑市兑换交易，原因是怕兑到假钞惹来麻烦事，再说这些黑市的兑换不具有合法性。从稳妥的角度考虑，我就回绝了这种非法的换钞方式。吃完饭结账时我却拿不出坚戈来支付，这家老板不仅同意我用人民币来支付饭钱，还友善地按照当地兑换的汇率：1元人民币兑换29坚戈的兑换比例，兑换给了我400元人民币面值的坚戈，并将我安顿在他家的毡房里寄宿了一夜，只象征性地收取了我500元坚戈，500坚戈换算成人民币也就不到17元。他手下的一名厨师听说我在国内已办国际漫游的手机，因无相应的网络支持而无法与国内取得联系后，将他多余的一张哈国手机卡卖给了我。后来我在路上一乡镇为此卡充了4000坚戈的币值，用这张卡我以短信的方式向国内发回了我进入哈萨克斯坦后的首条短信。不知何故，手机用此张卡能将短信发出去，但却依然无法拨通国际长途电话。

一旦真正地走出国门，吃、住、行就作为我最关切的现实问题。作为有多年户外骑行经验的我来说，在国内骑行就容易得多，相应的麻烦事自然也就少得多。在国内骑行，不管我在外跑多久跑多远，只要我身上带着合法的有效证件——身份证，再带上一张银联卡或是足够的人民币现金，我就可以放心自由地走遍中国的每一个可自由通行的角落。然而一走出国门，就得要牵涉到各个方面的相关问题，一切都得按照所在国的规矩来办理方可，这样一来相关的手续和连带的附加条件都比较烦琐。除带上必备的护照及在护照上办理的相关国家签证外，还得带上能在国外使用的信用卡、美元和相关国家的本币，这些都还只是最基本的必备要件。我途经的国家中除欧元区的三个国家——拉脱维亚、德国、法国外，都是单独的货币体系国。不同的国家有不同的货币，每到一个国家对本币的兑换都是一件令人头痛的麻烦事。如果兑换多了该国的本币而没有用完的话，一般都只能用于收藏。我作为一名环球游的"独行侠"，在途经过境国时大部分时间都是独身一人在路上骑行，所到之处大多数为偏郊荒野，所以信用卡根本就无法派上用场，带在身上的又基本全是美元。美元作为全球通用的货币，带在身上是最为稳妥的币种。

由于该餐馆因五一节放假不营业，我早起后找不到吃早餐的地方，故而只能饿着肚子往前骑行。好在昨天下午在霍尔果斯时，买了盐茶蛋、牛奶和馕带在路上备用。骑行一段路程后，我将昨天剩余的干粮悉数扫尽，全部吃进了肚子里。看来这些干粮真还是让人扛不了多久，体能的消耗让我的肚子还没有到中午就感到饿得发慌了，骑行的速度因此而减缓下来。就此来看，吃的问题对我来说可以说是迫在眉睫。

哈萨克斯坦这个国土面积排世界第九位，领土横跨亚欧两洲，是地处亚欧两大洲过渡带上的一个国土面积较大的国家。哈萨克斯坦为苏联加盟国之一，1991年苏联解体后宣布独立。哈萨克斯坦共和国全国总人口为1718.7万，由132个民族所组成，哈萨克斯坦语为其国语，俄语在哈国家机关和地方自治机关与哈萨克斯坦语言同为正式使用的官方语言。

在这地广人稀的荒漠地带，想去解决吃的问题，看来还真不是一件轻易解决得了的问题，空旷的荒野让我无从去寻找到能将饿瘪的肚子填饱的去处。俗话说"人是铁，饭是钢，一顿不吃饿得慌"，由于体能消耗太大，我感觉实在是饿得受不了了。此时的我由于体力不支还差点晕倒（这极有可能是"低血糖"导致的眩晕感）。由于这里是荒漠气候异常干燥，我体内流失的水分得不到及时的补充，让我有一种飘浮虚脱的感觉。体内"脱水"致使我口渴干燥，心里发慌，干涩的嗓子里就像是让人放进了一把锉刀在不停顿地打磨着我那干渴难受的嗓子。此时的我看来的确已是"弹尽粮绝"处境堪忧，是一个特别受煎熬的痛苦过程。

古人云："屋漏偏逢连夜雨，船迟又遇打头风。"就在我肚子饿得咕咕叫、饥渴难耐、身上感到疲乏无力时，最不凑巧的事是自行车后胎又被扎爆了。我也就只好就势停下来补胎加气，借以缓解一下因极度疲惫而又饿得来心发慌手脚发软无力的身子骨。说来也巧，就在我埋头补胎正在用锉打磨内胎被扎漏气的地方时，正好有一辆越野车从我面前驶过，但这辆已驶过我眼前的车不知何故竟然停靠在了离我自行车不远的前面。车刚停稳，就见三个看样子是哈国人的年轻人从车上跳下来，并径直冲着我走过来。此时的我立马警觉起来，下意识地放下了手中拿着的正在补的内胎，异常迅捷地站了起来。由于地处荒野，再加之相互间没有语言的交流与沟通，对他们朝我走过来的意图无从知晓，这就更加深了我的戒备感。我生怕此时会生出事端来，此时的我可以说是紧绷着身上的每一根神经，身上也随之在不停地冒着虚汗，但我并未由此而惊慌错乱。我的眼睛在四处不停顿地观望扫描，心里也在做着充分的准备。"害人之心不可有，防人之心不可无。"何况我又是身处异国他乡，其间稍有不慎就可能招致祸端。这三个年轻的小伙子走到我的自行车前，用手指着我的自行车龙头上的大熊猫图片，用手抚摸我的自行车和行包上的帐篷、睡袋和防潮垫，并说着我连一句都听不懂的哈萨克语，由此看来他们可能是出于好奇或是其他的原因才停下车来观赏我的这辆自行车和观看我这个"外国人"。在我看出他们对我并没有什么恶意或是有其他的图谋后，这时的我反而鼓起劲"麻起"胆子向他们走了过去，并用手指着我自行车上的喝水杯，然后再用手指着我的嘴做了一个喝水的动作，来表述我口渴想喝水的意图。他们其中的一位看来是看懂了我比画的动作所传达的肢体语言的含义，大声朝着车内高喊着，只见从驾驶位上走下来一位青年，听到喊声后从后备厢里拿来两大瓶汽水递到我的手里。我点头向他们致谢后，便马上拧开瓶盖，大口不停地喝了个够。这汽水喝起来还真是不太习惯，但确实是既解渴又过瘾，还真有一种"久旱逢甘霖"的滋润感。他们看我喝水的样子有点稀奇，站在一旁看着我直乐。这时的我猛灌一阵汽水后，顾不上面子又腆着老脸用手指着我的肚子比画着，同时又用嘴做着嚼东西的样子，示意我想要吃的东西来喂肚子。见我一番比画后，刚才那位喊驾驶员给我拿水过来的看来是他们的"头儿"的青年，又叫另外一个人到车的后备厢里拿来三块类似新疆大饼的食物给我。饿慌了的我从他手里接过递过来的大饼，就狼吞虎咽般的报销掉了三个大饼其中的两个。原本想把最后一个大饼都给吃进肚子里，但考虑到下一顿还没有着落，也不知道究竟还要往前走多远才有地方解决吃的问题，出于这样的考量让我决定将这最后残存的干粮留下备用。

　　看来世上还是好人多，这水这饼还真算是解了我的饥渴，救了我的燃眉之急，让我的体内补充进了相应的热量。算是帮了我的大忙，把我从眼前的困境中解救了出来。尽管我不知道这四位哈国年轻人的姓名，但他们的善意让我感受到了来自异国他乡的好人的温情！

　　写到这里我引用我的铁杆"锣丝"兼泳友天津的皇甫华和四川绵阳的许正在接收到我发回国内的短信后分别回复我的短信：

2014/5/3　14:13　罗老师好！短信收到了。看来在今后的骑行中，自备干粮是途中的大事。您一定急时调整自己在异国的衣食住行，来确保骑行的顺利，人是铁饭是钢啊！祝：顺利！快点骑出困境。

2014/5/3　17:08　在有超市的地方买压缩饼干带上，以及在有牧民的地方找牛肉干。哈国是个不搞旅行的国家，对此要有充分的准备。

看来诸事都要力求在稳妥的前提下留有充分的空间和余地，任何的疏忽和大意都会让本来顺理成章的事情变得复杂而又难以把控。水和干粮，这在国内看似简单的小事，弄不好就会酿成不可收拾的大错而延误行程，伤及脾胃。和这几个哈国年轻人分手后，我又继续往阿拉木图骑行（阿拉木图为哈国原首都）。

哈萨克斯坦静静的河流

从天而降的"福音"

2014/5/3　23:29　经过13小时26分的艰难骑行到达阿拉木图，走出国门3天4个小时的跨国西行，已完成430.5公里的行程。尽管哈萨克斯坦的签证期限至6月1日，但俄罗斯的签证5月24日起便生效。俄罗斯所签的时效倒逼着我不敢有丝毫的懈怠，此时的我不管身体怎样疲惫不堪，也得硬着头皮往前推进。只有硬挺，方能步步为赢！　CHINA骑士罗

我用了3天外加4个小时的奔波骑行，完成了430.5公里的走出国门后的阶段性行程，走进了哈萨克斯坦原有的首都阿拉木图。

由于我不懂英语，也不懂哈萨克语和俄语，从进入哈萨克斯坦以来的这几天时间里，真如同走入迷宫一样的使人眩晕迷茫。仅凭手势的动作比画，在交流沟通上确实是存在诸多的局限性。我在与人沟通时所做的肢体动作如果不规范、不到位，就极有可能让与之交流的对方误解、误判。因为肢体语言无法去替代语言的实际功能，这几天所碰到的与语言相关的问题，我都无法应对。

抵达阿拉木图后，对我来说首先要想办法去解决吃和住的问题，为此我在阿拉木图开始了走街串巷式的酒店搜寻。阿拉木图作为哈萨克斯坦国的原首都所在地，街道繁华热闹，自然是少不了酒店和供旅客下榻住宿的地方。我沿街寻找，不停地用手势比画着睡觉的肢体形态，但事倍功半，收效甚微，好在有几个人似乎是读懂了我所做的肢体语言并给我指出了酒店的位置，但都因房费太贵而不敢问津。有两处的住宿价格我能够接受和承受，但问题的关键是要用坚戈来支付房费，我身上所带的都是美元和人民币，所剩的坚戈又不够支付，我只好又推着车继续寻找住的地方。

说来也巧，刚出酒店的大门，远远地就看到了一个身着运动服装

骑着一辆山地自行车的年轻人朝我出门的方向骑过来，我赶紧将自行车停稳后就主动地向他打招呼。他见我主动打招呼，也就友善地把车停下，我等他将自行车停稳后又用手势做了一个睡觉的姿势。尽管我与他语言不通，但通过我所比画的肢体动作，他亦算是读懂了我想找住宿地的意图。他用手指着我右手的前方，并示意我跟他身后往前骑行，谁知他在我前面骑行了不到100米，他的自行车突然脱链，他也就只好停下来整理车链。我见他的自行车脱链后，也赶紧将车停下来帮助他调整车链。由于他这辆山地车的变速器乱挡导致链条的一部分脱落，另一部分被卡死，我和他费了不少的时间才把链条复位。为此，我手上还沾满了链条上的油污。他赶忙从坐垫下拿出一张毛巾给我擦手。他见我并不见外且热心认真地帮着他修理自行车，显得异常高兴。等把链条复位后我催着他继续向前骑行，谁知这时，他却不紧不慢地从运动装的背后口袋里掏出手机打起电话来。他拨通手机与对方通了一段我听不懂的话语后，突然间他把手伸过来将手机放在了我左边的耳朵上，这时我听到了从电话的另一端传来了我所熟悉的中国话。走出国门这几天时间，还未曾听到过乡音的我，这时忍不住眼眶泛湿而激动起来。这一切发生得太突然，也太带戏剧性了，让我简直就不敢相信这突然间发生的一切会是真的，但这又确实是真实的。我清楚地听明白了电话里的声音，电话里的人告诉我他叫胡尔曼·谢力克，来自于新疆，现供职于中国中铁中亚办事处，办事处就设在阿拉木图。他说他之所以接到这个电话，是因为我帮忙修车的人是他的朋友，他的朋友为了向我表示感谢，所以给他打了电话让他帮忙转达。他的朋友是RCG基金公司的一名律师，与他相交甚笃，他说如果我有什么事需要帮忙的话，他一定会尽全力帮助。

胡尔曼·谢力克在电话另一端的隔空喊话，对我来说无疑是一个令人惊喜的从天而降的"福音"。这从天而降的"福音"对我来说无疑是天大的喜讯。说来也奇怪，我与胡尔曼·谢力克虽未谋过面，也不知他的长相如何，仅仅只是通过手机在电话里交流过几句简单的话语，但从他那略带些磁性的乡音里，我不仅仅听到了熟悉的中国话，同时也让我感受到了他的关切之心。这种同文同种血浓于水的同胞亲情，让我从中感受到了温馨和力量。"上帝在给我关上一道门的

同时，又给我打开了一扇窗"，让处于语言交流沟通无门的我仿佛从黎明前的黑夜里依稀间看到了一线亮光，这线亮光穿透黑帘让我突然间有一种豁然开朗拨云见日的光亮感。胡尔曼·谢力克在电话里告诉我，要我不要慌，他马上就会开车过来接我到中铁办事处去住，他说在办事处还有另外几个来自中国国内的华侨华人。我好几天以来的孤寂憋闷和无从开口说话的孤独感，随着与他的一席对话而烟消云散，我终于有机会又能开口说话并与人交流了。在我看来此次西骑列国对我来说最难熬的恐怕是一个人独处异国的孤寂了！常听人讲，一个人脱离群体长时间地独处，最摧残人的意志的莫过于孤寂难耐仿佛与世隔绝的孤独感受，弄不好还会把人给逼疯。在路上我就在想，一个人如果长时间不开口说话，到时候会不会把自己憋成一个不会开口说话的"哑巴"和"另类的废物"。英国哲学家培根"会谈使人敏捷"的经典语录，就道出了说话会谈对人的重要性。

不一会儿，胡尔曼·谢力克开车来到了我所在的位置，他与我握手招呼后就与他的这位律师朋友热聊了起来。由于他开过来的越野车没法将我的自行车装进他的车里，最后他俩商量后决定在这附近另寻一家旅馆，并马上分头联系，很快就帮我寻找到一家带有慈善救助背景的招待所。这家招待所就设在离这里不太远的公园里，住宿费才1000坚戈，约合人民币不到40元。和另外几家酒店相比，这里的住宿费自然便宜了不少。在招待所将我安顿好，他两人才离开，临走时胡尔曼·谢力克告诉我明天早上8点前必须要办完退房手续，如果超过8点未办理退房手续就得另外加付房费。他告诉我明天一早他会开车过来帮助我在阿拉木图移民局办理签证、验证相关的"落地签"（在哈国海关边防口岸为我办理的通关时间只有5天，也就是说在此期间所限的5天内我必须到阿拉木图移民局去办理相关的手续后，哈国驻中国大使馆处为我所签发的过境签证才具有效力）。

我与胡尔曼·谢力克通过短暂的接触交流后，让我感受到他是一个完全值得信任的人。在阿拉木图所住的这一宿是我走出国门后睡得最安稳的一个夜晚，这是因为睡前冲了一个热水澡来解乏，最重要的原因还在于胡尔曼·谢力克在我无依无靠举目无亲又不懂哈萨克语言的危难关口，以这样一种特殊的方式出现在了我的眼前，可谓他国遇知音，我认为胡尔曼·谢力克是热心相助我的"贵人"。自霍尔果斯海关口岸走出国门的这几天时间，对我来说是痛苦煎熬的日子，这些天以来我完全处于一种自我封闭、离群索居、忍受着难耐的孤独的状态。身处异国他乡且人生地不熟无倚无助的我，可以说是叫天天不应，叫地地不灵。敢问路在何方？我却无从知晓，心里也没有谱。自胡尔曼·谢力克"闪现"在我的眼前，我就感知到了他对我来说的重要性。

阿拉木图总领事馆

来不及道别离

第二天一早，还不到8点钟，胡尔曼·谢力克就如约开车来到我所住的招待所，他等我办理完退房手续后，开着车在我前面带路并陪同我去办理在阿拉木图的相关事宜。我告诉胡尔曼·谢力克我想先到中国驻阿拉木图总领馆去拜会总领馆，一来表示我作为一个中华人民共和国的公民走出国门后对中国驻外使领馆的尊重和信赖；二来到沿途所经国使领馆拜访，说明我走出国门后需要得到使领馆在我遇事需要帮助时能得到及时的保护和帮助。

胡尔曼·谢力克在听完我的想法后，他首先肯定了我这个想法是对的，是一种对自己人身权益的维护，但他同时又提醒我根据他以往同总领馆打交道所接触的经验来判断，我不可能在事先没有预约的前提下进入到总领馆，恐怕我连总领馆划定设置的警戒区域都到不了就要遭到阻拦。他告诉我，一般来说预约都需要提前15天左右，没有预约的话，那就根本就不可能进入到总领馆，因为有哈方安保人员负责总领馆的警戒禁区和总领馆大门的值守。听他说完后我还是表示想亲自去看看，并碰一下运气，他见我态度坚决，也就决定陪我去碰碰运气。

来到总领馆，果真如他所说，我两人还未踏进总领馆警戒线就被两名哈萨克斯坦的安保人员拦住了。此时我将自行车停稳，从行包里取出我的护照和盖满沿途邮戳的路线图旗帜以及《问道天路》这本书，我将它们递给前来阻拦我俩的安保人员，请他们将这三样东西转递到总领馆，但这两名安保说什么也不肯接我递过去的东西，并责令我俩往后退出警戒线。这时我只好请胡尔曼·谢力克用哈萨克语同他们交涉。他的交涉同样无果，好在其中一名安保将总领馆的值班电话告诉了谢力克，谢力克通过值班电话将我的相关情况做了通报和说明。值班人员听完后不敢擅自做主，将我的情况向总领馆负责文化方面的黎领事做了汇报。不一会儿，胡尔曼·谢力克的手机铃声响起，他在接到电话后脸上露出了笑容，并将手中的手机递给了他身边的一名安保。这名接电话的安保人员接完电话后，用哈国语言与胡尔曼·谢力克交谈了一通，之后胡尔曼·谢力克转过身来告诉我，总领事杜德文悉知我的情况后，非常重视。由于有外事活动暂时还抽不开身，总领事杜德文特委托黎领事和赵领事出面来接待我。在总领馆会客厅里，黎、赵二位领事友好地接待了我。两位领事与我谈及我在哈萨克斯坦需要注意的相关事宜，并在我的路线图旗帜、笔记本和我所著的《问道天路》一书上分别加盖上了中华人民共和国驻阿拉木图总领事馆的大红印章，随后黎领事、赵领事在总领馆牌匾前牵着我此行的路线图旗帜合影留念。

凭借着大熊猫超高的人气指数和我敢于一人一车独自闯荡丝绸古道的胆识勇气，我才得以能在未预约的特殊情况下被破例允许进入到了中华人民共和国驻哈国的总领馆内。走进总领馆也就等同于走进了中华人民共和国的领地一样让人踏实和放心，这就是外交领事条例所赋的涉外法权的神圣之处。

胡尔曼·谢力克专程开着车陪着并引领着我在阿拉木图市区办理相关事宜，在他的带领帮助下，所到之处所办之事都相当顺利。

在阿拉木图市内，在银行办理完用美元再去换兑坚戈的事宜后，接着我又到了邮局去加盖我走出国门后的第一枚外国邮戳。

2014/5/5　1:29　现在已是5月5日凌晨1点05分，本来昨日在阿拉木图办事非常之顺利。昨日上午在中国驻阿拉木图总领馆，受杜德文总领事委托的总领馆黎领事和赵领事友好地接待了我，并在总领馆与我一起牵着我的路线图旗帜合影留念，最后在路线图旗帜上盖上了总领馆的大红印章；在移民局办理落地签证也十分顺利，本来要两天才能拿到的落地签证20分钟就拿到了手；在邮局盖戳和兑换坚戈都很顺利。　CHINA骑士罗

2014/5/5　5:09　昨天在阿拉木图所办之事相当顺利，全靠一个叫胡尔曼·谢力克的华人开车引路并全力协助。此公1975年9月13日出生，于1997年毕业于陕西师大，2003年加入哈国籍，

供职于中国中铁中亚办事处。本来约好他开车将我送到32公里分岔处，由于我途中后胎被扎爆，停下补胎就与之错过了。尽管我一路上都拿着他书写的哈文问路，但回答都不尽相同，故而才出此错，这也算是给我上了一课。今后行路更应谨慎加小心，以免再走冤枉路。　CHINA骑士罗

其后胡尔曼·谢力克还专门请我到阿拉木图市郊的一餐馆（听他讲，此家餐馆是一位从新疆乌鲁木齐过来的哈族人开的）吃了一顿便餐，在就餐期间他不仅给我介绍讲解哈萨克斯坦的地质风光和人文景观，更着重给我讲我需要注意的礼节和哈国的饮食习惯等事项。特别提示我在哈国期间不要走夜路，因哈萨克斯坦地广人稀、戈壁荒野之处时常有狼出没。狼在哈国是较为猖獗的野生动物，要格外留神提防狼的夜袭！胡尔曼·谢力克怕我在公路的岔道口分错路，在用完餐后坚持要开车将我送到离市区32公里处的分岔道口。他告诉我送我到分岔道口后，在我还没有离开哈萨克斯坦的这段时间里他的手机将会处于24小时开机的状态，我在路上如遇着什么事情需要他帮助，他将会尽全力帮助我。这样的允诺让我感到了放心和踏实。

我和他一个是靠燃烧汽油行驶，一个则是完全靠燃烧自我的"骨油"作为动能而一米又一米地朝前推进。尽管是在同一方向同道行驶，但却又无法达到同速同步，我同胡尔曼·谢力克之间的距离自然是越拉越远。我与他虽不能同速同步共进，他依然还可以走走停停地等着我，伴随着我往前骑行。但谁也没想到，我还没有骑行多远自行车后胎又遭异物扎爆了内胎。在不得已的情况下我只好停下来补胎，我将爆胎的情况在电话里告诉了胡尔曼·谢力克，但我却又无法把爆胎后的确切位置告诉他，他想来找我而无法找到我，我想去与他碰面却又无处去碰到他，我和他就在这种阴差阳错的情况下分开了，连道别的话语都没有说上一句。

两个"科帕"成了"可怕"

　　与谢力克分开后，一路上我都拿着他用哈萨克文写给我的纸条问路，但被问及的包括警察在内的人都说不清楚，而且各自的说法也不同。这一路上尽管都有用哈文标明的路牌显示，但因我不懂哈文，也就分辨不出我究竟该走哪条路才行，我就这样在一路问询打听科帕方向的过程中稀里糊涂地前进着，但还是以一个自以为清楚明白的状态在分岔路口走错了道路，这还倒是心里明白却糊涂。

　　我按照骑行路线图和路书上所标的地名——科帕去寻找和骑行，哈萨克斯坦地广人稀的荒原上，我一个人提心吊胆小心翼翼地在异国他乡、在人生地不熟而且还不懂哈族语言的前提下闯荡。随着时间的推移，天色也逐渐地变得暗淡起来。夜幕的降临让我在视觉上对沿途景物的观察也因清晰度的降低而变得朦胧。对事物的判断也远不及白天。此时的我开始在心里犯难发怵，不由自主的紧张胆怯让我反应也略感迟钝。

　　这一段摸黑骑行的夜路，可以说是走得非常艰难。所经过的道路四周漆黑一团，根本无法看清楚路况和周边的环境地貌。寂静的黑夜让我感到恐惧和害怕。由于有胡尔曼·谢力克对狼的特别提示和告诫，我在处处留神警觉的同时，也更加剧了狼在我心中的忧患和畏惧（尽管狼是我心中崇拜的"图腾"象征物）。在此路段上骑行，一望无际的茫茫荒原上悄无声息，世空幽静；天上看不见星星和月亮，地上看不见村落和灯光，我只能依靠手电筒照射出来的那么一点微弱的光源来判断大概的路况。期间有几次因路况不明而偏倒在了路上，裤腿也因此被磨破了多处。让我不免心生窦疑，惶恐不安。这样一种地处荒郊偏野孤独无助的煎熬，让我感受到了一种刻骨铭心的凄惨和悲哀！

　　我知道我又一次陷入到了无依无靠的绝望困境中。空旷寂静的

荒野里，也就只有这一路上驮载着我西行远征的这辆"奔驰"号"坐骑"与我不离不弃相伴随行地走向远方！此次跨国西行之旅，我在行前曾为自己定下了决不走一天夜路的硬性自律规矩。然而，出门后身不由己的残酷现实和诸多的无奈，又迫使我不得不一次又一次地"违规"。怎么说这也就是一种不得已而为之的自救举措而已。看来，有时候迫不得已的重复，也是重要的一环。

这一路上跌跌撞撞，好不容易才在晚上23时13分，寻找到并抵达了科帕这一在路书上所标注的目的地。找到并抵达科帕后的第一时间里，我立马就傻了眼，这里根本就和我想象中的科帕对不上位。不管怎样说科帕既然作为骑行停靠的落脚点和驿站，至少应该具有相应的规模和接待的条件，这里却是一个前不着村后不着店只有稀疏几户人家的荒野村落，一看这情况我铁定知道我肯定是走错了道路，来到了一个我原本不该来的地方。

当我还在茫然中思考发愣时，耳边传来一阵阵似狼嚎又好像是狗的狂吠声，我恍然间感觉到从我不远处有两条体形硕大黑乎乎的如狼似犬的动物，似乎正朝着我猛扑过来。我警觉地迅速推倒自行车，随时准备着与之搏击来护身。就在这万分紧张的情况下，我突然间听到了几声唤狗的声音，我这才确定了向我猛扑过来的是狗而不是狼。这两条狗可能是听到了主人呼唤的声音，马上就停住了狂啸的犬吠声并停止了对我的攻击。见两条狗跑回去后，我紧绷着的神经才得以放松下来，看来神情错乱的我由于惊吓之故，似乎已分不清狼的嚎叫声与狗的狂吠声，错把狗吠声当成狼嚎叫了！这些年来，我与犬类的多次直接对抗战，已经使我对狗这种异类格外留神、特别小心。此时的我，尽管看见狗已远去，但仍可以说是惊魂未定，再加上一天的奔命骑行，现在已是筋疲力尽再也无力支撑了，狗一走开我就瘫软地坐到了地上，并感觉到自己整个人都空了似的。

狗停止了嘶叫的声音，这里的一切由此又恢复了原有的平静，在这空旷的荒野里，除了还能听到我自己呼吸的声音外，可以说是再也听不到其他的声音了。这寂静的荒漠，竟让我的心里派生出了一种孤独无援的惊恐与绝望交织的悲壮心绪，这样的心绪让我的心理在发生着变化。对处境的担忧使我感到不安和烦躁，我真的不敢相信身处异国他乡的我竟会落魄到这样的境地，我究竟该怎样去面对并自救与突围？！就在我情绪低落至极，一个人坐在地上胡思乱想的时候，我隐约间感觉到有一个人从我的不远处朝我走来，随着这幽灵般的身影不断向我靠近，我的心里咕咚一声，一下子就紧张了起来，我甚至能感觉到我的毛孔都增大汗毛也竖了起来。这种氛围让我有一种说不出来的危机感、惧怕感和窒息感，但防范警觉的意识促使我的情绪立马产生了应对，我迅速地从地上站立起来准备应对将会发生的一切。丢掉幻想，准备随时投入贴身的肉搏，是我机警理智应对危机的必然选择。

这个在黑夜中朝我走来的人在离我只差几步距离的时候，突然间停下了脚步并向我问起话来，他向我问的哈族话我一句都听不懂，自然也就不知道他问话的意思。此刻的我尽管听不懂他的语言，但我还是在夜幕下，下意识地用手向他比画着肢体动作。我无法听懂他的哈萨克语言，他也无法知晓我所比画动作的含义，在这特殊关键的时候我实实在在地让我自己变成了一个能说会道的"哑巴"和虽然能清楚地听到对方与我谈话时发出的声音，但却又根本上无法去听懂弄明对方所说语言的一个"聋子"。这时的我真正完全地体会到了在语言交流上存在着的巨大障碍，这样的障碍如同一道无形的墙，阻挡住了我与外界的交流与往来。由于当时的脑子里太乱，我只能机械呆板地比画着手上连贯的动作，嘴里还喃喃自语地叨唠着，却全然忽视了对方理解的认知度，忽视了这一切对于对方和我自己来说都只是徒劳而不管用的。此时的我可以说是沮丧至极，却还未曾感到死心和绝望，而是在用自己的不懈努力和坚持来驱赶走绝望恐惧和焦虑。等我冷静下来，在心里仔细一琢磨，既然胡尔曼·谢力克告诉了我他的手机24小时都开机等着我与他通话，那我不妨试试看这招到底管不管用。等我从车上的行包里拿出手机，准备拨通他留给我的电话号码时，心里又开始有点犹豫。其原因就是这个时候已是接近凌晨，我不知道他这个时候到底睡了没有，如果我贸然打电话过去会惊扰到他，怕是会影响他的睡眠和休息。我在思想上反复思考了一会儿后，还是毅然地拨打了他的电话，电话接通后我随即就听到了胡尔曼·谢力克的话音，他从电话那端说出来的第一句话就是："我一直在拨打你的电话，但手机拨通后却一直都是无人接听的状态，依我判断你要么是在分岔路口走错了路，要么就是出问题了。你既然在这个时候还能给我打电话来，就说明了你没有出事，我这就放心了。"从手机里听到他说的这段话后，我那胡思乱想忐忑不安的心居然就此安稳了下来。当听到他从电话里传来的声音，让我在感到亲切的同时，也就镇定了情绪。他的话语让我在无形中得以摆脱了心里的压抑恐惧和焦躁，同时还让我释放出了心中的那份让人喘不过气来的压力。我将我的情况和处境简略地向他做了说明，并请他用他那流利的哈萨克语同站在我不远处的这户人家的主人通话，来与之交流。他叫我把我的手机拿去给离我不远站着的那位哈萨克人，我边走边不断地与他通着话，朝着那个我并不认识的哈萨克族人走去。走到这位哈萨克人的跟前，我礼貌地向他点头示意，主动伸出右手与他亲切地握手打招呼，走近一看才知我眼前站着的这位哈萨克中年汉子俊朗魁梧。与他握手后，他友善地从我手中接过了我递过去的手机，并立刻与胡尔曼·谢力克通起话来。在他们相互交流一阵后，他又把手机递还给了我。我听到胡尔曼·谢力克在电话里说，我现在所在的地方确实是叫科帕，但这里的确又不是我在路书上所标注并在寻找的地方，这两个读音相同的地名却是在不同的方向上。我本应该按照M36号公路去骑行，却在分岔道口走错了路骑到了另外一条不同方向的道上。此时的科帕这个词语，对我来说也就变成了堪忧的"可怕"。他说他已问过这位哈族老乡这里的具体方位，并且已用GPS卫星定位仪搜索到了相关的路线，并叫我再把手机交给这位哈族老乡，他要继续与他通话询问了解相关的情况。在他们互通了一番话后，这位哈族汉子又将手机递还给了我，胡尔曼·谢力克又在电话里告诉我，他已在电话里问明了这个当地的老乡，我眼前有两条路可走，一条是按原路返回到阿拉木图再转道到M36号公路，另外一条路也可以从这里斜插到M36号公路。他说对我来说这条可以斜插的道路与原路返回相比，无疑是一条捷径，比原路返回后又继续朝前会缩短近200公里的距离。但走这条路却具有一定的风险性。他说这位哈族老乡告诉他这条路是一条"三无"路，他所说的"三无"是指这条近百公里的路途上一是无人烟，荒凉得很；二是沿途无食物和水的供应和补充；三是这条道的沿途没有手机信号。他说哈萨克斯坦地广人稀，村落之间相距很远。并告诉我这条路是很久以前修筑的，由于基本上没有车辆过往通行，现已废弃不用，如果想走这条路，路况糟糕，难度颇大。他在电话里一再劝我最好是从原路返回到阿拉木图，这样安全可靠，也就不过是来回多走了两天的路程。根据胡尔曼·谢力克反馈的情况来看，我自然要去选择走这条"三无"的捷径，尽管这样具有相应的难度和风险，但它却能缩短我骑行的距离。能抢时间把我多跑的冤枉路尽量给追回来，是我当前的要务。我把我的想法告诉了胡尔曼·谢力克并征求他的意见，他同意了我的想法，抉择需要果敢和勇气，我这样的选择凸显了我那沧桑中的狂野和理智。但他提醒我，这里情况特殊复杂，完全不同于在中国国内。要我时刻警惕防范风险，随时注意自身的安全。同时又让我将手机再拿给那位哈族老乡。这位哈族老乡再次与胡尔曼·谢力克通了一番话后，把手机递还给了我，胡尔曼·谢力克在电话里给我说这位哈族老乡同意让我今晚住在他的家里，并另外告诉我他已请这位哈族老乡为我准备些明天我在路上喝的水和吃的干粮。由此看来，胡尔曼·谢力克的确是我的"福星"。他仗义、仁义，在我最需要有人能帮助的关键时刻，能及时迅捷地连上线，且能协调帮助我摆脱困境，并能助我化解掉我所遭遇的风险和危难。

经过这一通手机反复易手辗转的三方交流与沟通，胡尔曼·谢力克充分发挥了他既懂中文又懂哈萨克文的语言优势，成功地通过异地连线的特殊翻译方式"遥控"，协助并帮助我化解和克服了语言交流上的障碍，让我暂时摆脱了十分窘困而又糟糕的艰难处境，并让我顺当地住进了这户地道的哈萨克族牧民的家里。这家牧民热情爽朗，把我这个来自China的远方骑行人当成了他们家的贵客和上宾来对待，特意把我一个人安置在另外一间客房的软式沙发上睡。好客的主人见我执意要钻进自己带的睡袋里睡，也就不好再阻拦。他见我睡袋较薄怕我着凉，在我睡下后特意拿来一件羊皮袄轻轻地搭放在了我的睡袋上，这件看起来不起眼的哈族牧民穿的羊皮袄还真是管用。可能是我确实是太累太疲惫了，这个夜晚我睡得特别香，这位哈萨克牧民天性的仁慈、善良和真诚的举动让我非常感动，这样一种友善友好的跨国友情，在我的头脑里留下了非常深刻的印象，让我久久难以忘怀。这样一种真实而又真切的关爱之情，让身处异国他乡的我顿时就感觉到一股暖流融进了我极度疲惫而又虚弱的身体内；这样一种人与人之间最真实最温馨的情感表达和关怀，充分体现出了人性本善。这种人类之间最具包容性的关怀和关爱，弥足珍贵，最让人难以忘记；这种跨越国界、跨越种族间的关爱是那样博大而又深邃；这种温柔的关爱充分体现出了哈萨克人友善的品格，这就是人性中最为灿烂的美德！

　　2014/5/5　1:50　下午两点吃完饭后，往下一个骑行目的地科帕进发。由于不懂哈国文字，在出阿拉木图不远的分岔路口走错了路，这一错了不得，一下就多跑了120公里的冤枉路。哈国地广人稀几十上百公里没人烟，好在一个好心的哈萨克老农在他家里非常友善地接待了我，吃住都在他的家里。这也算是歪打正着，让我有幸亲身体会到原汁原味的哈萨克人的生活情趣！　　CHINA骑士罗

　　清晨当我依然还沉睡在梦里时，依稀间仿佛听到了有人敲门的声音，我睁开眼睛一看天已放亮，我赶紧起来穿好衣服把门打开。此时这户人家的主人（这家主人是昨晚我已见过的中年汉子。昨晚他在离开我所住的房门时，又特意示意我拿出手机来拨打胡尔曼·谢力克的电话。电话接通后，我把手机递给了他，他在电话里与胡尔曼·谢力克用哈萨克语通了一段话后，将手机递还给了我。我接过手机与胡尔曼·谢力克通起话来，胡尔曼·谢力克在电话里告诉我说，这家的主人不放心我单独一个人住在这间屋子里，他说这一带治安情况复杂多变，他怕我出事，特意请胡尔曼·谢力克提醒我留意外面的动静。还说不管外面出现什么情况，不管谁来敲门我都不能去开门，除非是他本人来才能把门打开，并且把能反锁房门的钥匙递到了我的手里。对于他的善心和好意我心领了，但愿我住在这里不要出事）用手比画着吃东西的动作来示意我该吃早餐了，我紧跟并随同着这位彪形的哈族汉子来到了他家的客厅，看来是他刻意将餐桌摆放在了客厅里，来款待我这位来自远方的"不速之客"。走进客厅后，我看见了他一家五口人全端坐在餐桌上等着我的到来，这样一种融洽的氛

围让我感受到了这一家人待我的善意和真诚，让我的心里似乎有了一种家的味道和家的感觉，这着实让我感受到了亲切与感动。这时的我不知怎么搞的反倒感到了不怎么自在和拘谨，因我的到来给他们增添了相应的麻烦，还真是让我的心里感到不自在而一下子难以适应。我看餐桌上摆满了奶酪、面饼、蔬菜、水果和手抓羊肉（据我所知，哈萨克族人在早餐时基本上都不会去食用手抓羊肉），主人先给我端上一杯马奶茶，然后递给我一块用刀切成条状的大饼，并不断示意催促着我用手去抓摆放在盘里的羊肉。哈萨克主体上属于游牧民族，这种用手抓着吃的羊肉叫作"别什巴尔马克"，"别什巴尔马克"的意思为"五指"，即用手抓着有肉吃，这是哈萨克族人传统的特色美食。尽管在新疆伊宁时，人保财险伊犁公司的张宝刚和王庆忠在哈萨克人开的餐馆里宴请了我，让我吃到过这种哈族人的美食，但却没有这样一种浓郁的家宴氛围。而这里又是在国外，是在以哈萨克族人为主体的国度里，我能在哈萨克人的家庭里吃到哈族人传统的美食美味，亦算是有口福了。能有如此的机会来感知感受哈萨克游牧民族原汁原味的异国饮食习俗，让我美在餐中，其乐融融。桌上马奶茶飘出的香味和餐桌上诱人的"别什巴尔马克"，让我大快朵颐，吃得煞是过瘾。走出国门不识路、走错路后偏离主道的这样一种"流落"，竟然让我得以有了这样一种难得的奇遇，让我真是大饱了眼福、大开了眼界。我以一个普通China骑行人的身份，融进了一户普通的哈萨克斯坦牧民的家中，可见地球说大不大，说小不小，真还是一个人们常说的"地球村"。我与这家子人看来是有缘，"有缘千里相会，无缘咫尺天涯"。在我"落难"时是这家善良的哈萨克族牧民收容了我，不仅为我解决了住的问题，还用丰盛的美食来招待我，这让我感慨不已。人性的善、人性的美，让我在心里牢记住了这家异国他乡的哈萨克牧民。在用餐的过程中，主人还特意为我拿出他家的相册来让我翻看，我也从车上的行包中拿出了我盖满沿途邮戳的路线图旗帜来与他们一家分享。我从他们洋溢着笑容的脸上读懂并看出了他们内心的喜悦与满足。我与他们虽然语言不通，但通过他们的眼神、神情和肢体动作，以及对我的热情招待和我与他们之间的肢体语言交流，我亦能从中感受到他们渴望着有机会与外界交流接触这种强烈的渴求。"外面的世界很精彩，外面的世界很无奈。"

我在想这是否是"上天"的特意安排，既检验了我的心理承受能力和应变能力，又让我以这样一种方式迈进了这样一种不同国度、不同民族、不同语言的"世界村"村民家中，去体会和体验原汁原味的不一样的民族风情和生活习俗。胡尔曼·谢力克在带给我帮助的同时，让我能有机会去分享这极为特殊的民间交往，让我以这样一种特殊而又别致的迷途方式，得以走进了哈萨克斯坦地处偏壤的哈族牧民家中。这种看似悲惨却又略带些喜剧色彩的异国奇遇，让我不仅收获了与哈萨克族人相交的情谊和友谊，也让身处异国他乡的我切实体验和感受到了从胡尔曼·谢力克那里所带来的幸运和惊喜！

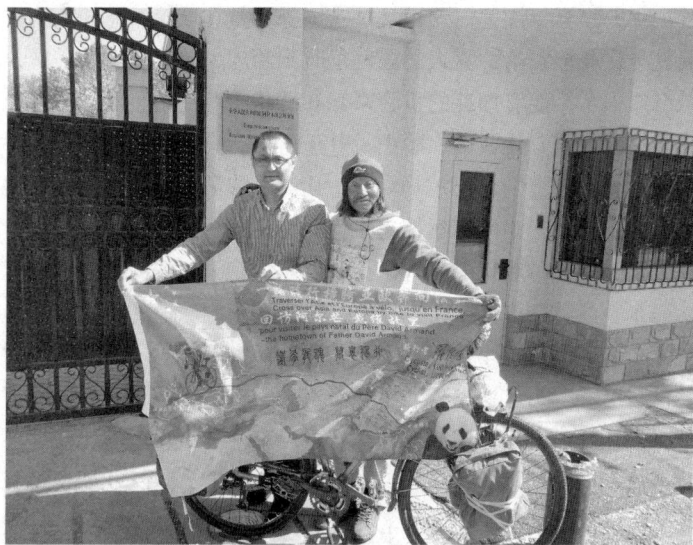

"天降福星"胡尔曼·谢力克

麻起胆子穿越"三无路"

2014/5/5　20:43　我昨晚在电话里给他交代了：请求提供充分食物和水，并且给您指明前往阿斯塔纳的路。

2014/5/5　18:50　胡尔曼·谢力克，我现已回到巴尔喀什的路上。刚才与您通话未联系到您，由于今天骑行的道路路况太差，再加上逆风骑行体能消耗过大，我今天就准备住在此。但不知此处地名，还有就是这里究竟离阿拉木图有多少公路里程，我好计算行程。谢谢！　罗维孝

2014/5/5　20:36　昨天由于路书上所标注的科帕不应出现在我要骑行的路线上，因而错跑了120多公里的冤枉路。我今天未折返回阿拉木图，而是从另外一条类似中国的乡村公路上骑行100多公里穿回到我该骑行的主路上。这条路既无人烟又无手机信号，更无食物水的补充，好在昨晚接待我的善良的哈萨克斯坦好心人，不仅向我免费提供了食宿帮助，并在我从他家出发时为我备足了食物与水！我已成功地将误骑的里程抢了回来！　CHINA骑士罗

2014/5/5　22:29　我作为一名现代人，在年过花甲的有生之年还能骑着洋马儿轮迹亚欧穿行在古丝绸路上，用双脚和轮迹去丈量亚欧版图，穿越别国的疆土，一路上尽管受尽磨难吃尽苦头，但阅尽美景无限。且歌且行，且行且摄，我已用手中相机拍摄定格了上千张人文自然美景。吾此生能横跨亚欧尽显China老年骑士的风采，吾此生幸矣，足矣！春风得意马蹄疾，不用扬鞭自奋蹄！　CHINA骑士罗

以上是我在走错路后，已成功"纠偏"回到主道后收到和所发的短信内容。

我在胡尔曼·谢力克"隔空遥控"翻译并指点迷津的迷途中，颇费了一番周折后终于得以迈过了这段近百公里的"三无"路段，最终成功"纠偏"，回到了通往阿斯塔纳的主道M36号公路上（M36号公路系苏联时期修筑的一条穿越哈萨克斯坦的公路主道）。我在不懂外语的前提下走错路而迷失了方向，如果没有胡尔曼·谢力克的鼎力帮助，我在误入"歧途"的路上会越发地走远，其后果让我都不敢去想象。能回到主路让我的心里总算是有了个底。

哈萨克斯坦地广人稀，在公路的沿途很少能看见具有规模的乡镇，零星的村落和散户都在离公路比较远的地方，这样的状况对我这个来自远方的异国骑行者来说，也就增加了住宿的难度。在靠近公路旁边一户供过往司机驾驶员就餐的小食店里，我吃完东西后尝试着用手比画想找地方睡觉的动作姿势来与这家小食店的老板交流沟通。我所做的这个只要是地球人都能弄明白的肢体语言动作，让这家老板意会并明白了我想在这里居住的意思，且勉强同意我在他这里住下来，但要我支付他400坚戈（约合13元人民币）。只要他能同意我住下来，钱的问题自然就不是个问题，问题是他这间用纤维板和塑料彩带搭建起来的窝棚里面没有一张床，看来我只能将两张餐桌拼起来当床睡。他尽管同意我今夜住在他的这间简易的窝棚里，但我从他冲我比画的手势动作来判断，他要我等他不营业关门后才准睡下。好不容易熬到他停业关门后，我才将两张餐桌拉拢拼起来将就睡。由于这简易的窝棚离公路太近，再加上这窝棚不隔音，钻进睡袋里的我被汽车的噪声震得来翻来覆去的，根本就无法入睡，好不容易才睡着了，刚睡着不久我就感觉到有人用手在推我，我睁眼一看原来天已放亮，推醒我的人正是这家小食店的老板。我以这样一种不靠谱的非常方式，就这样度过了走出国门后的又一个夜晚。尽管这里的住宿条件十分简陋，但总比我在野外搭帐篷宿营安全。

从小食店吃过早餐后，我又沿着M36号公路朝阿斯塔纳（哈国首都）方向往前骑行，谁知往前骑行了几十公里路程后，我的自行车突然发生了意外故障：自行车变速器突然乱挡无法变速，继而链条断链被死死地卡住而无法骑行。我骑行多年以来，还是第一次遇到这样的事情。几位路过此地的好心驾驶员都主动停下车来帮助我查看和修理，但都无法修理和排除故障。

对这突发的故障，让我一下子完全陷入到了无可奈何的被动困境中。由于没有带链条的备件，看来这一让人难以解决得了的致命"硬伤"，极有可能中止我继续往前骑行，有可能会发生的严重后果让我简直就不敢往后去想。情急之下，我再次拿出手机拨通了胡尔曼·谢力克的电话。接通胡尔曼·谢力克的电话后，我急切而又简略地将我在路上所发生的问题向他做了说明，并征求和听取了他对此事的意见和看法，他的意见直接明了非常简单，就是让我想办法搭车回到原来的停车场再说。

由于我不会说哈萨克语，好不容易并费了好大的周折才得以拦下了一辆小型空货车。将车拦下后，我又急忙拨通了胡尔曼·谢力克的电话请他与这位驾驶员通话。这位驾驶员还算是通情达理，爽快地答应将我拉到停车场。胡尔曼·谢力克在电话里告诉我，他已请这位驾驶员用一张白纸将我的自行车断链的情况写在纸上，并写明了我是一个中国人，请前往阿斯塔纳方向的驾驶员在方便的情况下把我捎上。返回停车场后，这位驾驶员按照胡尔曼·谢力克在电话里所说的办法，给我用哈文写在了一张不算小的白纸上。尽管白纸上所写的文字我不认识，但这不起眼的白纸上所写的哈文却是帮了我的大忙（这张用哈文书写的纸条，我至今依然完好无损地保留着），让我较为幸运地搭到了一辆乌克兰人开的大型空货车。

我所搭乘的这辆车的驾驶员来自乌克兰首都基辅，这名乌克兰驾驶员看见我的自行车倒放在地上，而我双手拿着一张写着哈文的白纸痴呆地站立在车旁，无助地求援。他很可能是出于好奇或是其他方面的原因，将他所开的车在我前面不远处停下来后，来到我的面前仔细地看着白纸上面所写的文字，接下来就主动热情地向我招呼示意，并帮助我将我的这辆自行车抬放在了他车厢后面，并从车上拿找出一根较粗的尼龙绳，将我这辆车牢牢地捆绑固定在了车厢上。见他用绳子帮我把车牢固地捆绑在他的这辆货车上后，我那一直悬吊吊的心亦算是放了下来。他的职业操守和良好的职业习惯，让我这辆自行车在颠簸的路上避免了磨损和无谓的擦剐。这辆车在他的善举和呵护下，得以顺当地抵达阿斯塔纳，我从心里感谢这位友善通达、性格爽朗的乌克兰人。

我此次跨国西行，一路上遇到问题和事情，在关键的时候总是能遇到或是碰上好人帮忙，救助我于危困之时，冥冥之中让我感觉到如有神助。"人在做，天在看"看来我还真是"得道天助"，真可谓神奇也！

我按照胡尔曼·谢力克在电话里和我所说的做法，准备在搭上车后到公路沿线的下一个城市去修理我的自行车，他将他的想法在电话里与这名乌克兰驾驶员做了相应的沟通与交流。但在到达下一个我不知道名称的哈国的工业城市后，却无法寻找到修理自行车的地方（由于哈国疆域辽阔、地广人稀，这里的人出门基本上都开汽车或是骑摩托车，在哈萨克斯坦的公路上很少看见有骑自行车的人。这么多天以来，我只在阿拉木图看到过极少数骑自行车的人，在哈国这样的一个基本上依靠汽车作为代步工具的"汽车王国"里，人们也就只能是把自行车户外骑行当成休闲健身的娱乐方式来把玩）。在无可奈何的特殊情况下，我也只好随车往前走。这个晚上，我和驾驶员就挤在这辆货车的驾驶室里住了一个晚上。这些跑长途货运的大型货车的驾驶员，大多数一到晚上找一个停车场把车停下来，把被褥铺垫上就钻进驾驶座椅身后狭窄的空间里睡下。这个为驾驶员专门设计预留的空间只能容下一个人居住，我只好把我坐的副驾驶的座椅放斜，半睡半醒地凑合了一个晚上。这位好心眼的乌克兰驾驶员怕我受冻感冒，特意抽挤出一条毛毯轻轻地搭放在我斜躺着的身子的上面。因是斜躺着坐靠在驾驶座椅上，我所带的睡袋也就无法派上用场。入乡随俗，一切都只能顺其自然了，这种独特的睡觉方式，我还是第一次"享用"。

第二天早起后，我再次拨通了胡尔曼·谢力克的电话，把我所遇到的情况和我的处境向他做了说明，并征求他对此的想法和意见。他在电话里告诉我，由于他没有自行车骑行的经验，也就无从去发表自己的看法和意见，但他建议我随车搭到哈国首都阿斯塔纳再另想办法。他同时提醒我按照阿拉木图总领馆黎领事留给我的中国驻哈萨克斯坦大使馆的求助电话号码，向大使馆寻求帮助。经他的提醒，我赶紧找出黎领事留给我的大使馆的值班电话。使馆值班人员在听完我的情况说明和介绍后，这名负责任的值班员马上向大使馆领事部的负责人做了情况汇报。

等了不长的时间，我的手机铃声响起，我接通电话后，电话里传来一名中年男性的声音，他告诉我他是中国驻哈萨克斯坦大使馆领事部的主任，姓窦名晓兵。窦主任也许是第一次遇到这样的求助电话，对于我的跨国骑行很不理解，一个退休老头在不懂外语的情况下骑自行车跑来跑去想干什么？

几经周折，使馆人员答应了我的请求，并积极地协助我，联系当地的华人来帮助我解决修车所遇到的难事，并在我人还未到达阿斯塔纳就提前给我联系好了一家华人开的酒店来帮助我解决好了吃住的相关问题。由于我所搭乘的这辆乌克兰人开的大型货车抵达阿斯塔纳后，不能将车开进城区，再加上他要忙于赶路，他只好将车停在了在高速公路旁边他常在此就餐的一家路边小食店外，帮助我把车抬下来后离开。这位乌克兰驾驶员与我虽然分处于欧亚不同的国家，而且也互不通语言，在彼此间的交流沟通上存在着巨大的障碍，但却不妨碍我们相互间的友善关切和舒心的关照。临分手前，他拿出几枚乌克兰的货币来递给我，我也友善地回赠了几枚一元的人民币硬币予他。并将我从国内出发时就一路佩戴在身上的一枚四川省大熊猫生态与文化研究会的徽章从身上摘下来，佩戴在他的身上。我见他在佩戴上这枚有着大熊猫图案的徽章后，显得十分高兴，将我拉过来拥抱在他的怀里一个劲地憨乐。当他知道我此次骑行法国是为了圆我的异国梦想后，他在用他的方式为我加油、为我点赞，他还坚持要手拿着我所著的《问道天路》一书，站在他的车牌前照相。他虽不会说一句中国话，更不要说懂中国的文字，但他却通过胡尔曼·谢力克和大使馆领事部窦晓兵传话给我要我的《问道天路》一书，由此不难看出，我和他虽然相处时间短暂，但已在彼此的心中结下了患难相知的跨国友谊！"国之交，在于民相亲；

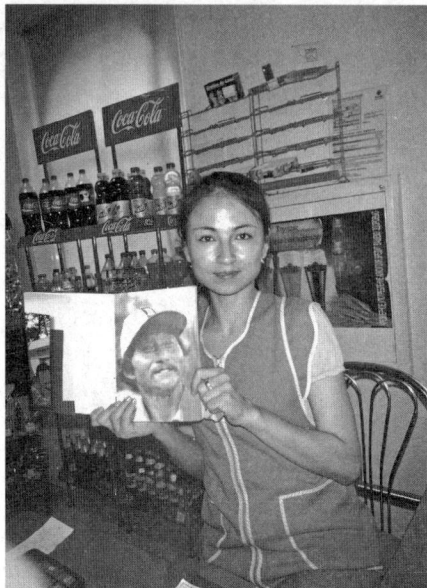

哈国少女也"追星"

民相亲，在于常往来。"在与他分手后，窦主任不断打电话来催我尽快到他联系好的宾馆去住，他怕宾馆由于我迟迟未去而退房了事。他要我把车先寄放在这家小食店里，然后尽快打一辆出租车到宾馆去。因为这里是郊区，而且又处在高速公路旁，所以很难打到出租车。说来也巧，此时正好这家小食店的女婿开车过来办事，他在听说我的事情后，同意开车把我送到这家宾馆。他按照大使馆所留的宾馆电话，直接与这家宾馆的老板沙克什通了电话，在他问明宾馆详细地址后，用GPS卫星定位仪定位了该区位，凭借着GPS卫星定位仪的指引，很快就到达了窦主任帮助联系的酒店。临分手时，送我过来的这名驾驶员顺手递给我一张名片，并用手指着这张名片示意我按照名片上的地址去找他。

2014/5/8　1:09　在中国驻哈萨克斯坦大使馆领事的协调安置下，我终于在午夜住进了新疆人在哈国首都阿斯塔纳开办的宾馆里。这次由于车链脱断和变速器故障的缘由，在哈萨克斯坦派生出来的异国奇遇所产生和折射出来的超越民族、超越国界的爱心善意，确实体现出了人性的美！为此，我感触颇深感慨万千。我从心里感激并感谢这些善良的好心人。　CHINA骑士罗

2014/5/8　8:08　这次在异国所经历的一切对我来说是难以忘记的特殊日子，如果不是在偶然间在阿拉木图与胡尔曼·谢力克相识的话，其结果很难预料。应该说谢力克是我在哈这段时间

给我帮助最大的人，是他的直接和间接的协调与帮助才让我得以摆脱困境。这一切对我来说不容易，真的不容易。只有亲自经历过的人才知其中的艰难与艰辛。接下来的关键问题是如何将车修好继续西进！　CHINA骑士罗

2014/5/8　8:13　他乡遇亲人！处处有好人！

以上三条短信，前两条为我发回国内的，后一条为富华老弟回复的。

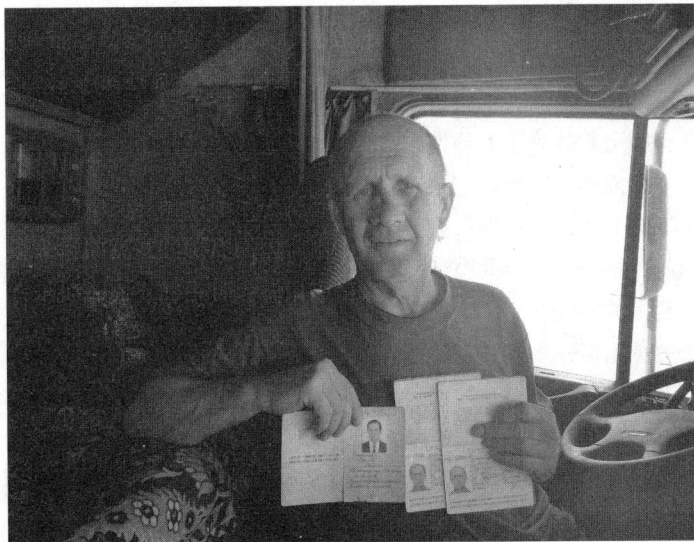

感谢这位好心眼的乌克兰司机

"洋马儿"离奇丢失

第二天一早，窦晓兵从使馆打来电话通知我，等一会儿会有一个当地的华人开着车到宾馆来接我。他告诉我来人会开车帮助我把我的自行车从昨天的寄放处运送到市区，并帮助我找人修车。我吃完早餐后不久，果真就有一名当地华人开着一辆车身宽大的越野车来找我。这名华侨也是从新疆过来的哈族人，他告诉我他2006年从新疆阿勒泰来到哈萨克斯坦上大学，毕业后就留在了阿斯塔纳，现经营着一家专营汽车配件的商店。他告诉我在哈汽车配件生意还好做，他还告诉我他昨天晚上就接到了大使馆窦主任的电话通知，要他找人来帮助我解决修车的问题。听他说完后，我将昨天晚上送我过来的这名驾驶员的名片递给了他。他开着车按照名片上所标注的地址去寻找，但不知怎么搞的，按照名片上的电话号码去拨，始终是关机而无法接通。他按着名片上的地址找到了这个地方，原来这里是一家拳击教练馆。找到拳击教练馆后，本应顺利地找到此人才对，但教练馆里的人告诉他，拳击教练馆里的确有这样一名来自俄罗斯的拳击教练，但他平时不在这里，只有在教授拳击课时他才会过来。并说到他娶了一位本地哈族人为妻，由于他是外聘教练，平时较少往来，所以不知道他到底住在什么地方。

我听他一说到此，立马就傻了眼。如果找不到这名俄罗斯人，还能不能找到这辆自行车就很难说。这其间的确潜存着巨大的未知风险，让我根本就不敢往下去深究细想。不管怎么说，这还真的不是一个好的征兆。这突发的变故让我感到难以承受。因为我的东西基本上全部都放在自行车上的行包里，我身上所带的只有护照、信用卡和少量的坚戈，身上只背了一个简易的背包，背包里只装有四面路线图旗帜、两本笔记本、一本《问道天路》和骑行的相关资料，这些物件对我来说十分珍贵，所以我一直都将背包随身携带在身上。自我3月18日从宝兴邓池沟（穆坪）出发以来的这些日子，我的这辆自行车就一直陪伴在我的身边，可以说是形影不离，也从来没有离开过我的视线所及的范围（由于担心在路上骑行身上带的现金太多，我按照霍尔果斯海关口岸边检人员所教的办法，把我所兑换的10000多大面额的美元全用塑料袋分别包裹着塞在了这辆车蝶形的龙头里和自行车坐垫下的车身里）。车在人在是我的骑行理念和行车方式。由于昨天傍晚时间紧张而乱了方略，致使我才出了这么大一个致命的纰漏。不管怎么说在我这里留有这名俄罗斯拳击教练留给我的这张名片，这也就是寻找此人的唯一的线索。但是如果此事惊动到使馆和哈国警方，问题也就闹大了。我肯定不愿意把这件关乎着我切身利益的事搞得沸沸扬扬而劳师动众。但这辆自行车对我来说是太重要了，因为它承载着我此次西行的梦想和希冀，确切地说这辆我最为心仪的"奔驰"号自行车维系着我的信念和一切。

我不死心又打了几通昨晚那位拳击教练所留名片上的电话，电话依然是关机而无法接通。这样一来，原本简单的事情一下子就演变得扑朔迷离而复杂起来。这诸多的疑团让我费解。为此我的情绪相当的低落，在我的心里预感到情况非常不妙，其间总是感觉到会有什么事情发生，后果恐怕难以把控。尽管此时的我已感到问题严重，但我依然想法平抑和舒缓着我焦躁不安的心绪。我告诉这位经驻哈使馆协调请来帮助我找人修车的华人朋友，如果他不怕麻烦的话，请他开着车带着我顺着我昨天的来路去找找看，说不准还能把存放自行车的地方给找到。我这样做，无非也就是想去碰碰运气赌上一把。他最终同意了我的想法，开着车带我漫无目的地沿着M36号公路靠近市郊的路段去寻找。由于昨天抵达阿斯塔纳已是黄昏时分，再加上我听不懂哈萨克语和俄语，在方向感上也没有一个较为明确的概念，这就加大了寻找的难度。他开车载着我在公路上来回地转悠着，我也没有发现与昨晚搭车停靠相似的方位和具体的地方。这样开着去寻找车，既无方向，又无目标，这无疑是大海捞针，靠瞎碰，凭运气。这匪夷所思的意外错乱之事，搅得我心神不安，但我那警觉留意的眼神却依然在时刻不停地死盯着路过的景物搜寻，就生怕错过和放过了我头脑中残存着的那一点点并不太清晰的印记。在这名华人朋友都开始感到有些烦躁而认为此事无望无果的时候，我也并未放弃我那不间断的搜寻。在我环视扫描搜寻的过程中，我在刹那间突然感觉到车已开过路旁餐馆的停车场上停放的大型拖车货厢的场景我好像有印象，此刻的我情不自禁地大喊一声："就是这，就是它了！"驾驶员听我突然大喊一声，将车停稳问明了我的情况后，把车开到前面的转盘掉头后，就直奔我所指的地点。车一停稳，我急忙从车上跳下，朝我昨晚寄放自行车的餐厅后院冲去。我把后院的门一打开，就一眼看到了这辆差点让我魂飞梦断哈境的"洋马儿"。此时的我不知何故，眼眶里竟忍不住掉下了热泪，这是悲喜交加、喜极而泣的泪花儿。这还真可谓是："车到山前疑无路，柳暗花明又一村。"这辆自行车的失而复得，让我真是悲喜相交，感慨不已。这家餐馆的老板也紧跟着我到了后院，他问驾驶员是怎么找到这里的，驾驶员根本就说不清，我请驾驶员转告他凭我的直觉。

　　这辆车的失而复得，让我欣喜若狂，这令人意想不到的一次完全不着边际且不靠谱的"意外"更加凸显了这辆自行车对我来说的重要性，这次"意外"可以说是我此次跨国西行路上所遭遇到的最不靠谱，也是至今最致命的一次风险和危机，如果真的丢失了这辆车的话，我将会无功而返前功尽弃。又一次成功地化解了一次始料不及的危机，又一次逢凶化吉转危为安，让我更加深了对此次西行之旅的认知。"路漫漫其修远兮，吾将上下而求索。"

　　我将自行车从后院推出后，迅速解开绑在车上的行包，并将自行车想法放进了越野车里。这名华人将该车开进市区后，就载着我到处寻找修理自行车的店铺。他开着车几乎是跑遍了哈国首都阿斯塔纳市区主要的街道，但始终都没有寻找到一家能修理自行车的地方。

　　在实在没有任何办法的前提下，他只好请来了几个来自中国现在哈萨克斯坦从事汽车修理的哥们儿来共同想办法。他的这几个朋友中，有一人还略有些修理自行车的技能。在他们的协力帮助下，总算是将我这辆出现严重故障的自行车修理得来能够骑行了。但较懂修理自行车的那位华人朋友告诉我，依照他原来修车时的经验来判断，这辆车必须进行彻底的清洗和修理，并需要把链条链盘重新更换过，此车才有可能维持着骑行到法国。他告诉我这个型号的自行车，在哈境内根本就无法买到配件来更换，他叫我到俄罗斯后要尽快想办法更换链条和链盘。不管怎么说，他们能把这辆车修理到还能骑行，这也就令我感到知足和满意了。看来要想在哈萨克斯坦首都阿斯塔纳寻找到一家修理自行车的店铺和专业的修车人，简直是完全没有了可能。在这特定的条件下，不可能更换因磨损而脱断的自行车链条，也就只能将就使用了。好在这辆主要部件磨损严重的车还能把弄到尚能上路骑行的程度，客观地说，这已是不幸中的万幸了。但愿这辆"带病"上路的"洋马儿"在路上不要"扯拐抛锚"，把我"搁浅"撩倒在野岭荒原上了。偌大一个首都居然找不到一家修理自行车的店铺，这样的话听起来恐怕是没有一个人会相信，但现实的结果就是这样令人费解且真实。

　　2014/5/8　8:36　哈萨克斯坦的国土面积比新疆大，人口却比新疆还少，地广人稀的自然条件决定了在哈骑自行车的人不多，在这样一种特定的环境里自行车出故障就很难找到修车店和会修车的人。大使馆已通过当地的华侨来帮助我解决修车问题，唯愿天助人助将车修好再行上路。　CHINA骑士罗

　　2014/5/8　19:49　在中国驻哈使馆的全力帮助安排与协调下，通过在哈国华侨的各方努力终于将车修好。说来可能没人相信使馆请一个当地的华侨协助开着汽车几乎跑遍了哈首都阿斯塔纳竟然找不到一家修自行车的店铺，好在这位华侨有几个修汽车的朋友略懂一些相关联的问题，在他们的帮忙下排除了车的故障，关键的问题是这里无法买到更换的配件。　CHINA骑士罗

　　2014/5/13　19:34　我作为一名普通的中国游客在哈旅行期间遭遇到自行车故障，实属正常的偶然。此事如果没有中国

驻哈使馆的大力帮助与协调，一切都无从谈起。这就充分说明了没有强大的祖国作为支撑和后盾，这些想帮助我的在哈华侨不知怎样去帮，就算去帮也不能这样尽心尽力。实践说明和证明了国家的强盛会产生出强大的凝聚力、向心力和感染力。　CHINA骑士罗

哈萨克斯坦清真寺

阿斯塔纳感慨万千

我拨通了大使馆领事部窦晓兵主任的电话，把我在找车和修车的相关情况向他做了简要的通报和说明，并告诉他，我准备明天上午骑车到大使馆去拜会，并当面向他致谢。

窦晓兵听说我的自行车已经修好并准备亲自到大使馆去拜会后，很是高兴。他告诉我明天上午大使馆会派人派车到我所住的宾馆去接我到使馆。我在向他表示感谢后告诉他，明天就不要派人派车专门到酒店来接好我了，其原因是我既然已将车修好能骑。我打算骑着这辆刚修好的车到大使馆去，这样好检验自行车的车况如何，如发现有问题的话，还来得及修理，并借以顺路参观浏览一下哈萨克斯坦首都阿斯塔纳的市容市貌，这样对哈萨克斯坦首都有一个起码的印象，也不枉来此走过。我在婉拒大使馆派车来接我的同时，请窦主任看能否找一个会骑自行车的华人来给我带路，因为我不熟悉这里的街道情况，担心迷路，最重要的是我不懂哈萨克斯坦语言和俄语，一个人瞎窜胡乱走肯定会走错路。窦主任在电话里告诉我，等他将此事协调落实好后再通知我。随后不久，窦晓兵打来电话通知我说，他已与当地侨界协调好明天委派一名会骑车并熟悉阿斯塔纳路况的新疆留学生来接我，并陪同我到大使馆。

2014/5/8　13:08　你最好是让中国大使馆的人给你用俄文写一封介绍信，路上能用得着。另外你常用的一些日常用语也让他们对照着写下来。

以上是胡尔曼·谢力克发来的短信。

2014/5/9　16:17　为感谢中国驻哈使馆对我的关心与帮助，今天我骑着爱车到中国驻哈萨克斯坦大使馆做了答谢。使馆领事部主任窦晓兵和诸位领事与我进行了面对面地交流并针对我的骑游路线和行程安排提出了他们的建议和意见。他们在我的路线图上加盖上了使馆的大红印章，随之与我牵着印有路线图的旗帜与我合影留念。　CHINA骑士罗

第二天早上我刚用完早餐，就来了一名叫藏哈尔的人到酒店里来接我，并引领着我来到了中国驻哈萨克斯坦大使馆。

在大使馆领事部的办公地，窦晓兵和其他人员共同热情地接待了我。窦主任在与我交流摆谈中，向我较为详细地介绍了哈萨克斯坦的大致情况和大使馆的相关情况，并着重谈到了我在哈萨克斯坦期间要注意的事项和遵守当地民俗与法律的问题。他告诉我，他已在网上搜寻到了我的相关信息和资料，对我的情况算是有了一个基本的了解。他说他非常欣赏和敬佩我在不懂任何一门外语的情况下敢于一个人出国自由环游，这确实需要胆量和勇气。他顺便告诉我，他在知道我一个人骑车已从四条不同的进藏路线，穿越走进了西藏，并创作出版了纪实性游记《问道天路》一书，他从内心里更尊重敬重我这个人。他认为我此次扛着大熊猫文化大旗走出国门宣传大熊猫文化意义深远，更胜于我在国内骑行数次穿越青藏高原的壮举。我的行为举止让他感觉到我的确是与众不同。他说他到哈萨克斯坦大使馆之前，作为外交部委派的援藏干部，在西藏首府拉萨工作了多年，也就是去年2013年他才来到哈萨克斯坦大使馆领事部工作。应该说我和窦主任亦算是有缘，他这个生长在内蒙古，却又曾到西藏工作过的援藏人员，和我一样都具有西藏情结，我与他能在国门外的哈萨克斯坦国的首都阿斯塔纳相识相会，这不是缘分所致还能是什么呢？分别时，窦主任紧握着我的手动情地说：在我还没有走出哈萨克斯坦领土之前，如我遇上什么需要他出面协调帮助的地方，请我随时随地务必要打电话给他。

这两天时间里我还真是没少麻烦窦主任。同他接触后让我感觉到他是一个不善言语，但却办事稳重踏实的爽快人。我在这里感谢他对我的帮助与关心。

和窦晓兵道别离开大使馆后，藏哈尔又陪着我在返回酒店的路途上穿行。由于来时忙于赶路，没有时间去观赏沿途的景观风貌。在返回时，我与藏哈尔不时地交谈着，看见我中意的景物，我都会停下车来拍摄。在哈萨克斯坦总统府前，我从不同的角度定格下了总统府辉煌的标志性建筑。我同时又请藏哈尔给我拍摄了几张我在阿斯塔纳所留的影像。这里的建筑多为阿拉伯建筑格调，但在很多方面又融进了欧式建筑风格，不能说是千姿百态，但却是令人迷醉，看起来让人爽心悦目。这就是我西行路上所到的第一个国家的首都留给我的永恒记忆。

2014/5/12　9:10　藏哈尔，今天是您20岁的生日，首先向您表示祝福，祝您生日快乐！业精于勤荒于嬉，行成于思毁于随。祝你学业有成，快乐地生活，并按照自己的奋斗目标去努力！　CHINA骑士罗

昨天藏哈尔陪我从所住的宾馆骑车到中国驻哈大使馆去拜会。本来藏哈尔约好了把他的手提电脑带过来帮助我发些照片回国，由于他今天有课要上，所以不能前来。今天是他20周岁的生日，我用短信来表示我对他的生日祝福。

2014/5/12　9:52　今天是2014年5月12日，是汶川发生特大地震六周年的特殊日子。此时我尽管身在异国异乡心里依然牵挂着家乡的灾后重建，我心里为灾后重建的家园祈福。六年前的今天为圆我从四条不同的进藏路线走进西藏的高原梦，我一个人骑着单车正孤独艰难地穿行在滇藏线上。现在的我为圆我心中未了的法国梦而行进在通往法国的路途上！肯取势者可为人先，能谋事者必有所成。　CHINA骑士罗

2008年5月12日，汶川发生了震惊世界的特大地震，作为重灾区之一的雅安，也遭受了严重的地震破坏。我作为地震灾区的市民，为感谢湖北、海南和广安对雅安的无私援建和援助，于2009年

"5·12"地震一周年之际，怀着感恩感念的心愿，自发自愿地对援建雅安的省市进行了一次个人的感恩行。为此，我骑着自行车穿越了四川、重庆、湖北、湖南、广西、广东、海南，对广安市、湖北省、海南省进行了我的感恩骑行。我不要任何单位和个人的捐助，完全靠我个人的能力和努力来完成了我没有任何功利之心的感恩行，为此受到了中国众多媒体的关注和报道，也受到了社会的普遍赞赏。行前富华老弟曾问我："你的世界究竟有多大？你要走的路到底有多长？你何时才能将你骑行丈量大地的脚步停顿下来？！"

我笑着告诉他："天有多大，地有多大，我的视野和世界就有多大！"一个人行得越远，心的视野就越宽阔！至于我何时才能把我"丈量"大地和心中历程的脚步停下来，我不可能对其有一个明确的答案。

2014/5/13　12:32　骑行不顺反而给了我停下脚步喘息休整的机会，经过几天的调整，前段时期疲于奔波而过度疲劳的身体也基本上得到了恢复。我准备明天再行上路踏上西进的征途。在哈期间全凭侨居在哈萨克斯坦的中国人帮忙，这才让我得以摆脱困境，步步维艰步步难，在异国异乡我能得到众多华侨的大力帮助这充分体现了血浓于水的中国人的关爱之心与美德。我从心里感谢这些善良的人！　　CHINA骑士罗

2014/5/7　22:55　罗老师好！真是不容易，"在家千日好，出门一日难"。心驱动着我们酷爱骑行，好的是在异国他乡，遇见华人朋友和热情的哈国友人，这是骑行中的奇遇和帮助。有的时候好像是上天的安排，在骑行中快乐着并经历着，行进的路上风景，一幕一幕靠自己的体能推进着，眼睛与心灵感觉着、感悟着大自然给予人类的"五彩世界"，同时也品味着"五味瓶"的味道。祝愿有华人朋友帮助罗老师语言沟通前行，祝愿善良的好心人一生平安！

2014/5/13　13:05　祖国强大了，处处有亲人！

后两条是天津皇甫华和富华老弟回复我的短信内容。

　　回到我所住的宾馆后，我再次拿出路线图和路书进行了仔细的量化、分析和准确地计算。根据所剩的在哈萨克斯坦的行程距离和时间，按我每天的骑行速度来计算，在时间上来说如能每天都抓紧的话，应该说在5月24日进入俄罗斯边境口岸问题不大。基于此通盘评估和预测，我准备再在阿斯塔纳休整一天，这样既能让我疲惫至极的身体机能得到相应的恢复，也让我那一直紧绷着的神经放松放松。我把我的想法和打算向这两天以来一直在帮助我做具体实事的塔力哈提和这家宾馆的老板沙克什做了事前的通报。没想到他们都不赞成我打算后天离开的想法。塔力哈提认为我应该在这里多待几天再走。沙克什更是直言问我，是不是我在这里住着不舒服，不满意才想着离开？我告诉他俩，我急于离开阿斯塔纳的直接原因是俄罗斯签发的签证时效在倒逼着我不得不尽量想办法往前紧赶。

　　他俩见我离意已决，也就没再劝阻我。应该说我能住进这家华人开的宾馆，完全得益于中国驻哈大使馆领事部的特殊关照。我在这里吃住都是免费，并得到了悉心的照料，"长安虽好，但却不是久留之地"。这家宾馆的老板沙克什，早年从新疆塔城到哈萨克斯坦打拼，现已入了哈籍，并凭借自身的实力已在此牢固地站稳了脚跟。作为华人在阿斯塔纳的侨领，在哈国华人的圈子里享有一定的声望，也深得使馆的信任。

　　我此次所骑的自行车在哈出故障后，在阿斯塔纳期间的所有相关事宜，都是由大使馆领事部窦晓兵协调授意，侨领沙克什调度安排找人来协助完成的。尽管沙克什先生没有直接参与修车等具体事情的处理和解决，但这一切又都是经他的安排和操作来完成的。我从心里感谢沙克什老先生，并祝愿他在哈的事业兴旺鼎盛。

　　确切地说，塔力哈提这个从新疆来哈的新生代的华人，对我在阿斯塔纳期间的帮助是最大的。他在悉知我的自行车出现故障后，虽因有事不能抽身，但他委派了他的得力哥们儿自始至终全程参与到其中。在将我的自行车修理到能上路骑行后，他依然在热心地帮助我。塔力哈提对我来说帮助最大的地方在于，他在知道我根本不懂外语后，特意将一本随身携带的体积不大、中俄文对照的日常用词用语翻译本赠送给了我。有了这本中俄文字对照使用的译本，路上问询相关

　　问题时，起码也就有了语言转换的替代方法。这让我在顺应接下来的语言环境改变过程中，慢慢地有所适应，而不再那么呆板盲从。这在一定程度上算是帮了我的大忙。

　　在阿拉木图我偶然遇上了胡尔曼·谢力克。在阿斯塔纳我经中国驻哈大使馆领事窦晓兵主任牵线认识了沙克什等数名华人。在我看来，他们亦是我在哈期间的"福星"和"贵人"。他们作为在哈的中国华人，对我这个来自中国国内的自助自由骑行人，可以说是肝胆相照，协力护行，感动并激励着我孤独打拼，自由自在地去做我自己！

刚满 20 岁的藏哈尔

借道直奔俄罗斯

2014/5/13　13:02　在阿拉木图我遇见了胡尔曼·谢力克。在阿斯塔纳我在中国驻阿使馆的帮助与协调下遇见了在哈的侨领沙克什和塔力哈提及藏哈尔。沙克什和塔力哈提原是新疆塔城人，现已入哈籍。在阿斯塔纳的这几天全凭他们竭力帮助，特别是塔力哈提这个毕业于新疆大学的年轻人给予了我多方面的帮助，看来在哈的行程及有关语言方面的问题还得依靠他来帮助。我和他们都已成为投缘的朋友。　CHINA骑士罗

2014/5/14　23:53　塔力哈提开车带路，我骑着车跟随近20公里后终于进入M36号公路的主道，此道路一直通到俄罗斯境内。塔力哈提是个好心的有心人，这几天在阿斯塔纳全凭他协调帮忙，他还抽空帮我画了一张从阿斯塔纳到俄边境口岸哈拉巴万克的地图，并用中文和俄文来标注，这张图今天在路上就派上了用场。这图既简单明了，又能说明问题，对我挺有帮助。　CHINA骑士罗

2014/5/15　7:45　昨天一路上都小心翼翼地骑行，生怕自行车出现任何故障而影响行程。看来车无大碍，就是后圈有两根钢丝松脱，不得已我只能用细绳将松脱的钢丝与正常的钢丝紧紧地捆绑在一起。在变速上，也不轻易去变动骑行的速度，再加上路况比前半程要好些，昨天骑了106.3公里。看来在路上还得处处谨慎加小心才能步步为营。　CHINA骑士罗

2014/5/15　19:45　今天路上骑行较为顺畅，从阿斯塔纳开始M36公路的路况明显好于前半段，这段与俄罗斯相连接的沿袭苏联道路编号现今依然与俄相通相连的哈境内的主干道相对于连接中方一侧接近欧洲的道路路况明显是要好得多。今天骑行到离阿特巴沙尔还有60公里的一个小镇，行程103.7公里。

这里离俄方边境口岸还有578公里。看来我离欧洲是越来越近了！　CHINA骑士罗

2014/5/16　17:30　按骑行计划今天本应骑到加克斯，由于逆风骑行费力且看不见前行路再加之骑行途中遭遇到强沙尘暴，沙尘暴刚停紧接着就是雨。在此情况下我只好改变原有的骑行计划，在M36路边的停车场住了下来。今天的骑行距离只有56公里，好在离俄罗斯边境口岸只有516公里，稍微歇歇脚也无妨。　CHINA骑士罗

2014/5/17　19:58　今天从停车场出发骑到加克斯，骑行距离为94.92公里。今天尽管未碰上沙尘暴和雨，但逆风和横风却强于昨天。风势和不确定的风向让骑行速度大为减缓，这里的风虽不如新疆那么强劲和邪乎但依然可怕。不管风势怎样折腾，我依然在向俄罗斯口岸步步靠拢。　CHINA骑士罗

2014/5/18　12:05　可能是这两天在路上与风纠缠太消耗体能的原因，左边腰部原有的旧伤复发让我感觉骑行起来在动作上有些别扭而很难发力，我根据身体情况返回住地休整调理。但愿腰伤不要紧，要不然就会影响行程。　CHINA骑士罗

2014/5/18　17:00　自4月30离开口岸走出国门，今天已是第十九天，在家千日好，出门事事难。此次横跨亚欧走出去的不仅仅是家的门槛，而且是轮迹亚欧闯荡世界。真正把脚步迈出国门才感受和体味到其中的艰难，语言环境的彻底改变让我这个不懂外语的中国老头愣是成了开口说不来话，听别人讲话也听不懂的"哑巴"和"聋子"！适者生存，好在我这个人适应能力强，要不然就不会坚持到今天。　CHINA骑士罗

2014/5/19　20:51　塔力哈提，您发来的短信收悉，首先对您的关心表示感谢！前天大使馆窦主任也打电话问我的相关情况并说他曾多次联系我但没联系上。我把我的情况向他做了说明，也将您对我所做的帮助如实地告诉了窦主任请他代我向您转告谢意。我现在离俄罗斯口岸还有380公里左右。　罗维孝

2014/5/19　21:24　一大早从加克斯出发路上骑行，11小时27分到达一个我说不清楚地名的停车场，行程为137.7公里。从

今天的骑行情况来看，腰部显得有些僵硬，致使骑行发力较为艰难，好在今天大部分时间都是在顺风中骑行，对腰部着力点影响不算太大。再加上昨天返回住地后我一直都在对旧伤部位进行着按摩与梳理，从今天的骑行和身体状况来看，尚能在硬挺中坚持住。　CHINA骑士罗

2014/5/19　22:05　从哈首都阿斯塔纳出发前往哈俄通关口岸，800多公里的路段上就只有7个有食宿接待能力的落脚点，也就是说平均100多公里才有一个可供食宿之地。哈国地广人稀，人口为1700多万，只相当于中国上海的总量，可见人口密度之小。哈萨克斯坦人口总量虽小，却由132个民族组成，哈语为官方语言但只占50％，其余由俄、英及部族语言相汇组成。　CHINA骑士罗

2014/5/20　20:22　看来亚欧版块过渡带的风是与我真正地较上了劲，今天是横风强悍吹得人左右摇晃难以招架，再加上要顾及腰部复发的旧伤，在骑行时总感到心有余悸而不敢用力过猛地发力去踩踏脚踏板。骑行动作的不连贯和不协调自然也就影响到骑行的速度与距离。这有待于慢慢去调整。笑看狂风横行，又奈我何？！　CHINA骑士罗

2014/5/21　19:11　今天骑行到库斯塔奈加盖邮戳时，我又一次成了哈族人争相抢着合影留念的人。我这个地道的中国人，骑车来到别的国家也理所当然地成了他们眼中的外国人，我所要加盖邮戳的路线图旗帜和我所创作的《问道天路》这本书自然也就成了他们与我合影的最好搭配。一个中国老人敢于单枪匹马骑着单车在国外游荡，就足以说明改革开放后的中国人有足够的自信和勇气敢于迈开脚步走出国门与世界相融交流！　CHINA骑士罗

2014/5/22　23:09　自4月30日进入哈境界以来，我已成功穿越横跨于亚欧版图接合部上的哈萨克斯坦，今已骑行到达哈俄海关口岸。由于俄罗斯签证的生效期为5月24日，时效的原因而无法办理通关验证进入俄罗斯境地，看来只有待在哈俄边境地带上休整一天后24号才能开始穿越俄之境界。　CHINA骑士罗

2014/5/23　15:50　由于签证时效所限，昨日未能通过哈海关进入俄罗斯，今天暂且在此休整一日明天才能在俄之领土上骑行。此次长距离的跨国骑行对我来说难度确实超过了原有的预判和想象，一个人孤身奋战在异国，不懂用外文外语与外界沟通交流，的确面临诸多的不便与困难。底线思维、问题意识是我把握和掌控的脉之所在。生命的存在是我的底线，以不变应万变，每临大事有静气是我处置问题的尺度与方略。　CHINA骑士罗

2014/5/23　17:10　胡尔曼·谢力克您好！我已到离哈、俄海关35公里的哈拉巴万克。明天就能进入俄罗斯境界。在阿拉木图期间承蒙您帮助我协调沟通才让我得以顺利骑行到这里，在此我再次向您表示谢意！看来这既是天意，也是缘分。我会在心里记住胡尔曼·谢力克曾给予我的帮助。　罗维孝

2014/5/23　17:33　塔力哈提您好！明天我将离开哈拉巴万克向俄挺进，很高兴此次骑行法国路过阿斯塔纳期间能与您相遇相识，并得到了您的帮助与支持，看来这既是天意也是缘分！我会想念我投缘的朋友塔力哈提，顺祝您事业有成，幸福快乐！　罗维孝

以上是我将自行车修好从哈首都阿斯塔纳再行出发上路后，在骑行途中发回国内的短信。尽管从阿斯塔纳出发上路时有塔力哈提开着汽车在我的前面带路，由于汽车和自行车速度不同，再加上在城区有红绿灯的缘故，我在这近20公里的路上已经多次因无法跟上他开的汽车与他分开而迷路走错道路，就此也可窥看出我行路的艰辛。此后在哈境内所剩的时间里，我也不断地走错道路而多骑行了不少的冤枉路。但我都没有想也不愿把这些相对负面的内容在短信中涉及。因为这一些负面的东西会让一直在关注我牵挂我担心我的家人和各方人士都生出可怕的猜想，从而产生出负面消极的影响和冲击，所以我所发回的短信内容都相对中性而恰如其分。

2014/5/24　6:14　我是一个骨子里流淌着狂野血液的康巴汉子，雅号"康巴游侠"。当我骑着自行车走出国门，"康巴游

侠"就显得太带地域的局限性。我作为大熊猫文化的传播者和低碳环保健康理念的推广践行者，以最具血性的横跨洲际版图的法国之旅来彰显中国人的风骨、风采和正能量。用生命去感动生命，才方显和展现出生命中的真谛和本色！　　CHINA骑士罗

从阿斯塔纳走出来后，我一路奔波，经过近10天时间的艰苦骑行，我于5月22日下午时分抵达了哈海关口岸，这里离俄罗斯海关口岸只有短短的一段距离。但由于俄罗斯给我签发的过境时效的起止时间是从2014年5月24日至6月22日这30天时间，准入期未到，我尽管人已到哈俄通关口岸，却也无法通过哈边境口岸出关而进入到俄罗斯的入境口岸。这样一来，我只能是望关兴叹。

由于我不懂哈国语言，所以就根本无法去了解和知道哈俄海关口岸的相关情况。在路上时我也考虑到准许入境的时效期未到，有可能不会被允许提前通关进入到俄罗斯领地。我想到如果不能提前通关，那我就在海关附近找一家酒店住下再说，并顺便办理兑换卢布等相关事宜。然而，谁能料想得到这里的海关口岸就是单一的海关，除海关外，这周围根本就没有一家民居。既然四周没有民居和村落，也就不可能有酒店、商店和银行的存在。

面对这样一种令人意想不到的尴尬局面，不管我愿不愿意都得回撤到离这里35公里一个名叫哈拉巴万克的地方去。只有返回到哈拉巴万克才能找到吃和住的地方，才能兑换到卢布。由于不熟悉这里的情况，今天不得不多跑一个来回70多公里的冤枉路程。我粗略地算了一下自进入哈萨斯坦以来，光是多跑的冤枉路程加起来就将近700公里。好在因自行车乱挡断链无法骑行，还搭了一段路程，这样一来"猪羊"相抵也算了事。不然的话，那多跑的冤枉路就得耗费掉不少的天数，看来老天爷还算是公平的。从哈海关口岸撤到哈拉巴万克已是傍晚时分，找一家酒店住下来歇息解乏。

我在酒店美美地睡了一个懒觉，直到当地时间第二天下午3点多钟才醒来。起来后我先顾不上吃东西，而是抓紧时间给塔力哈提通了个电话，请他把我的相关情况向该酒店的服务员做一个说明，并请酒店派人带我到银行去用美元兑换俄罗斯卢布。因为走出哈国海关口岸

后，一进入俄罗斯就需要用卢布来支付所有的费用。由于有塔力哈提的"遥控翻译"与沟通，此事在该酒店派出的人员带引与协助下，算是较顺利地办妥（按当时的汇价1美元兑换33卢布）。这才叫作：手中有钱，心中不慌；脚踏实地，坦坦荡荡。

狭路相逢勇者胜

24日一大早，天色都还未完全放明，我急匆匆地就离开了我所住的酒店，朝哈边境口岸骑行。因为前天已骑着自行车往返跑了一趟冤枉路程，对这段到海关的路，亦算是较为有数。

眼看就要骑车穿越完哈萨克斯坦的疆域，心中难免还感到有些依依不舍。自走出国门以来的这说来不算长，但却也不算短的24个日日夜夜里，我可以说带着自信，带着勇气和我那超凡的生命意志力在进行着艰难地生存抗争与顽强地奋力搏击。

我随着往前骑行的节奏而抒发着内心的感慨，思考着怎样去走接下来的路程，故而全然不知凶险竟然悄然逼近并来临。我尽管一路上在沉思遐想，但依然按我多年以来养成的骑行习惯紧靠着公路的边沿往前骑行。殊不知在我后面一直不紧不慢跟随着我的一辆小车突然间加大油门朝我贴近，刹那间，我已明显地感觉到此辆车的车身已擦剐到了我左后边的帆布挂包上，我左侧的腿部尽管下意识地朝里一缩，但依然未能躲过擦碰，为此还在左腿的外侧留下了再也无法抹掉的伤痕。我的自行车由于擦剐左右摇晃差点失去平衡而摔倒在地（帆布挂包上被擦上了一道明显的印迹）。

此刻的我并未在意，认为这只是一种偶然并没有在心里引起足够的重视。但接下来所发生的事情让我愈发感到问题有些不妙，心里不由地产生了戒备感。这辆与我的自行车擦剐的小车不知为何继而把小车停在了离我不远的地方。从车上迅速跳下来两男一女三个人，他们手牵手地横挡在我前行的路上，并大声地嘶喊着我连一句都听不懂的外语。这里地处哈、俄两国交界的边境地带，偏僻荒凉且鱼龙混杂，乱象横生，情况复杂多变。这三个看样子不到30岁的青年凶神恶煞地摆出一副要与我恶斗的架势，让我这才意识到问题的严重性。

见此阵仗，我不免心头一惊，神经一下子就紧绷了起来。我知道弄得不好，今天也许就要出大事。尽管我已预感到情况危急，但此时的我并不惊慌而自乱阵脚，也未退缩，"以善心处于顺境，以静心安于逆境"，此时的我以一种超然的静心异常冷静地思考着对策。我猜想这伙人如果手中没带枪的话，那就还有周旋的余地，这就好办得多。如若这伙人中有枪的话，那我就铁定"栽"了。我见这三个手牵着手横挡在路上的"歹人"中，站在中间位置的那个女人，染了一头的红发，看成上去就像是一个"妖精"，自然是其中最薄弱的环节，如果我想冲破这人为阻挡，最好是从中间去突破。我不紧不慢地骑着自行车向前移动着，在眼看快要靠近这伙歹人时，我突然用尽全力猛然间发力，用极快的速度朝这个女子冲撞过去。可能是我全力冲刺的力度太猛太具冲击力，太具震憾力了，也可能是这伙人压根就没有想到我会采用这种极端唐突且不可思议的冒险方式来进行自卫的冲击，就见在我的自行车车身还未曾碰撞到这个女人身上时，她已提前就把手挣脱放下并迅速躲闪开来，这样一来，我也就顺势地冲撞了过去。

尽管我已成功地突破了这伙人设置的"人墙"防线，但我毕竟只有单枪匹马的一个人，俗话说"一人难敌众人"，更何况我所骑的是完全靠人力来蹬踏的自行车，我就是跑得再快，也不可能跑赢汽车。这伙人见我已逃离他们为我设置的关卡后，更是老羞成怒地开着汽车来直接冲撞我。我见态势紧急，立马跳下车来，推着自行车快速地跳下了路基（荒漠地带的公路是采用沙土铺垫成约40厘米厚的路基），并很快从路基下面的杂草丛中冲了过去。算是巧妙地避开了这狠毒的一招（我料定这辆小车不敢随我冲下路基，因为路基下沙地松软，弄不好会将车陷住）。他们见我又成功地躲过了这致命的一招后，仍不肯就此罢休，而是把汽车开到了离我更远一点的前面去停住，并手持凶器气势汹汹地横阻在路上，妄图就势将我擒住。

看这伙凶残歹徒的架势，就是要想法把我弄翻制服才算是达到目的。我知道既然我已被被这伙歹人盯上成了他们想去猎取的"猎物"，我算定他们对我不会就此善罢甘休，看来我与这伙人既要斗智更要斗勇。我深知"强者恒强"，这是自然界生存的法则，俗话说"狭路相逢勇者胜"。我知此刻的我遭遇到了这伙险恶歹徒有预谋的暗算和伏击。看今天这个态势对我来说肯定是凶多吉少。暂且不管这伙歹人的政治背景如何，也不管这伙人是出于何种目的，但却已明显地露出了凶相。试想，我一旦落入到他们手中，后果真的不敢去设想。就算慑于我是一个外国人对我不敢妄下毒手，但我所带财物和护照肯定会被洗劫一空；如若护照和财物遭劫的话，我在异国他乡就会变得寸步难行。一想到这些，就让我感到不寒而栗，并加深了内心极度的恐惧感。再进一步联想到前几天我爱人在电话中告诉我说，在国内媒体的报道中，不久前有两名中国户外骑行人在巴基斯坦遭到绑架至今下落不明。这里地处中亚，三股势力异常猖獗，暴恐分子可以说无处不在。不知何故，在我的脑海中不断涌现和闪现出了以往那些被媒体报道过的人质遭绑架的恐怖场景和画面。我知道，与其束手就擒，倒不如拼他一个你死我活鱼死网破！说不定还真能撞出一个"缺口"而得以自救脱险！在如此险恶的逆境中我仍异常冷静地在思索、思考着突围自救的机会。

此时的我果断决定主动出击，用绝地反击劣势"雄起"的"抗暴"行动来打乱他们对我生死追击的险恶图谋，这样才有可能把这盘力量对比完全不利于我的死棋给走活。我骑行到离这伙人不远的地方，将车停稳并从车上迅速解下锁车的链条（此链条系防身所用），紧握在手上，并从自行车车包里拿出四块鸡蛋一样大的鹅卵石放进了外套的口袋里（自从走出国门后，这两样东西我都是随车携带用来防范和自卫的武器），我相信我这样一种明目张胆的举措，肯定是被这伙歹徒看在了眼里，我明摆着就是想用这样一种俨然不惧生死的强悍举措和破釜沉舟、背水一战的意志力来震慑住这伙暴徒。来者不善，善者不来，此时，我向死而生的求生欲望与巍然气势突显了我临危不惧捍卫生命的胆量和血性。就在我准备作殊死搏斗时，我从一些细微的形态和态势变化上隐约察觉到这伙歹徒的阵仗开始有点慌乱，并有了溃退的迹象。我臆想他们可能是被我全然不怕死的超然霸气给震慑住了，使其感到了畏惧想逃之夭夭溜掉了事。但事情的原委却又没有我想象的那么简单，由于我把全部注意力和精力都放在了与这伙歹徒斗智斗勇的周旋搏击上，全然投入让我的神情紧张至极，根本就没有注意到周边的情况在发生着悄然的变化。我不经意间猛然回头一看，原来在我身后不远的拐弯处有几辆准备通关的大型拖挂货车被我和我对面虎视眈眈死盯着我的这伙人给挡住了。这些准备通关的驾驶员的到来，在无形中打乱了这伙歹徒妄图强行拦劫绑架我的图谋，算是间接地挫了这几个歹人的邪气，壮了我的气势，还真的算是帮了我一个大忙。这些歹徒恐怕是见人多势众不好下手，也不敢下手，就赶紧开车从公路旁的一条小道上灰溜溜地逃走了。等这伙歹人从路旁小道溃溜后，我才逐渐明白过来，原来这伙歹徒并不是由于我想采取自卫措施而对我心生畏惧，俗话说得好"强龙都难压地头蛇"，又何况我还不属于"强龙"，看来最直接的真正的原因恐怕是我身后的车辆越聚越多，排起了长串。这样一来，这伙歹人若想要强行拦劫绑架我，很可能会引起事端来，而且极有可能把事情闹大而无法收场，最终这样了，三十六计，走为上计。此情此景让我体会并感知到了什么是邪不压正，人助天助，天助自助！

后来我在想，很有可能是我昨天下午在银行用美元兑换卢布时，走漏了风声，被这伙歹人给盯上了，要不就是有别的图谋。见这伙歹徒从小道溜走后，我依然还感觉到在我的眼里还挂着一丝惶恐和惊诧，但态势的逆转让我那高度集中且一直紧绷着的神经才算是松弛了下来。这时我才逐渐地把气缓了过来。此时的我突然间感觉到心中豁然开朗，精神抖擞，情不自禁地哼唱起了电视连续剧《西游记》的主题歌："踏平坎坷成大道，斗罢艰险又出发……"我这放开手脚的一搏和大胆的非常规举动，还真让我赢得了生存的转机和空间，主动即自由。这些从天而降的驾驶员们，在这充满杀机险象环生的危急关头，神奇"闪现"，助我得以脱离危险的境地，把我又一次解救了出来。

此次走出国门后，在我每次遇到艰险或是生存危急的关键时刻，总会有人"闪现"而出，救我于危难。看来在冥冥之中似有神助，这让我百思不得其解而感慨不已，唯愿天佑我成！

随着时间的推移，行进在路上的过往车辆越来越多，亦算是给我壮胆提了气。这让我更加大胆放心地往前骑行。我还不到早上10点钟就抵达了哈海关口岸。由于我有哈国的签证，而且一应手续和资料齐备，通关验证自然顺畅。但在通关过境检验物品时，哈方海关边境的一名警官在检验我的相机时，叫我把相机给他，在我把相机交给他后，殊不知这名令人生厌的警官竟然神不知鬼不觉地把我在哈萨克斯坦境内所拍摄的几百张珍贵照片全部给删去了。让我心痛不已！好在还给我保留了国内的照片（由于我是一个人自由骑行在哈境内，哈边防警官怕我拍摄了不该拍摄的图片）。

等办理完过境通关验证手续后，我马上将我在哈海关相机图片资料被删一事向我的老朋友兼铁杆"锣丝"罗勇先生做了情况说明。罗勇在电话里告诉我，叫我马上把这张相机内存卡取出来不要再用，他说等我回来后再想办法去恢复这些图片资料（罗勇先生在出版界工作多年，算得上资深出版人，他对相机存储知识肯定优于我不少，我相信我按照他所说的去做，这些照片在我回国肯定有办法恢复。仅此建言，我就得向他表示感谢）。

哈萨克斯坦是我此次跨国西行逐梦法兰西走出国门后所要经历的第一个过境国家，也是我西出国门后的第一站。　CHINA骑士罗

在哈萨克斯坦期间，我历时24天成功穿越了我在哈的骑行路线，于2014年5月24日从哈萨克斯坦边境海关进入到了俄罗斯，我在哈的行程距离为2640.41公里。　CHINA骑士罗

哈萨克斯坦乡村风光

入境俄联邦

  哈俄两国边境口岸之间也就只有1公里左右的距离，其间的隔离缓冲带也较短。我从哈国海关口岸办理完过境通关手续后，骑着自行车在极短的时间里就抵达了有俄罗斯边防警官值守的验证点。在护照验证点，负责值守验证的一位俄罗斯警官一看见我挂在自行车龙头前的大熊猫图片，嘴里就不断地重复着"潘得儿"（大熊猫英文音译）、"潘得儿"，并连蹦带跳地从验证岗亭里跑了出来，并用手去抚摸着我装在不锈钢框架里的大熊猫图片。我从他此时的眼神和神情里感知到了他在看到大熊猫图片后的狂喜和兴奋。看来他应是一位狂热的"熊猫迷"。由此可见大熊猫憨态可掬的平和形象作为中国最具特色的文化元素，已被越来越多的人所接受，其影响力可谓深远。他在仔细地观赏了一阵大熊猫彩色图片后，又回到了他值守的岗位上。等他回到岗亭后，我将我的护照拿出来递进岗亭里请他查验。他十分友善地从我手中接过了我的护照。他在认真核实完签证时效等相关事宜后，随着递还我的护照时，一并递给我两页需要我对照填写的过境通关表格。等我接过了我的护照和需要填写的表格后，我愣站在原地傻了眼。究其原因很简单，那是因为我根本就不认识表格上标注的外文，自然也就无法按照表格上的要求去填写通关表格。我知道这通关表格通常都是用一个国家的母语或是世界上通用的语言——英语来填写。依据俄罗斯海关通关法则规定，出入境人员将有效护照、签证交海关边防查验。查验后并填写好出入境卡。出入境卡（A表和B表）由出入境人员用蓝、黑色钢笔或用铅笔亲自填写好。不懂俄语者可根据所持护照等证件资料，用英文（或拉丁文）填写个人信息。边防人员将填好的出入境卡的A表收走，B表在盖上海关印章后交由填写人员携带入境。通关人员在入境后应妥善保管好此表格。出境时要将B表交予俄海关的边检人员。根据俄罗斯出入境的规定，拥有合法签证并不意味着就一定能顺利入境。俄罗斯边防官员有权询问拟入境者详情。如签证种类与入境者目的不相符或对邀请单位存有疑虑，边防官员有权查询，甚至拒绝拟入境者入境。这看似简单的问题，着实难住了我这个不懂任何一门外国语言的"环球自由行者"。我想要通关，就必须想办法填好手里拿着的通关表格，履行完相关的手续。

依我看来这名俄罗斯边防警官还算是友善之人，我试图与他套近乎，继而请他帮助我填写通关表格。但他因忙于查验那些排起长队准备过境通关的卡车司机的相关证件而根本就无暇顾及我。我见此状就只好耐着性子等待合适的机会。从我的直觉上认为这名边防警官非常喜爱"潘得儿"，好像对"潘得儿"有着一种特别亲切的感情。依我判断，这名俄罗斯边防警官虽不一定懂汉语和法语，但作为一名负责验证的边防警官肯定懂英语。我所带的路线图旗帜上除了印有中国的国旗五星红旗作为识别国籍的标识外，还有用中文、法文、英文展示我此行"一路骑行横跨亚欧奔向法兰西回访戴维故里"的文字说明。我想他若能看到这面旗帜上用三种不同国家的文字勾勒出的语言意境，定能从中读懂并意会我的行为目的。况且这面旗帜上还有这名警官异常喜爱的"潘得儿"图片和路线图。这面旗帜上最能说明和佐证我的意愿，也亦算作是我的通行名片，说不定还能起到并发挥"公关"作用。

我一想到这里，马上从我的自行车里拿出我此次骑行的路线图旗帜和我著的《问道天路》一书，通过窗户递进了岗亭里。他见我从窗户递进的东西后，首先拿起了我的书并翻开扉页，一眼就看见了书籍正文前我的照片，他拿着扉页上的插图对着我仔细地察看，并示意我将我的护照递进去。我将我的护照递进岗亭后，他拿着护照上的照片与书中的我进行着对照观察，尔后放下右手拿着的护照，伸出大拇指对着我赞赏。随后拿起并打开我的路线图旗帜来观赏。我站在窗外听他在嘴里不断地重复着"China"和"潘得儿"的字语，紧接着他掏出胸前别挂着的步话机，朝着离这里不远的海关喊话。

在他用步话机喊话后不一会儿，我见另一名俄罗斯警官朝哈俄边境隔离过渡带俄罗斯岗亭的位置走来（我简单直白的举措，为我赢

得了转机。由此看来，大熊猫的确是一张"通吃"的世界性名片。借用高富华老弟以一句古诗词来形容和赞誉大熊猫所具的知名度和美誉度：莫道前程无知己，天下谁人不识君。）他俩人在相互交谈后，这名警官走进岗亭很快就将我过境通关的表格填写好，并引领着我朝海关办证、验证大厅走去。办证大厅犹如通关的闸门，一旦闸门开启，我就能顺畅地进入到俄罗斯的辽阔疆域，并在其间自由地穿行！由于这名警官在具体负责操办我的过境通关事宜，故而较为轻松便捷地就将我的通关过境手续办妥。

在海关口岸办理完通关事宜后，我才算是真正脚踏实地地跨入进了俄罗斯的领地，这也意味着我新的旅程又开启了。就在我行将开启在俄罗斯的新的旅程时，时值11时45分，我从手机上收到雅安日报传媒集团策划总监高富华先生发给我的短信："孙市长已与戴海杜联系上！他们将以隆重的方式来迎接你！"（短信中的孙市长孙前，为大熊猫文化学者，前雅安市副市长。戴海杜为法国埃斯佩莱特市前市长。）收到此条令人振奋的信息，让我感到惊喜的同时，也提振了我的斗志。

俄罗斯位于欧亚大陆北部，地跨欧亚两大洲，国土面积1707.54万平方公里（占原联邦解体前领土面积的76.3%，占地球陆地面积的11.4%），是世界上陆地面积最大的国家，横跨11个时区，跨越4个气候带。

俄境内有两大平原，即东欧平原和西西伯利亚平原。高原为中西伯利亚高原和东西伯利亚高地，地势为南高北低、西低东高。从北到南依次为极地荒漠、苔原、森林苔原、森林、森林草原、草原带和半荒漠带。

俄罗斯国土尽管横跨欧亚两洲，所属欧洲国家。首都莫斯科，是仅次于英国伦敦的欧洲第二大城市，已有800多年历史。俄罗斯主要城市为圣彼得堡、叶卡捷琳堡、伏尔加格勒。

俄罗斯总人口1.431亿，共有193个民族，其中俄罗斯族占77%，俄居民有55%信奉宗教，其中91%的信奉东正教。俄语为官方语言，货币为卢布。俄罗斯人特别喜食肉类食品，俄罗斯人有喝茶的习惯，主要饮用红茶。

静静的顿河

俄罗斯0公里处

俄囧

按照俄罗斯给我签发的时效来计算，在所签发的30天过境时间里，我定能在此时间段内走完在俄罗斯境内的2590.36公里的骑行旅程，从时间和距离上来看都不存在任何压力和问题。如果参照我每天骑行的距离来估算，我力争用20天左右的时间来穿越完在俄罗斯所涉的路线和行程。按照路线图和路书来看，我在俄国境内的骑行路线要从M5号公路上骑行相应的行程后，转至M7号公路，行至俄罗斯首都莫斯科后，再转至M9号公路，才能从俄国境内出境到达拉脱维亚的海关口岸。我在心里提醒我自己在俄期间务必要格外小心留意，唯愿不要在辗转的过程中迷失方向走错了路线，而多跑冤枉路。

尽管我在进入到俄罗斯境内后，不断地提示自己不要马虎大意而走错了骑行路线，就在我进入俄境内的第二天依然还是偏离了M5号公路的主线路，骑行到另一条线路上去了。究其原因还是我不懂俄语和英语，看不懂路旁用俄文或是英文标注的路线牌，我也就实实在在地成了一个干瞪着眼看事物的"睁眼瞎"。再加上在路上，特别是分岔路口我无法也无从用俄语问路，故而偏离并走错路线也就在所难免。虽然在哈时，塔力哈提曾赠送了一本中俄文对照的日常用语，让我带在路上能参照着使用，但这本参照对照的简单日常用语，对我在诸如见面问候、餐厅、旅馆、商店、邮局等方面尚能涉及。我在俄期间使用最多的就是您好（俄语为慈德拉伏斯特乌伊捷）、谢谢（斯巴西博）、对不起（伊孜维尼捷）、再见（叨·斯维大尼呀）、单人间（闹灭勒·纳·阿得嗟沃）、男厕所（母什扣伊·吐阿列勒）、请给我一个便宜些的房间（达伊捷·巴热阿路伊斯达·闹灭勒）、请结账（普力格豆夫捷·巴热阿路伊斯达·斯俏特）、我应付多少钱（斯扣里卡·母涅·纳叨·普勒吉奇）、餐厅（列斯达拉恩）、面包和米饭（赫列布·伊力斯）、饺子（别里灭尼）、肉菜汤（米亚斯嗟伊·苏普）、天气（巴告达）、雨（豆日奇）、商店（马嘎金）、卢布（卢布里）、在哪儿付钱（戈杰·普辣吉奇）、邮局（报契达）、海关检查（达冒人内伊·叨斯冒特拉）、入境签证（夫叶兹得纳呀·维扎）等，但像打听"M5号公路如何走"这样的语句根本上没有。我也就无法转换使用（如我的家乡雅安地处川藏公路和川滇公路的分岔路口，318线为进藏的路线，108线为到云南的路线。但每有路人问及318线或108线的具体方位时，也还是有不少本地人都无法将这两条路分清楚）。由于我在路上一边学习，一边参照着使用这些用中文来标注的发音，这样的"快餐"让我根本无法消化，现炒现卖让我无所适从。有时候让我感觉到自己特笨、委屈、别扭、难受，处处受限受制，让我洋相百出。这样特殊的境遇，使我的大脑学会并更会去思考，应该说我不仅勇敢地面对了摆在我前行路上的艰难险阻，而且有勇气去克服战胜各种各样的困难。我身上的勇气、意志力和对自己梦想的坚持，构成了我内心的张力和信念，由此也就铸成了我坚强的灵魂和勇敢的心！

2014/5/26　0:10　转眼间我进入全世界国土面积最大的国家俄罗斯已是两天了，这两天对我来说既是新的开始，又意味着新的挑战。在哈期间遇上华侨协调帮助确实为我省了不少的事，这两天没了外界的沟通协调，一切全凭我自己去应对还不是走过来了。今天在宾馆住下后，见有厨具，我在办手机卡的同时买回一公斤速冻水饺自己动手煮来吃，这样做既省钱又补充了热量，何乐而不为？　　CHINA骑士罗

偏离了骑行主道而误入歧途的我，可以说是绞尽脑汁想尽办法来朝M5号公路靠拢。我只有回到M5号公路才能按照路线图上所标注的路线向前骑行。这本中俄文的译本为我提供了基础语言的转换条件和空间。凭借着简单的问候语再加上我的肢体语言表述，在一定程度上为我赢得了交流沟通上的应变空间。

我手里拿着此次骑行的路线图和标注有M5号公路的图标示意来问路人及驾驶员。我用手指着图上所标注的M5号公路的字样，并借

助手势比画来与这些俄罗斯人交流沟通。某些被打听的人似乎理解了我所要询问道路的意图，并向我大概性地指出了该往的方向。我根据多数人向我指向的方位来选择并推断出我想要纠偏该跑的矫正路线。

俄罗斯幅员辽阔，地广人稀，我一个人在不懂俄语且人生地不熟的特定情况下，开始了孤立无援、孤苦伶仃的荒野寻找出路之行。对于该怎样才能纠错骑行到M5号公路上，我确实是心里没谱，一切都只能顺其自然了。

就在我多方打听，并想尽一切可能的办法努力朝M5号公路推进靠拢的行进途中，"天公"偏不作美而下起了雨来。地处亚欧版块过渡带上这场并不"及时"的春雨，下得很大，可以说是我此次西行路上至今所遭遇到的最大雨量的一场雨。尽管刚一下雨我就迅速地将雨具穿上了，但充沛的雨水伴着风势一个劲猛下不停，雨水顺着帽檐下的脸颊往下流淌，并随着雨衣结合部的缝隙流进了体内将内衣打湿，脚下的鞋很快就被雨水浇淋而湿透了。俗话说寒从脚下起，更何况我身上穿的内衣已被流进的雨水浸湿，我由此开始逐渐感觉到了身上微微发冷，手脚发僵。再加上这一路都没有可填饱肚子的食物补充地，体内热量的大量消耗而又无法增加补充进消耗流失掉的热量，这也就导致了体能的下降。又冷、又渴、又饿……让我感到力不从心，难以为继。在风雨中飘零的我，真想就此中断骑行停下来暖暖身子喘口气，却又苦于找不到一处可以歇脚躲雨的地方。尽管大雨如注，但我却依然还得要骑着自行车往前狂奔！

我在风雨中硬挺着坚持往前又骑行了一段路程后，终于在不远处的左前方看到了有一平坦开阔地隐约间似乎还有房屋。依我判断这里可能是一村落。有村落就一定会有人，有人存在一切都就好办。看见房屋我总算是有盼头了。在风雨中苦苦挣扎的我，极有可能在此寻找到能够遮风躲雨的歇脚地了。

等我靠近一看，宽敞的房前遍布蹄印，依稀间能看到有几头花斑奶牛在雨中悠闲地晃荡，却又看不见一个人影。就此情况来看，这里并不是我先前判断的村落，极有可能是一处奶牛场。我看见离我不远处的房门口前停放了三辆小汽车，我由此断定房屋里肯定有人。但眼前淤积的烂泥地的确让人难以下脚，我若要想进到房屋里并找到房屋里的人，就必须穿过烂泥地带才行。无奈之下，我只好推着自行车深一脚浅一脚地在遍布蹄印的泥泞烂泥地里艰难而又缓慢地朝停放着汽车的门口推进。谁知我推着车朝前移动还没有走出多远，护泥板就被地上的烂泥糊满了，此时不管我怎样用劲都无法将车推动。在不得已的情况下，我只好将车扛在肩上前行。由于烂泥地泥泞溜滑难行走，况且车身及行李包里的东西过重，再加上我饿得几乎迈不动脚步，还没有走出几步就因体力不支而滑倒在烂泥地上。屋里的人们可能是听见了我摔倒在地上时发出的响声，而从屋里跑出来两人，将我扶起，并将我连拖带拽地扶进了屋里。

　　由于摔倒在地时，身上和手上都糊满了烂泥。进到室内缓了一口气后，我赶紧将雨具和皮手套脱下来清洗。扶我进屋的好心人也主动帮我冲洗自行车和行包上的泥浆。就在我暗自庆幸自己能在雨中硬挺到这里，并寻找到一处尚能躲雨落脚的歇身处时，不知何时从何处竟冒出来一个先前并不在这里的一个体型略显肥胖的俄国人。此人站在我面前用手晃动比画着数钱的动作、做出喝酒的姿势，并在嘴里不断地说着"卢布里"这三个我尚能听懂的俄语发音。单纯从这个人刚一露面，就极不讲道理地冲着我讨要卢布的蛮横态度来看，此人属于霸道之人。依我从他的派头和我周围的这些人对他的神情来判断，他极有可能是这处奶牛场的头儿。

　　从他冲着我比画的肢体动作来判断，他肯定是在向我讨要卢布来买酒喝（俄罗斯人喜欢喝酒是"地球人都知道"的。通常最主要的酒当属伏加特。由于伏加特属烈性酒，因此在俄罗斯最容易碰上喝醉的酒鬼）。照此情景来看，我若是真想在这屋里躲雨过夜的话，那我就得按他的要求来支付相应的卢布才行。我明知这个人此时在这里提出这样一种不得体的讨要卢布的方式，说白点也就是一种敲诈行为，也就是乘人之危吃点"黑钱"，因为这里既不是宾馆，也不是酒店，宽敞的室内空间里，除了满屋子的上百头奶牛外，也就只有一间我现在所处的锅炉房和隔壁摆了两张桌椅供员工休息的场所。俗话说"君子爱财取之有道"。此时的我尽管心里十分反感此人的做法，很不情愿就这样说不清道不明的"冤枉挨宰"，但对我来说能在滂沱的大雨中找到并躲进尚能歇脚避风雨的地方，也就是再好不过的事情了，这里

特定的场景和情况就是这样，那我又何必再去计较这区区小钱呢？！

我强忍住了心中的不快，在极不情愿的情况下以容忍的方式来处置并支付卢布了事。但我并没有完全按照他所示意的支付200卢布的要求来办，坚持只支付给他100卢布（按当时的汇价1元人民币兑换5.2卢布计算，100卢布还不到人民币20元）。在他点头应允同意后，当我从身上掏出100卢布递到他的手里，当他接过钱装进自家衣兜里时，我见在场的所有的俄国人都向他投去了鄙视的目光，这让此时的他完全处于一种尴尬难受的境地之中。

进到了奶牛场的房屋后，我的身体逐渐有了暖和度，僵冷的手脚也慢慢地有了知觉感。但现实的状况却依然没有办法解决得了饥饿难耐的问题。依我看来这里只是一个有着上百头奶牛汇集的饲养场，除了喂牛的饲料外，没有任何可供人餐饮的食物（由于这里没有人居住，只有轮流为奶牛添加喂养饲料的员工在此工作。奶牛场员工住家离这里都还有一段不短的距离。这些在此轮流值班的员工都是自带干粮和食物上岗，自然就不会带多余的食物来此）。

当这里的一切都恢复常态趋于平静后，面对冷落空旷的奶牛棚，寂静的反差让我越发感觉肚子空荡身上发冷，并且时不时地出现了头晕目眩眼冒金花的低血糖症状。我那异常虚弱的身体眼看着就快支撑不住了。对此时的我来说，当务之急就要赶紧想法弄点食物来填饱饥渴难耐的肚子，以此来增加体内的糖分和养分，减缓已出现的低血糖症状。由于饥饿的缘故，饿慌了的我情急之下已顾不得什么了，也不管我与周围的这些俄罗斯人之间存在相互语言交流和认知上的障碍，我毅然起身离开我所处的锅炉房（依我观察这里应有着200—300头奶牛的大型奶牛场，敞放归来后的奶牛会都汇集到集体搭建的牛圈棚舍里集中分组喂养。由于俄罗斯地处寒带，气候比较寒冷，所以具有一定规模的奶牛场都须备有锅炉来取暖，并随时调节牛圈棚舍里的温度，让奶牛在较舒适的环境下生长，这样能促进奶牛多产奶。通常在俄罗斯人的餐桌上，最常见的就是各种各样的肉类食品，俄罗斯人普遍以面包、牛奶、土豆、牛肉、猪肉和蔬菜为主要食物，黑麦面包、鱼子酱、黄油、酸奶、酸黄瓜、咸鱼、火腿肠是俄罗斯人的民族特色食品。俄罗斯饮食习惯相应来说很简单，但却具有很强的开放性和吸收性，再加上俄罗斯人较为"从善如流"的特性，故而不论是中国饺子、德国香肠、英国牛排，还是鞑靼牛肉趾，经过引进稍加改造和改良，也都成了受欢迎的"俄菜一族"。俄罗斯资源总储量的80%分布在地处亚洲部分，拥有世界上最大的森林储备，故而锅炉供暖所烧的全都是木材）。我跟跟跄跄地来到了位于锅炉房隔壁奶牛场轮流喂养奶牛的饲养员休息的屋子里，不加任何修饰和隐讳地用手指着我的嘴和我的肚子，并夸张地用嘴做着嚼食、吞食东西的动作。我吃东西的嚼食动作似乎被刚才把我从泥潭里扶起并将我扶进锅炉房里的两个俄国人看懂并弄明白了，两个人相互说着我完全听不懂、弄不明白的俄国语言，其中一人很快从座椅上站了起来并朝牛奶场的门口走去。不一会儿我就听见了脚踩踏摩托车的声音和马达的轰鸣声。依我判断走出门口去骑摩托车的这个俄罗斯人有可能是骑车回家，去为我拿吃的东西。接下来不久，我又听见从外面传来摩托车马达的轰鸣声。

紧接着这个刚才外出的俄罗斯人从室外走进了屋里，并友善地把一个装盛食品的盒状物件递到了我的手中。我接过他递过来的物件急切地将盒盖揭开后，我就看见了诱人食欲的食物——煎饼。已经饿慌了的我看到了能进口的食物，恨不得马上就将其吞进肚子里。但出于礼貌和感激的缘故，我将身体站直向他们深深地鞠了一躬来表示我对他们的谢意。而后当着他和众多俄国人的面，用手抓起盒里的煎饼往嘴里不停地塞。可能是太饿的缘故，不停地往嘴里塞填，吃得太猛太快，吃进去的煎饼根本就来不及消化继而噎住了我的食道，把我噎得难受至极，以致竟然把我的眼泪给噎呛出来了。情急之下的我用双手不断地拍打着前胸后背，慢慢才得以把气舒缓过来。

这个俄罗斯人看我吃煎饼的速度过于快，示意我慢慢吃，并随手从桌上的电炉上拿起一把煮食物的不锈钢锅朝喂养奶牛的圈舍走去。我出于好奇的心理也跟随着在他后面看他去做什么。他来到一头奶牛旁，把挤奶器的一端套在这头奶牛的奶头上然后插上电源，奶牛的奶汁就随着振动的电动挤奶器流淌了出来。等奶汁挤到了一定量后，他关上了挤奶器的电源，熟练地从装盛牛奶的器皿中倒出牛奶后，又返回休息室并将刚从奶牛身上挤出来的新鲜牛奶煮上。等牛奶煮熬好后，这个心眼蛮好的俄罗斯人示意我把自行车上的水杯取下来给他，他接过我递过去的水杯，把刚熬煮好的牛奶倒进了大半杯后，又冲进去部分开水后才递给我喝。刚才吃进肚里的煎饼让我僵冷的躯体很快就补充了一定的热量，再喝着这热乎乎且充满爱心温情的牛奶，让我备受折腾疲惫至极的身心，一下就融进了足以让一腔热血沸腾起来的能量。看来这煎饼和热奶确实管用（我第一次看见如何使用挤奶器来挤奶，也是第一次喝到亲眼看见从奶牛身上挤出来的并熬煮出来的鲜奶，并且是在俄罗斯。据我查证，鱼子酱、罗宋汤，还有小煎饼是最具俄罗斯民族特色的传统食品）。

吃饱喝足后，我被指定安排在锅炉房里靠近锅炉的一个仅能容下一个人横卧的狭小空间里躺着过夜。可能是俄罗斯小煎饼和热乎乎的鲜奶为我的体内补充进了足够的热量，让我的身体感到发热发烫。但致身体发热发烫最直接原因恐怕是我的身体部位太过于靠近了炉膛里燃烧着熊熊火焰的锅炉体。在靠近锅炉的身体部位似乎感觉到了滚烫的火焰在贴着肉体灼烤，让我感到难受痛苦，且心慌发毛。在实在受不了高温灼烤的情况下，我竟然在半夜里爬起来一个人围绕着圈满奶

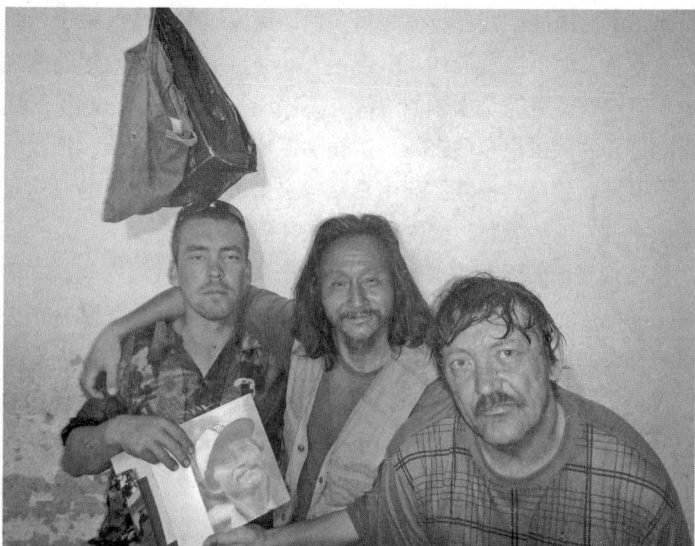

误入奶牛场，得到好心人关照

牛的牛圈转悠夜游，借以来躲避高热能的直接灼烤给我带来的难受滋味，以此来打发和消磨对我来说是痛苦难熬的时间。

今天白天在漓淋的雨中骑游。透心的寒意让身上和手脚发冷发僵。夜晚在锅炉房身体贴着炉火灼烤，让身躯发热发烫。真可谓：昼夜冰火两重天，境况迥然。

沿着圈养奶牛的牛棚转悠到天亮，我看雨势渐小，我同这些个友善的俄罗斯人道别后又冒着蒙蒙细雨踏上了心中完全没有底的"纠偏"行程，并努力地朝着M5号公路的大致方向骑行。但愿在朝M5号公路主道骑行的路上能找到超市或商店来补充路上骑行所需的食品和饮用水。

我拿着路线图和路书边骑行边打听，最后终于在当地时间下午3点多钟成功"纠偏"回到了M5号公路上。俄罗斯M5号公路是从哈萨克斯坦境内的M36号公路延伸过来的洲际间相通的、欧亚两洲间过渡带上的重要陆路通道。M36号公路与中国境内的连霍高速公路相接。M5号公路往前延伸的路段是M7号公路。M7号公路是通往俄罗斯首都莫斯科的一条重要通道。我从M7号公路骑行到莫斯科后，再转接M9号公路，才能到达东北欧国家——拉脱维亚。这几条相连接、相贯通的道路，应属横跨亚欧的国际通道。

世界共通的"雷锋精神"

　　进入俄罗斯疆域后，由于诸多因素所致，我又一次选择错了道路，而把直路给走弯，为此还多跑了不少的"冤枉"路程，尽管最终成功"纠偏"回到了我骑行路线图标注的正确路线和方位上，却为此付出了将近两天的时间。

　　把直路走弯的确让人不快并且感到沮丧，但多跑的这段弯路让我不仅领略到了俄罗斯在欧亚过渡带上的别样风光，并真切体验感受到了俄罗斯人的生活方式及民俗风情。特殊的行程，不一样的感知，这就是在跨国骑行路上朝我的梦想奔跑靠拢的过程。放飞自由的心灵空间，去寻找并感知生命的真谛，用心去细细品尝和承受它带给自己的欢乐与痛苦！痛并快乐着，茫然且困惑着，这就是我在西行路上的真实写照。

　　进入俄罗斯境地已是好几天时间了，然而我却依然没有打听到能修自行车的地方。这让我心里着实犯愁。从阿斯塔纳启程骑着这辆"带病的老爷车"上路以来的日子里，我对这辆自行车可以说是格外小心，处处留意，连在路上骑行都不敢随意去变换变速挡位，一遇上坡路段就下来推行，生怕一用力蹬坡，把自行车链条蹬脱而断链。并细心观察着单车在骑行时的车况，且每天都要重点检查容易出现故障的部位。如果不能尽快地找到修车的地方，将其修好，在路上单车一旦抛锚出现故障，问题就闹大了。昨天"纠偏"回到M5号公路后，我在检查时还没有发现新的情况。但今天在出发检查时，又发现车的后圈又有两根钢丝出现松动现象。我依照在哈国境内时的处置办法，用细绳将松动却还没有松脱的钢丝与其他处于正常情况的钢丝捆扎在一起，起到稳固作用，以防止钢丝继续松动松脱而影响到车身的受力分布。我细数了一下到现在为止车的后轮，总共已有四根钢丝出现松动和松脱现象。好在这四根松动的钢丝分布在不同的部位上。如果这四根松动、松脱的钢丝位置连在一起的话，势必引起后圈圈簸，车圈圈簸，会让其受力不均，继而影响到行车速度。

就在我还在为找不到修车地犯难担忧时，我从公路对面远处看见了一位身着运动装的自行车骑行人正在朝我所处的位置不断地靠近。由于我与这个骑行人骑行方向不同，他是在公路对面的道上骑行，等双方都能彼此间看清对方时，相互还友善地用手比画着与对方打招呼。此时的他由于与我相处的距离在慢慢地靠近，也就清楚地看见了我自行车龙头前挂着的大熊猫图片。我看见他在看见大熊猫图片后，嘴里不断地呼喊着"潘得儿""潘得儿"……并迅速下车将自行车停稳后，急匆匆地从公路对面朝我停放自行车的位置跑过来。他在与我见面握手后，又主动张开双手与我亲切拥抱。看长相，他应该是欧洲人，并且年龄不小，恐怕也是快接近60岁的人了。

此时，我俩尽管彼此间都在嘴里说着亲切的话语，可是谁都不明白对方究竟在说什么，但的确又是因为大熊猫的缘故，让我和他这两个分属不同国家、不同种族的人聚集在了俄罗斯版图上的M5号公路上握手言欢！

由于我俩都是自行车户外骑行人，彼此间都有着相同的爱好。再加上搞户外运动的人一般性格都比较开朗，容易相处，因而能够很快增进信任感来拉近相互间的距离。依据我对他的行为举止判断分析，他应是一个性格豪爽之人，这样的人容易接触，也善解人意。

依我的直觉和刚才与他的一番互动及接触后，我认为这名外国骑行人应属于资深户外骑行一类的骑者。我猜想如果他的车上带有修车工具和自行车零配件，他极有可能出手相援。假如他能提供相应的帮助的话，说不定能使我从犯难的"困局"中走出来。

基于我的基本判断，我走到我这辆自行车的后轮前，用手指着并晃动着后轮圈松动且用细绳缠绕捆绑的钢丝部位和自行车链条，他很随和地随着我的手指点的部位弯下腰来用右手触摸摆动着几根不同部位的松动钢丝，并随即从身上掏出一把小刀来将捆绑着钢丝的细绳割断，然后示意我把自行车推到对面公路边缘一个地势较为平缓的地方，尔后协助着我把自行车上驮带的行包及帐篷、睡袋和防潮垫全部卸下来，并示意我把车身翻过来，让坐垫部位朝下平稳地摆放好。这一切都按照他的示意安排就绪后，他返回到他的自行车旁，从车上的行包中取出修车工具

并翻找出几根规格尺寸不同颜色不一样的钢丝来对照并选择着。他在把要更换的4根钢丝选好后，向我比画着准备要将后轮卸下来的动作，并示意我要协助他来共同处置相关的问题。我与他分工合作很快就把行包和后轮圈从车身上拆卸了下来。

我将内外胎从车圈上剥脱出来后将车圈递给了他，他在拿到车圈后从身上掏出小刀，快速地将车垫剥离开，用刀尖顶住钢丝的锣帽旋转，并伸出左手来握住已经松动的钢丝转动。四根松脱的且不同方位的钢丝，在他的熟练操作下很快就更换完毕，此后他又将车圈上的每一根钢丝都又做了仔细的检查和调整，并将车圈调正。随后他用手指着链条部位，耸了耸肩膀并摊开双手作了一个无能为力的动作姿势来示意。能将车上四根已经松动松脱的钢丝悉数更换掉，也就让我不再担心后圈"扯拐"添麻烦，而安心骑行了。在修车更换钢丝的过程中，我两彼此都用自己的相机，请对方摄下了这难得的宝贵瞬间。

从他更换4根钢丝的熟练程度和调圈的规范操作，就足以验证他的修车功夫非同一般，是一位老道的自行车户外运动的骑行人。

看来一个想跑长路的远足骑行人，不管车身上带的东西有多少、有多重，无论如何都要想法带上相应齐全的修车工具和易损的配件才行。有备无患才能万无一失。这位老外帮助我把"病车"修好，在一定程度上也就免去我一路上对车况的担心和焦虑。车无大碍，又能保证我每日正常骑行了，让我在坚持往前骑行的同时，又看到了希望！

我与这位在俄罗斯M5号公路上结识的老外，素无交往，更谈不上交情，直到现在我都还没有弄清楚他这个人到底是哪一个国家的人，仅凭着这路上的一面之缘，且都是自行车户外骑行人的身份，及他对"潘得儿"标识的喜爱，他就对我投入了极大的热情来对我施以无私的援助，我对他的善举自然是心存感激。我从他的身上感知到了助人为乐不分国界的"洋雷锋"精神。这种友善互助的精神确实值得我好好地认真学习。

我原本自认为自己有着十多年的骑行经历，在中国骑行界也算得上一个叫得响的资深户外骑行人，与他相比，才让我得以见识到了什么叫作"山外有山楼外有楼，还有'高人'在前头"！

我与这位老外在相互接触期间，尽管彼此间在语言上无法交流，

"洋雷锋"助我修好"病车"

存在着沟通上的障碍，但通过有限的肢体语言来进行互动，还算是达到了预期的效果，并在彼此间都留下了友善亲和的印象。在即将与他分手时，我从车上的行李包中拿出了我所著的《问道天路》这本书给他看，尽管他不识中国汉字，也不懂书中的内容，当他拿到书翻开扉页看到我的头像插图时，向我竖起了大拇指点头称道，还拿出手机来对着书拍照，并示意我，他想拿着我的书进行拍照。我畅快地应允了他的请求，并也拿出我的相机来定格了这难得的瞬间。在我给他拍摄完后，他又将他的手机递给我，请我给他拍下他与我书中扉页照片的合影。随后我俩并排站在一起，以M5号公路标牌为背景，摄下了我俩的合影照留存。

与他分手后，我在骑行路上仔细地思量回想，假设我在进入俄罗斯后没有走错路的话，极有可能就无法在此路段上与他相遇而错失良机。再则如果我的自行车龙头上没有挂上"潘得儿"的图片，说不定还不可能吸引住他的视线。确切地说，是他在意外看见了他所喜爱的"潘得儿"图片后而焕发出了他对大熊猫所产生的极大兴致和激情来。回想与他邂逅的情景，我极有可能是沾了"潘得儿"的光。中国魅力，熊猫至尊！

绝望的体能

2014/5/31 15:16 我进入俄罗斯已8天，在无外界的帮助下我正按行程有序地向前推进，这里离莫斯科还有1216公里。由于网络缘故无法正常与外界联系。 CHINA骑士罗

2014/6/1 21:52 我走出国门已是一月有余，尽管在步步往前推进但很是艰难。特别是24日在哈俄边境地带险遭强行拦劫至今仍心有余悸。孤身一人在异国闯荡，一切都靠自己去支撑和应对！ CHINA骑士罗

以上两条短信是我在俄境内有网络支撑的前提下发回国内的我的情况通报。自从进入俄罗斯疆域以来，由于网络的缘故，我与国内的信息几乎处于"失联""半失联"状况，再加上进入俄罗斯以来还没有遇上一位华人或华侨，一切都靠自己去应对和处置。

进入俄罗斯疆域后，我的确骑行得异常艰难，除踏上俄国领土后不久，再次误入歧途，把直路给走弯，并为此还耗去了差不多两天时间。在哈国期间，尽管也跑了不少的冤枉路程，但却有幸遇上了胡尔曼·谢力克和沙克什、塔力哈提等数名华侨和诸多心地善良的好人给予协调与帮助，并为我成功穿越哈萨克斯坦起到了引领和铺垫作用。

但由于我进入俄境内以来还没有遇上一名既懂中文、又懂俄文的华人予以协助，这几天以来，一切都全靠自己去应对和处置吃、住、行等相关联的问题。

由于我这个"自助环球游者"不懂外文，不会外语，无形中就又增加了生存及骑行的难度。对我来说，旅途的艰辛和吃苦受累我都不怕，也勇于去承受，问题的关键是俄罗斯地广人稀，横跨11个时区，跨越4个气候带，俄罗斯所处的时区纬度决定了俄境内的日照时间较长，这样更便于骑行时间的持续，也为我每天骑行距离都能保持在

100公里以上创造了充裕的时间。但却又在长时间的骑行跨度里很难寻找到一处能将肚子基本填饱的地方，这无疑就增加了骑行中的变数和难度，并以此验证我生存适应能力的尺度和智慧！

鉴于在俄骑行生活的这数天时间里，根本上就无法、也无从去保证每天每顿都能有规律地吃到足以维持自身体内热量流失后的食物补给。我深知如果身体内没有吃进足以能满足人体所需的高热能食物和碳水化合物来提供养分的话，这个人就不可能有足够的热能储备来维持高强度的体能消耗，只有过量的消耗，却没有正常补充热量的渠道，长此以往拖下去，这个人哪怕强悍、坚韧，具有钢铁般的意志力支撑，也一定会难以为继地被拖垮。如果想从这里活着走出去，除了必须具有超常的意志力、忍耐力和牢固的信念外，还得有一副好的"肠胃"来承受和支撑。因为每天填充进肚子里的都是一些低热量的食物和冰凉的水，我在这一路上每天最大的心愿就是能寻找到一个较为安全的歇脚点帮助恢复疲惫不堪的体能，并能够解决吃的问题，这就会让我感到知足了。

自进入俄罗斯以来，由于忙于赶路的原因，我还没有吃到过一顿可口的饭菜。因为俄罗斯的饮食习惯完全不同于中国，基本上是以面食为主。几天来填进肚子的食物就是些列巴（面包）、煎饼和干粮。但却很少能吃到蔬菜之类的食物，更不要想能吃到水果。蔬菜和水果之类的食物应该说是一个人维持体内所需的各种维生素和糖分摄取的重要一环。一个人如果长期吃不到蔬菜和水果的话，体内会因缺少各种维生素和糖分的有效摄取和补充，使得体内的酸碱饱和度失调而让身体失衡，继而会诱发眼疾和各种相关的并发疾病。尽管我每天都在坚持吞服21金维他，但由于此行较长时间里都未能吃到新鲜的蔬菜和水果，致使我眼睛干涩、嘴唇干裂、鼻舌难受且还感觉到呼吸不顺畅不自如。让我感到隐忧和害怕的是我左边面部肌肉不由自主地不间断抽搐，随后发展到了有些发僵，使得左边嘴唇逐渐无法闭紧而不停地往外流淌着口水。从症状上来看，似乎是我体内的神经机能发生了局部性的障碍，而呈现出了面瘫性的症状。鉴于身体上出现如此烦恼的问题，我的确感到沮丧惶恐和伤感。如果这样的症状进一步扩展蔓延的话，其后果真的不堪设想。

我从1987年起从事自行车户外骑行这么多年来，哪怕是在环境条件十分恶劣且存在高山反应的青藏高原上骑行，我在身体上都还未出现过如此的症状。此时的我尽管心里清楚并考虑到了问题的严重性，然而我并不打算就此而退缩。但我的心情却由此受到影响，变得格外的沉重，莫名的焦灼焦躁和忧心忡忡的顾虑，让我自己变得更加谨慎小心。

由于身体局部已出现问题，让我难免分心走神，加之运动量过大，导致体能消耗难以恢复和为继，再加上眼睛干涩致使视线模糊，在判断上也就相应失准，其连锁的反应也就是反应迟钝，行动迟缓，总感到心有余而力不足。一系列的连锁反应，也就导致了我身体调节能力的下降。针对如此特殊糟糕的身体状态，我在心里也在对自己进行着不断地反复提示，并进行着自我的减压及心理的疏导，"以善心处顺境，以静心处逆境"，我尽量让自己舒缓情绪，避免杂念干扰。此阶段的我还在心里反复念叨，24小时为一天，又何必去为争抢一点时间而忙乱。我力图让自己能客观冷静地面对现实，来应对任何突发的事件。

我在格外小心处处留意观察路况时，在一坡度并不大但有一定弯度的下坡路段，因无力掌控，自行车已偏离行车道往前滑行，我连人带车翻倒在路基下具有一定斜度的坡上。由于翻倒在公路下面的坡上，自行车车身和行李包牢牢地卡压在了我的身上，让我根本就动弹不得，也不敢盲目去挪动车身，此时我的头和肩部尽管还能活动和伸缩，但因头部后脑朝下面部朝上，这就压缩和限制了我活动的空间，让我的处境更加充满了不确定的变数，此时的我生怕因车身稍有移动而把我一并往下拖拽。在跨国西行的俄罗斯境内，我又一次遭遇到险情而处于危难惊险时刻！

我就此被车身压住而动弹不得、无法无力把自己从车身下解脱解救出来，身陷困境在倍受煎熬又无可奈何的着急的等待过程中，我生怕车身下滑移动而出现更为严重的险情，因为自行车在冲出M5号公路翻下路基时，车身不仅扣压在了我身上，更为可怕的是翻倒时头和肩都朝下，且是背部翻贴在地面并斜躺在斜坡上，背部着地致使我无法动弹无力可使。此时的我脱身不得，我还不敢，也不能贸然去采取

任何一种自救的举措，因为稍有不慎的话，会引发并牵动扣压在我身上的自行车顺势且硬性地拖拽着我从斜坡上滑下去。如果真发生此类情况的话，依我现在的处境我肯定无力也无法阻挡得住车身往下滑移的惯性冲击。此时的我内心焦灼但却又束手无策，无力应对。我所面临的情形对我来说等待虽说是不得已的选择，但却又是致命的心理和生理折磨，也被一种绝望笼罩下的伤感、焦躁、无奈所摧残。这就是我此时此刻只能"坐以待毙"的残酷客观现实状况。由此可见生命在死亡面前显得是那样脆弱和不堪一击！此刻我神情迷糊仿佛看见了死亡的阴影依稀间从天边掠过。当下的我满脑子的胡思乱想，而且还又无法摆脱死亡幽灵的纠缠，让我很难从困惑的消沉中自拔出来，也难以在绝望笼罩的困境中寻找到求生的力量支撑。我此刻的糟糕处境可想而知。

此时的我唯一能做的，也就是还能转动着眨巴眨巴的眼睛呆傻木讷地去望着天空瞎想。胡思乱想继而让我神经分神错位，竟然把今天的遭遇及此时的情景拿来与《西游记》里神通广大无所不能的"齐天大圣"孙悟空被如来佛扣压在五行山山下的情景相比较。景由心生，幻化成趣。而我在西行路上所蒙受的劫难，确是活灵活现的真实场景。我在心中默然祈念，唯愿此时能有奇迹发生并降临于我身上。祈愿"上天巧施法度，把紧紧扣压在我身上的"五行山"挪移搬开，让我亦能脱险生还！

由此看来，我在一路西行的艰难跋涉过程中，真还得去蒙受九九八十一回磨难方可！

大难不死必有后福

尽管此时我心有不甘，却又无力也无法去摆脱得了眼前所处的险恶处境，我的生命说不定极有可能就此而走到了尽头。"危机如斯敢牺牲"，在此时也就只是自我壮胆的豪言而已罢了。就在我情绪起伏波动还一个人在梦呓的时候，我仿佛听到了在公路上有汽车熄火并停车的响动声。随后不久我就看见有两名外国人快速地从M5号公路上跑下来，他们来到了我被自行车车身压住的斜坡地后，迅速地将压在我身上的自行车抬起来，移放在离我不远的地方放稳后，转过身来把我从斜坡地上轻轻地架起来搀扶到了M5号公路上，并再次冲下坡去将我的自行车抬上了公路，在极短的时间里完成了对我的救援。

在这两名友善的外国友人施以援手下，我才幸运脱离令我感到窒息绝望的险境。脱离险境后重新回到M5号公路上的我，确实很难抑制住我那感念动容的情绪，竟然掩面失声痛哭了起来。悲喜交加的泪水此刻随着我情绪感情的释放而顺着脸颊不停地往下流淌。俗话说："男儿有泪不轻弹，只因未到伤心时。"此时的我不敢也无法妄言我此时流淌出来的到底是伤心的泪水，还是喜极而泣的感念热泪。不管怎么说，我的确是获救了！我除了感恩这两名拯救出我的外国友人外，我还得感谢命运对我的厚爱！

应该说我是一个既充满感性的性情中人，也是一个务实且具有相当理智的人。我很快地就把自己从情绪化的思绪中摆脱了出来。走到两位对我施救的恩人面前，双手合十、双脚并立并弯下腰来向两位施救者鞠躬行礼，借以表示我对他们的敬意和感谢。他俩见我态度诚恳地向他们表示谢意，显得十分高兴，微笑着接纳了我对他们报以的谢意。二人其中的一位年龄稍大一些的人主动伸出手来与我热情握手拥抱，并用手指着公路后端地势稍高的地方说着我一句都听不懂的外国语。他对着我不停地说着话，却见我并未应声，可能也察觉到了我听不懂他所说讲的话语。这个外国友人还算机敏，这时他用自己的手指着自己的眼睛，再把手指向刚才他所指的地方，然后又用手指着我自行车翻倒后他们施救我的地方，他用肢体语言连比带画的方式，让我似乎有点意会了他所比画的动作意图。我猜想他是想告诉我，他们在公路弯道处的坡上看见我骑着自行车冲下公路后翻倒的情景，才及时地对我实施了刚才的救助。尽管我和他语言不通，但他俩的善心让我敬佩。我心悦诚服地受领了两位"洋恩公"对我的救助，这让我至今依然感动回眸！

此次跨国西行，由于路途漫长而充满了诸多的未知变数，这一路上可以说是饱受折磨和摧残，痛定思痛，让我心绪翻滚而感慨不已。

就拿前一段时间，也就是4月28日我在国内骑行时，在果子沟路段摔倒和今天（也就是2014年6月2日）在俄罗斯M5号公路的某一路段上连人带车冲出公路翻倒在公路路基下的斜坡上并被车身紧紧扣压在身上致使身体无法动弹的危急关头相比较，就充分说明了问题。果子沟路段翻倒的地点在公路旁，所在的位置十分显眼，当时在我身边过往的汽车驾驶员非常之多，可对我却都是视而不见，没有一个驾驶员愿意把行驶中的汽车停下来对我这个翻倒在公路旁的骑行人进行"人道救助"。让我一个人就这样悄无声息地躺卧在公路旁边无助地痛苦挣扎和感叹呻吟。这样一种凄凉的场景，的确让我伤感不已，故而让我至今都难以释怀。

然而类似相同的遭遇，在不一样的国度，却出现了迥然不同的结局。在异国他乡的俄罗斯M5号公路上，我虽因体力不支判断出错，未能把控住自行车而连人带车冲出公路翻倒在公路下面的斜坡上。在这生死存亡的危急关头，这里却上演了非同寻常的相救一幕。这样的人道救助行动出自在不同肤色、不同国籍、不同种族的人群身上。这就充分体现了人道救助的人性美德（看来，我还真算得上是一个有福之人，一旦遭难，总会有贵人闪现而相救）。在我看来，这样一种无私的国际救助的确是难能可贵的。这样的义举和救助行动，彰显了施救者急人所急，救人于危难的高尚品质及宽广博大的人性美德和善意，这就是高尚、高贵、高雅之人的道德修养综合素养的佐证和体现。这样一种不分国籍、不分种族的人道救助凸显出了真正意义上的社会文明与进步!

说实话，我从心底里感谢这两位将我从危困之中拯救出来的施救者。但由于我不会外语，无法与之交谈和交流，因而也就无法弄明白、搞清楚这两位可敬的驾驶员究竟是属于哪个国家的公民。我无法知晓，也无从考证，这让我十分犯难。但我灵机一动，想通过我的相机来把他俩的英雄形象给留下来，并在我要想写的游记中作为书中的插图展示给世人看，说不定我还有机会与施救的英雄不期相会。想到这里，我赶紧从车上的行李包中拿出相机来，向他俩比画着拍摄的动作，并随即将我的自行车推到了他俩驾驶的这辆大型货车的车牌前，准备以这辆汽车为背景来拍一个特写。他俩愉快地接受了我的邀请，和我并排站在了汽车（并特意将车牌位置空出来）和自行车的夹缝中。我将相机的位置选定下来后，我拿着相机走到车对面两米左右的地方把焦距调准后，我请站在旁边的另一名老外来帮忙按动相机快门。谁料想这名帮忙照相的人不管怎样按动相机拍摄的按钮，就是听不到快门启动的"咔嚓"声响。此时的我感觉到情况有些不妙，心想是不是刚才自行车翻倒时把相机给磕碰坏了？我赶紧走过去从这名老外的手中接过相机来查看和检查，原来是电池没电了。我马上从行李包中取出备用电池来换上。谁想到备用电池依旧没电了。面对这样的困况，我感到十分懊恼和尴尬。我和他俩一样白白浪费了彼此的时间和表情，也让这一切都成了我再也无法实现得了的期许，为此也让我留下了再也无法弥补上的无尽的遗憾!

我怀着感念遗憾而又依依不舍的心情与两位施救者握手道别后，又骑着我的这辆"奔驰"号自行车继续穿行在俄罗斯M5号公路上。在路上骑行，我依然在思量刚才的情景，这恐怕是我难以释怀的缘故吧。

但细细一想缘由再简单不过了，我自进入俄罗斯境界后，几乎每天都在颠沛的路上穿越，这些天基本上都是居住在公路旁为过往的驾驶员提供食宿地的停车场里和村民的家中，由于每天骑行时间超长（东方微发白，就一直"整拢天擦黑"）致使体能透支过大，当我艰难地寻找到合适的住宿地后，就忙于打理与吃住相关联的问题。可能是由于我太疲乏之故，再加上有的地方没有可供充电的设备，在无形中也就忽略了充电补充电能的问题，也就导致了相机电池没电，造成了难堪。这就给我敲了警钟提了个醒，出门在外事无巨细，要尽量地考虑周到才行。

体面撤军 or 坚持到底？

中国有句老话："摔倒了不痛爬起来痛。"在与这两名救命恩人分别后骑行不久，我觉得腰部有点僵硬"特别扭"，并发力困难，踩踏脚踏板的腿部动作迟缓，且还没有力量感，并隐约间感觉得腰部难受，腿不太听使唤。这才让我觉察并意识到了问题的严重性。回想起来刚才自行车失控冲出公路翻倒时，自行车车身在我身上瞬间产生的冲击力和挤压力，导致腰部受到重力的推挤和扭挫，在一定程度上影响并加剧了腰部原有旧伤与腰肌的损伤，再加上左腿外侧在往下剧烈移动坠滑时擦伤，这双重的夹击，使得骑行时腰部难以伸直，腰软腿无力。这样就限制住了我身体的活动与行动，相应地也制约住了我想往前蹬踏骑行的脚步。在这种情景之下，我只好停下来坐下并躺倒在公路边缘歇息。躺倒在公路边缘歇息了一会儿后，感觉到身体似乎是缓释过来了，谁知当我想站起来往前赶路时，却没有了腰力的支撑，欲站无力，我只好也只能重新躺卧在了地上。

就我看来，依我目前的腰腿伤严重程度，想重新站起来往前骑行，的确是具有一定的难度。伤痛的折磨和困扰，想站起来而又无法站起来，这让我对前景感到了担忧并犯难。此时的我可以说是思绪纷乱，悲观消沉，迷茫困惑。内心的郁闷纠结与彷徨，竟然使我在头脑中一度闪现出了"中断骑行""体面撤军"的奇异念头。此时焦躁、懊恼、沮丧、绝望……可能是我最郁闷消沉情绪起伏波动的困顿交集点，因伤困扰不能继续前行的理由充分，我相信世人都能接受，也能理解，并能把自己从伤痛的折磨中彻底解脱出来。尽管我自己已感到了力不从心的苦楚凄凉和无可奈何，但真的要放弃的话，我却又心有不甘，也极不情愿。就此放弃尽管理由充分，也算是找了一个合乎情理的"台阶"来下，但果真从这样的"台阶"上走下来的话，那就意

味着前功尽弃，我之前所有的努力和付出都算是白费了，半途而退以失败告终，这样惨烈的结局，对我来说根本就无法接受得了。内心痛苦的挣扎，撕裂与伤痛交织，是放弃还是坚持，在我的心里进行着反复的拉锯战，"战势"异常胶着，致使我心力交瘁，让我在取舍进退间感到两难！问题的关键是我根本无法说服自己，更是无法求得我在心理层面上对放弃理由的支持。我决意只要我尚能站立起来，并且还具有朝前移动延伸的能力，我就没有退缩的理由。就此退缩放弃，既不符合我的个性，也违背了我坚持到底的理念。退缩对我来说，那就是"梦断"俄罗斯！让希望尚存的梦想彻底变成了泡影。

尽管我不想就此放弃退缩，但现实的问题是无法把腰伸直到站立起来。心有不甘的我咬紧牙关并用双手去推揉按摩着我那似乎已没有了知觉没有痛感没有力量的腰伤部位。经我不间断地推拿按摩后，腰伤的扭挫伤部位逐渐慢慢地有了知觉和感觉，腰部逐渐地可以稍作转动和扭动了。这样的变化让我看到了又还能重新站起的希望所在。这令我信心大增。在我的顽强抗争下，我终于又具有了站立起来的力量支撑。应该说我想要站立起来的强烈意愿和顽强的生命意志力及我内在强大的内张力，让我终于摆脱了情绪波动的纠缠与精神压力对我的冲击和束缚；坚毅果敢，永不放弃的信念使得我又一次绝处逢生，在艰困的危难境地里拯救出了我自己，并让我赢得了转机！在跨国西进的路上，我又一次经历了痛苦的煎熬和折磨，从而完成了自我超越后生命的体验与升华。生命里因有裂缝的存在，阳光才照得进来！

另外，我所带的GPS卫星记录仪内存已装满，无法继续储存和使用，这样一来，在接下来的骑行过程中，让我里程数据上就缺少了参照和参考的相应依据，这就加大了对公里数和时间概念掌控的难度。

莫斯科高档餐厅"开洋荤"

　　2014/6/6　20:21　按行程预期我已到达莫斯科。心态和生理状况均处于良好状态。　　CHINA骑士罗

　　2014/6/6　21:51　祝贺罗老顺利到达东欧，俄首都。

　　以上两条短信，一条是我于6月6日抵达俄罗斯首都莫斯科后发出的，另一条是我的骑界朋友兼铁杆"锣丝"许正先生接到我的短信后的回复。

　　我一路劳顿历经磨难，得以骑行抵达俄罗斯首都莫斯科。在预期时间内到达了莫斯科，尽管我还处在新奇和亢奋交织的激情里，但却难掩旅途奔波劳顿后的疲态。风尘仆仆的我蓬头垢面，看起来邋遢得很，加上身上的短裤、短衫相配，让晒爆皮的胳膊肘暴露无遗。此时的我俨然就成为一个活脱脱的流浪汉。应该说我呈现在人们眼中的特定形态对我的生存处境极为不利。因为莫斯科作为俄罗斯的首都和欧洲第二大城市，的确是繁华而又时尚，我这样的一种"打头"，尽管一眼看出是一个远足的自行车户外骑行人，但多多少少还是显得有些另类而不堪入眼。就我现在的酷样来看，尽管"时髦"却又难登大雅之堂。

　　我这一身看起来并不雅致的装束和这辆脏车，的确给我带来了诸多的难堪和不便。但我在到达莫斯科后的当务之急，就是要想法解决吃和住的问题。然而，让我料想不到的是，我接连被几家餐馆挡在了餐厅的门外而吃了闭门羹。此时的我不管如何四处碰壁，依然还得绞尽脑汁想办法去解决"食为天"之大事，我就不相信偌大一个俄罗斯的首都竟然会以貌取人，而将一个外国的食客拒之于门外。我瘪着饥饿的空肚和心有不甘的怨气，麻起胆子就往一家看上去很有气派的高档餐厅里硬闯。其结果依然是被一位年轻貌美的金发女郎给阻拦在了

餐厅的进门外，就是不让我往里进。她以硬性的阻拦方式来拒绝一位准备进去就餐的食客，无疑是对我的一种冒犯，这样的轻率举止，对我来说意味着是一种人格上的伤害羞辱和另类的歧视！

面对这样尴尬的难堪场面，我本想借题发挥把我身上带的美元和卢布拿出来炫耀给她看，借以把我憋在心里的怨气和怒气全部发泄出来，以解怨愤。但我却没有以这种偏激的方式来回应她的无理阻拦，而是静静地抱着双手站立在原地，既不往前，也不后退。我知道我以这样一种非常克制的冷处置方式，既体现出了我的大度和克制，同样也吓阻住了想进去就餐的俄罗斯人。

事情的发展似乎完全在按照我的意愿进行。过了不一会儿，我见餐厅吧台走出来一位类似大堂经理的人，此人走到我与这位俄罗斯女郎相对峙的门口后，当着我的面大声训斥着这位肆意阻拦我进去就餐的金发碧眼女郎。这位女郎在他的训斥声中悄声地退了回去。这位体型富态的餐厅管理者，躬身示意并将我引领进了餐厅内一张餐桌前坐下。此时的我确确实实地算是出了一口积在心里的怨气和怒气。由此看来，适度的沉默也是一种尊严！

当我安稳地坐下来后，这位恭迎我进来的人从吧台上拿来一本装潢考究的菜单表，递到了我的手里，并示意我照此点菜。我在接到菜单目录后，立马就傻了眼。确切地说还未翻开菜单我也就傻眼了，因为我根本就不认识这菜单上的俄文！翻开菜单看看也就是做个样子罢了。面对又一次这样一种多次重复的无可奈何的尴尬，我很快就回过神来，并从容镇定地应对眼前的窘境。此时的我不慌不忙地用眼睛环顾我这张餐桌周边正在就餐的这些俄罗斯食客们，当我环顾完四周的餐桌后，也就思考出了应对的方法。

我轻轻地舒缓了一口气，尔后站立了起来，我尽管不会使用俄语，但我通过肢体语言用手势把餐厅的服务生招呼了过来，领着她朝我邻近的餐桌走了过去。我边走边用眼睛扫视着桌面餐桌上摆放着的这些洋食客们正在进食着的各色菜品，并用手去指点着我认为中意的菜品，示意该服务生把我所点的具体品种给记了下来。我领着这位餐厅里的服务生在餐厅时里四处转悠，并指指点点的异常举动，自然也就招致和惊动了这些正围着餐桌用餐的食客们。我见他们其中的很多正拿着刀叉津津有味地吃着洋餐，随即都纷纷放下了正在用餐的刀叉，且都用惊诧而又好奇的眼睛看着我并打量着我。让他们可能感到好奇的是，我这个他们眼中的东方人竟然敢于在如此高档的餐厅里用这样一种不可思议的点菜方式来点菜。

至于我所点的这些菜品贵与不贵，合不合我的口味，这些对我来说并都不重要了，重要的是我是一位被礼遇恭迎进这家俄罗斯人所开的高档餐厅的外国食客。我得体的举措，既找回和维护了一个中国人应有的脸面，也捍卫了自己的人格与尊严，且能让我饥饿着的身体及时地补充进体内所需的养分和热量，这才是问题的关键所在。

尽管在用餐前发生了让我有些郁闷的不愉快插曲，但这都并没有影响我安抵莫斯科后的愉悦心情和该吃就吃的食欲理念。这些洋食品的确并不适合我的饮食习惯和口感，但在用餐的间隙我依然依照老外们的就餐习惯，特意加点了一大瓶俄罗斯人通常喜欢饮用的饮料——卡瓦斯来喝。在我看来卡瓦斯的口感纯正，酸甜的味里，散发出新鲜黑麦面包的香味。卡瓦斯不含酒精，它很解渴，还能有效地帮助人恢复体能。卡瓦斯作为俄罗斯民族饮料，在俄罗斯已有1000多年历史了。唯一不理想的就是稍微偏甜了点，这倒也适合我的口味。平时滴酒不沾的我，居然在这让人开心解气的时刻，产生出了想喝点"小酒"的冲动，点要了一瓶俄罗斯啤酒来慢慢品尝，权且当着是"自饮自酌"的聊胜于无吧。我虽说只喝了一瓶酒精度不高的俄罗斯洋啤，却仍然感到头脑有点发晕、发热，似乎有着一种轻飘飘的感觉。这样一种二麻二麻的微醺感，让我在感到酒性发作疲软难耐的同时，也让我暂时从迷茫、困顿、焦虑无助的窘境愁情中把自己解脱出来了。总的来说这顿在莫斯科开的"洋荤"，我真还算是吃得来满嘴流油，煞是过瘾。

这顿洋餐花费了我427卢布（折合人民币也就是80元挂点零头）。在付完餐费后，我按照当地的习惯另外支付了40卢布的小费。在收到我付的餐费及额外付给的小费后，该餐厅的老板和员工们都向我竖起了大拇指，并点头致谢（令我感到气愤不已的是，当我走出这家餐厅的大门，看到我的自行车被推倒在地上，好在没有丢失任何东西）。

　　能有这样的结局，让我感到欣慰。原本因不同的观念和看法而引起的纠纷和尴尬场面，能以这样一种和谐友善的氛围来避免和化解，按照这些"傲慢"的俄罗斯人对我的"点赞"场景来看，应该说他们是从心里被我得体的绅士风度和行为举止给"优雅"住了。这既是他们对我的尊重，也是他们对自己的尊重。这才是人与人之间起码应有的友善与尊重。由此来看，我在这群俄罗斯人的眼里，还算得上一个有教养、有修养、懂规矩、儒雅，且富有人情味的一位外国人。

地广人稀的俄罗斯街景

神游莫斯科

莫斯科是欧洲的著名旅游城市。据我考证，按2013年出炉的"全球旅行物价指数排行榜"来看，莫斯科排行第一，旅馆和餐馆价格普遍比北京高出3—5倍，被称为全球最"贵"的红色城市。

就俄罗斯的民族属性和习惯来说，俄罗斯人普遍都崇尚和喜爱各项体育运动。但单从自行车户外骑行来说，俄罗斯人喜好和参与的人并不多。就参与的程度和热情来看，也远不及德、英、意、西、荷等诸多欧洲国家，更不能与自行车强国——法国相提并论。法国一年一度的环法自行车赛，是全世界自行车户外运动最顶级的赛事，引领着全球自行车户外运动的发展潮流。法国全民对环法赛和对自行车户外骑行运动的参与激情和参与程度，可以用狂热来形容；就喜好与投入来说，并不逊于对足球的痴迷。俄罗斯人可能因地缘和环境的关系，投身于自行车户外骑行这项运动的人确实不多。自我进入俄罗斯以来，就很难遇上一名自行车户外骑行人。如若我今天运气好的话，说不定我还能在莫斯科遇上或者碰到一名莫斯科当地的自行车户外骑行人。能遇上这样有着共同爱好的人，就算语言不通，也肯定对我会有所帮助的。唯愿能机缘巧成。

按我行前查阅莫斯科的相关资料并参照我现在所在的位置的建筑分析判断来看，这里可能处于三环向二环过渡的区域间。莫斯科是俄罗斯最重要的交通枢纽城市，红场和克里姆林宫位于城市的最中心，处于最内环，被称之为"大道环线"，二环被称为"花园环线"，莫斯科的主要景点都集中在这个范围内。三环以外景点很少，四环为莫斯科的最外环，全长108公里，由此勾勒出了整个莫斯科的轮廓。

尽管我在行前查阅过资料，但因人生地不熟，再加上我不懂俄语或英语，这无疑就更加大了我在莫斯科城区穿行的难度。我想找人问路，因语言不通，和谁也搭不上话，我这个不会讲俄语的"哑巴"和

听不懂一句俄语的"聋子",只能凭借着对所处地周围的建筑来做模糊的推测和判断,这也就带有盲目的随意性。此时的我就犹如是茫茫大海中游弋飘荡着的一叶扁舟,既没有方向感,也找不到停泊扁舟的抛锚地。心中自然着急。

我既然人已在莫斯科,自然想着朝红场周边的位置靠拢,并希望在离红场不远的地方找到房价不那么贵的住宿。对我来说,想把落脚地选定在红场附近,并非是一件容易办到的事情。就在我身处十字路口想入非非,却又拿不定主要也不知道该往何处骑行才能到达红场这个区位时,恰巧看见在我的不远处有一位身穿运动装骑着自行车的人朝我所在的十字路口骑过来。能在偌大一个莫斯科碰上一位起码有着相同爱好的自行车户外骑行人,简直是再好不过的事情了。我想这位骑行人如果真愿意帮助我的话,问题自然就好办多了。我带着期盼的目光等他骑行到我的身边时,刻意与他打着招呼。这伙计跟我比肩时好像压根就没有看见我这个人似的,连正眼都没有看我一眼,快速地就从我的身边穿了过去。我想他可能认为我是出于礼貌与他打招呼,况且他正忙于赶路而无暇顾及我。

这个我偶然遇上的骑行人,对此时的我来说,实在是太重要了。我不可能就此而放过这个极有可能帮助我摆脱眼前困境的人。时不迟疑,我立马骑车朝他骑行的方向追赶过去。自看见这个骑行人后,我犹如被注入了一剂"兴奋剂"而"马力"十足。以我的骑行速度追上他应该问题不大。我在猛追一阵后将他赶上。此时的我顾不上什么了,直接把自行车骑到他的面前,并将车横挡在了他的自行车前。这名体型肥胖的骑行人见我把车横挡在他面前后,勃然大怒,怒不可遏地指着我吼叫,并停下车怒气冲冲地走到我横摆在他这辆车前的我的自行车旁,用力把我这辆自行车推倒在地后,扬长而去。

应该说这事事出有因,是我考虑欠妥是我的不对在先,而惹怒了这位骑行者。见他骑车走后,我二话没说把被他推倒在地的自行车扶起来,而后骑着车拼命地朝他追赶。在中国骑行界有着"爬坡王"美誉的我,应该说是在骑行速度上更胜于这位俄罗斯骑行人一筹。很快地我就将他给追上了。这次我吸取了刚才的教训,把车停在离他稍微远一点的地方,而后将车停稳并站在离他稍远处等他。

等他骑行到我面前，我用
手示意他停下来，笑着与他打招
呼，并主动将手伸过去与他握
手。他在迟疑了片刻后，也把手
伸过来与我握手。我观察此时的
他在脸上略微挂了些笑容。尔后
我和他就此开始了肢体语言的交
流与沟通。我首先从行李包中取
出了与莫斯科相关的图片资料来
给他看，并重点指着红场所在的
位置不断地重复着，随后我又用
手势比画了睡觉的姿态。他同样
用手指了指图片资料上的位置，

帮助罗维孝找路的俄罗斯骑行人

也比画了睡觉的动作姿态，且向
我点头同意并示意我骑行跟在他身后。随后他引领着我朝莫斯科的中
心地——红场进发。

这名我原本并不认识的莫斯科自行车户外骑行人还真够意思，凭
着对莫斯科地形的熟悉，他不仅带领我走街串巷地穿行在莫斯科的街
道上，在进入红场区域后，依然热情不减地陪着我寻找住宿的地方。
由于莫斯科作为欧洲重要的旅游城市，莫斯科的宾馆和酒店都采用星
级划分，可供选择的范围很广，但价格的差异却很大。

他带着我寻找住宿地时，尽管因语言不通而无法交流，但他却
处处站在我的角度上为我着想。他带着我到了几处宾馆后，却因价格
不菲而另寻他处，在到一家住宿地问询后，他用手指比画了一个卢布
"厚"的俏皮动作，再比画了一个"薄"一点的动作，且示意我应找
卢布薄一点的住宿地并把我硬性地拉走。在他四处用手机询问并多方
联系的不懈努力下，最后为我选定了一处离红场只有几百米距离的家
庭旅馆落脚（红场所在地为莫斯科格罗城区）。这家家庭旅馆位置适
中，且价格亲民，干净整洁，分上下铺，就住的空间来说是相对窄了
些，但内部设施较齐全，并配有厨房，每天的住宿费400卢布，折合
人民币还不到80元。花400卢布就能住进莫斯科的中心城区，这让我

感到非常高兴。能寻找到并住进这家高性价比的下榻之地，我还真得感谢这名我不知姓名的莫斯科自行车户外骑行人。我和他尽管因语言不通还产生过小小的误会与摩擦，但彼此间都能"化干戈为玉帛"，并友善相处。俄罗斯人性格粗犷豪放，外冷内热，如投缘的话极好相处。在此我借用一句中国谚语来形容我俩的关系，那就是"梁山好汉，不打不相识"！为感谢他对我的帮助，我准备将我为他拍摄的彪悍形象用于我这本纪实游记的插图中，以示铭记。

莫斯科的旅游旺季是每年的5—9月，这个时期的莫斯科繁花似锦，是最美的时刻。碰巧在这个季节我人在莫斯科，我就此打算明天就待在莫斯科不走了，到红场附近的景点去走走看看，放松放松自己，借以缓释和恢复一下我那疲于长途艰劳奔波的身心，来一个莫斯科城区深度游。

由于莫斯科的主要景点都集中在二环以内，第二天上午我骑着单车从我住的这家旅馆出发，前往我游览的重点——红场克里姆林宫及周边景点去体验莫斯科。观赏莫斯科的建筑精华（我怕我一个人单车骑游莫斯科迷路走失，昨晚我特地找出我带的相关资料给这家家庭旅馆的老板看，示意请他帮我画一张路线草图，并用俄语标注相关的文字说明及该旅馆的具体位置和他的手机号。这个老板爽快地应允了我的请求，并很快地在网上查询到，随即打印出了一份给我。有了这张草图，我心里就有数了，即或迷路走失，我也能根据这张草图上标注的位置和老板的手机号寻找到这里）。我骑车从旅馆到红场所在的区位，只有几分钟的时间，我经由双塔门楼就进入了红场。这里是真正的莫斯科市的中心点，零公里处的标识就在这里，所有路的里程都是从这里开始计算的。莫斯科以此为中心，向四周辐射。由此可见，莫斯科的中心意识是非常强烈的。我在零公里处也留下了我进入红场后推着自行车并带有零公里标识的照片。

红场原名"托尔格"，意为"集市"，1662年改称红场，意思为"美丽的广场"，面积为9.1万平方米。红场位于莫斯科的市中心，是国家举行各种大型庆典及阅兵活动的中心点，是世界著名的广场之一。红场的地面很是独特而又别具一格，全都由条石铺成，显得历史感厚重，古老而又神圣。

走进红场

  克里姆林宫位于红场所在地东南与红场相连，是俄罗斯国家的象征，是莫斯科的地标性建筑，是世界上最大的建筑群之一，也是世界文化遗产之一。被称为世界第八大奇迹的克里姆林宫，凸显了庄严古老的气势。克里姆林宫整个建筑所涵盖的历史瑰宝、文化艺术、古迹及繁复的雕塑和浮雕装饰，其造型和色彩，无不洋溢着浓厚的俄罗斯民族风情。

  红场南面是莫斯科的另一座标志性建筑——圣瓦西里大教堂（东正教教堂）。圣瓦西里大教堂始建于1555—1561年。站在教堂外的任何一个位置，纵观教堂的任何一面都是其正面，可以说是没有正面、侧面和背面之分。教堂中间是一个带有大尖顶的教堂冠，周围分布着8个带有不同色彩和花纹的小圆顶，再配上9个金色洋葱头状的教堂顶冠，则象征着上帝至高至尊的地位。为了确保不再出现同样的教堂式样，伊凡大帝竟下令残暴地刺瞎了所有建筑教堂的建筑师的眼睛。伊凡大帝也因此而背负上了"恐怖沙皇"的罪名和骂名。

  国家历史博物馆位于红场北侧。修建于1873年，是古典主义风格的建筑，同样是莫斯科的地标性建筑。国家历史博物馆藏品展品和档案资料丰富多样，向人们展示了俄罗斯的政治、经济和文化生活的侧面，全方位介绍了俄罗斯民族的历史和文化。

新圣母公墓始建于16世纪，位于莫斯科的西南部。这里起初是教会上层人物和贵族的安息之地。到了19世纪，新圣母公墓才逐渐成为俄罗斯著名知识分子和各界名流的最后归宿地。该公墓占地7.5公顷，埋葬着2.6万位俄罗斯各个历史时期的名人。新圣母公墓是欧洲三大公墓之一，很多曾经对俄罗斯历史发展进程起到推进作用的名人都长眠在这里，如契诃夫、果戈理、马雅可夫斯基、奥斯特洛夫斯基、赫鲁晓夫……在这里，墓主的灵魂与墓碑的艺术巧妙结合，形成了特有的俄罗斯墓园文化。

据我观察和查阅的相关资料来看，每天都会有大批的莫斯科市民来到这里，似乎是只要在这里停留片刻，紧张的心灵和神经就会得到舒展和放松。平淡无奇的生活又会在这里重新点燃起希望的烛光。这里似乎有着一种超凡的魔力，吸取着一代代人前来朝拜。

作为世界文化遗产的新圣母修道院，可以说是莫斯科最美丽、最和谐的建筑之一。新圣母修道院坐落于莫斯科西南，距离克里姆林宫大约4公里的路程。呈现在游客面前的是红白相间、古色古香的高高的城楼和围墙，使修道院看起来像一个中世纪城堡。修道院的主体建筑是斯摩棱斯克大教堂和小巧的八形钟楼。新圣母修道院是俄罗斯最著名的修道院之一，也是莫斯科市区规模最大最宏伟的宗教建筑群之一，是仅次于克里姆林宫的重要文物。

用一天的时间来参观游览莫斯科的重要景点，对我来说谈不上深度游览，仅仅也就是一种逍遥游的自由行体验。这样的体验方式与我的性格相当合拍。我自由而又惬意地骑着我这辆产自中国的民族品牌"奔驰"号坐骑，在俄罗斯首都莫斯科寻觅着我认为中意的景观景点，感受、体验、汲取……让我沉浸并享受在其中。

我在红场圣瓦西里大教堂正陶醉其间进行拍照时，无意中碰上了一群来自中国的游客。能在异乡他国的莫斯科红场上偶然遇上这群来自中国境内的同胞，一下就调动和激起了我难以抑制住的兴奋激情。我与这群同属中国且有着相同肤色和语言的中国人邂逅在遥远的俄罗斯莫斯科红场上，可谓机缘巧合。

在莫斯科遇到中国旅游团

　　他们在听说我一个人一辆车单枪匹马地从中国四川省雅安市出发，在不懂外文不会外语的情况下，竟然还能横跨亚欧，一个人闯荡到这里，在他们看来，简直是不可思议的奇迹和壮举。他们认为我非常了不起，为中国人提了神，算是中国和中国人的骄傲。为此，他们纷纷提出要求，希望我与他们在一起并能牵着我这面路线图旗帜合影留念。我爽快地答应了他们的请求，让他们同我一起共同牵着这面路线旗帜合影留念。能与这群来自国内数个省、市的中国游客在莫斯科红场合影，分享我的骑游经历，的确是一种特别的缘分所致。

　　莫斯科的一日自由行，让我能有如此的机会，如此近距离地参观游览莫斯科的重要景点，带给了我极大的满足与收获，亦算满足了我那探究的好奇心，既大开了我的眼界，也大饱了我的眼福。

　　莫斯科城市绿化面积相当高，有着"森林中的首都"之称。在绿荫掩映下，充满斯大林时期风格的建筑——大底座、高尖顶，繁华的莫斯科自然也少不了现代化的高楼大厦。莫斯科街道上有着数量众多的名人雕像，街上这些无声的纪念物，提示并展示出了俄罗斯的历史

悠久，文化灿烂，又曾饱经战争。由此可见，这些建筑和雕像是俄罗斯人的民族自豪感所在。在莫斯科这座古老而又年轻的城市里，如若游览者细细体味，每一处都可能会给你带来教益和惊奇。

我此次西行之旅途经俄罗斯，有幸参观游览并实地体验了俄罗斯首都莫斯科，对我来说除了对莫斯科的建筑印象深刻外，莫斯科至今都还保留着苏联时期铺设的城市轻轨作为公交线路，莫斯科轻轨公交线依然还在发挥着不可替代的公共交通作用（我国辽宁省大连市有着类似的轻轨公交，至今还存留着城市轨道公交运营线路）。我还专门到莫斯科地铁去体验并寻找在国外坐地铁的感觉！

莫斯科是世界闻名的"堵城"，莫斯科地铁可以说是世界上规模最大的地下轨道交通系统之一，高效、便捷、便宜，且覆盖面广（全市共有150多个进出站口）。莫斯科地铁带给我的印象和感观是其地铁内部精美的建筑风格。据我所知，莫斯科地铁被公认为世界上最漂亮的地铁，有"地下艺术大殿堂"的美誉。然而对我来说，印象最深的莫过于俄罗斯年轻人的自我学习意识及对学习的认真态度。我所见到的年轻人基本上不带耳机听歌，也不玩手机，很多年轻人都是手捧一本书，站着或坐着在认真翻阅。这样一种随处可见的阅读氛围与好学的学习习惯，所带给我的印象是深刻且至今难忘的！

莫斯科环境优雅，秩序井然，在一定程度上也体现出了社会的文明程度和市民的文明素养。在俄罗斯的公路上，只要有人在其间行走，汽车肯定会让你，不论过往的车辆开得多快，到你面前肯定主动停下来并等人先行。在莫斯科游逛的一整天时间里，我基本上没有听到汽车的喇叭声！这让我惊讶。职业素养和职业操守会伴随着文明的进程而提升。

由于我的全情投入，今天一整天骑着车游逛莫斯科的景点，的确耗费了我很多的体力。看似闲逛休整，依然还是让我感觉到疲惫。在我看来，若想全面且深度地体验莫斯科，恐怕需要5—7天的时间才行。莫斯科对我来说收获颇丰，印象可谓深刻。

极度困乏的我在回到住地后，最先去做的事就是找到我自己的铺位，连洗漱都顾不上，就躺倒在床上和衣睡下。在我躺下不久，我在似睡非睡的蒙胧中，依稀间感觉到有阵阵歌声从外面传来。随着这悠扬的歌曲旋律和着手风琴声伴奏声的传来，《莫斯科郊外的晚上》这熟悉的音律，立马就冲淡了我的睡意。外面这些俄罗斯人所唱的苏联时期的经典歌曲，竟然会让我亢奋不已，随之也就点燃了我固有的奔放激情，并让我产生了一种想要参与到其中的冲动欲念。

尽管我的确不会俄语，但对我来说却对苏联时期的经典歌曲如《喀秋莎》《三套车》《小路》《莫斯科郊外的晚上》等歌曲相当熟悉，并且会唱。我不仅在国内时喜欢哼唱苏联的歌曲，此次西行之旅，在俄罗斯境内我就触景生情并会情不自禁地一个人在旷野自娱自乐地唱起这些歌曲来排遣孤寂，打发独处的郁闷。这些具有时代气息和时代烙印的苏联歌曲，是苏联留给新中国和中国一代人的时代记忆。

应该说我是一个既"出得众"，也不怯场的"人来疯"。听见歌声就想参与到其间，促使我毫无顾忌地就立马起床走进了这群正放声高歌着的俄罗斯民众之中，并随着我所熟悉的歌曲旋律而自发地参与到了其中。我一个外国面孔的出现，竟引来一片掌声和尖叫声，并且还让这里的氛围一下就更加活跃和热闹了起来。

我虽不懂俄文，不会俄语，但我却能随着歌曲的节拍用中文和着歌曲的旋律而自由地发挥。我不请自来的自愿加入，并且用中文和着歌曲舒展歌喉，算是给这群欢快的俄罗斯人在无形中增添了情趣和活力。不同国籍、不同种族的人，因歌曲而汇聚到了一起，并且都是在用自己所在国的母语来哼唱同一首歌，不同的语言，不同的发音，相同的旋律……见证了莫斯科这个美丽夜晚给我的激情与遐想。

莫斯科整个白天和这个充满浪漫情调的欢乐夜晚，的确让我过得既充实又惬意，并为之留下了充满激情的经典回忆。"国之交在于民相亲，民相亲，在于常往来。"这种无拘无束的民间互动与交流，生动欢快且富有意义，是真正意义上的民相亲举措。这个夜晚我沉浸在对美的享受中，继而睡得很踏实，也很香甜！

瞎闯乱窜遇好人

对我来说莫斯科虽具有吸引力，但我却不可能在莫斯科休整停留太长的时日，我还得想办法穿越莫斯科市区，辗转到M9号公路，这样才能贯穿俄罗斯疆域，到达拉脱维亚。莫斯科是一座有着850万人口的欧洲第二大城市，城市街道密布，道路纵横交错。沿途的立交桥和岔道口，让我的确难辨方向，难以寻找到骑行的正确道路。尽管在街道和道路旁都竖有道路标牌和对应的文字标注，由于我不认识路标上的俄文或是英文字母，也就无从知道路标上的文字内容和该往的方向。仅凭借着简单的肢体语言，根本就无法去打听询问到任何的相关问题。有多少次我去求助警察帮忙，都因我不懂一句俄语而"卡壳""哑火"。问询无门，让我竟来回空跑"冤枉路"，为此我就几乎耗费了一天的时间在莫斯科市区的环线和路上瞎转悠，就是无法寻找到设在市郊的M9号公路入口处。眼看天都黑了，我依然还在独自瞎闯乱窜。这无序的骑行，只能算是一种无奈的举措，耗时费力干着急。

就在我内心焦躁心急如焚的时候，自行车后胎偏偏又被异物给扎爆了。此时，天公偏不作美地下起了雨来。好在我后胎扎爆的旁边有一家汽车修理店。我将自行车推到汽修店后，我向修车店老板用手指着瘪气的后胎和天上示意，希望能在这里躲雨补胎。这位老板还算够意思，不仅同意了我的请求，还协助着我将自行车推进了他这间并不宽敞的屋子里。由于后胎嵌扎进的异物已将内外胎都划破了，这样一来，我只好把后轮内外胎全都换掉了。他这里有修车用的打气泵，很快也就将车胎换好并把气加足。

将车修好后，天色基本上就黑尽了。我向这位老板做了一个睡觉的动作比画，示意请他帮忙在附近找一家旅店住下来。看来我所做的肢体语言似乎被他意会到了，此时的他不假思索地指着室内摆放着的一张能折叠的简易木板床给我看，且同样也做了一个睡觉动作给我看，并点头示意我住在这里。

瞎闯乱窜疑无路，碰巧又遇好心人。见他能友善地将我容留在他这里歇身过

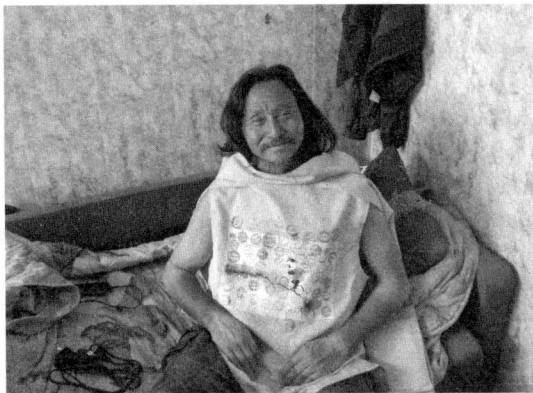

夜宿汽车修理厂

夜，对我来说算是帮我解决了一大难题。接下来还将想法解决吃的问题。这位老弟确实是够意思，马上将液化气打开烧水，并到附近的商店里买回了列巴和肉罐头来给我充饥。

吃和住的问题在他这里就这样得到了解决，让我不再空着肚子挨饿，并且能在遮风挡雨的室内住下来歇息，这对我来说是再好不过的事情了。接下来我亟须解决的问题是尽快想办法与外界取得联系。自进入俄罗斯以来，由于网络上的缘故，我无法与外界取得正常联系，与国内的信息处于"半失联"的状况。按道理说我在国内办理了国际漫游，我又不欠话费，应该说随时都可以与国内联通。但我在俄罗斯这段时间里却很难与家人联通上。我在进入俄罗斯境内后所办的手机卡也同样不管用，时断时通的"半失联"，确实给我的旅途和相应事情的处置带给了诸多不便。像我今天的骑行情况本应向家人进行通报，以免家人在接不到我的信息的情景下产生焦虑和担忧。

我在实在没法的情况下，尝试着借用这位老板的手机来与家人通话，结果是依然无法拨通。情急之下，我拿出塔力哈提留给我的电话号码来请他试试，让我想不到的是按他所留的号码一拨就通（这可能亦是通信制式上的不同）。拨通塔力哈提的电话后，他又能起到并发挥他"异地遥控翻译"的作用了。我把我的相关情况向塔力哈提做了简略的说明，并请他将我的情况向这位修车店老板做了通报和说明，

最后我请塔力哈提在阿斯塔纳替我向我爱人连线说明我在俄罗斯的情况。塔力哈提在哈萨克斯坦首都阿斯塔纳，替我完成了我对家人的"异地辗转代传话语的连通"。

我相信这样大胆的"创举"，只有我这样的"笨拙"行者才能想得出来。这也是不得已之举。我人在俄罗斯首都莫斯科，却在我中国的家里出现了哈萨克斯坦首都阿斯塔纳打来的国际长途电话代为转话，这样的国际通讯记录，无疑已成为我西行跨国之旅的史料佐证。

塔力哈提在与这位修车老板通完话后告诉我，这位老板是乌兹别克斯坦人，由于乌兹别克斯坦是苏联的加盟共和国，这位老板能讲俄、乌两种语言，这为他能在俄罗斯谋生提供了方便。塔力哈提还告诉我，他已与这位乌兹别克斯坦人讲好，请他明天想办法将我引领到能直接连通M9号公路的道路上，这样我就能沿着他指定的道路抵达M9号公路设在莫斯科市郊的起点。塔力哈提的"遥控翻译"，为我疏通了语言障碍，并为我提前架设起了"通关"的桥梁，这还真是"车到山前疑无路，柳暗花明又一村"。

这位我至今依然不知道姓名的乌兹别克斯坦修车老板，还真是一个心地善良的性情中人。第二天一早，他早起将吃的东西做好后，还请来一位吉尔吉斯斯坦的修车同行与我俩一起共进早餐（早餐后他带我到附近的超市去买到西红柿、黄瓜和红肠带在路上吃，也就是从这天开始我每到一处都要想法到超市里购买此类物品带在路上食用）。他不知在何处借来一辆自行车，在进完早餐后骑着自行车把我引领到能直通连接M9号公路的环线后与我分手。行前，他在一张纸上给我画了一张草图，刻意在与M9号公路交汇的分岔路段上，提示我留意此处的标牌标识，并在草图上写下了路牌标识上相同的文字。我拿着这张草图比较顺利地就找到并骑行上了M9号公路（算起来我穿越莫斯科就耗用了差不多3天时间）。

M9号公路在俄罗斯境内的路线只有几百公里的路程。据我测算，莫斯科离邻国拉脱维亚的雷泽克内还有679公里。这条路走完后，我就算穿越完了俄罗斯的国土。

杯水释情

这两天，我因消化不良胃肠不好而"拉稀打滑"，一路上就想能有热开水来喝，借以补充体内缺失的水分，一来可以暖肠胃，二来热乎乎的开水可以润一润干渴难耐的嗓子眼（我自哈萨克斯坦迷失走错路以来，我每天都保持在自行车上随车驮载一大瓶5升重容量的水，借以在路上喝）。由于闹肚子，因此不敢随意去喝冰凉的冷水，怕加剧腹泻程度。在一上坡路段，我见一辆出故障抛锚的大型集装箱货车正停靠在路旁检修，一路走来我知道这些跑长途的货车驾驶员在车上都备有开水供路上喝，我想去碰碰运气，看能不能在这辆车上找点开水来缓释补充体内急需的涵养水分。想到此，我把单车停在这辆抛锚待修的货车旁边，从自行车上取下喝水的水杯朝这辆车的驾驶室走去。这名出车故障的驾驶员正在驾驶室里忙于检修这辆车。他见我手里拿着水杯去找他，指着他驾驶室里放置的暖水瓶向他示意，并用水杯比画着喝水的动作。尽管我与他彼此间语言不通，他大概也算意会了我想找开水喝的想法。他和气友善地把我指着的水瓶拿起来，然后将暖水瓶盖打开并颠倒过来给我看，意思是他这里没有开水了。我见他这里没我想找的开水后，准备离开驾驶室，这时他却用手一把把我拉拽住，并顺势把他车上储备装水用的塑料瓶倒着拿给我看，意思是此瓶也是空的。他想向我表达的意思是他这里已经断水，没办法向我提供我想在他这里讨要的水。就他刚才所做的动作表述来看，这位驾驶员亦算是仁义厚道之人。我从驾驶室出来后，想到他一个人待在这荒野之处没水喝的话，肯定难受。他的车抛锚在这里，何时能修好？他在这里还要待多长时间？谁都说不清。但他肯定需要有水维持才行。想到这里，我突然间在头脑里冒出一个念头和想法来，我认为我应该把我自行车上驮载的这瓶容量5升还没有开过瓶的纯净水给他留下来，这样可以帮助他解决断水后没水喝的问题。我把这瓶水给他留下，说不定能帮助他渡过眼前缺水的难关。对我来说，我往前骑行一段路程肯定能寻找到吃住的地方，到时候再去超市购买补充在路上喝的备用之水，应该说问题不大。想到此，我从自行车上解下这瓶水来，并将这瓶水悄然地放在了驾驶室的踏脚板上后，我就推着自行车离开了这里。在我看来，人与人之间是需要友善、关切与帮助的。生命的彼此关照是人性共通的美德！

我于6月11日下午15时28分完成了在俄罗斯境内的穿越骑行。我自5月24日从哈萨克斯坦进入俄罗斯海关以来，用近20天时间穿越了在俄罗斯境内的骑行路线，骑行了2590.36公里（对骑行公里的参数，仅限于在路书和骑行攻略上计算所得，实际的距离应该远远大于该数据）。据我查证，M9号公路就是当年纳粹德国进攻苏联的行进道路。在此路的沿途，随处可见纪念二战胜利的纪念碑，我也拍摄了不少的纪念碑和烈士陵园。2014年是世界反法西斯胜利69周年。

悠闲的俄罗斯田园风情令人向往

误闯"女儿国"

　　我昨天下午抵达俄罗斯与拉脱维亚的边境口岸后，并没有忙于在俄罗斯海关办理离境出关事宜，而是在俄罗斯海关附近找了家旅店住了下来。这为我今天办理完出境手续后，在进入拉脱维亚国骑行腾留了充裕的时间和空间。

　　在俄罗斯海关出入境大厅验证处，我今天办理出境事宜算是相当顺利。按常规我在接受完边境出关检验，并将我的护照和我在进入俄罗斯境内时填写的通关B卡一并交给了俄罗斯边境海关人员查验，因我在俄罗斯过境期间没有留下任何不良记录，故而顺利出关。

　　俄罗斯和拉脱维亚边境口岸同样设置了缓冲带，但相距较短。我在骑行进入拉脱维亚海关设置的验证点时，也遇到了如同在哈萨克斯坦、俄罗斯海关口岸相似的问题。由于有了相应的通关经验，我来到拉脱维亚设置的通关验证点后，拿出的护照、骑行旗帜及我已出版的游记《问道天路》。我想这三样东西具有一定的代表性，也能够佐证和说明一些问题。

　　我将这三样物件递进去后，里面的动静和反应大大出乎了我的意料。我见岗亭里的一名拉脱维亚边防警官首先牵开我的路线图旗帜来观看，随后他对着胸前别着的步话机情绪激动地呼喊着"China"和"潘得儿"这两句我尚能听得懂的发音。他的举动和惊呼的声音自然而然地就传递到了别的验证岗亭里（海关口岸通常都设有2—3条通关道口，可供通关），不一会儿，我看见他从岗亭里走了出来，他的出来随即引发并带动了另外岗亭里的三名边防警官从不同的岗亭里走了出来，并齐聚到我这辆龙头挂着大熊猫图像的自行车前比画着。

　　他们其中的一位壮实的女警官走到我的面前向我说着什么，她见我对她说的话语并没有什么反应，可能这才意识到我并不懂得她所讲的语言。此时的她从身上掏出手机对着我和自行车龙头上的大熊猫图片拍照。尔后示意并领着我进入到了他们所在的办公地。我被邀请进入拉脱维亚海关边检办公地后，他们邀请我同他们一起牵着我这面有着中国国旗和大熊猫图案及用中、法、英三种文字书写的骑行标语，并且盖有沿途所在地、所经国家的邮戳所组成的路线图旗帜合影留念。在拉脱维亚海关口岸所拍摄的我与拉脱维亚海关边防警官的亲密合影照，印证了我在拉脱维亚海关享受到的"特殊礼遇"。由于有"潘得儿"作为我入境通关的信物"媒介"，我与这些负责办理通关验证的拉脱维亚海关边检人员之间也就有了温馨的互动。在接下来的出入境的表格填写环节，我就主动请这四名警官中的一位代劳办理了。鉴于我有法国给我签发的一年期签证，我的因私过境签证手续完善齐备，我的过境通关手续办理起来自然也就顺畅多了。

我在将我的入境通关事宜办妥后，心情愉悦，轻松。我就此轻轻一抬腿，一迈脚就信步跨进了真正意义上的欧洲的版图，由此而进入了东北欧国家——拉脱维亚。尽管我此前已穿越的俄罗斯亦属欧洲国家，但雄霸在亚欧板块过渡带上的俄罗斯由于其疆域辽阔，有着相当一部分国土分布在亚洲大陆架上。故而，我本人一直以来都未把俄罗斯当作一个完全意义的欧洲国家。我能顺利通关进入申根公约国，继而开始了跨越多国疆界行无国界的心无羁旅、信马由缰的洒脱自由行。因我在接下来骑行穿越的立陶宛、波兰、德国和法国，都属于申根公约的签字国。不知怎么搞的，我自踏上拉脱维亚的土地后，心里一直悬吊着的在路上就异常担心的"暴恐"危机感，随即就自然地消失了。在我的心里产生的感觉和自我的判断是越往前越具有安全感。

　　　2014/6/12　18:59　我已成功穿越俄罗斯，进入欧共体成员国拉脱维亚。　　CHINA骑士罗

以上短信，是我进入拉脱维亚雷泽克内后发回国内的信息通报。

拉脱维亚，是一个位于东北欧的国家，苏联加盟共和国之一，于1991年独立。西临波罗的海，与在其北方的爱沙尼亚及在其南方的立陶宛共同称为波罗的海三国。东方与俄罗斯、白俄罗斯相邻，国土面积6万多平方公里，人口207万，以拉脱维亚族为主。官方语言为拉脱

维亚语，货币为欧元，首都里加。

拉脱维亚全境地势低平，平原、低地和低矮丘陵相间，属温带阔叶林气候，约一半土地为可耕种，全国森林覆盖率为44%。

我在拉脱维亚期间，所经之地似乎都只是看见女人，而却很少看见男人。鲜见男性，似乎男性在这里都被净化蒸发消失了。拉脱维亚男女比例相差8%，男女性别差别居世界第一。拉脱维亚男女比率失调的原因是残酷的二次世界大战，由于波罗的海沿岸是苏联范围内德军入侵最早、撤退最晚的战区，所以拉脱维亚的男女比率比其他苏联加盟共和国都要悬殊。

拉脱维亚女郎兼具俄罗斯女性的美貌和西欧女性的优雅，的确"养眼"。且知识层次普遍较高，原本应是众多好男儿追捧仰慕的幸运儿。但因女多男少，弄得很多的女性不得不把择偶条件一再地降低，能找到一个男人共同生活、生儿育女就已经心满意足了。

曾经对我来说是那样遥不可及的欧洲，竟让我捷足安抵！从一

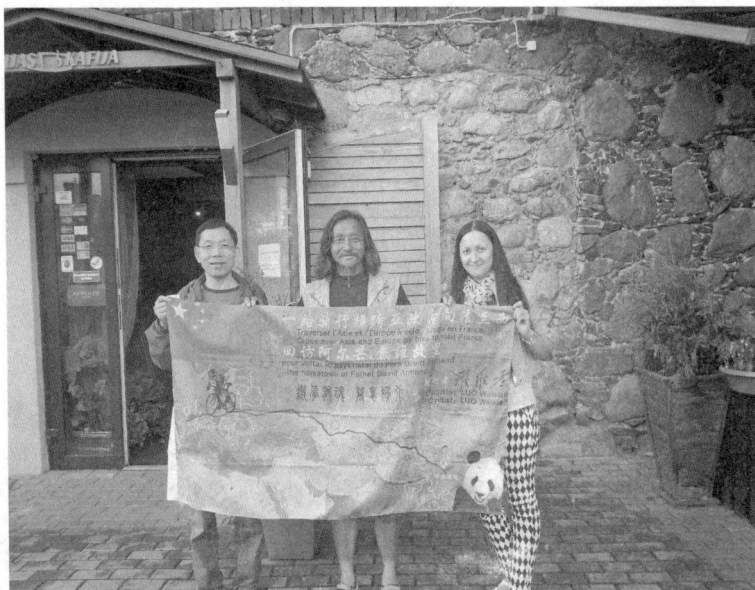

在拉脱维亚成家立业的上海人朱峰

条路延伸向另一条更远的路，我就这样走过来了。应该说这接下来的3000多公里路程，才是我真真正正地骑行在"行无国界"的多国跨国路上。

就这一切来说，实实在在地验证了我这个人在现实空间里的行走移动能力。路，对于行者来说，既是一种理念，是一种目的，也是一种发现。我让自己在所走的路上顺便打开了自己，并邂逅了一个新的自我。确切地说，户外骑行是我生命宽度的拓展和延伸，展示了我的生活方式和我的价值观，并让我对我的生命有了更多的理解和更深的认识。

按照路线图和路书来匡算，我在拉脱维亚的骑行路程只有267.8公里，我只用两天时间就能穿越这个欧洲版图上的"袖珍"国家。

拉脱维亚已进入欧元区，所使用的货币为欧元。尽管在欧元区也通用美元，但在美元的使用上也有着诸多的不便，对我来说唯一可行的办法就是到银行去用我身上带的美元兑换成欧元（由于我不了解，不熟悉这里的情况，我不敢自行在黑市上去用美元兑换欧元）。

我必须尽快找到银行将美元兑换成欧元，没钱就会让我寸步难行，吃住都会存在问题，会将自己陷为被动。情急之下，我拨打了中国驻拉脱维亚大使馆的值班电话。当我一拨通大使馆的值班电话，我就听到了我所熟悉的中国话。这位接听电话的值班人员在接听完我的求助电话后，告诉我她会尽快将我的情况向大使馆领事部汇报，并要求我在此期间手机不要关机耐心等待。过了不一会儿，我的手机铃声响起，此时在电话里传来一男士的声音，他告诉我他是中国驻拉脱维亚大使馆领事部的领事，接着告诉我大致的情况——大使馆已悉知，大使馆领部事已把我的情况分别向两位在拉脱维亚的华人做了通报，并请这两位华人速与我联系，予以相应的帮助与协助。

接下来不久，我就接到了一名自称姓张的女士打来的电话，她说她已接到大使馆领事的电话，她是一名来自国内现在拉脱维亚义务教授汉语的志愿者。但不巧的是她现正在离此较远的路途上，恐怕很难在较短的时间内赶过来协助我。尽管她此刻属"远水解不了我的近渴"，但我还是向她表示了感谢。能在遥远的异国他乡寻求帮助时，听到同胞间熟悉而又亲切的乡音，这就让我感到知足了。

放下电话，我在静静地等待时，我的手机铃声再次响了起来。

我接通电话后，传来了一位男士的声音。他告诉我他已接到使馆领事部打给他的电话，他说他已与姓张的老师通了电话，已知她不能前来相助的情况。他说他叫朱峰，来自上海，现在拉脱维亚从事货物物流管理，他现在开着车，正在首都里加通往雷泽克内的路途中。我告诉他我的当务之急，就是要想法尽快找到一家银行将我手中的美元兑换成欧元。他叫我不要慌，让我告诉他我所处的准确位置，他好做出应对协助。他这样的一句问话，的确难住了我这个既不熟悉这座城市环境，也不懂一句拉脱维亚语言的来自中国的"过境"行者。

我直截了当地告诉他，我因不懂任何一门外语才向大使馆寻求帮助，如果我知道这里是什么地方，那不就好办了吗？！我无法向他说明我的具体方位，但我告诉他在我所在的不远处好像有一家宾馆，他叫我把自行车推到宾馆的吧台再与他进行联系。我推车到达宾馆的大堂后与他通了电话，他请我把手机给吧台的服务员，他与这位服务员用拉脱维亚语直接进行着通话。他与这位服务员通了一会儿话后，再叫这位服务员把手机递给了我，他在电话中告诉我，离这家宾馆不远处有一家银行，他说他已与这位服务员说好了，由她带我到银行换汇。但现在离银行关门时间还有不到20分钟的时间，请我务必抓紧时间去银行。在这位服务员的帮助下，我抢在银行关门前5分钟把换汇事情给搞定了，要不然的话，就得等明天银行开门后才能兑换到欧元。看来朱峰先生不愧是搞物流的高手，见多识广且脑筋亦算灵光，他用电话"遥控翻译"的可行办法，就将我一筹莫展束手无策的美元兑换事宜给办妥搞定了，这也就让我免去了人在国外手中没有"硬通货"的后顾之忧。

我将美元兑换欧元之事办妥后，再一次拨通了朱峰先生的电话，向他表示感谢。他听说我赶在这家银行关门前把换汇之事已经办妥后，很为我高兴，同时建议我就住在这家宾馆。他告诉我在他与这家宾馆的服务生通话时，已顺便打听了这家宾馆的住宿房费。他建议我住在这家宾馆。由于现在是拉脱维亚旅游的淡季，故而这家宾馆最便宜的单人间为49欧元，还包早上的自助餐。我算了一下49欧元，相当于人民币400元挂点零，这在欧洲也算是便宜的了，我因此也就在这里住下来了。

　　住下来后，我就抓紧时间到附近的超市买了一些明天带在路上吃的食物和水，返回后在宾馆隔壁的食品店把肚子给填了个饱。谁知就在我用完餐不久，刚回到房间里准备洗漱歇息时，我突然间听见了有人敲门的声音。我把门找开后，就看见一位大约40岁的男士站在了门外。我猜想这个人肯定是朱峰先生，果然他自我介绍姓朱名峰。这位不速之客的到来，的确让我兴奋不已。我自从在哈萨克斯坦首都阿斯塔纳与塔力哈提惜别后，在俄罗斯境内近20天的时间里，我竟然再也没有遇上或是碰见一位能面对面进行交流的华人，这期间孤寂无助的我，与国内的联系几乎中断，这让我完全处于一种非常难熬的艰难时期。我想把我在国外的情况及时反馈国内，好让我的家人、媒体和朋友们免于担心，然而，我却找不到合适的途径来传递相关的信息。孤寂、焦虑、忐忑、茫然……这个时期的我，如同断了线的风筝，在空中飘摇旋悠。此时的我虽内心焦灼、郁闷、苦楚，却找不到一个能听懂我说话并能应答我的"人类"，来倾听我的诉说。"老乡见老乡，两眼泪汪汪。"能在拉脱维亚的雷泽克内的宾馆里，有着一位华人主动找上门来与我谋面相识，让我情绪激动，感慨不已。我马上将他迎进我所住的房间里，在此坐了不一会儿，朱峰提出来请我去喝酒。我告诉他我不会喝酒，并且已吃过晚餐了，但他执意要请我出去喝酒。他的好意、盛情让我不好意思拒绝，他将我带到附近的一家较为高档的酒吧同叙共饮，也算氛围融洽而其乐融融。

　　酒吧在拉脱维亚这个东北欧国家，也是休闲的场所。但此时在这家酒吧里喝酒闲聊的，除我和朱峰先生外，几乎全是清一色的女性。看来。拉脱维亚女性确实"过剩"。拉脱维亚给我的感觉是恍然间我误闯入了"女儿国"。

　　我尽管平时不喝酒，但在他的一再规劝下，我也就尽兴地喝了一瓶啤酒，倒也过瘾。他劝我应养成一种喝酒的习惯，一来喝酒可以解乏，二来酒能帮助"杀菌"。对我在路上骑行会有相应的好处。但饮酒要适度，万不可喝醉伤身。

　　我与朱峰先生看来亦算投缘，且都是性情中人，彼此间一见如故，情趣意味相投，倒也是很说得拢。彼此间竟有一种"相见恨晚"的感觉。我与朱峰先生能在东北欧拉脱维亚的雷泽克内通过中国驻外使馆的"连线撮合"，而机缘巧合地相聚于此，把酒言欢，且互叙衷肠进行着海阔天空的摆谈，此情此景，我借用一句中国流行的谚语"酒逢知己千杯少，话不投机半句多"来比喻，最能代表和说明我俩此时的心情了！

在相聚于酒吧喝酒的时候，朱峰用他的手机请人不断地拍照分享朋友圈，并配上文字。引来不少人喝彩点赞！

朱峰先生在外打拼多年，亦算是一个成功之人了，但他并没有在我一个行者的面前炫耀摆谱，而是照他所说把我当成了他钦佩仰慕的豪杰来看待。他说他这些年在拉脱维亚等周边国家从事贸易物流行当，已跑过了不少国家和城市，可谓阅历无限，阅人无数，却还从没有看见一个来自中国的自行车户外骑行人敢于在根本不懂任何外国语言的情况之下，一个人独行闯荡。他特意说明了我是他所见到的"第一人"，所以他无论如何都要来与我谋上一面，聊表他的心意。由于在他心里有这样的一种情结，故而他的确没有把我当成"局外人"来看待。他掏心窝地向我讲述了不少他的故事，让我听起来情真意切，煞是过瘾，的确受益匪浅。

他给我讲述他出生于上海，早年在新加坡上大学，读的是国际贸易，在新加坡毕业后辗转投身到了拉脱维亚来从事贸易物流，从最初的基层干起，现已是在拉脱维亚及俄罗斯周边都排得上号的物流总管。他在此不仅把贸易物流搞得像模像样，做大做强，成就了他自己的事业，并且已把家都安在了拉脱维亚。他说他的太太是土生土长的拉脱维亚人。他的太太不仅长得漂亮，有学识，有修养，若按现在"时髦"的一句流行语来说，那就是"白富美"。他说他太太的母亲也是拉脱维亚人，但他太太的父亲却是一位德国人。他对我毫不隐瞒地说他的太太就是一位德拉混种的"混血儿"。说到此，他无不得意地告诉我，他和他的太太已有了一个儿子，儿子现在德国上学，应该说他这个"混血儿"儿子的身上有着中、拉、德三个国家的血脉和血统。他说按照拉脱维亚的法律来办理，他和他的妻子是法律上承认的合法夫妻，基于他的配偶是拉脱维亚人，他仅凭此就完全有资格加入拉脱维亚籍，何况他在拉脱维亚已生活了这么多年，且有稳定的职业，合法的收入和颇具规模的资产，就他来说移民拉脱维亚是完全符合移民条件的。但他说他却不想加入拉脱维亚籍，是有他自己的盘算和考量的。他说他十分看好中国，现今的中国已是世界第二大经济体，是全世界最大的贸易国，所以没有理由不看好中国的发展前景。就他所从事的贸易物流来说，他依托的是国内品种齐全且价廉物美的各类出口物资。由此看来，朱峰先生确实是个既精明又聪明的来自中国"上海滩"的生意人。

在与他交流摆谈的过程中，他特别向我强调说，这几年来由于拉脱维亚先后加入了欧共体、北约，并正式成为了申根协议成员国，这极大地提高了拉脱维亚在欧洲的地位，再加上地理环境上得天独厚的区位优势，拉脱维亚已新近成了中国人投资移民的热点和"飞地"，越来越多的中国人把投资移民地选定在了拉脱维亚。

在我与他叙谈闲聊期间，朱峰先生多次向我提出并挽留恳请我在此多待几天时间。他说再过几天这里会人潮如涌，异常热闹。他说拉脱维亚靠近北极圈，因而每年的6月20日都会在此召开"白昼节"。在"白昼节"期间，是观赏"北极光"的最佳时节。一年一度的"白昼节"会吸引全球各地的"观光客"来到此地游览！他告诉我说，我在此所待时间的食宿费用都由他来支付承担。

"白昼节"对我来说，的确具有很大的诱惑力和吸引力。作为一名资深的自行车户外骑行者来说，我从我的内心深处敬畏自然，对大自然有着非常亲近的感情，我已将自己融入自然中去切身地感受到了大自然空灵的自然之美，这完全是出于对大自然的敬畏与膜拜，一切均源自于我内心的虔诚。我对大自然的向往与醉心，让我俨然将自己化为了"精灵"，并把自己融进了大自然那寥廓无垠的天地之中，去感知它的纯净、宽广与博大，吸日月之"精华"，采天地之"灵气"来滋润并涵养我之躯体和心灵！

基于我对自然的敬畏与亲近，我于2010年专程骑着自行车从雅安出发，千里迢迢地辗转到黑龙江省漠河"北极村"，去遥感"北极光"。单就到漠河"北极村"观赏"北极光"的观光地来说，各个方面都远不及拉脱维亚的"白昼节"，这里靠近北极圈，纬度远高于漠河"北极村"，我既然不远万里的骑行到这里，按理说这里既然有人提供食宿接待，我的确该留下待上几天去亲身参与"白昼节"的观光盛会。但我心里清楚，我不能为了观光饱眼福而把几天的时间都耗费在漫长的等待中。我此行的终极梦想和目的地还在远方的法国埃斯佩莱特市。在那里还有不少法国人在用企盼的目光等待着我的如期安抵！我不可能为了几日后的"白昼节"观光而延误时间，往后推迟我与法国埃斯佩莱特市政厅、市议会已商定好的日期。7月10日的抵达期限，容不得我延误后拖，尽管我想在此停顿亲眼看见"北极光"，但做人的信誉却又让我不敢在此多作停顿，说大点将抵达戴维故乡的行期往后拖延，牵扯到方方面面的既定安排，弄不好会引起法方的不确定反应，而适得其反。作为大熊猫文化使者，我此行的目的就是为了彰显大熊猫文化的影响而遥征万里，远赴法兰西，对过程重视，才会有圆满的结局。权衡利弊，我只能顾全大局而忍痛割爱！人的一生定会留下不少的遗憾，没有遗憾的人生是不可能的。兴许这才是带有稍许遗憾的完美人生！看来，取与舍往往就在一念之间。对朱峰先生的好意，我只能心领了。带着心有不甘的遗憾和如期安抵戴维故里的意愿，我只能风雨兼程地朝着法国一路"狂奔"。

进入拉脱维亚，与海关工作人员的合影

一天一国

　　我用两天时间就骑行穿越完了拉脱维亚全境，在不知不觉间就骑行到了立陶宛共和国的约纳瓦。立陶宛如同拉脱维亚一样，是欧洲版图上的"袖珍"小国（就国土面积和人口比来说，立陶宛和拉脱维亚在欧洲亦算是中等国家。"国中之国"摩纳哥和列支敦士登才算"袖珍"小小国）。由于其间没有设置国与国之间的海关边检，在意识上也就让我无法界定国与国之间的界线。国界间的鸿沟被人为抹平，对我这个借道过境者来说，相应地就删除掉了出入境时需要办理繁杂手续和边检的麻烦，这才是真正意义上的互连互通，行无国界的穿行。

　　立陶宛共和国，简称立陶宛，国名源于波兰语，意为"多雨水的国家"。立陶宛位于波罗的海东岸，国土面积为6万多平方公里，就国土面积来说略大于拉脱维亚，人口为318.93万，以立陶宛族为主，此外还有波兰族、俄罗斯族，少量白俄罗斯族、乌克兰族、犹太人等民族，立陶宛官方语言为立陶宛语，多数居民懂俄语。立陶宛公民主要信奉天主教，此外还信奉东正教、新教路德宗等，首都维尔纽斯。使用货币为立特，辅币为立分，1立特=100立分，1美元=3.25立特。

　　立陶宛与拉脱维亚、爱沙尼亚在政治、经济、历史、地理、文化等方面都有着密不可分的传统联系，俗称"波罗的海三国"。

　　我此次扛着大熊猫文化旗帜巡游亚欧，在我所到之处都刮起了一股强劲的大熊猫文化"旋风"，作为一名中国自发自愿的纯民间的大熊猫文化交流传播亲善使者，应该说我对地处波罗的海的欧洲国家——立陶宛并不陌生，并对其有一个粗略的了解和实质性的关联。因为2006年7月12日在立陶宛首都维尔纽斯召开的世界遗产大会上，"四川大熊猫栖息地"被正式列入世界自然遗产名录。雅安作为"四川大熊猫栖息地"的核心区域，随着"四川大熊猫栖息地"申遗成功，会越来越被世界的目光所关注。

2014/6/14　21:28　我已到达申根国家立陶宛，这里离法国阿尔芒·戴维的故乡还有3000公里的行程。我预计在7月10日左右可骑行到达目的地法国比利牛斯—大西洋省。　CHINA骑士罗

立陶宛尽管现在已分别加入欧共体、北约和申根条约，但因经济上尚未能达到加入欧元区的标准，未能加入欧元区。在经济上还处于单一的货币体制，故而仍然在沿用本国货币立特。按照在立陶宛的行程距离只有153公里来计算，我在立陶宛境内的骑行时间也就只有一天多一点的时间。由于在立陶宛待的时间不长，我在骑行途中的住宿地，通过家庭旅馆的老板，用100美元兑换了320立特，来维持我在立陶宛境内的生活所需。一天骑行穿越一个国家，听起来有点耸人听闻，但这确实是不争的事实。

2014/6/14　21:32　昨天我给新华社写了一篇稿子，新华社向全球发了通稿。

6月14日21时32分，我收到雅安日报传媒集团策划总监高富华给我的短信。

现将此篇文章全文引用如下：

大熊猫文化使者罗维孝骑行至拉脱维亚

新华社成都6月13日电（高富华）"我已离开俄罗斯，进入到了拉脱维亚，距离目的地法国埃斯佩莱特市只有3000多公里了。"13日，大熊猫文化使者罗维孝从拉脱维亚给家乡中国雅安的亲人打回了电话。

这是这位大熊猫的狂热爱好者在骑行9500公里后最新的位置信息。

今年是中法建立50周年，也是大熊猫科学发现145周年。1869年，法国人阿尔芒·戴维在四川省雅安市宝兴县的大山中发

现了大熊猫，并把这一珍稀物种制作成模式标本介绍给了世界。1964年，中法建交，中国向法国赠送了两只大熊猫。2000年，在阿尔芒·戴维逝世百年之际，法国埃斯佩莱特市"戴维亲友团"到雅安追寻先贤足迹，埃斯佩莱特与雅安成为友好城市。

"我要当大熊猫文化使者。阿尔芒·戴维把大熊猫介绍给了世界，而我要把大熊猫文化带给世界。"3月18日，四川省大熊猫生态与文化研究会会员、雅安电力公司退休工人罗维孝先生从当年阿尔芒·戴维发现大熊猫的地方雅安市宝兴县邓池沟（穆坪）天主教堂出发，开始踏上回访阿尔芒·戴维故里之旅。

生于1949年的罗维孝退休后，喜欢上了骑游运动，在10年的时间里，他曾三上青藏高原，骑行川藏、青藏、滇藏、新藏公路，用自行车轮丈量大好河山，中国大陆的31个省、市、自治区都有他的骑行足迹，被骑游爱好者称为"CHINA骑士罗"。

"再不出门，就老了。"从3月18日出发以来，罗维孝克服了语言不通、水土不服、自行车修理难等困难，独自一人骑行在欧亚大陆上，途经中国的四川、甘肃、新疆等省、区，行程4000多公里，于4月30日进入哈萨克斯坦，经过哈萨克斯坦、俄罗斯，6月13日进入拉脱维亚，总行程已达9500多公里。预计在7月中旬抵达大熊猫发现者——阿尔芒·戴维的故里法国埃斯佩莱特市，完成他跨越欧亚大陆、行程15000多公里的万里骑行壮举。

罗维孝随身携带了四面自制的旗子，用于沿途加盖邮戳，他用这一独特的方式来见证他的骑行路线和时间，并作为赠送给阿尔芒·戴维故里的礼物。

"憋晕"在华沙

按我已骑行的公里数来推算，我肯定已进入波兰的境界内。在进入波兰后，我须尽快兑换波兰本币兹罗提。好在我已进入欧盟所在国范围，沿途供长途货运驾驶员休息停车食宿的停车场，都设有美元、欧元兑换兹罗提的换汇点。在一停车场内，我用500美元兑换了波兰本币，供我在波兰境内使用。

波兰，国名全称为波兰共和国，国土面积为31万平方公里，位于中欧东北部。北濒波罗的海，西邻德国，南与捷克、斯洛伐克，东部与东南部与白俄罗斯和乌克兰相接，东北和立陶宛、俄罗斯相连。全境绝大部分为略有起伏的低平原，地势北低南高，中部下凹。全境属于海洋性向大陆性气候过渡的温带阔叶林气候。

波兰，原为华沙条约成员国。苏联解体后，（华约）组织不复存在，波兰于1999年加入北大西洋公约组织（北约），2004年5月1日加入欧洲联盟（欧盟），2007年12月21日成为申根公约成员国。全国人口总数3850.1万，波兰族占全国总人口的98%，信仰天主教的信众占95%。首都华沙，官方语言为波兰语，货币为兹罗提。波兰族是欧洲最古老的民族之一，属西方斯拉夫系。

波兰是世界十大旅游国之一。提起波兰，人们自然会联想起肖邦、居里夫人和哥白尼。肖邦是波兰民族和波兰人引以为傲的世界级名人。波兰首都华沙举办的五年一度的肖邦国际钢琴大赛，吸引着全世界的钢琴好手来此角逐。与钢琴家郎朗齐名的川籍钢琴家李云迪就是在肖邦国际钢琴大赛上夺冠而名扬天下。肖邦国际钢琴大赛，已成为国际音乐界顶级盛事。出生于华沙的居里夫人，是世界上第一个两次获得诺贝尔奖的女科学家，她曾为人类揭开放射性的奥秘做出了巨大的贡献。哥白尼是波兰人的骄傲，确切地说哥白尼是现代天文学的创始人，"日心说"的创立者。

2014/6/17　0:34　我已进入波兰苏瓦乌基，这里离德国还有746公里。立陶宛和波兰均属欧共体成员国和申根公约国家但不属欧元区国家。　CHINA骑士罗

2014/6/19　2:52　我已穿越波兰首都华沙。由于语言交流上存在障碍，穿越华沙就耗去了6个多小时。可以想象我在穿越莫斯科时的难度究竟有多大！　CHINA骑士罗

2014/6/19　12:01　富华老弟，按行程我可能在7月10左右到达目的地。不知你们之事进展如何？望抓紧办理争取会师法兰西！　罗哥

2014/6/17　23:07　春辞穆坪雅雨间，万里亚欧百日还。两耳鸟语听不懂，轻骑已过万重山！

　　以上前三条是我发回国内和富华老弟的短信内容。第四条短信中，他借用李太白的诗，用他的理解和了一首小诗。他这条短信的文字内容，短小精悍，既道出了我单骑闯亚欧的主题，也诙谐地用"两耳鸟语听不懂"来还原了我的听知障碍和其间的无可奈何。艰难地穿越完波兰首都华沙后，本该有一种如释重负的轻松感觉，然而在道路的选择上因我听不懂、也不认识走出国门后途径过境国的语言和文字又让我着实犯难。

　　在我穿越波兰首都华沙时，也同样触碰到了自我走出国门后因难言之隐给我带来的不便、尴尬与其间的憋屈和无奈。对一个人来说，除了每天要靠吃喝进大量食物和水来维持人体所需的养分和水分外，又连带着靠拉、撒来排泄出大小便的自然流程。在国内时排解大小便是一件小之又小的简便之事，但自我走出国门，这看似不是问题的小事都是制约困扰我的绕又绕不开的麻烦之事。问题的关键是我无法寻找到能排解我之难题的卫生间，我尽管不通不会过境所在国的语言，但吃、住、行我还能用相应会让对方看懂的手势和身体语言来与老外表达和沟通，但就"撒尿""屙屎"找"卫生间"，我绞尽脑汁也没有想出能传递其意图的形象手势或动作来与老外们表达。我不可能直接地用手指着我身体的这两处敏感部位去比画搞笑的动作。这样肯定会引起误会甚至会"惹来麻烦"。在穿越华沙时，我差点就被"尿"

给"憋晕""憋疯"！仅就入厕难这样一事来看，就折射出了我此次跨国之旅的艰辛和不容易。

按照我的路书和骑行路线图的标注，我在穿越华沙后，下一个骑行目的地应该是离华沙有129公里的兹盖日。但我拿着路书和路线图去打听和询问时，被询问的人似乎都不知道兹盖日这样的地名和地方。我究竟该往何处骑行？沮丧茫然，找不到出路的艰难处境，致使我的情绪相当低落。作为一个来自东方国度的自由骑行者，我不可能由于找不到路就傻待在这里不走了。此时的我只能依据个人的判断来自行决定往前骑行的路线了。

依据个人的主观判断去行事，自然也就带有碰运气的成分。这种盲目举措，尽管只是无奈之举，这其间也就存在未知的风险和偶然性，这样决定的对与错，我无从知晓。但这种随意的盲从性，绝非是出于我的本意，顺其自然发展，就全凭运气了。

穿越波兰

走进天主教堂

在接下来瞎穿胡乱窜的骑行过程中，我感到迷茫无绪，也就在此时，离此不远处的一座教堂一下子就吸引了住我的眼球，并引起了我的关注，继而提起了我探究的兴趣。这座外观别致的教堂能引起我这个来自东方的骑行人的关注，也就在于这座教堂有别于其他我所见过的教堂。这座教堂不同凡响的特别之处在于它的右侧按真人比例和尺寸塑了一名神职人物的全身塑像（据我个人观察此座雕塑后推测，这座雕塑极有可能是为波兰出生并出任天主教教皇若望保禄二世量身打造出来的。这座教堂很有可能是前教皇曾生活过的地方）。这尊雕塑所塑的人物形象，身穿宽敞的宗教服饰，左手手握象征神权的十字架手杖，右手伸开紧贴在腰间，身体微微前倾，站立在石刻的船上，带给人一种稳沉而又威仪的感觉。

应该说自进入波兰的境地，穿梭穿行于所经过的骑行路线上的我，在沿途我路过的城镇村落就没有少见天主教教堂。在波兰仅凭遍布各地大小不一的教堂和星罗棋布的教堂数量，就让人感觉到了波兰的确是一个举国万众都信奉天主教的国度。波兰人信奉天主教的信众基础广泛，是一个宗教理念和宗教意识极强的社会。此次跨越国界骑行，借道穿越波兰，让我这个来自东方的独行骑士感知并感受到了发源于西方正宗的天主教文化的魅力所在，且带给了我全新的感情和体验，并具备了参与其间的机遇和机会。

时间倒回到2014年3月18日，即我从中国"熊猫圣殿"四川宝兴县邓池沟（穆坪）天主教教堂启程赴法国的这天，天主教中国四川雅安教区的三位神父齐聚邓池沟（穆坪）天主教教堂，特意为我此次横跨亚欧远征法兰西专门举行了一次对我来说富有特别纪念意义的弥撒仪式，让我有幸成为在中国境内第一个享受三位神父同时同台为我主持祈祷弥撒仪式的幸运之人。我这个人并没有任何宗教信

虔诚的信众等待着即将举行的弥撒仪式

仰，也不是天主教信徒，这是我有生以来第一次参与天主教相关联的宗教仪式。

此次弥撒仪式形式内容丰富，让我记忆深刻，能如此近距离地参与并接受天主教神父为我所做的祈祷仪式，也让我在一定的程度上具有了对天主教宗教文化的认知。

我既然已在邓池沟（穆坪）走进过天主教教堂，对天主教的宗教文化也就有了粗略的了解和认知。我现在人已在欧洲并站在波兰一颇具特色的天主教教堂外，正在观赏这座教堂的整体结构和建筑风格，虽还不能由此臆断出我已被感染的定论，但我确实具有了想走进教堂的意愿。就在我思量进不进去的犹豫之时，我看到不少人正陆陆续续地从各处汇集到此地，并迅即走进了教堂里。我想这里的教堂一定是在举行天主教的弥撒祈祷活动。

对天主教的信仰是波兰信众对宗教虔诚的寄托。每周去教堂做弥撒是大多数教众的重要生活内容。据我查证前天主教教皇若望保禄二世，就出生在波兰。

这座教堂宏伟大气，穹顶造型别致，给人一种遐想的宽敞空间感。五颜六色的玻璃镶嵌在不同形状不同规格的窗框里，带给人一种明快的舒适感。就结构布局来说独特巧妙。教堂内墙和墙柱上各种有关宗教题材的雕塑摆放既有层次感，又具有宗教文化理念的鲜明特色。在最显眼的墙体上，醒目的木质十字架捆绑着受难的耶稣。纵观这座教堂，整体感强烈，给我带来了震撼感。

整个教堂内排放着的木座椅上，在我之前已坐满了前来教堂做弥撒的信众。我这个东方域外人的不请自入，并未打破这里既有的肃穆庄重与宁静。入乡随俗的我，谨遵天主教教规与教义，端坐在木椅上听主教祈祷布道。尽管我这个来自中国的行者一句都听不懂台上主教讲的话语，但我却是在用心去感知并感受这里浓郁的宗教氛围。与邓池沟（穆坪）天主教教堂三位神父同台给我做的特殊专场弥撒祈祷仪式相比，相同的仪式，却又有着不同的心境和完全不同的意义，这让我在受到震撼的同时，也具有了自己的感慨。用自己的心去认识与感知这个偌大的世界，用自己的双脚与两轮去丈量这个偌大的世界！求之不得，得之不求。作为一个个体的人来说，人应该修炼的是向善之心，求取的应该是一种境界。

弥撒仪式结束后，我身不由己地随着众多教众自发自觉地排起长队，等候主教的抚慰与祈愿（此时主教独自坐在一间小屋里不露面容，只把手从一个小窗里伸出来与教众通融，并寄语教众以示关心）。当轮到我时，我如同这些信奉教义的信众，双腿跪下将手伸到小窗口等候主教的抚慰与寄语。主教将手伸到小窗口，轻轻地抚摸着我的额头与手心并随之寄语于我。我听他语音缓和地与我说了一通后，见我并无应声，这时他才放开我的手站立起来，把布帘掀开一探究竟。他见我是一名并不懂波兰语的外国人时，感到了好奇和惊讶，但他很快就镇定了情绪恢复了宗教神职人员固有的凝重表情。尔后却又特意地对着我展露出了友善会心的笑容。这样的场景，给了我一种超脱的印象，让我的内心感到舒心的同时，也具有了一种满足感。

出于探究与好奇，喜爱摄影的我从自行车的行包中拿出相机，以不同的方位和角度尽性忘情地将这座教堂拍了个够。感受宗教文化带给我的心灵与视觉的冲击和享受，是我此次西行之旅的重要收获！

人不论在何时何地，关键在于心情，在于对生命的感悟和体验。就广义来说，这些年来我云游四方，遍访名山大川的独特经历，促使我从一名单纯具有爱好兴趣的骑游人，转变成为一名有着自己的个性追求的另类的文化游历体验者和悟道者。感受并享受骑行带给我的无穷乐趣，让我在生命的旅途中变得更加豁达坚强；感知享受大自然之美，去探究和感悟那原生态的和谐之美与纯净博大的意境，让我不断地发现能感动我的感人事物和故事，并让我能有机遇和条件去领略并感受各种不同的宗教社会，宗教文化与宗教理念。

回想这些年来我行游于各地，我这样的经历和阅历让我有幸与各种不同的人群打交道，故而世界上的三大宗教（天主教、伊斯兰教、佛教）我都与之接触并交流过。可能是我这个人前世与西藏有约，也就注定了今生与西藏有缘。我骑行的踪迹已遍及中国境内所有的藏区。从西藏境内的各藏区，再到四川甘孜到阿坝到青海玉树到果洛到甘肃甘南藏族自治州、云南迪庆藏族自治州……都留下了我的影踪。在此数年间，我有幸接受并受到过西藏拉萨市布达拉宫、日喀则扎什伦布寺、昌都强巴林寺、青海塔尔寺、甘肃郎木寺等众多寺庙住持与活佛的"摸顶"赐福。

新疆境内最大的伊斯兰教的喀什艾提尕尔清真寺教堂、乌鲁木齐清真教堂、叶城清真教堂、青海西宁清真寺教堂和宁夏银川等各地清真寺教堂,都有着我参访的记录,并有幸受到掌教阿訇热情接待和热情款待。由此看来,我的确算是一个幸运而又幸福之人。

静心感受宗教带来的精神洗礼

误闯上高速，麻起胆子往前冲

　　然而在接下来往前骑行的路上，我可以说是举步维艰处处受制。因为不懂波兰文和英文，无法辨认和分辨公路旁随处可见的道路路标和指示牌，这就导致我误入了自行车本不该进入的道路——高速公路。当我进入高速公路骑行了一段路程后，我才察觉到了，让我身陷高危境地而无法摆脱出来。脱身不得，寻找出口又无门，这时的我只好麻起胆子，硬起头皮在车流量较大且车速很快的高速公路上贴着公路边缘小心穿行。因车流较大，车速较快的高速公路会对非机动车和人员造成致命的危害和伤害，所以各个国家对高速公路都采取了相应严格的监管措施。一般来说，都配有交通警察来巡逻执勤，并在沿线设置了监控点。我误入高速公路，肯定逃不过电子监控的"电子眼"，自然也就招致高速公路交警的拦截。

　　高速公路交警的巡逻车尾随着在我车身后面，不断地用高音喇叭向我喊话。可能是要我停下来接受盘问和检查。就此态势来看，我知道我违规了，但陷于高度紧张中的我无从去理会身后不断高声喊话的喇叭声，而是只顾着小心翼翼地往前骑行。我无意识地不予配合交警的喊话，这下可就"惹毛"了这些巡逻执勤的高速公路执法者。他们干脆直接把警车开到我的前面把我骑行着的单车硬性地逼停了下来。这些波兰交警强行把我拦截下来后，并没有对我强势地发难，而是友善地示意我把我的证件交给他们检验。我只好乖乖地把我所持的中国护照交给这些执法的波兰交警检验。

　　让我万万没有想到的是，这些个交警在拿到我的护照后，只做了记录登记就根本不去理会我了，见护照就这样被"软性"地扣留，我还真是拿他们没有任何办法。护照被扣住不还，等于算是我已被这几个波兰执法警察就地变相地"扣留"起来了。我向他们多次讨要，想拿回我被他们扣住我的护照，但他们根本就不搭理我，我就这样在这些交警正常值警的上班时间里，一个人痴呆地蹲守在高速公路边消磨着我的宝贵时间。时间就这样一分钟一分钟过耗过去了。我却想不出对策来应对这突发事件。最后我想通过新华社驻外机构通过外交途径来协调。有了这样的想法，但却没有与新华社联系的渠道。在不得已的紧急情况下，我只好拨通了远在国内的高富华先生的电话来求助帮忙解困局。不知过了多少时间，富华老弟从国内打来越洋国际长途电话，回复我说，新华社记者江宏景已通过相关途径把我在波兰护照遭扣的情况向相关领导做了汇报，有关领导认为我误闯高速公路护照被扣的具体情况他们不知详情，况且出面牵涉到外交事务，新华社不便出面协调此事，只有让我自行想法解决，并转告我要遵守当事国的相关法律和当地习俗。接到富华的电话回复，我寄希望于外界援救的念想，算是彻底"泡汤"了。细想我误闯波兰高速公路，并非是我主观上的故意，况且我并没有触犯当事国所在地的任何法律，我又只是一名"过境"骑行人，按照外交事务领事条例来看，我误入的行为最多只能算是轻微的"过失"，这些执法者也知道我是一名外国人，他们不能也不敢把我怎样，最后还得发还我扣在他们手里的护照。只不过在时间上拖延点罢了。我在心里告诉自己千万要有耐心去陪着这些异国执法者慢慢地泡磨。我既然主意已定，自然也就把自个儿的心沉了下来，以不变应万变，静候变局。

　　事态的演变，正如我理性的分析和判断。我在此被"悬疑搁置"几个小时后，这几个波兰高速公路上的交警，在用手机请示相关人员后，还是把扣在他们手里的我的护照归还给了我。但他们却把我带领到了一条并不在我骑行路线图上所标注的另一条路上。这就无疑加长了我骑行的里程数，并加大了我在波兰境内骑行的难度。

"警车开道"找住宿

按照路书上的标注，我努力朝兹盖日这个目标靠拢。殊不知被问询的所有波兰人竟然不知道有兹盖日这么一个地方。这就让我"抓瞎"了。连地名都说不清楚，该怎么走？该往什么方向走？！着实让我犯难。再加上天上还不停地飘洒着蒙蒙细雨，当我骑行到一座有着相当的城市规模的地方，我想就此停下来找一个地方住下来再说。在此地方，我用睡觉的肢体动作不断地向当地人反复做肢体表述，却依然没有引来任何回应。有一位似乎意会了我的肢体语言和诉求，领着我接连去了几个地方，都没有寻找到能住下来的地方。来回奔跑了几个地方都没有能把住宿地落实下来，这让我感到既失望又失落。这个领着我跑了不少个地方寻找住宿地的波兰人还算仁义，他把我带到了一处教堂前示意我去找教会协助。

波兰是一个95%的人口都信奉天主教，宗教意识浓厚的国家，是当今欧洲对宗教依然保持相当虔诚的一个国家，境内大小教堂林立，宗教气氛浓郁。

自愿引领我到教堂的这个人，也极有可能是一位虔诚的天主教教徒。来到教堂找到教会人员，我依然只能凭借肢体语言动作来表述我想找一个住宿地的愿望。教会的人依据我的肢体语言表述，大致上意会了我来此的意图，且友善地接待并提供了相应的帮助，示意我在此等候。我在此等候不久，在教堂外竟开来了一辆警车。警车在教堂外停下来从车上走下来两位女警察。两位警察到来后就直接与教会人员进行了接洽和交谈。随后一名女警察向我走来，且在嘴里不停地说着话语。我猜想这名警察可能是在用英文与我这个外国人进行语言交流与沟通。她见我全然不理会她所说的话语，可能也就意识到我并不懂她与我所说的话语。她接下来向我做了一个睡觉的动作姿势，示意我跟在警车后面（我来到教堂寻求的是教会协助，谁知教会却把警察给

传呼过来了，由此可见波兰教会具有的社会影响力和号召力）。

作为一名来自中国的骑行人来说，我并不在意由谁来协助或是帮助我去解决在此遇到的找不到住宿地的棘手难题。由警察出面来协助我解决住宿问题，应该说肯定是不存在任何问题的。"有困难找警察"，由此看来，警察的介入，在心理层面带给我的是安稳踏实的放心感。此前我心里的焦虑、忐忑、茫然的心绪，随着警察的闪现而归于平和。

跟在警车后面只管往前骑行，而不用操心分神，心情自然舒坦。能让警察开着警车在我的自行车前"开道""护驾"，的确让我这个来自中国的再普通不过的骑行人尽管已是身临其境，却依然恍若不是我自己，而难以适应得了这样一种"特殊"的场景和排场。

这辆警车在我之前专程为我"开道"，我尽管拼命奋力猛踩脚踏板，还是难以同步跟上警车的车速。这辆警车担心我跟不上警车的时速而"失联"，只好往前带我一段路后把车停靠在路边等我，并打开了应急闪烁灯来为我引路。就是这样我也依然无法跟上警车慢悠悠的速度。这样的类比就真实地展现出了靠汽油作为动能和靠燃烧"骨油"作为动力的两者间的巨大差距。

照我计算，我跟着警车已经骑行了几大公里，却依然不知道这辆警车准备将我带到一个什么样的地方去"安顿"。就在我还在思考这个问题的时候，这辆警车再次停靠在路边等我。在我骑行到达该路段时，刚才与我有肢体动作互动的那位女警察走下车来，示意我就此停下。不一会儿，我见又一辆警车开过来，这辆开过来的警车是辆中巴车，这辆中巴车开到我的自行车前停下来后，从这辆警车上跳下来两名壮实的男警察，既不理会我，又不容我辩解，直接就把我的这辆自行车抬上了这辆中巴车。看这架势他们似乎是嫌我骑行的速度无法跟得上警车的时速，因而临时增调了一辆中巴车来搭载我的这辆自行车，照此情景看这些警察已在事前做好了沟通。我见我的自行车已被抬上了警车，此时的我不管愿不愿意，都只能被动地跟随着警车到该去的地方去歇脚休息。

逃离修道院

由于我人生地疏，再加上我与这些波兰警察彼此间存在沟通上的障碍，我也就不知道这些来帮助我的警察会将我拉到什么地方去"安顿"。但坐在警车上的我隐约间感到有什么地方不对劲，因为警车越往前开就越远离了城区。在此期间，我多次高声用中文喊停车，并且不断用手势比画着教堂尖顶的形状示意要求返回刚才的出发地——教堂。尽管我用中文喊叫要求停车的呼喊声他们听不明白，但我用动作所做的教堂形状，按理说他们应该熟悉，然而他们并没有想停车的任何迹象，这时的我开始有所戒备和警觉起来，并打起精神来留意观察环境地貌概况，并且在心里已有了应对的策略和预案。凡事多想一步，就能预留出智慧的处理和可把控的转换空间来。就在我对此事有所思考还未理出头绪来的时候，警车开到了一处看样像是修道院的地方停了下来。等车停稳后，我见不少修女赶紧向警车围拢了过来，此时车上的两名警察随即就将我的这辆单车抬了下来。并招呼催促着我下车。我从警车上走下来后并未在此停留，而是拔腿就跑出了修道院。我疯狂的狂奔举措，让这几名警察和众多修女都感到了不可思议，继而痴呆地站在原地发蒙，他们都弄不清楚到底发生了什么事情，竟会让我如此不顾一切地逃离了修道院（按理说我应该领这些警察的情，主动配合波兰警察在这里的安置与安顿才是我的选择和选项，然而由于这里远离了城市圈，据我估计这家修道院的位置离市区起码还有十多公里的行程距离，并明显地偏离了我原来进入该市区的骑行路线）。

这一发生在修道院的逃离事件，应该说是我按照我此前制定的应对预案来实施的具体方案。我知道我只有采取这样看似荒诞的闹剧才有可能制止住他们对我到教堂去寻求教会协助解决住宿困难的所造成误解、误会、误读与误判。我知道作为一名外国骑行人，敢用如此理性而又略带撒野的举措来直面波兰执行公务的警察，肯定会把事态闹大，我认为只有把事情放大到一定的层面，才有可能引起相应的关注，才会让已经出现的问题有得到妥善解决的可能。

我逃离修道院后跑到离警车不远处的岔路口就停了下来。我知道我的自行车和车上所有东西还依然掌控在这几个警察的那里，在我还没有出现在警察的面前之前，我相信他们绝对不敢擅作主张对此事放任不管。我个人依据的理由是我这个骑行人是外国游客，因此在相关问题的处置上，就不能等同于波兰本国的内务。如果事情处置不当，弄不好的话，就极有可能会惹出麻烦继而引起外事和外交风波。我自信地相信我只要没有过激的言行和鲁莽的冲动，我敢断定这些波兰警察绝对不会也不敢对我这个他们眼中的外国游客贸然采取任何偏激的行为来制服我。而只能是将我的有关情况向警察局相关人员做汇报与通报，并听候上峰的指令安排。这也许就能为此事的稳妥处置留下转换的时间和空间，顺其自然的理念让我静观事态的演变。

基于我有相应的谋略和把控处置问题的过硬心理素质，我就这样平心静气地与修道院里的警察对耗着、僵持着。随着时间的推移，在我心力交瘁身心疲惫，且饥渴难耐眼看快支撑不住的时候，我得以看到又一辆警车从城区方向开了过来，并从我所处的岔道口开进了修道院。不一会儿，这三辆警车依次从修道院里开了出来，最后开进修道院的这辆警车，首先从修道院里开了出来，这辆警车在开到我的面前后，就在我的面前停了下来，车刚停稳，从车内后排走下来一位年龄略大些的人，他走到我下蹲着的地方后，和气友善地用手示意请我上车。我并未采纳他请我上车的手势动作，而是站起来后转身向后面的中巴车走了过去。我走到中巴车前向车上的警察用肢体动作示意，请他们将车后门打开，在后门打开后，我登上这辆警车，去仔细察看并认真检查了我的自行车和车上行包中的东西（此次跨国骑行，除在哈萨克斯坦境内有过人车分离的特殊情况外，我的这辆单车及车上的东西基本上就没有离开过我视线所及的范围。这辆车和车上的所有东西尽管都处于这些警察的眼皮监管之下，但我在人车分离后，必须重新予以检查，才会让我感到心里踏实）。

　　见单车完好无损，也没有丢失什么东西，我这才从中巴车上走下来，走到刚才邀请我上车的这辆警车门前，拉开车门顺势就登了上去。这辆载着我的警车和另外两辆警车，又沿着刚才开过来的路线，原路返回到了城区所属的范围，但却并没有返回到教堂前。

　　我用肢体动作连续不断地比画着教堂的形状，并在我的嘴里用中文连贯地重复着教堂的语句。但他们都似乎没有理解和理会我的基本诉求，而是把警车停靠在了路旁一岔路口，并催促着我立马下车走人。

　　此时的我因他们这些警察无视我希望他们把我载回到我相对熟悉的起点——教堂，我根本就不再去理会这些警察的一再催促，而是一个人安静安稳地坐在警车上。这个时候的我既不去比画任何肢体动作，也不去搭理这些警察催促我下车走人的阵阵吆喝声。我在心里告诫自己在这非常时刻自己千万要冷静审慎，万不可与这些警察发生任何身体上的接触而产生摩擦和纠纷。只要我不去与他们发生哪怕是细微的抗争，这些看起来似乎有些不太耐烦的波兰警察，肯定也就拿我没有任何办法，自然也就拿不出可以采用的有效办法来强制性地制服住我。我与这些"好心"的波兰警察已经纠缠对峙了大半天时间，在这期间我相信这些波兰警察已见识并领教了我这个外国骑行者的狂放与理智！我同样相信这些波兰的执法警察也应该知道我不是在无理取闹，与他们玩危险的"游戏"，只是在语言上存在沟通障碍而阻碍了相互间有效的对话交流。从这件事的初始到现在的僵持，在此期间我并无任何过失之处和过错，相互还能僵持在这里，就足以说明彼此都具有耐心和理性。

　　就在我一个人坐在警车上思考和分析问题的走势，并静观这些域外执法者会采取什么样的方式来收拾残局时，我见警察引来一名穿便装的波兰人。这名身材高挑且有点单薄的、大约30岁的青年人，在警察的引领下走到我所坐的这辆警车的车窗外停下来后，把头伸向窗口对着我发问。他的一句："你会讲普通话吗？"当我面对并且听到这位外国人用较为纯正的中文普通话读音来向我发问，立刻就打断了我的思绪，这名外国人的中国语音，在引发我觉得不可思议并感到好奇的同时，也让我在隐约间预知和感觉到了破解眼前僵持困局的希望所在（由此看来这些执法警察感到此事既棘手难办，又具有涉外的特殊性，故而特别重视，并在暗中努力去寻找一名既会波兰语，又会说中国话的翻译来帮助解开造成此事误解、误判的成因。由于我吸取了我的护照在高速公路上被"软性"扣留的深刻教训，我在与这些警察周旋、僵持期间，我一直都没有出示我的护照。这些警察凭长相能认定我是一名亚洲人，但却又因没有证据能证明我的国籍所在，所以他们请来的这名中文翻译只能用试探的话语来进行对话前的这句开场白）。

这名能说汉语的波兰翻译，首先向我亮明了他的身份。他说他是波兰司法部波汉、汉波宣誓翻译（波兰语、汉语翻译），他的中文名字叫亮剑（音）。因这里发生的情况，已惊动了当地警察局的相关职能部门，是当地警察局出面请他用中文来协助翻译。通过他的翻译搞清楚弄明白我这个外国人的具体想法和诉求，以便警察局根据我的情况稳妥地处理并解决好这起涉外事例。

我在思考片刻后，从我的身上掏出了护照递给他。随后我又从身上掏出了美元和波兰本币兹罗提，拿在手里向他说明了此次不该发生的整件事情的来龙去脉。我告诉这名翻译，原本因在此地我无法找到住宿地，经当地人引领才去找教堂教会协助。由于语言不通，缺乏相应的互动与沟通，教会很有可能把我当成了一名流落在此无钱住宿寻求教会施救的"流浪汉"，继而由教会出面通知警察来处置这样的社会问题。

因这些警察并不了解我的所思、所想和基本的诉求，凭借其主观的意愿来办理处置问题，也就造成了现在这种僵持的被动。我告诉这名翻译说，我作为一个借道波兰境地过境目的地为法国的中国自行车户外骑行人，应该说只求平安顺畅地穿越波兰的所涉过境路线。我与这些波兰警察素不相识，陷于纠缠僵持也只是出于维护我自身权益。这样的无奈之举，皆因存在语言障碍所致。由于亮剑的介入，此事的误会与误解也就在相互握手言欢的友好氛围中解除了。尔后这些为此事操持辛苦了大半天的波兰警察应邀同我一起牵着我的这面"一路骑行横跨亚欧，奔向法兰西，回访戴维故里"的路线图旗帜合影留念。

僵持局面的结束，让我在本不该发生的烦心事情中把自己彻底

冰释前嫌，我与波兰警察牵起旗帜合影留念

给解脱了出来，我能脱身解套，得益于我的理性、耐性和坚持，但我在此首先应该感谢当地警察局和这些执法公务陪着我几乎耗了一个整天的波兰警察们。该警察局为我一个人的事情，竟先后出动了三辆警车和为数不下10个人的警察队伍。由此可见，波兰警察执法的严谨尺度。我相信在该警察局的警车出动记录上和警力的出动上，都会有着出警的详细记载，对我来说，我也应在心里切实地把2014年6月20日星期五这天记住、记牢！

这位波兰的中文翻译亮剑先生的闪现，既协助并破译了语言沟通上存在的既有的壁垒，也消除了这些执法者与我这个来自异域的骑行人之间的误解。按他所说，这位出生于1978年11月26日的中文翻译，尽管比我的儿子还要小10来天，但这位据他自己所说得益于"孔子学院"（汉语老师邹洪民、隋长虹、常萃）单独授课，自学出来的波兰后生，还真是让我这个阅人无数的跨国行者刮目相看。作为一名外国人能讲一口流利的中国普通话，且遣词用语准确到位，凸显了他的汉语功底牢固扎实。孔子文化作为中国的"软实力"，体现出了中国文化已经超越了国家和种族界限。应该说每个民族都有着本民族为

之骄傲的民族文化！中国文化越来越被外域国家所看重，并且有越来越多的外国人自觉自愿地参与到了其中。亮剑告诉我，他所从事的职业——宣誓翻译，在全波兰总共只有16位，他是16位中的其中的一位。他说他非常喜爱中国文化，对中国古典文学有着一种近乎痴迷的情结，他已把《红楼梦》《三国演义》《水浒传》《西游记》熟读了N遍。由此可见这位波兰中文翻译已经对中国文化产生了浓厚的学习兴趣，并能学以致用。他说他现在在一家波兰国内的中国企业里兼职。

我与亮剑既说得拢，也谈得来，让我有一种异国遇知己、相知情谊浓的感知与感慨。能在欧洲的版图上邂逅这位波兰中文翻译，我还真应该感谢波兰日盖兹的警察局，协助转换并促成了我西行跨国骑行的奇遇与奇缘。风萧萧兮情谊暖，骑士远征遇奇缘。

兹盖日？日盖兹？既道不明也分不清

出于对他的感激和感谢，从迷局中解脱出来的我，在心里对他也就自然而然地产生出了认知上的好感和信任感。此时我急切地从车上的行包中拿出我的路书及路线图递给他看。亮剑在接过我递给他的与我骑行相关的资料，并仔细地翻阅看完后告诉我，在波兰的国土上并没有我骑行路线图上标注的兹盖日这样一个地名。他说在波兰只有日盖兹这个地名。并笑着对我说，你现在所在的具体位置就是日盖兹。

被他所说的一席话语点醒，我才知道原来在翻译上出了差错将地名翻译颠倒了。所以在波兰境内自然也就无人知晓兹盖日这个"鬼"地名和"鬼"地方。亮剑接着翻译出了差错这一问题，表情十分严肃地对我说："我非常荣幸也很高兴能在波兰日盖兹以一名中文翻译的身份来结识你这样一位优秀的中国老人，我从心底里钦佩你个人的超常的胆识和勇气。你敢于冒险一个人在不懂不会别国语言和文字的特定情况下，横跨亚欧大陆，万里独行闯荡多个国家，只身来到这里，就你追寻自己梦想的意志力和勇气来说，的确值得钦佩和尊重。但我又十分不赞同、不赞赏你这样一种拿自己的生命去做赌注的冒险举动和冒险行为。就拿你今天与警察对峙这件事来说，你竟然在不懂波兰语和英语与警察存在沟通障碍的情况下，还敢于在波兰的境地与这些值勤、执法的警察犯浑僵持，作为身陷僵持其中的'当局者'，你根本就没有察觉和意识到事情所具有的危险性和严重性。由于这起纠葛和纠纷属涉外事务范畴，这里的警察对此事十分审慎和重视，警察局相关人士到我家里，找到我并希望我能出面翻译时就与我进行了事前的交流与沟通，并制订了由我出面协调翻译此事的预案和方案。如若你在我出面翻译并且将综合情况理清后，你依然坚持你固有的个人想法与警察僵持的话，警察局在不得已的情况下就只能对你采取相应的配套措施对你进行强制收容（针对旅居旅行人，在不同的国家都会有其收容制度和配套的收容措施，收容措施不同于临时拘留处理，是一种柔性的变通）。你想一旦这些执法的警察对你采取强制收容措施后，最糟糕的后果你极有可能面临被就地遭返遭送出境的尴尬和风险。作为陷在里面的'当局者'来说，对这起'涉外案例'所蕴藏潜藏的不定性风险和其间的危险性，你可以说还蒙在鼓里浑然不知，全然不晓！这里，我拿一句中国谚语来评判你，你的确还应算是一个胆大心细的'识时务者'。"

听到翻译亮剑发自肺腑的一番言辞中肯的犀利话语，还沉浸在就此结束僵持成功"解套"并暗自窃喜的我，身上顿时被惊出了一身冷汗，让此刻的我在警醒中感到了一丝惊恐和后怕！

温馨的异国家宴

　　我与波兰日盖兹警察发生的误会了结后，这些好心的警察和这位翻译并没有就此撂下我不管，而是积极主动地为我联系寻找住宿地。翻译亮剑抢先为我在附近联系好了一家住宿费相对便宜的小旅店。我自然也就选定在这家小旅店住下来歇息。在日盖兹的住宿地选定并落实下来后，不熟悉当地环境情况的我本指望翻译将我带到这家小旅店去住下来。谁料想亮剑并没有把我带领到我该下榻的小旅店去，而是将我直接引领到了他的家里。进到他家里亮剑将我安顿坐下来后，又陪着他的母亲去为我准备吃的食物。亮剑的母亲和蔼可亲，一进门就给人以亲切随和的慈祥感，让我一踏进这家波兰人的家门，就又有了回到家里的感觉。翻译亮剑把我直接带到他的家里，事前并未向我提及，也没有征求过我对此事的意见，看来他是早有准备，想给我一个意外的惊喜。今天尽管不太顺畅，在与警察的无为僵持中耗费掉了我大半天时间，但却又因"误"得福，让我继而有机缘走进了亮剑家里做客，并有幸饱了口福，品尝到了亮剑的慈母为我亲自下厨做的几样原汁原味且富有特色的波兰传统美食。尽管我无法说出这几种波兰传统美食的名称，但就亮剑母亲和亮剑的心意和情谊，我笑纳且心领了！这样的异国家宴，情深意浓，别具一格，让我感触很深，且很享受。

　　就我的实际观察来看，亮剑的家独门独院，既宽敞明亮，又整洁温馨。室内布置和摆设在传统与现代交织的动静分离中，展现出了西式家庭固有的典雅、庄重、浪漫的色彩元素。在我看来，亮剑的家庭在西方社会也算得上是一个殷实之家，应该属于中产阶级。综观亮剑的家居陈设和布置，墙上醒目的十字架、挂件和老照片透露出了这家主人的虔诚信仰。钢琴旁年代久远的老式座钟配上古色古香的饰件，可以说错落有致搭配协调，其间既蕴含了时代的印痕，也展示出了时代的气息。婉约简朴西式韵味浓厚，家庭布置考究折射出了这个家庭殷实、富足、温馨、温情的生活。这里的一切的确带给了我视觉的冲击和美的享受，让我沉浸其间，乐不可支。

此时的我很可能是触景生情的缘故吧，在我的心里悄然间又思念起了我远在中国且相隔万里之遥的妻儿和乖巧活泼的乖孙罗雨彤来。"何人不起故园情"，我一个人离家远行三月有余，承受着孤寂清苦的独身滋味，这就难免会让人派生出念家、想家的乡愁感来。情之切，遥途难阻思乡情。我在征得主人的同意后，很惬意也很随意地拍了一组他家居的照片。在陪着我拍照的过程中，亮剑给我饶有兴致地讲述了他的故事和他家族的故事来。亮剑表情庄重地指着客厅墙上的一幅照片告诉我，这是他已去世的敬爱的爸爸的照片。他动情地告诉我说，他爸爸是名外科医生，三年前离开了他们。他和他母亲都十分想念他。亮剑告诉我，他敬爱的母亲是一名内分泌科的医生。他说他母亲是有使命感并乐于帮助别人的好医生。他说他母亲尽管已经是70多岁的人啦，但却依然还在工作。听亮剑的讲述，让我很是感慨。能面对面地听我眼前的这位波兰小伙子用纯正的中文普通话来讲述他及他家庭的故事，并不是机缘巧合这么简单。在我看来这是上天刻意的安排，恩赐于我这个东方骑游人，尽兴地体味并感受原汁原味的西方的家庭生活。能有机会走进波兰民众的家庭，去融入并分享这个家庭和其家庭成员间亲密亲情的意境和诗意般的生活章节，去体验感知异国的民俗人文风情，是我此次跨国西行之旅最具有实质意义和纪念意义的收获！富华老弟在越洋电话里不断在提醒并催促我想办法发回些与此次骑行相关的照片。由于我不懂外语，也不会操作电脑，有几次在与所找之人配合上不够默契，所以无功而返。在兴致中我向亮剑提出请他帮助发部分我拍照的图片回国。亮剑在听我说后，欣然同意并帮助我发回了部分照片。发完照片后，我请亮剑带我到他帮我联系好的旅店去住宿。谁知他在此时很是认真地对我说，他已决定用他的越野车将我拉载到科宁去（科宁是我在波兰境内骑行的又一个目标地。亮剑告诉我这一段道路路况复杂，分岔道口太多，他怕我再次误入闯进高速公路招致麻烦，耽误时间和路程，故而坚持要开车送我一程到科宁）。

　　我告诉他我这辆自行车的体积较大，无法将单车放进越野车里，他此时才告诉我说他也是一名自行车户外骑行者，他说平常几个好友约好后，将折叠的自行车放进车内到外地去游玩。在他的执意劝说下，我俩尝试着把车上的行包都卸下后，勉强将单车塞进了越野车里。在行前，他在网上提前预订了科宁一所学校的招待所，他说他与这家学校曾经有过联系，应该说住宿费不算贵。在前往科宁的路上，亮剑反复告诉我，在波兰日盖兹竟能如此幸运地偶遇并结识到我这样一位来自中国富有进取精神和传奇色彩的东方人，是机缘与造化。他说他尽管与我相识相交的时间不长，但我给他留下的印象太深刻了。他视我为他这一生能永远留存在心底里的伟岸之人。一件事物或精神如能得到广泛认同，那就彰显出了它的社会效应。人活着除了努力去探寻和享受生命历程中的每一个节点和细节外，更应珍视和享受生命的印痕所赋予的一切，并努力去创造并留下属于他自己的生命篇章和生命符号！

　　到科宁这所学校的招待所后，他看着我把住宿登记事宜办妥，并陪着我将我的自行车推进我所入住的房间后，方才与我拥抱告别，随后还递给了我一张用波汉两种文字标注的名片。他特意告诉我在波兰境内如遇到麻烦事与他电话联系，他好从中协调。在与他分手时，我再次向他发出邀请，请他务必抽空到中国、到我的家乡去走走看看，如若他到中国来，我一定陪着他以尽地主之谊。他欣然同意了我的邀约。他说他一定要到中国来好好体验中国、体验中国文化。

　　自打进入波兰境内开始，我由于不熟悉波兰的道路交通情况，因此就不断地误闯误入进了自行车不能进入的高速公路和汽车快速通道，我已记不清楚我在波兰境内究竟有多少次被高速公路上巡视的交警强行拦阻，并被交警训斥而带离高速公路和快速通道。这样一来，既耽误时间，还多跑了不少的冤枉路程。这就叫费时又耗力，提心吊胆跌跌撞撞还得"任性"往前骑（由于波兰的高速公路采用开放式的模式，这样的体系不同于中国高速公路的进出通道上都设置有收费站来把守。因一路上我都没有看到收费站，再加上我看不懂路旁的路标提示文字，以致稀里糊涂地多次误入高速公路路段）。

背水一战挽狂澜！

从波兰境内的希维博津到德国境内的法兰克福，这两座国与国之间的交界处的边境城市之间的距离原本只有91.9公里，我对此路段的跨国行程既上心又谨慎，完全按照路书和路线图的标注的路线来骑行，谁知又一次重蹈覆辙踩上"红线"进入到了高速线路。其结果可想而知，又一次被高速交警拦下，滞留在此路段上。按我骑行的时间和骑行速度来匡算，我在波兰境内的行程只剩下10公里左右，眼看快要穿越完波兰的全境，此刻我被阻留在这里心里着急，生怕被搁置在此路段上"走不脱"，故而拿出我的路线图、路书和我著的《问道天路》这本书给他们看，来证明我只能借助并依靠路线图上所标注的路线来穿越波兰的境内行程（我进入的此条高速公路的路线，正当是我在我的骑行路线上的必经之道）。除此之外，我没有别的道路可供选择。他们看不懂中文，自然也就不知道我出示这几样物件的用意。这几个交警中的一位竟然用笔在我的路线图上画了一个大大的×，并用肢体动作向我示意这不管用。他们不断地用手比画着护照的式样，要我出示护照查验。我吸取了前几天在一高速公路上我出示护照后护照被"软性"扣住的经验教训，并记住了亮剑在与我分手时告诫我不要随意出示自己护照的忠告。这些交警见我执意不交出我自己的护照给他们查验，竟然通知来了边防军对我进行突击式盘查。几个边防军到来后，我堆着满脸的笑容来与之相迎，并主动伸出手去想和他们握手示好。谁料此时一位体型高大的军官不由分说而且态度粗暴蛮横地拿出手铐，并顺势用手铐强行把我铐了起来，想用束缚住我的双手方式来强行查验和查扣我的护照。事态如此严重，远远超出了我的预料和预判。这在一定程度上也大大超出了我对"磨难"的承受能力。此时的我不仅要克服生理上的极度疲劳，更要克服心理上的害怕与恐惧！尽管我的双手此刻被手铐牢牢地铐住了，我依然还在顽强地用手的肘部死死地压住我反穿在里面的外套背心里用拉链拉住的衣兜里的护照。我凭借超人的胆量和不畏惧手被手铐铐住的被动状态，用我的胆识自信和勇气，顽强地抗争和抵抗着这个边防军对我采取的危险搜身行动。不把我的护照拿出来让他们查验，是因我担心护照再次被扣住让我无法脱身。我敢于麻起胆子与波兰的边防军死缠，并非是"无知"的"鲁莽"行为，而是基于我对外交领事保护条例基本内容的领悟。我想我只是不熟悉波兰路线，误闯误入了该国的高速公路，我这样的"失误"，并不是我主观上的故意而为，稍微明理的人都会明白非机动车误入高速公路是拿着自己的生命在"开玩笑"。我相信谁也不会也不愿意去这样"任性"、"作践"并挥霍自己的生命。除此之外，我又没构成哪怕是轻微的犯罪，量这些个边防军也不敢往死里"折腾"我这个外国骑行人。在我不顾一切的顽强抵抗下，这个"粗鲁"的边防军军官实在是拿我没办法，无法让我出示护照，也只好就此罢休。把铐在我手上的手铐给取了下来，并改变了原来对我粗暴的态度，转而用友善的方式来试图与我改善对峙的局面。我见这些边防军对我改变了敌视的态度，并预感到态度缓和下来的边防军可能没有了扣留我和我的护照的风险后，我才把我的护照拿出来在他们眼前晃了一下，就在让这些个波兰的边防军看清了护照上法国给我签注的一年期限后，我马上就把护照放进了我衣服内层的衣兜里。这事尽管跌宕起伏有惊无险地被我闯过去后，但在我的心里依然难以平复下来。这几个波兰边防军中的一个竟然无视国际普遍遵循的外交领事条约，采用这样一种极端蛮横的粗暴行为来对付一个手无寸铁且只是借道过境误闯误入高速路段的异国骑行人的，的确是做得不地道，也做得来过分了！退一步说我就算是一个"偷渡客"，在不容分说的情况下粗暴地采取"暴力"的手段来制服这名"偷渡客"，这也应该算是一种非人道、非人性的践踏人权的侵权行为！在"强势者"的面前，我是一名借道过境的"弱者"，恃强凌弱只是一种无德、无能的虚张声势的表现。我为此感到愤怒和愤慨。我虽进行了口头抗议，也只能是无济于事的君子风范的展示而已，我虽不能制衡这些霸道的波兰边防军，但我为我尽管身处逆境还敢于奋起抗争而感到自豪！我向世人彰显了中国人的胆识和自信，我得体的遇强不弱的强者风范和过硬的心理素

质，让我怒放出了一个中国行者所具有的思想智慧！我无愧于中国"铁血骑士"的誉称！一个人的生命应该是具有张力的，一个自然的我，狂放的我，那才是最为真实的我。一个具有张力的内在精神和素养，才是男人最质感的精神！行动大于思索。基于此，让我不由地派生出了笑傲江湖的侠客情怀。通常情况下笑傲江湖是要具有霸气作为资本的，否则适得其反就会因此而"笑话于江湖"。这几名高速公路上将我拦下来的交警，在这样的情形下，竟然当着这些边防军的面，向我竖起了大拇指，赞赏我不畏强暴的坦然举措。面对这几名交警向我竖起大拇指的赞许，我为我赢得了这些高速公路执法者的尊重而感到舒坦和骄傲！我用我的自信和内心强大的力量支撑来捍卫了我的人格尊严，并将险情化解。一个人敢于毫无顾忌地去挑战自我和未知，勇气和智慧是缺一不可的。我对自己的自我评价为：智商说得过去算达及格线；情商也还可以，自我打分为73分；胆商亦算超一流，接近满分线，权且就给个"99"分罢了。9这个数字在中国被称为阳之极。

在波兰境内的这一波三折的离奇磨难和折腾，是我此次西行路上既惊心动魄、又精彩纷呈的一段人生历程，可以说这段跌宕起伏，曲折迂回，且又峰回路转的人生体验，既检验了我心里承受磨难的力度，锻铸了我的风骨和灵魂，又考验了我的生命意志力。西行万里遥途险，骑士远征盼平安！

我6月15日下午7点13分进入波兰，于6月23日下午3点36分离开波兰进入德国法兰克福，我用了几乎8天的时间穿行波兰。在我的路书上只标注了764.6公里的行程，而我实际骑行距离却远远超出了路书上量化出来的距离。不管是近了，还是远了，我总算化险为夷且算峰回路转地穿越完了波兰的骑行线路，由此而进入到了德国！

狂飙突进德意志

2014/6/24　1:35　我已从波兰希维博津骑到德国法兰克福。这里到目的地还有近2000公里的行程。　CHINA骑士罗

2014/6/25　15:48　富华老弟，我已想法发回几张照片给罗里，我叫罗里转发给你不知你收到没有？此时的我可以说是疲惫至极，腰伤的拖累犹如雪上加霜，更增加了骑行的难度。临近收官，在心理上、心态上、心绪上感至关重要。对我来说再苦再难我都会坚持硬挺着骑行到法国戴维的故乡。　CHINA骑士罗

2014/6/26　1:24　我在成都，没有上网！罗哥：第一要务注意休息和恢复！别硬撑！找找华侨帮忙，找一个理疗按摩的地方疗理一下！

2014/6/26　7:08　罗老师好！您说的没错，这最后的骑行一定把握好，相信您能战胜各种困难和险阻。传奇人物必须有他与众不同的经历，等待着骑行目的地的消息，盼望着朋友们相聚，一起分享您的骑行经历。您的腰部伤痛一定要调理好，这是很重要的，腰直接影响您的骑行发力和运动的协调性。祝：一切顺利！扎西德勒！

前两条短信，是我到达德国法兰克福后发回国内的。后两条是富华老弟和天津皇甫华回复我的短信。

德意志联邦共和国，简称德国，是一个位于中欧的联邦议会制共和国。由16个联邦州组成，首都柏林。领土面积357167平方公里，人口约8071万人，是欧洲联盟中人口最多的国家，德国每平方公里人口密度为226人，是欧洲人口最为稠密的国家之一。德国主要是德意志人，有少数丹麦人和索布族人。德国有721.4万外籍人，占全国人口的8.9%，是一个移民人口较多的国家。

　　德国位于欧洲中部，东邻波兰、捷克，南接奥地利、瑞士，西接荷兰、比利时、卢森堡、法国，北接丹麦，濒临北海、波罗的海，是欧洲版图上邻国最多的国家。德国官方语言为德语，货币为欧元，道路通行靠右行驶。

　　德国地形变化多端，有连绵起伏的山峦，高原台地、丘陵，也有秀丽动人的湿地和湖畔及辽阔宽广的平原。地势走向北低南高，概括分为四个地形区，北德平原，平均海拔还不到100米；中德山地，由东西走向的高地块构成；西南为莱茵断裂谷地带区，莱茵谷两旁是山地，谷壁陡峭；南部为巴伐利亚高原和阿尔卑斯山区，其中拜恩阿尔卑斯山峰的高峰祖格峰海拔2963米，为全国最高峰。德国处于大西洋东部大陆性气候间凉爽的西风带，因而温度大起大落的情况很少出现，降雨量分布在四季。

　　德国应算是世界上赛车运动的领先国，得益于德意志人的基因和其顽强的意念和意志品格。德国盛产F1车手，其中F1赛车运动历史最成功的车手7次世界冠军，车王迈克尔·舒马赫就来自于德国。

　　德国境内有38处世界文化和自然遗产，其数量仅次于意大利、中国和西班牙，与法国并列第四，其中有36处文化遗产，仅有2处是自然遗产。著名的景点有科隆大教堂、柏林国会大厦、慕尼黑德意志博物馆、海德堡老城、德累斯顿画廊……科隆大教堂被公认为世界上最完美的哥特式教堂。科隆大教堂位于科隆市中心的莱茵河畔，科隆大教堂厅高42米，顶柱高达109米，中央是两座与门墙连砌在一起的双尖塔。这两座157.38米的尖塔，像两把锋利的宝剑，直插苍穹。

　　德国地处中欧，交通地位十分重要，德国有稠密且现代化的交通网络体系。德国的高速公路网总长度居世界第三位（高速公路最早就兴起于德国），而德国高速公路部分路段并无速度限制，大流量、快速度全靠健全的法制保障和驾驶员的职业素养和职业操守来维系。

　　德国人崇尚严谨的生活和工作，并十分喜爱音乐，可以说音乐是德国人必不可缺的重要组成部分。由此德国造就了各个不同历史时期的音乐大师。德累斯顿国家交响乐团更是享誉世界。德国为欧洲第一大、世界第三大的音乐市场。

从整体上来看，德国人普遍都爱啤酒和较为爱吃肉类食品，尤其是爱吃猪肉（德国啤酒大致上可以细分为白啤酒、清啤酒、黑啤酒、科什啤酒、出口啤酒、无酒精啤酒六大类型）。

按照路线图和路书上的标注来看，我在德国境内骑行的行程距离为816.6公里。如果单独取后两位数字6.6公里来看，66为大顺。6这个数字在中国算是人们较为喜爱的"吉利"数，寓意为顺通。顺通作为一名户外骑行人来说，通常是最被看重的要素。我虽说并不迷信数字，但在特定的情形下讨一个"吉利""吉祥"的说辞，对我来说在心理上也算是带来一种"正能量"。

由于波兰境内的这段路走得相当不顺，这段磕磕碰碰、跌跌撞撞曲折又坎坷的行程让行至德国境内的我，在心里和心理上或多或少依然残留着恐惧害怕的惶恐情绪。我所表现在面上的好像是若无其事的坦然镇定，也只是"虚张声势"、强装笑脸来为自己壮胆的故作镇定罢了。波兰这一页既然已经翻过去了，我自信我一定能把自己从身体上到心理上完全给调整过来，把横挡在我心理上和路途中的"坎"都一一地给迈过去。我确实应理顺思路在新的环境里重新评估和认识自己！

2014/6/24　21:57　你们可以通知罗维孝先生尽可能在7月10日到达我市吗？这样我们可以更好地准备一个欢迎仪式。我跟市长先生会面了，他将在市政厅组织一个仪式。另外，我们还会去戴维神父故居，罗维孝先生可以进去在窗户边照相。

以上文字，是法国戴维故乡埃斯佩莱特市前市长戴海杜先生发给孙前先生的短信，再由雅安日报传媒集团策划总监高富华转发给我的。

依据富华老弟代转的法国戴海杜市长的短信内容来看，法国方面对我访问戴维故乡之事相当重视，在我人还未到法国境内就先声夺人提前造势并做好了迎接我的预案。但与此同时又在时间节点上刻意清楚地标明了希望我能按照他们预期的行程规划，准时到达埃斯佩莱特市。从短信内容来判断，法方在表达对此事的关注关切与重视的同时，急切地祈盼着我能在7月10日这天如期安抵该市。这条短信对我来说，无疑是一条让我振奋的喜讯，切实让我打消了抵达戴维故乡后找不到对接点且无人出面接待的尴尬之疑虑，与此同时法方又在我接下来的骑行事宜和时间统筹安排上提出了时间节点。法方的先期安排，给我带来相应压力的同时，也加大了骑行的难度，让我在接下来的骑行上也就没有了伸缩的空间和回旋的余地。按照时间和行程距离来推算，紧迫的程度不亚于在哈、俄的签证倒逼压力。这让我不由得想起了一句中国成语来：好事多磨！

按我原来的设想，因在哈萨克斯坦和俄罗斯的过境签证有明确的时间期限，这就容不得我在此路段上进行本应调节的适度休整与体能缓释。这一路上都是在"飙车"式的狂奔，掐算着时间去赶行程。在此期间就生怕在哈萨克斯坦、俄罗斯境内不能按签证所限日期骑完全程而遭驱逐。本以为在骑行完哈萨克斯坦、俄罗斯两国有签证时效上的限期压力，在进入拉脱维亚后解除了签证所设置的相关繁杂手续和时间上的倒逼压力后，我得以有着宽松的环境和充裕的时间来舒缓、优雅、潇洒、浪漫地享受在欧洲这一段我人生难得的快乐行程和美好时光。因为法国为我此次跨国西进签发的签证有效期为一年整，没有了签证时效上的"紧箍咒"，我就可以心无羁旅地悠缓骑行。

然而，戴海杜前市长发过来的短信，犹如一道督促我前行的电文，完全打乱了我为自己量身设定的行程时间表。为配合和顾及埃斯佩莱特市市政厅组织的欢迎仪式的先行安排，看来我只能重新调整我的构想和行程安排，只得风雨兼程，马不停蹄地往法国埃斯佩莱特市骑行。

我在骑行途中悉知，《光明日报》6月15日发表了一篇该报驻巴黎记者梁晓华的文章，标题为《国宝大熊猫科学发现的传奇》，富华老弟为让我读到此篇与我有相联关系的文章，于6月24日，特意采用短信方式将《光明日报》这篇文章全文转发给了正在德国境内骑行的我。当我看见他发过来的这篇稿件，并用心反复读了几遍全文后，有一种亢奋的推力让我难以自持，并由此而产生出了想要狂跳起来的冲动。爽快的感觉和感受，让我情绪激昂、兴奋不已，一个人只有血液里流淌着激情，生命才会具有活力！

鉴于今年是法国人戴维神父在中国四川雅安宝兴邓池沟（穆坪）天主教堂科学发现大熊猫145年，又是中法建交50周年，中国人在习惯上自古以来就有逢5逢10这个时间节点上搞相应活动和庆典的习俗。在今年这个富有特殊而又特别的时间节点上，《光明日报》在国际新闻版上刊发了该报驻法国巴黎高级记者梁晓华先生以中国大熊猫和大熊猫文化为载体而撰写的专题报道，此文以重温历史段面的回顾，来阐述并展望了中法友谊的纪念篇章。

我在此文的报道内容中被定论为"为戴维开启的友谊篇章不断续写感人的内容"的人物，这样的评判和论说，对我既是鞭策鼓舞，也是莫大的荣幸。

为此，我也就打算将这篇对我来说具有积极意义的范文《国宝大熊猫科学发现的传奇》收录于我的游记中。

国宝大熊猫科学发现的传奇

记者日前获悉，有"骑行侠"之称的64岁的中国四川雅安市退休职工罗维孝先生，于今年3月18日从宝兴县邓池沟(穆坪)教堂骑自行车出发，经新疆、中亚、俄罗斯、立陶宛、拉脱维亚、波兰、德国抵达法国，预计行程1.5万公里，历时4个多月，目的地是大熊猫科学发现第一人戴维神父的家乡埃斯佩莱特市，以传播大熊猫文化，弘扬中法友谊。

罗维孝先生的朋友、热爱大熊猫的雅安市前副市长孙前主持了罗维孝的出发仪式，并将此事通告了埃斯佩莱特市女市长以及"阿尔芒·戴维之友协会"会长和埃斯佩莱特市前市长戴海杜先生。孙前说："今年是戴维神父科学发现大熊猫145周年，中法建交50周年，戴海杜市长率45人访问宝兴县15周年。"他希望法国朋友届时能迎接罗维孝。记者从网上查看，罗维孝日前抵达哈萨克斯坦，沿途受到当地华人和中国领事馆热情帮助，现正向俄罗斯进发。他骑行"丝绸之路"3万里，不惧沿途艰难险阻，还谢绝了任何资助。孙前的法国朋友雷蒙·沙堡先生将此消息告

诉了本报记者。沙堡先生已同巴黎自然历史博物馆和埃斯佩莱特市所属的法国西南部城市巴约纳市商定,共同期待在7月中下旬欢迎罗先生到来,续写由戴维神父对大熊猫科学发现联结的法中两国人民的深厚情谊。

沙堡先生告诉记者,他早年在华盛顿动物园偶识戴维神父,得知这位大熊猫的法国发现者是巴斯克同乡。沙堡一回法国就开始查询有关资料,在巴黎自然历史博物馆找到尘封一百多年的戴维神父大量动、植物发现笔记和27页鉴定书等珍贵史料。沙堡于1993年为巴黎自然历史博物馆出版发行了纪念戴维神父的专著,书名为《云彩与玻璃窗——戴维先生的一生》,作者是著名哲学家、汉学家埃·布丹女士。沙堡先生在书评中写道:"19世纪中叶,一位从巴斯克去中国的传教士、著名的自然博物学家在中国腹地发现一只黑白相间的小熊,成就了一项举世闻名的动物学发现:大熊猫。此外还有蜥蜴、麋鹿和金丝猴等十多种动物以及65种鸟类、170多种植物至今以他的名字命名。"书中记载,当年戴维神父发现麋鹿后将其运到欧洲。当麋鹿在几经战乱的中国绝迹后又被送回中国重新繁衍,为世界保存了一个物种。

戴维书信中透露出达尔文进化论的思想,以致教会禁止其发表有关中国发现的论文。对大熊猫正式的博物学描述是巴黎博物馆一位从未踏足中国的教授所做。戴维所在的法国遣使会传教士远离天主教上层,戴维没有任何经济来源,一生只有一个随从和朋友,与中国底层民众朝夕相处。戴维在信里写道:"中国人安静、守规矩、勤劳、节俭、温和。"沙堡由此更对戴维和中国人民产生由衷的敬意。

雅安市前副市长孙前与"阿尔芒·戴维之友协会"取得联系时,中国只有一个卧龙大熊猫保护基地,由美国经营。孙前也希望在四川大熊猫发现地建立中国大熊猫基地,并在沙堡等人帮助下于2009年在巴黎法国国家自然历史博物馆找到戴维笔记珍贵史料。法国国家自然历史博物馆将熊猫模式标本捐给宝兴县。在孙前推动下,雅安市与埃斯佩莱特市结为友好城市。随着"骑行侠"罗维孝到来,第一批从四川到巴约纳留学的艺术类中国学生

德国古典建筑

德国街头雕塑

于今年秋季开学前抵达，为戴维开启的友谊篇章不断续写感人的内容。

　　为纪念戴维的事迹，沙堡先生创作了一部电影剧本并正积极联系中国投资伙伴合作拍摄，试图以此"描述戴维在中国人民遭受西方列强凌辱的时代对大熊猫科学发现的经过"。他说："大熊猫联结着法中两国人民的友情。"他还呼吁中国使馆协助拯救濒于荒废的埃斯佩莱特市植物园内以戴维神父命名的植物。他透露，巴黎自然历史博物馆馆长非常希望在罗维孝骑行抵达巴黎之际，邀请法国新闻界广做宣传，纪念中法建交50周年和戴维神父对大熊猫的重要发现。

（本报巴黎 6 月 14 日电　本报驻巴黎记者　梁晓华）

德国交警的善举与农夫的仁爱

我自进入德国境内后，尽管骑行得并不那么顺畅，但却再也没有发生过如波兰境内遭受的麻烦事。虽也多次误入高速公路路段和快速通道，也遭受过高速公路交警的拦阻和带离，但德国高速公路路段的交通警察却从来没有以查验为由要我出示过护照证件，让我印象深刻的是有一次我误闯进入高速公路后，在此路段巡查的交警将我拦下并带离到一条小道上的出口处用手指并示意我怎样走，我按照交警所指的方向正埋头骑行在一段上坡路段时，刚才拦阻并将我带离到这里的交警又开着警车追上我，并把我拦停了下来，这让我感到困惑和纳闷。我心想这些警察既然已将我放过，为何又开车把我追上并拦下？我还真是不知道我究竟犯了哪门子的过错，竟然使得这些交警开着警车来追拦我。因语言不通只能借助简单的手势比画来进行沟通，这就无疑会加大了相互间交流沟通的难度。其中的一位警察走过来并将我的自行车调了个头，示意我折返骑回到高速公路的路段上。他的这一举动让我敏感脆弱的神经更加绷紧，也随之加大了我的警觉感和疑虑感。此刻孤单无助的我尽管心存疑虑忧心忡忡，也只能完全被动地按照这些警察的安排来做。让我完全意想不到的是这些交警竟然把我安排在两辆巡逻的警车中间，一辆警车在我的前面开道，且车速缓慢地行驶，另一辆警车尾随在我的自行车后面。

原来是这些交警对雨中骑行的我所采取的安全防范举措，这是对我这个外国骑行人的特别细致的关照举措。德国交警这样一种人性的善举，让在雨中骑行的我特别感动（六、七月份正是欧洲的雨季）。我原本以为这些德国高速公路交警用这样的保护性措施把我带领到高速公路的出口处就完成了他们负责巡逻管控的路段范畴，殊不知他们竟然还是一前一后地把我夹带在两车之间引领着我在普通低速路上前行。在此普通公路路段上前行了大约10公里后，在一分岔路口向我指明了我该骑行的路线后，才与我挥手道别。

在与这些德国高速公路路段上巡视执勤的交警分别后，骑行在路上的我就一直围绕着德国交警处理问题的方法、态度和尺度进行着分析和思索。这里与波兰相距并不遥远，然而同样都是有着相同价值观的欧盟体制内的国家，同样都是高速公路路段上的交警，并且同样是在高速路上处置基本上性质相同的问题，为什么在态度和尺度上会大相径庭，会有如此巨大的区别和差别呢？！要说这完全是个人素质问题，我看也不尽然，就我个人的观察来看，波兰交警和边防军的执法尺度的确存在问题。

我知道作为非机动车辆的自行车误闯入了存在高危风险的高速公路，高速公路的交警作为执法者和管理者，的确有权拦阻和驱离像我一样擅自进入"禁区"的非机动车和人员。德国境内高速公路上的交警在发现我已进入了自行车本不该进入的高速公路路段后，他们同样将我拦下，但他们并没有要我出示我的有效证件，并进行证件查验及进行相关的盘问，更没有对我进行训斥和责难。尽管先期也将我驱离出了高速路段，但他们又及时采取了补救措施来对我实行了特别的庇护和关照。这样的善举看似寻常，在我看来却意义重大，因为这关乎着我的生命和生命的安危！

最让我内心感动的是在瑙姆堡到克拉尼希费尔德的骑行途中，因雨天骑行在视线上感觉有些模糊而不慎摔倒在路上。我摔倒在路上的突发情景正好被我身后不远处的一正常行驶的驾驶员给看见后，紧急将汽车停下并将我从地下扶起。他见我肘部擦伤并渗流着血，不由分说，毫不犹豫地将我扶上了他的这辆小汽车，但我的自行车却又无法全部装进他的小车里，这时我见他从车上找出了一根较粗的绳子，将悬空在汽车外的自行车车身拴绑吊了起来，并开车将我带到了他的家里。他的家就在我摔伤不远处的农庄里。到了他家后，就与他的夫人一起替我清洗左肘部伤口的创伤面，然后涂抹上药膏，并用绑带将我的左肘部给包扎好。他夫人熟练的护理包扎伤势的情景，让我想起了中国广大农村的中的"赤脚医生"来。

这对夫妻替我包扎好肘部的伤口后，又留我在他家吃了便餐，然后又领着我观赏了他家里笼养的各种体型硕大的种兔。看着满屋的兔笼和兔笼里活蹦乱跳且体型硕大的种兔，让我大开眼界的同时，消沉郁闷的心情也随之开朗了不少。就我的观察来看，这个救助我的德国人极有可能是专业从事种兔喂养繁殖的农民。他用手势动作示意我留下来在他家住。由于我有着7月10日的时间压力，我谢绝了他的挽留，执意要往前骑行。他夫妻见我去意已决，于是他开着车把我又送回到了我摔倒的原处。我怀着依依不舍的心情与他道别后，又重新踏上了前往法国的征程。

在路上，我遇到了很多好心人。这是德国救治我的一对夫妇

"丝绸之路"申遗成功

6月28日这天，正在德国境内穿梭行进中的我接到了富华老弟打来的越洋电话，他在电话里告诉我，中国联合哈萨克斯坦、吉尔吉斯斯坦三国共同申报的丝绸之路正式列入世界文化遗产名录。6月22日在卡塔尔多哈进行的第38届世界遗产大会上，由吉尔吉斯斯坦、哈萨克斯坦、中国三国联合申报的丝绸之路"长安—天山廊道路网"成功申报世界文化遗产，成为首例跨国合作、成功申遗的项目。至此，中国已拥有了50处世界自然文化遗产。

丝绸之路申遗成功，对于一路沿着丝绸之路骑行的我，无疑是一个令人振奋的消息。

不说不知道，世界真奇妙。说起丝绸之路，不得不感谢一个叫李希霍芬的德国人。李希霍芬是一个地理学家，他在1877年提出了"丝绸之路"这一名称。丝绸之路起初指西汉张骞、东汉班超出使西域时开辟出来的通道，因为丝绸为商道上的大宗商品而得名。后来，这一概念成为古代中国对外交流通道的统称。

丝绸之路是古代一条通商的贸易路线。它起源于中国长安（今西安），穿越了中亚腹地，直达欧洲。我此次单人独骑横跨亚欧大陆架一路西行，跟随着先辈的脚步，踩踏着丝绸之路的印痕，穿行于既古老又现代的"交通走廊"，让我阅尽一路美景，且聊发了幽古之思。我怀着对古代文明虔诚膜拜的敬畏之情，带着对金色旅程的美好想象，放飞了我自由的心灵空间，脚踏实地一步一步地朝着自己的梦想靠近。对未知的求索，对梦想的渴望，让我将自身融进了"永不止息的生命之流"。恰如英国诗人詹姆斯·艾尔罗伊·弗莱克在他的诗中所写："我们旅行并不仅仅是为了经商，热风吹拂着我们烦躁的心，为了探求未知的渴望，我们踏上了通向撒尔马罕的金色旅程。"诚如著名物理学家爱因斯坦所言："世界上最美好的体验，就是未知的神秘。"

"永不止息的生命之流"体验未知的神秘！这就是我"一路西行横跨亚欧奔向法兰西回访阿尔芒·戴维故里"用生命去丈量丝绸古道，按现今的说法也就是穿行在21世纪新丝绸路上。确切地说，丝绸古道的强大魅力对我有着超凡的诱惑。

英国学者吴芳思对丝绸之路有过这样的描绘："'丝绸之路'这个名称至今仍使人联想起驮着大批中国优质丝绸、香料和香水的充满异域风情的驼队，联想起雪山环绕的沙漠和绿洲，联想起挤满了买卖葡萄、波罗的海琥珀和地中海珊瑚的旅行者的喧闹市场。通过这条路线，丝绸从中国运到了古罗马，汉族公主受命与西域部族联姻结盟……"

丝绸之路是中国连接高加索地区、欧洲、中东、东亚和南亚的陆上桥梁。"长长的商队走过平原，步伐坚定，银铃奏鸣。他们不再追求荣耀和收获，不再从棕榈树环绕的水井中求得安慰……"这是英国诗人詹姆斯·艾尔罗伊·弗莱克《通向撒马尔罕的金色旅程》中的诗句。诗中的"撒马尔罕"，是中亚国最古老的城市之一，也是丝绸之路上重要的枢纽城市，它连接着古波斯帝国、古印度和中国这三大帝国。

　　2014/6/29　12:28　我已到德国维尔茨堡，《光明日报》驻法国记者梁晓华先生已与我取得联系。看来法国关注、关心我的朋友们都在盼望着与我这个从中国骑行到法国的CHINA骑行侠见面。按路线图标示我今天骑行的莫斯巴赫又是高速公路。看来今天又得想办法绕行方可！莫道前面就是路，但却不能骑行上路。　　CHINA骑士罗

　　2014/6/29　11:31　梁晓华先生您好！首先向您表示感谢并请您向关注、关心、关爱我的法国朋友们问好。关于您所要照片一事我已向雅安日报高富华转告。他希望与您取得联系便于更好地交流，他的电话为139****4531。　罗维孝

　　2014/6/30　7:08　罗老师好！恭喜您能联系上华人朋友，这样沿途言语交流就方便许多。罗老师加油，我在看世界杯足球

赛，今天荷兰队2:1战胜墨西哥队，进入8强，体育精神鼓舞着参赛者和观众以及球迷们。同样，您伟大的跨国穿越式骑行，一路艰辛风雨无阻，是前人没有的壮举。一定成功！

以上短信，前两条为我在德国所发，第三条是我的铁杆"锣丝"天津皇甫华女士在接到我发回国内的短信后，于6月30日上午7点08分回复我的。

按我的行程安排和时间节点来看，我很有可能明天就要穿越完德国进入到法国的领土了，这就意味着我行将踏上法兰西的版图。看来离我此行的目的地——法国埃斯佩莱特市是越来越靠近了。

人生最美的旅程就是在不断地穿越中。用自己的信念、意志和付出去追逐追寻自己一生最喜欢的梦境，哪怕是为此去经历一次人生的痛苦磨难与冒险的旅程！此次西行之旅，我就是在用我自己的信念和意志去追寻属于我的天空、我的世界和我的梦。一个人有自己的梦想是一件快乐的事情，如能实现那才是幸福的。心灵的震荡与身体的体验、个性的追求与生命的相融，让我在期待与追寻我之梦境的过程中，去感受并享受着我的生命。这让我有限的生命长度充满了人生的意义！

我作为一名户外运动骑行人，特别喜欢在旷野中奔放自由、无拘无束的感觉。那样一种感觉真好。梦是希望，梦是追逐，梦是力量！人生的取向应是奋斗，人生可以凝重，可以呐喊，可以清爽悠闲，也可以在振翅飞翔中冲上云霄！

我用7天时间穿越了德国境内816.6公里的行程。

下篇

回访：我完成了跨越百年的梦想

→ 法兰西

法国我来也!

若按我路线图和路书上的行程距离来匡算，我今天从德国的卡尔斯鲁厄骑行到下一个目的地——法国的斯特拉斯堡，其间只有87公里的距离。依照我骑行的速度来换算，如果途中顺利的话，我大概只用大半天时间，也就是午后不久我就能抵达此次西行跨国之旅的最后一个国家——法国的疆域!

法兰西共和国，简称法国。法国首都巴黎，主要城市马赛、里昂、波尔多、戛纳、图卢兹、南特。7月14日是法国国庆日。法国的法定货币为欧元。据我查证，2014年4月19日，1欧元折合8.60元人民币，1欧元折合1.38美元。

法国是一个高度发达的资本主义国家，政治体制为共和制。本土位于西欧，国土面积632834平方公里（其中本土面积为543965平方公里），法国国土面积为欧洲第三大、西欧最大。与比利时、卢森堡、瑞士、德国、意大利、西班牙、安道尔、摩纳哥接壤。西北隔拉芒什海峡与英国相望，濒临北海、英吉利海峡、大西洋、地中海四大海域。地中海上的科西嘉岛是法国最大的岛屿，地势东南高西北低。平原占国土总面积的2/3，主要山脉有阿尔卑斯山脉、比利牛斯山脉。法国本土西部属海洋性温带阔叶林气候，南部属亚热带地中海气候，北部和东部属大陆性气候。

1964年1月27日，中法两国建立大使级外交关系。建交后，两国关系总体发展顺利，1973年中国首次向法国赠送了"国宝"大熊猫。法国是中国在欧盟的第四大贸易伙伴，位于德国、荷兰、英国之后。中国在法国本土开设了17所孔子学院和3所孔子教堂，并在法国9个省学区、23所中小学开设中文国际班，汉语已成为法国第五大外语。法国是世界上主要发达国家之一，国内生产总值位居世界第五，法国还是仅次于美国的世界第二大农产品出口国。

法国首都巴黎被誉为"浪漫之都""世界时尚中心"。法国是一个旅游大国，法国旅游收入占GDP总量的7%，平均每年接待外国游客8200多万人次，是世界第一大旅游接待国。法国总人口6582万，外国游客人数远超该国人口总量。

法国人喜欢体育运动，比较流行的体育运动项目有足球、网球、橄榄球、地滚球、帆船舶、游泳、滑雪和自行车环形赛。著名的世界极限运动之一跑酷就起源于法国。

17世纪开始，法国的古典文学迎来了自己的辉煌时期，出现了莫里哀、司汤达、巴尔扎克、大仲马、维克多·雨果、福楼拜、小仲马、左拉、莫泊桑、罗曼·罗兰等文学巨匠，他们的许多作品成为世界文学的瑰宝，其中《巴黎圣母院》《红与黑》《高老头》《基度山伯爵》《悲惨世界》《约翰·克利斯朵夫》等，已成世界文学名著，在世界各国广为流传。

法新社全称法国新闻社，是世界主要通讯社之一。法国现有5家全国性国营电视台，法国二台、法国三台、法国四台、法国五台、法国八台。戛纳国际电影节是世界五大电影节之一，每年5月在法国东南部海滨小城戛纳举行。戛纳电影节是世界最早举办、也是最大的国际电影节之一。

我尽管一大早就从卡尔斯鲁厄出发，想早一点骑行到斯特拉斯堡。谁料想在跨国路线上我又一次误闯进入到了高速公路。在进入到法国境界后不久，我被巡查高速公路路段的交通警察拦阻在了高速路段上。法国的交警虽没有查验我的证件，也没有训斥为难我，但按照惯例依然把我带离了高速路段，带到了偏离我路线图行进方位的普通公路上。没有了路线图标注的行进方位作为骑行的依据，让我感到很不适应，也很难理清往前骑行的路线。由于我不懂法语，无法问询，这就让我失去了方向和方位感。临近傍晚时分，我才骑行到了斯特拉斯堡市区。

按理说虽经一番折腾且多跑了不少冤枉路程，但我毕竟还是把我的脚步踏进了法国，迈进了斯特拉斯堡市区。我一路西行历经无数的艰辛磨难，终于安抵法国，应该感到欣慰和舒坦。但在我到达斯特拉

行进在斯特拉斯堡市区（卢苏燕 摄）

斯堡后寻找宾馆、酒店，都遇到了不友好的冷眼遭遇。我接连到几个宾馆或酒店去登记住宿，但都是四处碰壁，处处受到冷眼冷遇，都不予登记。在不得已的情况之下，我只好向中国驻斯特拉堡总领馆打求助电话，寻求帮助。

拨通总领馆的值班电话后，我把我的情况简略地做了一个说明，值班员在听完我的说明后，告诉我说她会将我的情况向领事部汇报，并请我不要关机等候电话。不一会儿，我的手机铃声响起，电话里传来一位女性的声音。她告诉我，她姓麻，是总领馆领事部的领事。此时我把我个人的相关情况较为详尽地向这位姓麻的领事做了说明。我告诉她我是一名自行车户外运动骑行者，此次从国内四川雅安骑车到法国埃斯佩莱特市去回访大熊猫发现者、大熊猫模式标本制作人、法国神父阿尔芒·戴维。我说我此次沿途经历了数个国家，凭着护照和途经国的有效签证都能住进宾馆或酒店，为什么我来到法国、来到斯特拉斯堡后，接连到几家宾馆或酒店去登记住宿，却处处碰壁遭遇冷眼冷遇而不予接待。我还告诉她，我作为从中国不远万里来到法国的骑行人，尽管我在我的自行车上带有帐篷和睡袋，但我不可能为了节省住宿费而冒险在斯特拉斯堡搭帐篷露宿街头，我不可能不顾人身安全和财产安全铤而走险。

麻领事告诉我斯特拉斯堡尽管只是法国的一座边境城市，但这里却是欧洲议会的所在地，并且这里正在召开欧洲议会，选举新一届欧洲议会的议长、副议长。欧洲议会所代表的40多个欧洲国家的议员都聚集在此，并有不少国家的媒体记者参与报道，所以这一时期斯特拉斯堡几乎所有的宾馆和酒店都爆满。

她说我特殊的情况已引起了总领馆的关注，领事部也已通过各种渠道在多方为我联系住宿的问题。她请我相信这个问题定会得到解决，她要我不要着急，等候消息。不一会儿，我的手机铃声再次响起，麻领事在电话里告诉我，领事部已给我落实了离这里有一段距离的宜必思宾馆。她说这里的宾馆酒店的住宿费比较贵，宜必思最便宜的单人间房费为134欧元，其中包括一顿免费的自助早餐。听她说完，我马上应允此事。我知道134欧元，折合人民币近1200元，这对我来说的确昂贵，但在这里根本就没有可供我选择和商量的余地，我只好将就。贵是贵点，总比找不到住宿地"流落"街头要安稳得多。

　　2014/7/1　15:52　法兰西，CHINA骑士来也！历经100多天1万多公里的骑行后，今天抵达法国斯特拉斯堡。本来是令人振奋和高兴的事，但到达斯特拉斯堡入住酒店却处处碰壁，在不得已的情况下我只好打电话向中国驻斯领事馆求助，在领事馆麻领事的协助下才得以解决了住宿问题，我已与领事馆约好明天早上10点钟前往领事馆拜会。　CHINA骑士罗

　　2014/7/1　终于等到了好消息！我一直在牵挂着。实现梦想！

　　2014/7/1　18:48　罗老师好！真不容易，终于抵达法国了。相信您在法国有领事馆领事的关照，会很顺利地完成此次到访。今年是中法建交50周年，中法友谊长存，祝：一切顺利，等待您的消息。

　　以上第一条是我抵达斯特拉斯堡在总领馆帮助下到住宿地后发回国的短信内容，后两条分别是朱明老弟和天津皇甫华收到短信后回复我的短信。

　　法国作为我此次跨国西行之旅的目的地国，对我来说具有十分重要的意义。为感谢中国驻斯特拉斯堡总馆领事部在我遇到住宿困难时及时出手帮助，我想前往总领馆拜会并当面致谢，并顺便请教我接下来在法国期间的相关情况。谁料麻领事在听完我想前往总领馆去拜会一事后，断然拒绝了我的请求。其拒绝的理由为前往拜会可以，但必须按预约程序提前预约方可。她说全世界各国使领馆都按照预约程序来进行，如果没有预约程序的话，一切都就乱套了。她说按以往的惯例来看，如果没有提前预约的话，恐怕难以进到总领馆。听她说罢，我更加深了对提前预约的重要性和必要性的了解和认知。我尽管已知预约的关联性，但我并未就此死心，依然恳请麻领事务必将我的特殊情况向总领事汇报，由总领事来决定此事。麻领事还算是一个通情达理的人，答应帮忙将我还想前往总领馆拜会的意愿向总领事汇报。她要我不要关机，等候她向总领事禀报后的答复。我问她在法国能不能

上网查询到国内的信息，她说是可以的。我请她上网去查询一下我的相关情况，一并向总领事汇报。

我等候不久，麻领事打来电话通知我，总领事张国斌听她汇报得知我的情况后，马上在网上查询了我的相关信息，并毅然决定推掉了三个原定的外事活动安排，腾挪出明天的时间来接见我。我悉闻此讯后十分高兴，向麻领事表示了感谢，并请她代我向张国斌总领事致以谢意。我知道作为欧洲议会所在地的中国驻斯特拉斯堡总领馆总领事的外事活动和外交事务是十分艰巨繁忙而有序的，作为总领馆的总领事，他能推掉原有的工作安排来与我会面，这就足以说明了他对我的重视，这也就说明了他处事的风格和决断的气魄！

应该说我今天在斯特拉斯堡宜必思酒店的住宿费的确昂贵，134欧元，对我一个靠退休金来维持日常生活的人来说，的确应算是一笔不小的开销和花费。这一夜是我此次西行远征法兰西沿途所住宾馆酒店最昂贵的。回头一想也就想开了。就我今天的遭遇来说，如果没有总领馆麻领事的多方通融，我就是手里拿着欧元也未必能够住进这昂贵的酒店里来体验一把"烧钱"的"享受"。虽说有些"心疼"，但我毕竟还能敢于面对和承受这价格不菲的住宿费用。

拜会中国驻斯特拉斯堡总领事

一大早，我刚在酒店里吃完自助早餐不久，就接到了麻领事打来的电话，她说总领馆怕我不熟悉斯特拉斯堡的环境地貌走错道路而多跑冤枉路，原本安排了一辆中巴车来酒店接我，由于另外有事打乱了原有的安排，这样一来，也就只能让我自行想办法到总领馆来。她说我所住的宜必思酒店离总领馆还有几公里的路程，为方便我寻找总领馆的确切位置，她要我拿笔和本子来记录一下沿途的情况，以便好根据她提供的情况去问路。我听她说完后，笑着告诉她这个办法不管用。她在电话另一端急切地问我此办法为何不管用。我告诉她您熟悉这里的情况，你所说的情况应该是对的，问题的关键是您与我交流用的都是汉语，我按照您所说而记下的是中文，这样一来我拿着中文去问询不懂中国文字的法国人，自然也就没有谁能认识这中国文字。我又不会法语，也不认识法文，所以说这个办法不灵。她听我说完似乎才算明白过来了。

我告诉她我到酒店服务台后再与她电话联系。我来到服务台后接通了麻领事的电话，请她用法语与服务台的服务员交流沟通，并请她让服务员用法文记下她所说的路线和总领馆的详细地址。这样一来我拿着酒店服务员用法文书写的纸条去问询斯特拉斯堡博坦大街35号总领馆的位置。这样没费什么周折也就较为顺利地寻找到了中国驻斯特拉斯堡总领馆。

当我骑行到达总领馆，一眼就看到了总领馆门前悬挂着的鲜艳醒目的中华人民共和国国徽和用中文和法文书写的中国驻斯特拉斯堡总领馆的金黄色标牌。这让我确信我已到达了中国驻斯特拉斯堡总领馆。

让我万万没有想到的是，当我到达总领馆时我见总领馆大门外早已站着一男一女两名中国人。见我骑行到达后，这位身材壮实大约50

岁的中年汉子主动向我迎来且大声直呼着我的姓名并热情与我握手。此时站在一旁的那位年轻的女士向我介绍：与我招呼握手的人是总领事张国斌。她说她叫闫倩，是总领馆的副领事。当闫倩介绍完后，张国斌总领事笑呵呵地将我引领进了总领馆。我首先向张总领事表示了我的谢意，并阐述了我登门拜会总领馆的意图。

　　能不按提前预约的惯例和规矩如愿走进总领馆，对我一个极普通的中国公民和骑行人来说已经算是相当不错的大好事了。中国驻斯特拉斯堡总领事和副领事按我昨晚与麻领事约定的时间，准时在总领馆门外恭迎我的到来。这样的礼节让我感到惊喜，同时也感到了一种不自在。这时张国斌总领事的一席话语，让我很快就消除掉了拘谨和不自在的状况。张总对我笑着说："你作为在中国骑行界有影响力的'骨灰级'精神教父和'世界级'的名人，你一个人从中国骑着单车闯荡了这么多个国家来到法国，来到斯特拉斯堡，我和副领事闫倩站在总领馆门口迎接你的到来，这是我们作为中国驻外机构分内的职责所在，何况你扛着大熊猫的文化旗帜，在做民间文化交流的公益之

中国驻法国斯特拉斯堡总领事馆总领事张国斌及全体工作人员

事。这对中法两国来说都是一件好事，我们理应支持才是。"听张总领事一席随和亲切的话语，使得我一下子就增进了对他的好感，并且拉近了彼此的距离，很快地也就消除了不自在和拘谨的神态，镇定住了自己的情绪。

进到总领馆会议室将我安排坐定后，张国斌总领事随即告诉副领事闫倩通知总领馆除外出办理公务的所有人员马上到会议室来开一个座谈会。我礼节性的拜会竟然促使中国驻斯特拉斯堡总领馆专门为我而举行了这样一次座谈会。座谈会围绕我单人独骑闯荡多国，并且是在不会、不懂外语的情况而展开。首先我向在座的外交官和外事人员做了我此次"一路西行横跨亚欧奔向法兰西回访戴维故里"民间文化交流事宜的概况说明和骑行经历，并将我在骑行路上收到的雅安日报传媒集团策划总监高富华先生发给我的"春辞穆坪雅雨间，万里亚欧百日还。两耳鸟语听不懂，轻骑已过万重山"这条短信在座谈会上读给了在座的外交官听，并就这条短信中"两耳鸟语听不懂"着重谈了我个人的感受和感叹。想不到竟引来一片热议声。我相信在座的外交人员在语言问题上最具有发言权，对评议交流沟通上的重要性都有其独到的理解和见解。张国斌总领事向我建议，能不能将"轻骑已过万重山"改为"单骑已过万重山"。由此可见张总领事在听我发言所讲时的专注与认真。而后由总领馆人员根据我的情况来畅谈个人的看法和感受。在座的每一个参与座谈会的总领馆人员都发言交谈了自己的感受和看法，并结合自己的工作谈了自己的体会。这让我很受启发和鼓舞。总领馆张国斌所做的总结性发言，让我记忆深刻至今依然难忘。

他说："罗维孝先生作为64周岁的老人，退休后不在家里安享晚年生活，而是把自己对大自然的热爱和自己的骑行爱好结合于大熊猫和大熊猫文化，从而开始了富有积极意义的跨国公益骑行。罗维孝先生这样一种自我、自觉、自愿的纯民间的友好交流与交往堪称'典范'。况且作为大熊猫文化亲善交流使者和自行车户外骑行人的罗维孝先生在不会、不懂途经国语言的特定情况下，却依然穿越了哈萨克斯坦、俄罗斯、拉脱维亚、立陶宛、波兰、德国来到了法国，来到了斯特拉斯堡。他所经过的这些国家都有着不同的语种，且骑行跨度

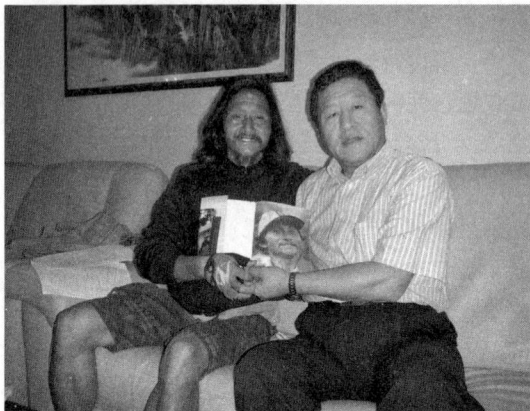

张国斌总领事在异国他乡热情接待我

长、分布面广。拿哈萨克斯坦来说，地处中亚，横跨在亚欧两大洲间，地域宽广辽阔，而且人口稀少，有着132个民族，部落部族间分布稀疏，且大部分为戈壁荒漠。一个'花甲'老人独自在荒无人烟的区域里骑行闯荡，全靠自己执着的信念和勇气，克服战胜了骑行途中所遇到的各种困难和挫折，他表现出了他的卓越品质和顽强的韧性。硬挺着坚持骑行到了法国的斯特拉斯堡，这对他一个年岁已这么大的老人来说的确不容易，的确是不简单，的确是了不起！在他的身上体现出了中华民族坚韧不拔、坚强勇敢、刚毅进取的民族精神。我认为一个国家不仅要有厚重的文化积淀，更要有民族的精神支撑和民族的魂魄，罗维孝先生身上所具有的精神特质和闪光点的确值得我们在座的每一位认真学习并发扬！"

此次座谈会开得生动，谈得开心，且富有积极的意义。我能如此近距离地和中国驻外使节和外事人员欢聚在总领馆，倾听他们极富见解的发言和充满智慧的话语，让我更加坚定了决心和意志，更加深了我对梦想和胜利的渴望！"胜利不会向我走来，我必须自己走向胜利。"在此，我引用美国诗人玛丽安娜·摩尔的诗作《然而》中的诗句来诠释我的愿景！

我本以为座谈会结束后我就可以离开中国驻斯特拉斯堡总领馆，继续我一个人的骑行。谁知座谈会还未结束，总领事张国斌告诉副领事闫倩通知斯特拉斯堡侨界和学联的相关人员，中午在市区"大上海"餐厅，为我举行一次隆重的宴会。话音未了，我见张国斌总领事站起来当着总领馆参与茶话座谈会所有人的面将一张100欧元面值的纸币塞进了我外套的衣兜里，并说这是他个人的钱，要我一定收下。他接着说当我从网上得知你不接受任何的捐助和赞助，这让我更加敬重你这个人和你没有功利心的"逐梦行动"。"公益"和"功利"尽管只是发音的近似，但它们却又有本质上的差异与区别！见张总领事话已说到这个份上，我只好表示感谢并收下了这名职业外交官这份难得的心意。这样的情景让我回想起在莫斯科红场拍照时巧遇一群来自国内的游客。在相互牵着我的这面路线图旗帜合影留念后，其中一名游客也将一张100美元的纸币塞进了我的衣兜里。相同的情节，不同的地点，这两个中国人所说的话语和举动几乎相同。这让我在感到为难的同时，又不能生硬地拒绝这两个好心人的好意。我决定将这100欧元连同上次的100美元作为我个人的收藏，借以定格下这难忘的情谊并作为永久的记忆来珍藏！

对总领事代表总领馆所做的这样一种特定的刻意安排，我无法推脱，也没有理由去推脱，也就欣然地接受了总领馆为我所做的安排。随后张总领事安排负责管理总领馆印章的工作人员为我在四面路线图旗帜上，和我骑行时穿在身上的背心，及笔记本、《问道天路》这本书上加盖上总领馆鲜红的印章，随后，总领馆的外交官们与我一同牵着我的路线图旗帜，在总领馆门外合影留念。

因我骑行的自行车无法装进总领馆的轿车里，我就只能尾随在总领事和总领馆外事人员所坐的轿车后面骑行，来到了位于市中心的"大上海"餐厅，此家中餐厅地处斯特拉斯堡的繁华地段，是华人在此开的档次较高的餐厅。当我和总领事一行人到达并进入餐厅时，这里早就围坐了几位当地侨界颇有声望的人物和学联的留学生代表。我能在离中国万里之遥的法国斯特拉斯堡与中国驻外使节及外交官员和当地侨界领袖、留学生代表齐聚并欢聚一堂，让我感到幸运的同时，也让我切身感受到了来自中国驻外机构和华人社团的支持力量。由此看来命运永远都会超出你的预期和想象。

我单人独骑从中国四川雅安横跨亚欧、闯荡世界的消息随着媒体的关注报道，早已在法国华人的圈子里盛传开了。罗维孝何许人也？竟有如此的胆识和气魄独行独闯世界！我虽人还未到达法国，却早已成了华人、华侨圈子里热议的话题，并把我当成了"英雄"来看待。

能有机会与我这个"独胆英雄"谋面接触，是这些侨居海外的中国人的企盼。经介绍我才知就连已80多岁高龄的法国阿尔萨斯华人联谊会名誉会长、前任会长董家岐老先生也都早早地来到了大上海餐厅来参与总领馆牵头发起的此次专门为我举办的联谊座谈与午宴。应该说这样一次别开生面的联谊座谈宴会，是对我的特别关怀与宠爱。这既是"同胞"间鼓励加油的热能补给，也是对我的激励和推动。中国驻外机构和斯市侨胞的热情关爱，让我从中感知到了同胞间散发出的"体温"热度！这样的一种体温热度，对一路风雨兼程的我来说，无疑是最为暖人的优待和享受！

新华社斯特拉斯堡分社首席记者卢苏燕女士也接到了总领馆的邀请，参加由总领馆牵头为我举办的联谊座谈午宴。由于联谊座谈午宴为临时发起的，再加上联谊座谈午宴在时间节点上与正在举行的欧洲议会新一届议会议长、副议长的选举凑巧重叠，卢苏燕记者因忙于新闻采访与报道，因此无法抽得出身来参加联谊座谈午宴。为此她在会议期间还抽空向张国斌总领事打来电话说明缘由。但她在欧洲议会选举结束后，第一时间就匆忙赶到了大上海餐厅，并抓紧时间对我进行了面对面的采访。尔后又与边杉树会长提前约定了时间对我进行了较长时间的电话采访。

在联谊座谈午宴上，总领事张国斌及众多参与联谊座谈会的当地侨界人士都力劝并挽留我在斯市多停留一天时间，这样有利于我身体体能的恢复。我决定在斯特拉斯堡停留休整一天时间，在场的法国阿尔萨斯华人联谊会（社团组织）的副会长兼秘书长边杉树先生随即邀请我到他的家里去住。我畅快地接受了边会长的邀请。在联谊座谈会结束后，就随他一起住进了他的家里。

海峡一家亲，同为中国人

边杉树先生早年从北京来法留学，毕业后留在了法国。现在斯特拉斯堡一所大学教授贸易学，已取得法国国籍。来到他家后，他首先向我介绍了他的夫人，他说他夫人也是一名中国人，是台湾桃园人。我的到来给这一家海峡两岸组合的华人家庭带来同胞亲情与欢乐的同时，也给他们增添了不少的麻烦事情。为让我这个大陆人品尝到地道的台湾美食，他夫人忙里忙外地张罗了一个下午，并亲自下厨为我制作了几样台湾桃园的特色菜肴和几种特色小食让我品尝。应该说这顿极富台湾桃园特色的晚餐，是边杉树先生一家用心来为我准备和制作的。我能在远离本土的法国斯特拉斯堡品尝到地道的台湾桃园美食，是我不曾想到的。海峡一家亲，同为中国人！

应该说让我这个骑行人最为感动的，是边杉树先生和他的女儿。他们根据我的路线图和路书连夜为我重新绘制了一张法国路线的实际概况，在网上搜集到的符合我骑行路线而修订标注线路，并用法语和汉语来注明路线图供我在法国骑行参照使用。

我与边杉树先生和这里的华侨，彼此间都不认识，通过中国驻斯特拉斯堡总领馆的牵头对接，我才得以认识侨居在法国斯市的众多侨领，并有幸住进了边会长的家里。在边先生家里我受到了这一家子热情的接待和款待，还享受到了管吃、管住的特殊关照。

2014/7/2 0:09 今天一早骑车前往中国驻斯特拉斯堡总领馆进行了拜会，让我想不到的是总领事张国斌推掉了三个原有的外事安排，召集所有总领馆人员与我一起开了一个茶话座谈会。并牵头与侨界和留学生代表在大上海中餐馆进行了联谊座谈与午宴来欢迎我的到来。 CHINA骑士罗

2014/7/2 0:27 在外独自奔波已100多天的我好久都没有

见到过这么多的中国面孔并听到如此亲切悦耳的中国话音了。今天的我显得异常的高兴。在张国斌总领事和众人的挽留下。我爽快地答应留下休整一天。我今天住在法国阿尔萨斯华人联谊会会长边杉树的家中。 CHINA骑士罗

　　法国阿尔萨斯华人联谊会会长边杉树先生确实仗义，也够意思，不仅向我提供了吃住方面的热情接待和款待，在我离开斯特拉斯堡时，还坚持开着小车将我送行了20多公里的行程。
　　让我没有想到的是新华社斯特拉斯堡分社首席记者卢苏燕女士。原本昨天下午在对我的电话采访过程中，说她要忙于赶写欧洲新一届议会议长、副议长选举过程的新闻稿件，没有时间来为我送行，并在电话里着重叮嘱了要我在路上注意的事项。谁知在我还在用早餐时，边先生接到了卢苏燕记者打给他的电话。她说她连夜加班已将要急发的稿件赶完，她决定在我离开斯特拉斯堡市前还要对我进行一次采访拍照，借以相送一程。

　　2014/7/3　9.54　昨天新华社驻斯特拉斯堡首席记者卢苏燕对我进行了电话采访，今天她在我骑车离开斯特拉斯堡前专程前来为我送行并行了面对面的采访与拍照。斯特拉斯堡为欧洲议会所在地。由于采访的缘故再加上有110多公里的路程，昨晚到达牟罗兹的时间已是当地时间9点半。这里与国内时差有6个多小时。 CHINA骑士罗
　　2014/7/3　13:18　罗老师好！难关一个一个闯过，顺利的行程、幸福的梦想，已经靠自己骑行力量来圆梦。恭喜、恭喜！为您高兴而自豪！！为在异国他乡您能得到中国人的帮助和感到祖国的强大、伟大而更加自豪！！
　　2014/7/3　13:19　今日西游记，异国闻乡音！同圆生态梦，丝路凯歌还！

　　以上短信，前一条为我在离开斯特拉斯堡后所发，第二条为天津皇甫华回复我的，第三条为富华老弟所发。另将卢苏燕通过新华社向

全球发布的通稿收录在此：

追梦法兰西　花甲老翁万里走单骑

新华社斯特拉斯堡 7 月 3 日体育专电通讯（新华社记者卢苏燕）"64岁了，早已退休，职业生涯画了句号；儿子成家立业，我也完成了家庭的责任，现在该是实现自己梦想的时候了。"

6月30日夜，独自骑行100多天1.4万多公里后，罗维孝，中国四川雅安一名普通退休工人，抵达法国东部城市斯特拉斯堡。

罗维孝的梦想很简单，出生雅安的他，年幼时不时看见有西方人独行入藏，既美慕又钦佩，遂萌生了日后一定也去西方看看的梦想。随着长大后加入保护家乡大熊猫志愿者的行列，他的梦想逐渐具化：骑行回访把中国大熊猫介绍给全世界的西方第一人阿尔芒·戴维的家乡——法国的埃斯佩莱特，把自己的梦想与保护大熊猫结合起来，让梦想升华。

梦想简单，但实现起来绝非易事。从戴维发现大熊猫的雅安市宝兴县邓池沟（穆坪）出发，到位于法国最西南端的埃斯佩莱特，全程1.5万多公里，其间途经中国四川、甘肃、新疆，以及哈萨克斯坦、俄罗斯、拉脱维亚、立陶宛、波兰、德国，最后经法国东部横穿法国全境。可以想见，这样的行程对于一个只有小学3年级文化，不懂外语，且年逾花甲的老人是一个多么严峻的挑战。

"多少次摔倒，是路上的好心人扶我站了起来；多少次走错路，是好心人开车引领我一程；多少次天黑找不到住所，是好心人留我一夜"，说到这些，老人眼里噙满泪水，"世上还是好人多。"当然，"也有人在路上试图冲撞我，也有餐馆欺我不懂语言乱开价，但与遇到的好人相比，这些不足挂齿。"

虽然语言不通，但老人自制的印有中国国旗和大熊猫图案的四面锦旗以及身上穿的马甲上却盖满了途经地的邮戳。"每到一个城市，我就找邮局，使用的全部是肢体语言。"老人自豪地说，这些是他一路骑行的见证，有地点，有时间，他要把它们送

给中国和法国的博物馆，留给保护自然和环境的后人，当然还有自己的子孙，让他们为有他这样的前辈自豪。

"一路骑行，我不想给任何人添麻烦，寻求中国驻斯特拉斯堡总领馆的帮助实在是迫不得已。"6月30日夜抵达斯特拉斯堡后，因次日新一届欧洲议会要在位于该市的总部举行第一次全体会议，他寻遍城市，找不到旅馆。情急之下，他根据进入法国时收到的提示短信拨通了中国驻斯特拉斯堡总领馆的求助电话。"不到一个小时，领馆就帮我安顿下来。"

第二天，在张国斌总领事的真诚挽留下，罗维孝在斯特拉斯堡休息了一整天。

"这是我出发100多天来第一次停下来。因为我要在7月10日赶到埃斯佩莱特，今年恰逢中法建交50周年，雅安和埃斯佩莱特又是友好城市，那里的市长要专门为我举行一个欢迎仪式。由于坏天气，最少的一天我只骑行了40多公里；因为迷路，原地转圈的冤枉路更是不计其数；但为了守约如期抵达目的地，最多的一天我骑行了210.06公里，真的不敢停下来呀。"

"不过，这一天的休整太棒了。离开家人已经100多天了，我在异国他乡感到祖国亲人的温暖。"他拿出阿尔萨斯华人联谊会边杉树副会长女儿为他精心赶制的厚厚一本详细路线图，"有了这个，剩下的1200公里就不会再走'冤枉路'了。"

7月3日一大早，罗维孝整理好行装，向着他的梦想，继续前行。

临行前，他对记者说："我就是一道流动着的风景线，我展示了中国人保护环境保护大熊猫的决心。为了这次万里行，我准备了很久，我不敢说我成功了，但我敢说，我努力了。"

进入德国的境界，特别是在进入到法国的疆域后，随处可见专为自行车骑行者修筑铺设的专用便道。由此可见绿色、低碳、环保的健康骑行理念已深深根植于人们的心中。作为一个来自东方自行车王国的跨国骑行者，我自然想沿着这样的自行车专属骑行通道，去体验和寻找骑行人特有的一种感觉。这样一种顺应潮流而修筑的自行车便捷

法国有专门的自行车骑游道，遇上骑游"女汉子"

通道，最大的好处是骑行人不与汽车同道争道，安全清静风光独好。这一路上风景宜人，让人会有心旷神怡的空灵意境，骑行在这样幽静不嘈杂的自行车专属通道上，我的体验感觉是倍儿爽！唯一让我这个域外人感到不适应的是，这样的自行车专属通道，是为健康休闲的理念铺设的，因而并不一定顺着公路网去设计修筑，这也就使得会与我的骑行路线不符而背离。当我感觉并发现这样的问题后，及时做出了相应的调整，这就避免了偏离主线的失误。

据我查证，法国公路网是全世界最密集，欧盟所有国中最大的，总长度超过了90万公里，其中高速公路路段占了12000公里。由于公路网太过于密集，分岔道口和转盘道口相应地就分布得多。我尽管拿着边杉树先生和他的女儿共同为我重新拟定的在法国骑行路线图，但我却因不认识法文，不会说法语，也不会英语，虽在重新绘制的路线图上标注了中文，我还是一再走错道路。绕道骑行，顺着公路转悠，也自然成其为了一种常态。这样一来，既增加了骑行时的难度，也无谓地消耗了太多的体能，并且拉长了骑行的距离，这让我在时间上也根本无从计算和把握。好在这里的日照时间较长，这样也就便于我用更多的时间去换骑行的线路。

2014/7/4 2:42 罗先生，你好！我是中国驻法国使馆新闻参赞吴小俊，得知你骑车来法国的壮举，我们深表钦佩。为表示对你此次活动的敬意和支持，我们想了解一下你到法国的具体行程，以便我们做出相应安排。请方便的时候跟我联系。谢谢你！也预祝你的活动取得圆满成功！

2014/7/4 13:00 路漫漫其修远兮！精彩大戏由你主演！

2014/7/4 13:19 请告诉罗勇士：争取7月14日法国国庆日到戴维家乡，意义更多。祝福一路平安！ 孙前

以上是我在骑行途中收到的短信内容，第一条是中国驻法国大使馆新闻参赞吴小俊所发，第二条为富华老弟所发，第三条为富华老弟转发大熊猫文化研究学者孙前先生所发。

仁者善行。我在从贝桑松骑行到索思河畔沙隆的路上，收到了中国驻法国大使馆新闻参赞吴小俊先生发给我的短信。从吴参赞发给我的短信内容来看，不仅法方对我的具体行程和所开展的相关活动给予了提前安排，显示了法国方面对此事的关注与重视，中国驻法使馆也同样对我在法的相关活动给予了极大的关注与支持。我根据吴小俊参赞所要了解的内容和相关事宜已向吴参赞做了回复说明。

2014/7/6 1:25 我已从索恩河畔沙隆骑行到迪关，明天从迪关到里永，法语将里昂称为里永。在法国有侨领边杉树和光明日报驻巴黎记者梁晓华遥控翻译，我骑行在路上就更有了底气。前天中国驻法国大使馆新闻参赞吴小俊与我取得了联系，中国使馆将根据我的行程安排来参与我在法的活动。 CHINA骑士罗

2014/7/6 11:25 从四川雅安的夹关到法国的迪关，这两个关用罗老骑自行车来丈量有上万公里，这是一段惊人的故事，也是一段不太容易复制的行程，要有超人的决心、勇气、力量，才能把这段行程完满。

2014/7/4 21:34 羡慕和敬佩罗老英雄，真正地走了自己

想走的路，看了自己想看的景，祝平安顺利到达戴维故里。

以上第一条短信为我骑行到达迪关后发回国内的内容，二、三条均为我的铁杆"锣丝"许正回复我的短信。

　　2014/7/6　11:21　前天，《光明日报》又发了一篇介绍你的大文章，梁晓华写的！
　　2014/7/6　12:26　我和罗先生每天保持着联系。如何让他看到这篇文章？

后两条第一条为富华老弟发给我的短信，第二条为梁晓华先生发给高富华的传真邮件。富华老弟在接到梁晓华先生传真后用短信的方式转发给了我，这让我很感动。我认真拜读梁晓华先生的大作后，亢奋激动，心潮澎湃，的确难以自持。我一介退休工人，草莽平民骑行人，何才？！何德？！何能？！竟然能在这很短的时间内，被《光明日报》这家在国内外都有着巨大社会影响力和导向性的国家级的主流媒体隆重推介。现将梁晓华撰写的这篇《罗维孝：骑行的大熊猫文化使者》全文收录于我的游记中。

罗维孝：骑行的大熊猫文化使者

　　光明日报巴黎7月4日电（驻巴黎记者 梁晓华）有"CHINA骑士罗"之称的四川电力退休工人罗维孝，今年3月18日他64岁生日那天从当年阿尔芒·戴维神父发现大熊猫的雅安市宝兴县邓池沟（穆坪）天主教堂出发，穿越丝绸之路回访戴维故里法国埃斯佩莱特市，一路风尘仆仆、历尽艰辛，昨晚已平安抵达法国斯特拉斯堡。
　　为不绕道，罗维孝决定直接前往法国西南部的埃斯佩莱特市，完成他跨越欧亚大陆、行程15000多公里的万里骑行壮举。罗维孝今天用法国当地华侨捐赠的手机与本报记者通了电话。罗维孝表示，他要不辜负祖国人民和海外同胞的期望，决心按照预定日期于7月10日前后抵达目的地。他不顾疲劳和腰痛又踏上深入法国腹地的征程，以平均每天100多公里的进度向法国西南部埃斯佩莱特市一步步靠近。本报记者每天都通过电话与罗维孝保持联系。

埃斯佩莱特市前市长戴海杜先生是十多年前该市与中国四川雅安市结为友好城市的见证人。他告诉记者，他已经做好了迎接罗维孝到来的准备，不仅安排了罗先生的住宿，并且随时根据需要派车前往迎接或实施救援。埃斯佩莱特市将以最隆重的接待仪式迎接罗维孝的来到。他们将制作一幅世界地图，在上面标注出两条线路，一是145年前阿尔芒·戴维从法国到中国的考察线路，二是罗维孝先生从中国到法国的骑行线路，纪念以大熊猫为媒的法中两国以及雅安和埃斯佩莱特两市的友谊。

罗维孝单车骑行从中国来到法国，也令法国华人、华侨为之钦佩。他6月30日晚抵达斯特拉斯堡时一时找不到地方入住，后在中国驻斯特拉斯堡总领馆张国斌总领事热情帮助下，终于在凌晨4点左右入住旅馆。张国斌对本报记者表示，他和总领馆全体外交官和当地华人、华侨都对不懂外语、不要赞助的罗维孝单车骑行来法国，为中法两国友谊做贡献由衷感佩。罗维孝在电话中称，他一路上得到中国驻各国总领馆和沿途各国华人、华侨的大力支持，深感祖国的强盛和作为中国人的骄傲。

1869年法国传教士阿尔芒·戴维在四川省雅安大山中发现大熊猫，成为科学发现大熊猫第一人。1964年中法建交，中国向法国赠送了两只大熊猫，"熊猫外交"打开了新中国通向西方的大门。2000年在阿尔芒·戴维逝世百年之际，法国埃斯佩莱特市"戴维亲友团"到雅安追寻先贤足迹，埃斯佩莱特市与雅安成为友好城市。据《雅安日报》报道，罗维孝与新中国同龄，退休后喜欢上骑游运动，曾三上青藏高原，骑行川藏、青藏、滇藏、新藏公路，他用自行车轮丈量祖国大好河山，中国大陆的31个省、市、自治区都有他的骑行足迹。罗维孝创作出版的《问道天路——骑游青藏高原六十二天》（四川民族出版社出版）成为骑游爱好者骑行青藏高原的"骑游宝典"。

　　来自大熊猫故乡雅安的罗维孝表示，"我要当大熊猫文化使者。昨天，阿尔芒·戴维把大熊猫介绍给了世界，今天，我把大熊猫文化带给世界。"在法国驻成都总领事馆的帮助下，罗维孝顺利取得了签证。自3月18日出发以来，罗维孝克服语言不通、水土不服、自行车修理难等困难，独自一人骑行在欧亚大陆上，途经国内四川、甘肃、新疆等省、自治区，行程4000多公里，于2014年4月30日跨过国门，进入哈萨克斯坦，后经俄罗斯、拉脱维亚、立陶宛，于6月16日进入波兰，再取道德国进入法国。

　　罗维孝随身携带了四面自制的旗子，用于沿途加盖邮戳，他用这一独特的方式，用邮戳见证他骑行路线和时间，并作为赠送给戴维故里的礼物。记者获悉，我驻法国大使馆也在积极筹备在巴黎举办迎接罗维孝和纪念中法建交50周年的相关活动。

冒雨骑行，体能透支

自进入德国后，随着欧洲雨季的到来，我基本上每天都是在雨中骑行，这既放慢了骑行的速度，缩短了每天骑行的行程距离，也加大了骑行时的难度。长时间被雨水浇淋，尽管身着雨具，但腿部下半部分裸露在雨具外的躯体因长时间露在雨水中，致使体内热量大量流失而导致人体温度降低，继而诱发明显的感冒症状。加之体力极度消耗后很难得到相应的恢复，又加上再一次走错道路偏离了我骑行的主道，这双重的夹击自然使得我心里烦躁窝火，高度紧张的神经被绷紧。可以说这时的我相当低落、迷茫、忧虑、无助又无奈的境遇让我忍不住而再次流下了伤感的心酸泪水。梁晓华在与我通话的过程中都较为清楚地听到我躲雨时歇息的农舍密集的雨点声，当他在与我通话时听到我声音沙哑并伴随着不间断的咳嗽声时，他的确为我的身体状况和处境感到担忧。后听他讲，他与我此次通话后感觉情况相当不妙，他将我现有的情况与法方戴海杜前市长及相关人员进行了沟通和商量，并制订出了随时派车实施救援的预案。由此可见我此时的身体状况和我的在法动向确实牵动着各方期盼关注的目光和神经。诚如梁晓华对我讲的那样："你此行意义重大，许多中国人和法国人都在关注和期待着你的到达，你的行为已经不是个人行为。"迈越和超越了我个人可以驾驭的空间和可以把控的尺度范围，在危机危难的情景下更要有自己的智慧、胆量、意志决断力来调整、调控好自己，这就让我必须对此有一个清晰的认识和判断。来自方方面面的关切与关注让我感受到压力的同时也感受到了支持力量对我的推动力！

> 2014/7/7　0:23　今天又被指错了路，朝着里永相反的方向和路线骑行了近百公里。明天还得想法朝正确路线上靠。一个来回两天时间就这样给白搭进去了。　CHINA骑士罗

2014/7/7　12:08　罗哥，这是今天梁晓华从电子邮箱中传过来的信件。转发给你。

2014/7/7　12:17　高先生，你好！老罗和我一直保持联系。这几天他风雨兼程，有些感冒，加上路途劳顿和腰伤，实在已经几近筋疲力尽，达到极限，很难恢复体力和按计划前行。他自己也表示已经是60多岁的人，实在不能和年轻人比，加上老走错路，耽误了不少路程和时间，行程已大大放慢，身体也不舒服，恐怕多次淋雨着凉，有些发烧。我认为，他此行意义重大，许多中国人和法国人都在关注和期待着他的到达，已经不是个人行为，必须有一个时间安排并且要遵守计划。原定的7月10日抵达很合适，因为7月14日法国国庆会冲淡他抵达巴黎后的活动影响。所以我和他商量，明天我乘火车过去，到半道上去迎接他，然后与他乘火车，或者租车携带他同行，陪他将余下的几百公里路走完。这不仅可以节约出几天时间，还可以使他尽快恢复体力，在接下来埃斯佩莱特和巴黎的一系列有纪念意义的活动中保持旺盛的精力。火车是最安全的方式，但从他目前所在位置去目的地没有直达车；如不返回巴黎乘直达车，就必须倒三四次车，共需12个小时多，才能抵达最接近的城市巴约纳。为了保证他此行顺利和圆满，看来没有别的选择。也只有我过去陪他。我和夫人已订好了明天的火车票。明晚就可以与老罗会合。他明天还要再努力骑行70公里，才能赶到我们计划会合的城市维希。我受法国朋友委托和报道工作需要，既被他独闯世界的勇气所感动，也为他孤立无援的处境所激励，能帮他一把，既是我的荣幸，也让我乐此不疲。

祝好！并请代问关心此事的所有朋友们好！　梁晓华

以上信件是梁晓华先生发给高富华的电子邮件，高富华接到梁先生的电邮后，通过短信的方式转发给了我。

接到富华老弟转发给我的来信，我反反复复认真地阅读了梁晓华记者在信件中谈及的内容。此刻在我的内心翻涌起了巨大的波澜。我与梁晓华记者素不相识，仅仅由于我此次特殊而又特别的骑行活动和骑行

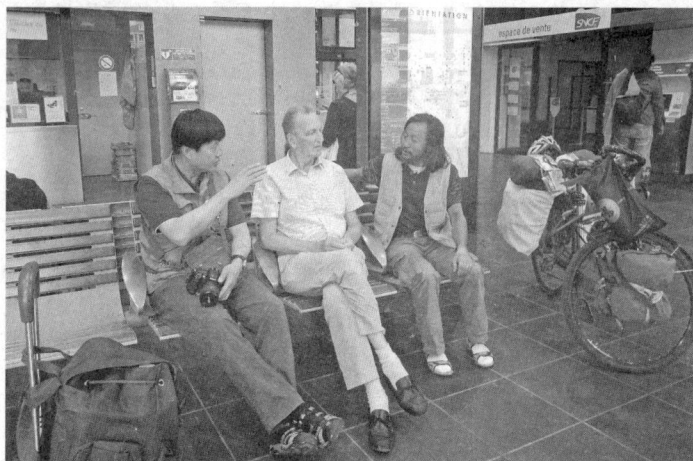

光明日报驻巴黎记者梁晓华跟踪报道此次的法国骑行

经历引起了《光明日报》的关注与重视，梁晓华记者凭着新闻记者的敏锐目光和自身对新闻题材的敏感洞察力，撰写了与我此次大熊猫文化交流之旅相关联的文章发表在《光明日报》的重要版面上，才得以于近期在电话采访中与我有所接触并保持着热络的电话联系。尽管我和他至今都还未曾见过面，但我从梁晓华记者在信中文字里透示出的关注和关切的话语中，感受到了他对我关爱有加的盛情和亲切感，他所带给我的是道义上的支持和精神上的感动！我从心里感谢他对我的厚爱！

对他在信中提及的就此中止骑行改成坐火车或者租车前往埃斯佩莱特的建议或者说是方案我的确从心里一下子很难接受并赞同。我认为我从中国四川雅安历尽艰辛独立打拼骑行了10000多公里的行程，眼看就要到达我此次跨国骑行的终点，让我很难就此做出这样的决定，权衡利弊和得失，说什么我在心里都无法说服得了我自己。

就我目前的状况来说的确不佳，但就凭我顽强的生命意志力和我具有的韧性及自身的勇气来说，坚持骑完这区区几百公里的路程简直就不在话下，我哪怕就按每天只骑行几十公里的路程，也要不了几天时间我就能抵达戴维的家乡——埃斯佩莱特。况且在申根签证时效上的宽松这就让我还有大量的时间来充分调节这接近尾声的极短行程，并借以调整恢复自身的身体状况。如果说要完全按照我的骑行理念和个性选择来定夺，我肯定会选择坚持骑行到目的地，以求得自己在心理上的平衡和满足。

但面对这眼看就要临近的7月10日，我与埃斯佩莱特市政厅和相关方约定的抵达期来看，在时间节点上根本就无法按时到达。此时的我处于困难的境地，故而内心焦躁、纠结、苦楚，我如果"任性"坚持骑行到终点，在时间节点上又肯定无法按期到达戴维故里，这样一来势必会影响到法方原有的既定安排，恐怕会造成相应的误解和冲击。我此行何为？难道为了这所谓完满的"收官"而"任性"地完全按自己的个性和意愿去行事？这样势必冲淡并影响整个美好的前景！得失取舍往往就在一念之间！

此时的我尽管心有不甘，但又必须理智而又理性地依据现有的特定态势和大局来谋划和考量，来做通盘、审慎、务实的抉择，因为时间由不得人，时间也不等人！

按我现在的身体状况和剩余的路程来看，我如果坚持骑行到埃斯佩莱特肯定在时间上无法于7月10日这天如期抵达戴维故里。如果往后推延势必打乱法方原有的既定安排，这样会造成相应的麻烦，会冲淡影响，甚至会引发误解。看来一切的答案还是等我骑行到维希与梁晓华会面后听听他的看法和意见再做决定。

2014/7/7 23:44 冒雨骑行70多公里到达维希后，我的体能已到极限。找到邮局在路线图旗帜等物件上加盖邮戳后，我感觉已没了力气的支撑。这段时间是欧洲的雨季，每天几乎都在雨中骑行，雨中骑行能见度差，再加上路上车流量大、车速快，在路上我的精力是高度地集中绷紧了每根神经来保障安全。眼看快到目的地，安全至上才能确保把句号画圆满。 CHINA骑士罗

2014/7/8 1:09 罗哥保重！梁晓华找到你没有？不妨听他建议，乘车前往，权当休整！

以上第一条短信为我抵达维希后所发，第二条是富华老弟发给我的。

收藏意愿

我顶着风冒着大雨骑行到维希和梁晓华记者见面会合后，梁晓华记者与我刚一见面首先针对我的身体状况进行了询问与打听。就他急切的表情来看，他的确非常担忧我的身体情况，生怕我因身体状况不佳而拖累并影响接下来的行程和活动。

接下来梁晓华先生首先对接下来的行程和相关的活动安排谈了他的看法，并着重向我转达了法国巴黎方面和埃斯佩莱特方面的活动安排和设想。他对我说："因中国新华通讯社向全球播发了新华社记者卢苏燕发自斯特拉斯堡的专电通讯《追梦法兰西 花甲老翁万里走单骑》的通稿，这样一来法国国家自然历史博物馆也就知道和了解到了你想要将你自制的印有中国国旗、大熊猫图案和盖满了你此次跨国西行途径地邮戳的四面锦旗其中的一面送给法国博物馆收藏的信息后，自然想要得到你的捐赠。法国国家自然历史博物馆通过雷蒙·沙堡先生与我取得了联系，并想通过我征求你的同意，希望你将你想要捐赠的这面与大熊猫相关联的锦旗捐赠给法国国家自然历史博物馆收藏。收藏的理由是早在145年前，也就是1869年皮埃尔·阿尔芒·戴维神父已将他在中国宝兴（穆坪）邓池沟制作的大熊猫模式标本捐赠给了巴黎国立博物馆（现更名为法国国家自然历史博物馆）。这两件类别不同但都来自中国不同时期的物种和物件如果都能被法国国家自然历史博物馆珍藏的话，无疑会给法国国家自然历史博物馆增添一抹'靓色'，因此法国国家自然历史博物馆请我转告你，如果你拿定主意将这你的这路线图旗帜捐赠给法国国家自然历史博物馆收藏的话，届时你最好是先行驻足巴黎开展捐赠活动，这样对你此行的关联活动将会起到较好的引领作用，到时候媒体的介入'造势'和侨居在巴黎及周边地区的侨胞的踊跃参与，这样说不定还会引起'轰动效应'。"我清楚地知道巴黎作为法国的首都和政治、经济、文化中心所具有的影响了和穿透力。假如我愿这样做的话无疑会极大地提升我在法国的影响力和知名度。我也十分理解法国国家自然历史博物馆这样一种试探性的征询，其实质的用意在于促使我下决心选择并将这面极具纪念意义和收藏价值的路线图旗帜捐赠给法国国家自然历史博物馆作为馆藏。

作为法国国家自然历史博物馆自然是我此行的法国之行首选的并最为心仪的"受捐"博物馆，那是因为我此次跨越洲际的万里骑行活动，都是围绕着大熊猫和大熊猫文化的命题而展开和进行的。如果没有戴维神父当年捐赠给巴黎国立博物馆的大熊猫模式标本的话，我现今肯定不可能冒着生命危险独身一人万里迢迢地骑着自行车闯荡世界来法国进行这样一次"玩命"的冒险旅游。应该说我此次大熊猫文化之旅，目标清楚、定位准确，就是要骑着自行车到法国巴黎将我这面"拿命"换来的路线图旗帜无偿地捐赠予法国国家自然历史博物馆作为我人生历史的见证，让它永久地留存在法兰西的土地上让世人去观赏并感念一个中国人荡气回肠用生命来书写的诗篇！

尽管法国国家自然历史博物馆通过雷蒙·沙堡先生请梁晓华记者向我转达了博物馆方面的收藏意向，并伸出了橄榄枝来向我示好。此刻的我清醒地意识到，博物馆提出来的方案对我来说无疑是一个利好的绝佳方案。确实有一种让人难以抗拒的巨大诱惑力。然而，我的理智告诉我，我无论如何都不能因某些方面的利好和诱惑而不顾及先前的承诺随意随性地去改变行程，去破坏和改变我为自己制订出来的规则。况且我在行前就已向世人昭示了我"一路西行横跨亚欧奔向法兰西回访戴维故里"这一骑行的理念和骑行的主旨。我现在所处的维希虽说离巴黎是要近些，戴维的家乡——埃斯佩莱特离这里要远得多，但我依然应按我原有的骑行路线图表和骑行理念去行事。一个人不管是做人还是做事都要讲规矩、守信条、守信用，这样才能取信于人，才能让人接受并信服！我在权衡利弊、审慎思量和思考后告诉梁晓华记者，请他代转雷蒙·沙堡先生并请他向法国国家自然历史博物馆说明我仍要按原来的骑行方案执行，先到戴维故乡——埃斯佩莱特市做完相应的交流、参访活动后再移师巴黎到博物馆去办理我的路线图旗帜捐赠的相关事宜。梁晓华记者见我态度坚决，亦表示尊重我的选择，他接着向我转达了戴维家乡希望我能按照事前约定的时间节点如期到达埃斯佩莱特市。因为该市已按照7月10日这个时段做好了相应的活动安排，如有变故会打乱法方的统筹安排。他对我说："据我所知，法方非常重视你这次横跨亚欧回访戴维故里的大熊猫文化活动。按理说你这样一次由你自发、自愿而成行的传播大熊猫文化的公益活动，属于民间交流、交往的个人活动和个人行为。这样的民间交往活动应该由'戴维之友'协会出面来接待和开展相关活动。由于你这次跨国骑行具有的历史纪念意义和所产生的影响力及重要性，埃斯佩莱特市决定由市政府和市议会出面以较高规格的官方礼仪来恭迎你这位来自遥远东方'熊猫家园'的'平民骑士'。"

梁晓华记者认为我应该信守承诺，遵守计划，服从法方的时间节点和相应的活动安排，千万不要延误时间而错失提升中国人"铁汉"形象的大好机遇。听完梁晓华记者一席审时度势对大局把控的话语，我就此矫正了我原有的思维定式和固执的想法，听从并采纳了梁晓华记者的建议，决定以一种更好的精神状态与他一起共同来完成这最后的一段行程，服从并服务于法方的既定安排是我理智而又明智的抉择！

2014/7/8　14:03　为不打乱法方已定的活动安排，光明日报驻巴黎记者梁晓华先生根据我现在的身体状况建议我乘火车到临近戴维故乡的城市再骑行到目的地，我赞同梁记者的建议。由于语言不通我无法搭乘火车，梁先生偕夫人已于昨晚从巴黎坐火车赶到了我现在所在地维希来帮助并陪同我前往。这样也就确保了我能按期抵达戴维故里而不会打乱法方的活动安排。　CHINA骑士罗

圆满"收官"

梁晓华记者偕夫人孙丽老师为了让我能顺利走好这段临近"收官"的行程,专程从巴黎坐火车赶到维希来陪伴我,这让我十分感动。梁晓华先生作为光明日报驻巴黎的高级记者,应该说他的采访任务还是繁忙而又繁重的,他能抽出身来陪我并对我进行近距离的帮衬和照应这让我心里也就具有了更踏实的感觉。因为他是一位熟悉法国概况并懂法语和英语的资深媒体人。

按照梁晓华记者写给我的老朋友——雅安日报传媒集团策划总监高富华先生的电邮来看,他说他是受法国朋友委托和报道工作的需要,既被我独闯世界的勇气所感动,也为我孤立无援的处境所激励,他认为,我此行意义重大,所以,无论如何都得要帮我一把。就他果断出手相援一事来说,我感觉梁晓华记者确实是一名独具慧眼,具有超前意识且思维敏捷的新闻从业者。我能在法国因大熊猫和大熊猫文化而与这样一位具有卓识远见的优秀人士邂逅相识,这既是一种缘分,也是我的幸运!梁晓华记者的出现,让我在感到心里踏实的同时,也让我更具有了支撑自己的底气!幸运让我绽放出了我人生炫目的灿烂。

梁晓华夫妻二人陪着我从维希坐火车到图卢兹,然后从图卢兹再转坐火车到达巴约纳。巴约纳是比利牛斯—大西洋省的省会城市,法国人在习惯上将比利牛斯—大西洋省称为巴斯克地区(巴斯克是一个民族,主要分布于西班牙和法国)。

2014/7/10 3:12 我已平安到达比利牛斯—大西洋省省会城市,巴约纳。戴维故乡埃斯佩莱特市前市长、戴维协会会长戴海杜先生已与我在巴约纳会面,并告知了我相关的活动安排。明天戴海杜前市长会亲自驾车在我前面带路,将我迎进埃斯佩莱特

市去参加该市专门为我举办的相关活动。在离开巴约纳前电视台将对我进行采访。　CHINA大熊猫文化骑士罗

　　2014/7/10　22:18　太好了！罗老师您是用超常人的精神和毅力，完成了前人没有的壮举骑跨亚欧大陆，留下了历史的见证。您的骑行经历将再给骑行界的骑友，做出指导性的骑行攻略铺垫。好好休整一下，活动一定很多，为骑行人争光、为中国人争光！为您骄傲和自豪！

　　以上第一条为我发回国内的短信，第二条为天津皇甫华回复我的短信。

　　埃斯佩莱特前任市长戴海杜先生按照他与梁晓华记者在电话里事前的约定，在我们一行三人还未到达巴约纳前就提前开着车从30多公里外的埃斯佩莱特市赶到巴约纳来与我们会面。作为阿尔芒·戴维故乡——埃斯佩莱特市的前任市长，戴海杜先生我并不陌生。因他在任市长期间曾四次率团前来宝兴访问考察，并经他的努力促成了埃斯佩莱特市和宝兴县结为友好城市。他也因此成了雅安市前副市长、大熊猫文化学者孙前先生的好朋友。我与孙前先生是老朋友了，自然也就熟悉戴海杜先生。

　　俗话说"老乡见老乡，两眼泪汪汪"，不知怎么回事，也不知怎么搞的，当我第一眼看见这位法国老头儿出现在我的视线里，我竟然心里发酸两眼迷蒙眼睛泛红，泪水像打开的闸门无法关住。此时的我根本无法把控住我激动的情绪和狂泻的泪水。这10000多公里的艰难行程，对我来说确实是一个漫长痛苦且充满诸多危险的难熬过程，我在这些困难中苦撑、苦熬，终于算是撑破了天、熬出了头！

　　梁晓华先生的夫人孙丽老师用她的手机及时地抓拍下了我泪流满面失态后的镜头。此刻的我尽管有些失态，但这却是一个最为真实的自我。随着泪水的流淌，情感、情绪的宣泄，这100多天来我承受的所有压力和孤寂烦闷的压抑与苦楚全被释放了出来。

　　虽说这里离阿尔芒·戴维的故乡，我跨国万里行的最终目的地还有30多公里的行程，我相信在梁晓华夫妻二人结伴跟进的护卫下，我会顺利抵达终点。

我和戴海杜、梁晓华在巴约纳会合

戴海杜前市长与梁晓华记者接下来就我到达埃斯佩莱特市后参加相关活动的具体情况进行了交流。在戴海杜前市长离开火车站后，梁先生告诉我戴海杜前市长明天一早将从埃斯佩莱特市开车到巴约纳来迎接我，并亲自驾车在我骑行的自行车前面为我带路，并把我一路护送到我此行的目的地——埃斯佩莱特市去参加该市为我举行的欢迎仪式和相关的庆祝活动。

我们一行三人在送走戴海杜前任市长后，随即到该市的宜必思酒店住了下来。随后梁、孙二人又陪着我去寻找邮局加盖巴约纳当地的邮戳。梁晓华先生汲取了我在图卢兹加盖邮戳时遇到的麻烦和尴尬，这次由他出面拿着我需加盖邮戳的几样物件去加盖邮戳。他本来以为他能以流利的法语去与负责加盖邮戳的营业员交谈沟通，在这几件物件上加盖上该邮局的邮戳是顺理成章之事。然而，不管他怎样与这名营业员交涉沟通都不管用，就如同我一路上加盖邮戳时遭遇到的冷遇与尴尬一样，营业员以这几样需要加盖邮戳的物件不属邮递品必须要加盖邮戳的业务范围，这样一来也就自然找到了"拒盖"邮戳的正当理由。

梁晓华记者不愧为见过"大场面"的人，他不再与该营业员多费口舌，而是直接去找该邮局的主管商谈交涉。他这招还真管用，最后由该主管人员亲自出面才在我这几样需加盖邮戳的物件上加盖了巴约纳市邮局当天日子的邮戳！

事后梁晓华先生就他陪同我并参与我在图卢兹和巴约纳这两个地方盖邮戳一事谈了他的感受和看法。他说："我作为会讲法语的一名中国记者与当地人接触办事不存在交流沟通上的语言障碍和相应的困难，虽说我尽管具有这样的语言优势，但还是依然在加盖邮戳这样看似好办的小问题上'卡壳'，办理起来会这么困难，可想你这么一把年纪的老人在不懂、不会外语的情况下一个人独闯世界是一件多么困难的事情。这期间的吃、住、行牵扯面是那么样的广、那么样的琐碎，其间难度可想而知。你一个人在没有外援的情况下能独自闯荡这么多个国家，在我看来的确算是奇迹。虽说奇迹是随时都有可能发生的，但像你这样的奇迹那是不可能重复的！"梁晓华先生精辟的话语，给我留下了深刻的记忆。在路上无论遇上和碰上多大的困难，我都鼓足了极大的勇气去面对和应对，这着实考验我的耐力、承受力和韧性。我的铁血风格和执着坚持的精神，让我求证和验证了"适者生存"的自然法则！

2014/7/10 15:06 我已到达巴约纳市，这里是法国比利牛斯—大西洋省的省会城市。昨天戴维家乡埃斯佩莱特市前市长、戴维之友协会的负责人戴海杜先生专程来看望了我，并向我讲述了法方的活动安排。巴约纳离戴维的故里还有近30公里的行程。戴海杜市长今天将亲自驾车在我前面带路将我迎进埃斯佩莱特市去参加专门为我举办的相关活动。这两天光明日报驻巴黎高级记者梁晓华偕夫人专门陪同并做翻译。 CHINA大熊猫文化骑士罗

7月10日这天一大早，我们三人刚吃完早餐不久，戴海杜前市长就已经从30多公里外的埃斯佩莱特市驾车来到了我们下榻的宜必思酒店。让我万万没有想到的是法国国家电视三台的记者和摄影师也在戴海杜前市长达到酒店后不久也开着电视采访车来到了酒店。后经梁晓

华记者介绍，法国国家电视三台是按法方的事前安排来对我进行专题采访的。经他们与梁晓华记者协商后，由梁晓华记者临时客串华语翻译来协助法国电视三台对我进行采访时的语言翻译对接。

当我悉知此次对我进行的实时拍摄和采访是由法国国家电视三台在法国境内所做的专题重点报道和推介，我也就清楚地知道我已成为了法国主流媒体聚焦的重点人物。这样一次由外国重要媒体策划、主导实施并实地跟踪拍摄的新闻题材，凸显了这个题材所具有的新闻价值和所产生的社会效应。法国电视三台采访一个横跨亚欧多国的"CHINA大熊猫文化骑士"的专题报道，肯定会在法国社会引起广泛的关注和热议。

我按照并依据电视台记者提出的采访要点和指定的拍摄地和相关的线路，在带有巴约纳地标性建筑的河岸边进行了我骑行时的实景、实地拍摄。随后，在前往埃斯佩莱特市这段30多公里的道路上，由戴海杜前市长亲自驾车在我骑行的自行车前面为我一人"开道"带路。在此路段上，法国国家电视三台的采访车紧随在戴海杜前市长的车身后，对在专注骑行中的我进行了沿途全程的跟踪拍摄。法国电视三台

法国电视三台对我进行了采访

摄影车的出现的确让我感到惊讶和兴奋！这让我在感到有些紧张的同时，也很享受这样的一种"特殊"礼遇和"亮相"的机会。

由于我单骑横跨亚欧访问戴维故乡传播大熊猫文化、宣传戴维神父科学发现大熊猫的故事，深化了法中两国交流，具有深远的历史意义和现实的借鉴意义，法国方面对我给予了极大的期许与重视，并进行了提前的布局和宣传造势。以这样一种强势的介入方式来隆重打造，自然会引起法国社会的广泛关注，同时也激起了法方对我如期到达戴维故乡的企盼。

我信守承诺按法方在时间节点上提出的要求，准时在2014年7月10日这天骑行到达了戴维的故乡、我此次骑行的目的地——法国埃斯佩莱特市。我的如期安抵，赢得了法国西南部这座美丽山城民众的夹道欢迎和欢呼喝彩。当我在戴海杜前市长的带领陪伴下来到戴维故居前，早已在此等候的"戴维之友"协会会长莎赫莱特女士代表该协会向我施礼欢迎并表达了对我的敬意。我也向莎赫莱特会长表示了感谢，并施礼以还，并按西方社会的礼仪习惯亲吻了莎赫莱特女士的右手背。我这样一种入乡随俗的洒脱举止竟又再一次引来了满堂喝彩声。我借此机会近距离地与这里欢迎我的民众和游人进行了友善、友好的互动！

骑着自行车高喊：埃斯佩莱特市我来了！（梁晓华 摄）

在现场民众的注目下，我缓步走到戴维故居临街墙壁上用大理石铭刻着有大熊猫标志的介绍阿尔芒·戴维生平和业绩的标牌前，站稳脚跟脱帽后向戴维神父像深深地鞠躬，以此来表我对这位已故的法国先贤的缅怀和感念。我这样一种发自内心的鞠躬又一次点燃了戴维故乡民众的激情，又引来了较长时间的掌声和欢呼声。随后，我在戴海杜前市长的指引陪同下信步走进了戴维的故居，并被破例允许登楼参观戴维生前的起居室（由于戴维故居的楼上属木质结构，且年代已久，所以凡来此参观戴维故居者，包括本地人未经特许概不能上楼参观）。仅凭此破例特许登楼瞻仰参观戴维故居全貌，法方亦算是给足了我这个"CHINA大熊猫文化骑士"足够的礼遇，并以这样一种荣誉来肯定了我的荣耀与传奇！

由于法国国家电视三台记者对我实行全程跟踪报道，法国电视三台的采访记者和摄影师及部分重要平面媒体的记者也被允许随我一同登楼并随即采访。

戴维故居位于埃斯佩莱特市区繁华路段，宽敞的窗台靠近街道，当我出现在戴维故居楼上临街的窗台前时，楼下街道上和街道两旁早已聚集在此的民众和游人都向我投来了欢呼喝彩声。在楼下已等候多时的当地合唱团随着民众欢呼喝彩的声浪唱起了巴斯克民间欢迎贵宾的民歌来欢迎我的到来，并以这样一种隆重而又庄重的西式礼仪来向我这个来自遥远东方单骑万里、独身闯荡多国、横跨法兰西全境的独胆英雄、"大熊猫文化骑士"礼赞致敬！合唱团演唱的巴斯克人独具风味的迎宾曲，曲调优雅、节奏明快，把这样一次全民礼赞、全情投入的"民间狂欢"的欢迎仪式推向了高潮。

此时站在戴维故居楼上窗台前的我，也被这样热烈欢快的现场激情和氛围所感染和感动，带着成功的喜悦和我那怒放出的激昂情绪，面对楼上楼下采访我的媒体记者、合唱团的成员和对着我欢呼礼赞的民众，我用我那多年以来惯用的"招牌"动作，两拳紧攥、凝神聚力地将挥动着双臂的两手奋力举起并用我中气十足的洪亮声音大声地呐喊出："埃斯佩莱特，我来啦！"

这一声响彻山谷的嘶叫呐喊，让我借以释放出了我的能量、我的活力和我的激情，也道出了我壮志已酬、梦圆法兰西，面对胜利的喜

悦、亢奋、享受的心境!

在戴维故居临街的楼上,我领受了如此高规格的民间迎宾礼礼遇和民众富有激情的礼赞,这让我沉浸在成功后的惬意与享受中。我得到了法国媒体的关注重视和认可,也得到了戴维故乡民众对我的礼赞和致敬,这就是对我所有努力的最好回报!

登楼参观戴维出生地和生前的起居室并接受当地的民众及合唱团掌声、欢呼声、歌声汇集的迎接、庆贺、致敬仪式,按照法方的安排算是完成了由民间出面组织的相关活动,接下来的重头戏由官方挑头,以高规格的官方礼仪与仪节,将我恭迎进了埃斯佩莱特市市政厅,并在埃斯佩莱特市市政厅为我举行了正规而又隆重的欢迎酒会。欢迎酒会由市议会议长主持,由现任市长当众宣读用法中两种文字书写打印的欢迎稿(就凭此环节上的仔细和严谨,就足以看出埃斯佩莱特市官方对我此行"一路骑行横跨亚欧回访戴维故里"的访问事宜的重视程度),授予了我埃斯佩莱特市"荣誉市民"的称号。并向我赠送了该市的特产一串红辣椒和两瓶精装的辣椒粉(埃斯佩莱特盛产辣椒,在法国埃斯佩莱特被誉为"辣椒之乡")。随后市长拿出市政府的印章,在我加盖满沿途各地邮戳的几样物件上加盖上了戴维故乡——埃斯佩莱特市市政府的印章,并同我一起牵着我的路线图旗帜合影留念。由一个市的市长、议长和议会议员们亲自出面来为我"站台"造势,并专门为我举行由官方主导和主办的隆重的酒会来欢迎我的到访,就官方层面的层级上来说,亦属高规格、高档次的礼仪礼遇!法国电视三台跟踪拍摄完全过程并在法国当晚的电视中播放,后来又反复重播。

法方用这样一种"超豪华"的官方阵容和如此高调高规格的官方礼仪来礼遇我这个来自China的民间人士,实属罕见!因为我此次骑行活动没有中国官方的背景,完全是一次自发、自我、自愿的纯民间的、个体性质的交流、交往活动。法方并未按照纯民间交流活动由民间组织和机构来对等接待的原则来操办对我的欢迎仪式,而是按官方礼仪来提升接待的规格和档次。这既说明了法国社会和法国民众历来注重和看重有奋斗进取精神的人和事,法国人特别推崇和崇尚"铁血骑士"精神,故而被我这样一个人敢于单骑行万里、横跨亚欧独闯世

向埃斯佩莱特市市民展示骑行旗帜

界的胆识和勇气所折服。按戴海杜先生的说法，在法国人的眼中，我这样的挑战冒险精神让我赢得了法国社会、法国民众对我的尊重与敬重，并赢得了法国官方和媒体对我的认可和认同。

我此次的大熊猫文化跨国之旅，能产生如此重大的社会影响力，这与世人宠爱和喜爱大熊猫是分不开的，应该说我既是此次大熊猫文化之旅的践行传播推广者，也是受益者。

对梦想成功的切实向往和期待，让我毅然决然地迈出了我的西行步伐，在克服艰险、排除万难后，得以梦圆法兰西。在这梦圆法兰西享受成功喜悦之时，不知为何此时的我在心里又悄然地思念起了一个远在万里之外、隔着万水千山的人来，这个人就是我的老朋友、《大熊猫文化笔记》的作者，雅安市前副市长、大熊猫文化学者孙前先生。应该说我此行"一路西行横跨亚欧回访戴维故里"的大熊猫文化之旅，在一定程度上说来与孙前先生赠送给我的这本《大熊猫文化笔记》有相应的关联。

我在认真拜读此本较为全面详细讲述大熊猫故事的书籍的过程中，灵魂开窍、脑门洞开竟然随性萌生了骑自行车前往法国去拜谒将大熊猫制作成模式标本并将带到法国的这位法国先贤。是大熊猫、大熊猫文化和戴维神父的故事及孙前先生赠送我的《大熊猫文化笔记》激发了我遐想的空间和灵感，最终促使并促成了我下定决心去做了这样一次骑自行车跨越洲际、穿越多国传播大熊猫文化的公益骑行。

孙前先生在得知我准备骑车到法国去做这样一次民间交流回访戴维故里的想法后，支持并赞同我去做这样一次前无古人的大胆壮举，他认为我如果真能成行并将这样一次公益活动做成功，则意义重大。但他告诉我想要做成这样的事，难度太大。当我成行后，孙前先生借助他在我之前多次访问戴维故乡和戴维故乡前任市长戴海杜先生建立的良好关系在其间穿针引线，牵线搭桥。因戴海杜前市长是"戴维之友"协会的铁杆"粉丝"和狂热的"大熊猫迷"，由他出面来张罗和协调法方官方与民间对我的接待事宜自然顺理成章。在法国方面由于有戴海杜前市长出面协调各方关系，再加上孙前先生此前多次访问戴维神父的故乡——埃斯佩莱特市，凭借他在戴维的家乡积攒下来的人脉、人气和所具有的影响力，这在无形中为我的到访做了铺垫。天时、地利、人和叠加在一起的积极因素和我那悲壮的骑行经历和"铁血骑士"的形象所带给人们的震撼，就让我在法赢得了超高人气的礼赞与敬重！

我很享受此次西行追逐梦想的整个过程。一个中国人敢于用近乎"疯狂"的冒险来追逐他的梦想，用自己的"血性"信念和意志来赢得了尊严和荣耀。对梦想的渴望和坚持让我真正有勇气去做我自己，去做我真正想去做的事。法兰西见证了我的铁血辉煌和荣光！曾经走过的悲壮和获得的成功已定格成为我的历史。我的梦想、我的期许、我的心愿都赶着我抵达戴维的故乡——埃斯佩莱特而画上了圆满的句号。此时此刻的我感到周围的一切对我来说都不重要了，此前我所有的付出都值了！此刻的我真真正正地感觉我这一生真值了！

2014/7/10 22:42 我已安全抵达戴维故里，法国电视三台在巴约纳对我进行了电视采访并在我骑行的沿途进行了跟踪拍摄直至埃斯佩莱特。当地最具影响力的平面媒体也对我进行了采访。法国电视三台对我的采访报道，于今晚20点对全法播放。 CHINA大熊猫文化骑士罗

2014/7/10　11:58　历经磨难我终于做成了一件非同寻常的大事，艰难地走完了横跨亚欧的漫长路程，饱览了沿途所经国的醉心美景，成就了我骑车走出国门的传奇人生！　CHINA大熊猫文化骑士罗

2014/7/11　1:14　罗老，想必对你来说，今晚是一个不眠之夜，几年的准备，艰辛的付出，你实现了自己的梦想，叫我们佩服不已，你的自行车建议发回，今后可捐给建川博物馆做纪念。

2014/7/11　12:35　一个已64岁的老人，准备了4年的时间，主要是签证，然而这个梦想已成真。雅安的罗维孝先生，3.18从宝兴出发，用了100余天时间，`用自行车骑了半个中国，纵横欧亚大陆，于7.10到达了世界上第一个发现大熊猫的人——戴维的故里——法国埃斯佩莱特市，佩服。

2014/7/10　22:18　太好了！罗老师您是用超常人的精神和毅力，完成了前人没有的壮举——骑跨亚欧大陆，留下了历史的见证。您的骑行经历将再给骑行界的骑友，做出指导性的骑行攻略。好好休整一下，活动一定很多，为骑行人争光、为中国人争光！为您骄傲和自豪！

前两条短信为我发，第三条、四条为绵阳许正回复我的短信内容，第五条为天津皇甫华回复的短信。

在埃斯佩莱特市政厅参加完由该市市政府和市议会为我到访戴维故里专门举行的欢迎酒会后，我又在市长、议长、议员们及前市长戴海杜先生的陪同陪伴下参观了以戴维神父之名命名的植物园。在戴维植物园，我认真仔细地观赏了以戴维神父命名的各种植物（戴维植物园种植的不少以戴维命名的植物种类都来自中国，其中很大一部分原生长地就在宝兴）。

由市长、议长、议员们陪同参观戴维植物园，应该说是我此次横跨亚欧回访阿尔芒·戴维神父故里的中法民间交流、交往参访活动的"压轴曲"。虽说这样的"压轴"参访不是我此次参访戴维故里的活动高潮和重头戏，但由市长、前任市长、议长和议员们悉数陪同我参观戴维植物园的确算是给足了我这个来自China"民间骑士"的荣耀

感和"面子"。这一切的"荣耀"和"面子"都是由大熊猫这一举世闻名的神奇物种带给我的！诚如法国友人雷蒙·沙堡先生所言："大熊猫联结着法中两国人民的友情。"

参访戴维神父故居、参观戴维植物园，再加上先前从巴约纳市骑车前往戴维故居的路途中我已顺道参观访问了戴维神父生前曾就读的学校，我也就相继参访完了与戴维神父在他出生、生长地——法国埃斯佩莱特市相关联的景观、景点。

晚宴在戴海杜先生的私人酒店里举行，在这里我享受到了一顿丰富味美的法式大餐，品尝到了巴斯克人地道的风味菜肴。

戴维神父的故乡地处法国西南部，是法国与西班牙接壤的边境地带，这里离西班牙只有十几公里的路程。作为已梦圆法兰西的我，自然想骑着自行车或是坐着车到西班牙的国土上去走走、看看。西班牙也属申根公约国，故而不存在签证的问题。当我一提及这样的想法，也得到了梁晓华先生的夫人孙丽老师的赞同。但由于我在法国的相关活动都是由戴海杜前市长在牵头协办督办，我这样的想法与法方的活动安排在时间上会不会发生冲撞，这自然还得听取戴海杜先生的意见和看法。当梁晓华记者将我想要到西班牙去走走、看看的想法向戴海杜前市长提出后，戴海杜前市长态度坚决，拒不赞同。他婉拒的理由是因为巴斯克地区首府城市巴约纳要在今天上午10点钟准时在市政厅为我举行由官方出面主导的欢迎仪式，届时巴约纳地方政府的重要官员、媒体和各界相关人士都要亲临参加。因我在法国期间的活动都由法方在事前做了统一的部署与安排，就此，我必须以服从法方活动安排为前提来主动配合，这样才能更进一步地扩大和加深我此次骑行在法的影响力。这样我也就只能留下念想的空间和遗憾了！

美哉！外事官员为我围系织有
市徽图案的"红领巾"

2014年7月11日上午，在埃斯佩莱特市前市长戴海杜先生和光明日报驻巴黎高级记者梁晓华偕夫人孙丽女士的陪同下，我推着我的"奔驰"号坐骑出席了埃斯佩莱特所属地区首府的市政厅——巴约纳市政府官员沙堡女士与当地教育、体育人士在市政厅为我专门举行的欢迎仪式。

巴约纳市政厅为我举行的欢迎酒会庄重、典雅且充满热度。欢迎仪式先由主管外事的官员沙堡女士代表巴约纳市政府致欢迎辞，并向我赠送了织有巴约纳"市徽"的红领巾，还将此条织有巴斯克族图案作为"市徽"标识的红领巾亲手围系在了我的脖领上，且为我仔细整理了一番。面对这份"殊荣"，我百感交集，感慨不已。此次西行之旅充满诸多磨难，其间既有许多的温馨时刻也带给了我很多的触动和

参加巴约纳市政厅为我举办的欢迎仪式

震撼，也有更多的感动，面对这温馨、温暖而又温情的特殊场景，此时的我又一次无法控制住自己激动的情绪而流下了两行滚烫的热泪。我一个来自遥远东方中国的民间人士能在法国巴斯克地区首府的市政厅里享受到如此高规格的官方礼节和礼遇，对我应该是一种褒奖和实至名归的荣耀和荣誉！这让我感知体会到了梦想成真后的幸福感、成就感和自豪感。应该说这是我一生中记忆里最为深刻的幸福时刻！这样一种刻骨铭心的记忆将会伴随我的一生！！

　　我身上所具有的中国人的骨气与血性成全了我并成就了我"CHINA大熊猫文化骑士"的殊荣，让我赢得了法国社会的广泛尊重和敬重，也赢得了官方和媒体的盛赞和认可！昔日在西方列强眼中被称为"东亚病夫"的中国人，现今堂而皇之地被邀请站在了法国比利牛斯—大西洋省省会城市的市政厅里接受这样的一种礼赞和荣誉，中国人的浩然正气、中华民族所具有的血性和自尊感、自豪感此刻在我的身上展现和凸显了出来，这对中国国家形象的建构应该说是具有正能量的影响和提升。

　　在欢迎酒会上，巴约纳市和巴斯克地区原法国国家自行车和橄榄球队退役名将分别向我赠送了印有高卢雄鸡图案的队服。这些重量级的体坛名宿，在如此庄重的官方举行的欢迎酒会上向我赠送印有高卢雄鸡图案的队服，这看似普通的礼物对我来说却又有着特别的纪念意义，这样一种传递感情的方式，是一种荣誉的象征，更是这些国家级别的体坛名将对我在体育精神层面上追求卓越、永远都坚定信念、目标去咬牙坚持、勇往直前、务求胜利的血性和气度的认可和褒奖，这样的礼遇对我来说算是另一种收获。

　　接下来市政官员沙堡女士为我随身携带并分别在沿途所经国和地区盖满上百枚邮戳的四面路线图旗帜、两件夹克背心、两本笔记本和我所著的《问道天路》一书上一一加盖上了市政府印章。我依照西方社会的礼仪习惯当着媒体记者和众多参加欢迎会主宾和来宾的面，礼貌地牵起沙堡女士的右手并亲吻了手背。我这具有绅士风度典雅高贵的举止不仅赢得了沙堡女士的赞叹和赞誉，也还发表了她自己的感言，她告诉梁晓华记者："在法国作为见面礼，男士主动牵起女士的右手并亲吻手背，代表男士对女士所表示的一种敬意。然而，现今在法国和西方社会，这样一种礼貌高雅的礼节，也在逐渐地被淡化。罗先生作为一个中国人都依然还十分注重这样一种高贵、高雅的礼节和礼遇，这就充分说明了他这个人的个人修养和素质，就此来看他的确是一个有文化修养且超凡脱俗并具有魅力的男士。他这样的人是值得尊重的！"沙堡女士话音一落，马上就为我赢来了一片喝彩声和掌声。

让我根本没有想到的是，参与欢迎酒会的法国电视台的记者竟然会对我所著的《问道天路》这本书产生浓厚的兴趣。她请我逐一翻开我的这本书并要求摄影师对着我翻开的书页不停地拍摄，足足拍摄了好几分钟。他们这种对文化和文化人看重、尊重的态度，让我很受感动，并为此留下了深刻的记忆！

我此次单人独骑横跨亚欧，扛着大熊猫文化旗帜巡游多国宣传、传播大熊猫文化这样一种纯民间的交流交往活动，得到了法国社会各方面的广泛支持与重视，并给予了我极大的荣誉和极高的评价，这就极大地提升了中国大熊猫文化在国外的影响力和美誉度，也向世界传递出了中国在大国崛起进程中开放包容的和平理念和精神意志力。我

在巴约纳市政厅为电视台记者展示我创作的游记

始终认为就一件事物和一种精神来说，如果它能被世人广泛地认识、认同和认可，那就彰显出了它的社会效应！

　　2014/7/11　23:06　今天上午前往巴约纳市，在市政府参加了该市专门为我举行的活动仪式，并接受了法国巴斯克地区电视台和媒体的采访。巴约纳各界人士向我赠送了礼品，市政府还专门向我赠送了绣有市徽图案的"红领巾"。政府主管外事活动的官员亲自动手将"红领巾"系戴在了我的身上，并在我的路线图旗帜等物件上加盖上了巴约纳市政府的印章！我现在乘坐火车前往巴黎去参加法方为我举行的相关活动。　　CHINA大熊猫文化骑士罗

　　2014/7/11　22:13　吴参赞您好！我和梁晓华老师已于昨天到达戴维故里埃斯佩莱特。行前在巴约纳市接受了法国电视三台的采访，在骑行途中电视台记者对我进行了跟踪拍摄直至戴维故里。昨晚电视播放了对我的采访和我骑车抵达时的场景，今天报上也在头版报道了我。今天上午抵达巴约纳，在市政府参加了专门为我举行的欢迎仪式并接受了采访。现已乘火车前往巴黎。到达巴黎后我参加的相关活动均听从使馆安排。　　罗维孝

　　全情投入、咬牙坚持，突破了自身体能极限、心理承受的痛苦煎熬和伤痛带给我的折磨和摧残。这一路走来的确很艰辛却又很有趣，我的信念、我的韧性使得我矢志不移地奔走穿行在西行的路上，我努力成为更好的自己，我超越并战胜了我自己。战胜自己让我成为真正的男子汉。"人可以被摧毁，但不可以被战胜。"海明威的这句经典名言是我一路上用来鼓舞激励鞭策我坚持的格言。我庆幸自己没有被摧毁，反而是我战胜了自我！

　　2014/7/14　22:21　今天是法国国庆日，能在巴黎赶上法国国庆日，也算是一种巧合与幸运。在巴黎这两天，光明日报驻巴黎高级记者梁晓华先生开车陪着我参观游览了巴黎圣母院、卢浮宫、埃菲尔铁塔等法国著名景点、景观。这对我来说既是一种身体上的放松与休整，更是一种难得的享受！根据法方安

排，明天参加法国国家历史自然博物馆为我专门举行的相关活动。　CHINA大熊猫文化骑士罗

7月14日是法国国庆日，今年是中法建交50周年的年份，我能在中法建交50周年、适逢法国国庆日这样一个喜庆的日子，在法国首都巴黎香榭里大道离凯旋门不远处驻足观看法国的国庆庆典，这真应算是我的幸运！（1964年中法两国正式建交，法国也就成为了第一个与中华人民共和国建立正式外交关系的西方大国。）

我很享受这两天在法国首都巴黎的闲暇温馨，也感知并感受到了"浪漫之都"巴黎带给我的全新的体验和体会。特别是参观游览巴黎圣母院，这座维克多·雨果笔下的文学作品现今实实在在地展现展示在我的面前，我被这座用石头作为音乐符号堆砌起的城堡和由石头堆砌起来的"石头交响曲"的宏伟篇章和它的故事所震撼。触景生情，让我感叹感慨不已。"最大决心会产生最高智慧"，我借用维克多·雨果的此经典名句来诠释我以生命作为代价与决心，在西行路上为生命的生存维系所产生出的绝妙聪明智慧。

2014/7/16　2:50　《光明日报》7月13日在该报国际新闻的头版头条，以《壮哉，罗维孝！》为醒目的标题来报道了我骑车抵达戴维故乡时的情景。《光明日报》作为国家级的媒体对我此行投入的关注，既是对新闻事件的报道也是对我此行增进了中、法民间文化交流融通的肯定。肯取势者，可为人先，能谋事者，必有所成。在这里我斗胆地将《光明日报》为我所作的标题，改为《壮哉，中国！！大熊猫文化骑士》。　CHINA大熊猫文化骑士罗

《光明日报》作为国家级的重要平面媒体，在不太长的时间里连发三篇与我有关联的重要稿件，这足以看出《光明日报》对新闻题材的敏锐。梁晓华先生作为光明日报驻巴黎的高级记者，对我所做的跟踪采访和所撰写的这三篇"重量级"的文稿，既是对我此次所进行的大熊猫文化之旅的认可和肯定，也凸显了中法民间交流交往源远流长的长久性，并且赋予了实质性的信息和内容。"国之交，在于民相

亲；民相亲，在于常往来。"用中国外交部王毅部长的话语来诠释我此次的大熊猫文化骑行交流活动应算是最好的注脚！

我决定将《光明日报》这篇：《壮哉，罗维孝！》收录于我的游记之中。

壮哉，罗维孝！
"大熊猫文化骑士"三万里独自骑行终抵法国

梁晓华

《光明日报》（2014年7月13日08版）

7月10日，今年3月中旬从中国四川雅安市骑自行车出发的退休工人罗维孝经过4个多月、约15000公里的艰难跋涉，终于胜利抵达"大熊猫科学发现第一人"戴维神父的故乡法国西南部巴斯克地区的埃斯佩莱特，赢得这座美丽山城民众的热烈喝彩与欢迎。在埃斯佩莱特前市长戴海杜先生陪同下，"大熊猫文化骑士"罗维孝推着挂有大熊猫照片的自行车来到戴维神父的故居并登楼参观。窗下街道上的民众和游人向他欢呼，当地合唱团唱起了巴斯克民间欢迎贵宾的民歌。罗维孝说："145年前戴维神父把大熊猫介绍给世界，我今天万里骑行来向他致敬。"他高举双拳，大声呼唤："埃斯佩莱特，我来了！"

从戴维故居临街墙壁上有大熊猫标志的世界动物保护组织铭牌上看到，阿尔芒·戴维1826年9月7日在这里出生，1869年春在雅安县发现大熊猫。拥有"辣椒之乡"美誉的埃斯佩莱特与四川雅安县于十多年前结为友好城市。面对法国记者的提问，罗维孝表示，他作为四川大熊猫保护研究协会成员和自行车骑行爱好者，以此表达对戴维神父的感激之情。当晚法国电视三台地区新闻节目中播放了罗维孝骑行抵达的消息。法国《西南日报》和当地巴斯克语媒体都在突出位置报道了相关新闻，他成了当地妇孺皆知的名人，人们遇见他就竖起大拇指，纷纷与他合影、握手、拥抱。机缘巧合，来自四川雅安的一家4口人正巧到埃斯佩莱特旅游，见证了在市政厅为罗维孝举行的欢迎仪式。

　　11日上午，埃斯佩莱特所属地区首府巴约纳市政府官员沙堡女士与当地教育、体育界人士在市政厅为罗维孝举行欢迎仪式。罗维孝拿出随身携带并分别盖满上百个邮戳的4面旗帜和他所著《问道天路》一书，请沙堡女士为其加盖市政府印章。沙堡女士表示："64岁的罗维孝穿越欧亚大陆来到戴维故乡，一路风尘，骑行万里，依然满面红光、精神抖擞，令人敬佩。"沙堡女士向罗维孝赠送了织有巴约纳市徽的红领巾。戴海杜先生告诉记者，巴斯克地区每年10月底举行庆典活动时，当地人身着白色衣裤佩戴红领巾载歌载舞，欢庆丰收。68岁的戴海杜先生曾4次以埃斯佩莱特市长身份率"戴维之友"代表团访问雅安。他对罗维孝"传播大熊猫文化、宣传戴维神父科学发现大熊猫、深化法中两国民间交往，推广健康、环保出行方式"由衷钦佩。巴约纳市和巴斯克地区法国自行车和橄榄球退役名将分别向罗维孝赠送了印有高卢雄鸡图案的队服，表示希望同中国加强体育界合作，为中国培养年轻的自行车、橄榄球运动员，为中国参赛奥运会新增橄榄球项目培养运动员。记者还获悉，除了巴约纳国立美术学院今秋开学接收10余名艺术类中国留学生外，位于比利牛斯山脚下的波城大学企业管理学院也将接收第一批来自四川的中国企业管理类留学生。他们希望，"大熊猫文化骑士"将带来法中民间交流更多的喜人信息。

　　罗维孝途中多次遇险，两腿、两臂伤痕累累，坐骑换了5个外胎、3个内胎。他对本报记者表示，虽历尽艰辛却终能梦想成真，他不懂外语却独闯世界，如果没有沿途海外华人和中国使馆帮助，没有喜爱大熊猫的各国民众支持，简直难以想象。他为自己是中国人而骄傲，计划将自己亲身经历再写成专著供中国骑行爱好者参考。

　　　　　　　（本报巴黎7月11日电　本报驻巴黎记者　梁晓华）

　　按照法方的活动安排，今天下午我在法国友人雷蒙·沙堡博士和光明日报驻巴黎高级记者梁晓华先生及旅居法国巴黎的侨界代表郭荣先生的陪同下，来到位于巴黎市区的法国国家自然历史博物馆出席了该博物馆专门为我举行的此次大熊猫文化之旅的标志物—— 骑行路线

图的捐赠仪式。在捐赠仪式举行前，该博物馆的负责人和动物专家们将我们带领到了该博物馆珍藏大熊猫模式标本的地方。

哪怕就是有博物馆的负责人和专家们陪同，进入到具体摆放大熊猫模式标本珍藏的展室，还是显得不那么容易，因为我们一行必须经由负责该区位的动物专家许可，还需要层层通过由专职人员负责值守的多道门卫关卡才能进入到一年四季都处于恒温状态、对空气温度和空气湿度都有极其严格标准来把控的特殊而又特别的"宝地"。就我看来，这里有着最为严谨的管理模式和最为严格的环境把控标准，或许因这具大熊猫模式标本是法国国家自然历史博物馆里最为珍贵的"镇馆之宝"！

大熊猫既是中国的"国宝"，也是全世界的"宝"，它与生俱来的平和形象和它那胖圆的憨态和逗人喜欢的萌态为它赢得了全世界的喜爱和宠爱。大熊猫是中国和平友爱的形象大使，也是人类播撒爱心与友善的形象大使。早在1961年世界野生生物基金会成立时，大熊猫形象就被选为会旗和会徽图案。从此，有两面旗帜插遍全球：一面是管理人类社会事务的联合国旗；一面是保护所有野生动物的大熊猫之旗。世界野生动物基金会在中国还未加入该组织前就选定了中国"国宝"大熊猫作为该世界性组织的会旗和会徽的标志性图案，就足以说明了大熊猫所具有的影响力和世人对大熊猫的喜爱程度！

能站在如此近距离的位置观赏并被特许用手去轻轻地抚摸这具145年前由法国传教士皮埃尔·阿尔芒·戴维神父在宝兴邓池沟亲手制作的大熊猫模式标本，让我有着一种时光倒流的感觉。时间一晃都已过去了100多年，我眼前摆放在标本陈列架上的这只来自中国宝兴的大熊猫模式标本身上黑白两种颜色的皮毛依然是黑色如漆、白色似雪，一张圆圆的脸上，眼睛周围是两圈圆圆的黑斑，就像是戴着最为时尚、时髦的"墨镜"，而且居然还有精妙的黑耳朵、黑鼻子、黑嘴唇……就凭我眼前的这具大熊猫模式标本现今的状况，就足以说明了法国国家自然历史博物馆对馆藏标本在保管管理上的严谨与规范。看来我将捐赠的我的路线图旗帜，定会得到博物馆的妥善收藏。面对我眼前的这具出身中国四川宝兴的大熊猫模式标本，现为法国国家自然历史博物馆的"镇馆之宝"，我触动、感动、感叹、震撼，这眼前的

在法国国家自然历史博物馆加盖了最后一枚印章，为这次骑行画上一个圆满的句号

大熊猫模式标本，是 1869 年戴维在中国宝兴发现的首只大熊猫

标本让我着实兴奋激动。这是让我感到最开心的时刻，我历经苦难终于完成了自己的夙愿。站在了当年由戴维神父亲手制作的大熊猫模式标本和模式标本的最终归属地——法国国家自然历史博物馆的馆藏地，我在这里实现了我想要在法国首都巴黎法国国家自然历史博物馆里与100多年前来自中国的"神奇物种"大熊猫模式标本的历史性谋面的期许、心愿。

在这个温度、湿度都得到严格控制的珍藏室里，世界上第一具大熊猫模式标本以一种很闲逸、很舒展的姿势摆放在陈列架上。即使已过去了100多年的时间，它却依然保持着栩栩如生的样子。尽管在这样的环境里很舒服，但野性的警觉使得它小心翼翼地向前探头张望，似乎是在眺望着遥远东方中国四川西部深山密林里原本属于它及同类自由生存的空间和栖息地。

为配合我同博物馆的陪同人员和雷蒙·沙堡博士、梁晓华记者在这里共同一起牵着我这面即将要赠予法国国家自然历史博物馆收藏的路线图旗帜，在这一具有特殊纪念意义的历史性时刻，博物馆的负责人会同博物馆的专家、学者特意将这具充满灵性的大熊猫模式标本抬移出了陈列架，被抬移出陈列架的大熊猫模式标本与在场的所有人员

将骑行旗帜捐赠给了法国国家自然历史博物馆，为逐梦行画上圆满句号

一起共同见证了这样的历史性邂逅，我们都用相机来定格下了这令人难忘的历史瞬间！

接下来我们从珍藏大熊猫模式标本的地下陈列室回到博物馆地面专门为我举办和举行的路线图旗帜捐赠仪式的活动现场。在捐赠仪式正式开始前，博物馆负责人专门到保管博物馆印章的办公室取来了博物馆的印章，并亲自为我即将要捐赠的一面路线图旗帜上加盖了法国国家自然历史博物馆的印章，并郑重地向我颁发了收藏证书。尔后又在其他几样物件上加盖上了同样的印章——这些盖上沿途所经国家各地邮戳并盖有我国驻外使、领馆鲜红印章和法国埃斯佩莱特、巴约纳这两个市政府印章的物件。随后我将这面路线旗帜交到博物馆负责人的手中，就此完成了一个中国人对法国国家自然历史博物馆的私人捐赠。

至此，我这面极具收藏价值且有着特殊历史见证意义和纪念意义的标志性旗帜，被法国国家自然历史博物馆作为该馆的馆藏实物正式收藏。一个中国骑行者骑行法国的路线图旗帜就此正式落户在了法国国家自然历史博物馆，这面路线图旗帜已经与145年前就扎根在了该博物馆的大熊猫模式标本胜利"会师"，并且永久性地留存在了法国这座具有悠久历史、世界一流的博物馆里。同样都来自中国西部，但种类不同且相隔一个多世纪的神奇物种和传奇物件先后被法国国家级的博物馆收藏，这样一种不期而遇的"巧合"在我看来既是"天意"更是"人为"。但就其间的实质性和纪念意义来看，这两件都出自中国四川雅安不同时期的物种和物件落户于法国这座世界一流的博物馆就足以说明了这两样实物的珍贵。我的这面路线图旗帜能与同样来自中国的神奇物种法国国家自然历史博物馆的"镇馆之宝"大熊猫模式标本收藏摆放于同一藏室内，既是中国的荣耀更是属于东方的荣耀！这样出彩的得意之作，为我"一路西行横跨亚欧，奔向法兰西回访戴维故里"的大熊猫文化之旅的民间交流、交往活动画上了一个十分圆满的句号！

这样一种自发、自愿地向外国博物馆的实物捐赠，纯属我个人的私人捐赠（按照我对等捐赠的想法和意愿，在我回国后，将选择一个合适的时机，也会将我此次骑行的其中一面完全相同的路线图旗帜捐赠给中国博物馆收藏）。应该说这样的无偿捐赠既符合我个人的心愿，也达到了我此次大熊猫文化之旅想要实现的预期和终极目标。我算是功德圆满地完成了我的期许和心愿。这是我此次骑行欧洲大地上的一大收获，一个中国人在国外用自信和意志书写出来的"不可思议的传奇"，就此定格存放在了法国国家自然历史博物馆，这历史的瞬间成了我人生最为辉煌的永恒！我的这一生真真正正值了！！

    2014/7/16　2:00　今天下午根据法方的活动安排，我出席了法国国家自然历史博物馆专门为我在该馆举行的路线图旗帜捐赠仪式。在戴维当年制作的大熊猫模式标本前，我把我此次横跨亚欧沿途盖有近百枚各国邮戳的旗帜捐赠给了法国自然历史博物馆。博物馆特地为我在旗帜等物件上加盖上了自然历史博物馆的印章，为我此行画上了一个圆满的句号！　　CHINA大熊猫文化骑士罗

    2014/7/16　2:20　我以强大的国家作为坚强的后盾与支撑，有沿途所经国家中国驻外使领馆的帮助与协调，有所经地华侨、华人的帮助与协助，我这个不懂外语的中国老头，才能从中国骑行到法国，把一个中国人想圆的中国梦圆在了法国！把历经艰难用邮戳来印证自信、自强的中国人印记，永远地留在了法兰西的土地上！！　CHINA大熊猫文化骑士罗

    2014/7/16　3:23　铁骨龙魂，万里独行！在这里我摘用我所作《问道天路》书中的一段话语来与大家共享：我做了一件我最想做的事，走了一段我最想走的路，看了一路我最想看的景，圆了一个我最想圆的梦！行至此，我不敢妄言说我成功了，但我敢说我努力了。我乘明天中午13点25分从巴黎出发的飞机，17日下午2点10分到成都。　　CHINA大熊猫文化骑士罗

    2014/7/11　23:18　一个人战斗的背后，是一个强大的中国！祝贺罗哥！

    以上前三条是我于2014年7月16日在法国发回国内的在法期间的最后三条短信内容，第四条为雅安日报传媒集团策划总监高富华回复我的短信。

再见，法兰西！

陪同我在博物馆办理完我的捐赠后不久，梁晓华记者就接到了要他赶往戛纳去执行新的采访的通知。这样的变更打乱了梁先生原本接下来要陪我到东方航空公司驻巴黎售票处去办理在这之前他通过大使馆为我提前预订的7月16日，也就是明天从巴黎飞上海的回国机票。在与东航售票处联系落实好我的机票领取事宜后，梁晓华先生与同在博物馆现场的侨居巴黎的华侨郭荣先生相商，请郭荣先生替他带我到东航售票处去办理购买机票的事情，并与郭荣先生说好了在我取回机票后，将我送回酒店，还说好了明天上午郭荣先生开车到酒店来接我，将我直接送到巴黎戴高乐机场协助我办理登机手续。郭荣先生畅快地接受梁先生对他的委托。梁晓华先生见这两件与我直接关连的事都落实好并交由他信得过的华侨朋友来负责操办后，才算把心放下来了！梁先生遇事的沉稳与应变能力的确值得我好好学习，这也体现出了梁先生的办事风格。

眼看就要在此分别，我和梁先生都同样有着一种难以分舍之感，对于此刻的我来说的确不愿就此与梁先生惜别分离。我虽然只与梁先生及他的夫人孙丽老师相识、相处了短短的几天时间，但他俩人给予我的帮助，让我难以用语言来表达我对他们的感激之情。客观公允地说，我如果没有梁先生偕他的夫人孙丽老师这几天来对我面对面的直接协助与帮扶，我的确无从也无法在时间节点上改变我的被动。梁先生以大局为重，对我在关键时候的无私驰援与帮衬既是真真正正的雪中送炭的义举和善举，也带给了我同胞间最为温暖的关切与帮助，让我感慨、感动！

基于梁先生的劝慰和开导，我及时地调整了我的思路，接受并采纳了梁先生的务实变通举措，这样既为我挽回了因迷路多跑了几百公里冤枉路程而白白耽误的几天宝贵时间，由此还缩短并拉近了维希与

我此行的目的地埃斯佩莱特的物理距离，为我能顺畅完美"收官"赢得了主动。我庆幸我能在法国特幸运地遇上梁晓华先生这样一位有大局观且有着极高的职业素养和道德情操的好记者、好心人，我会将他记挂在心上！！

　　眼看就要在这里分别，梁晓华先生握住我的手动情地对我说："我与你相识相交虽说才几天时间，但共同的目标拉近了我们之间的距离，相互间的信任和融通使得我们共同携手走完了你此次跨国西行的最后一段关键行程。彼此间都留下了美好的记忆。你此次独闯世界，跨越多个国家的骑行，真可以说是险之又险，并且充满了变数，你勇敢地面对了这一切，以勇者无畏无惧的超人胆识和智者聪慧的谋略来应对和化解了途中的艰难险阻，用自信和坚强支撑起了你的信念。你这一段异常艰难的生命行程，见证了你独具魅力的鲜明个性和气质特征。一个人能够在自己的一生中把一件世人看来难以做成的事做成了，真正地把不可能变成了可能，就算成功了！你此次骑行所具有的真实性、完整性和不可替代性，带给了世人诸多的惊叹和震撼，你向世人传递出了当代中国人自信的勇气和正能量，你是法国人眼中'不可思议的铁血硬汉和传奇人物'，更是中国人的自豪和骄傲！应该说我的的确确是被你独闯世界的勇气所激励和感动，能在你孤立无援独自打拼的艰难处境里'帮衬'你一把，是我的荣幸和自豪，我祝贺你把一个中国人想圆的梦圆在了法兰西！"

　　梁先生接着对我说："我曾担心你在穿戴衣着上的随意性，不能够被挑剔穿着、崇尚时尚外在形象的法国人接受而降低了你在法国的影响。但从现实的实际情况来看，你这一身看似不太讲究、随意随性的穿着，与你作为一名远征骑行人的'骑士'身份相吻合，你这样的衣着搭配更凸显出了你经长时间日晒雨淋而自然形成的黝黑色脸庞的肤色铸就的'铁血硬汉'的英武形象，你独特的稳健风格和与众不同的外在形象，不仅没有让你'失分'，反而还为你增添了独具魅力和风骨的印象分。你在法国期间洒脱得体的行为举止，将你成功地融入进了法国高雅的社交场所和民众心中。"

　　为了回应和报答梁晓华先生偕他夫人孙丽老师几天来对我的支持与帮扶，我在今天的"收官"节点特地挑选了一件梁先生送给我的替换衣服中的花格长袖衬衣穿在了身上。

我在花格衬衣外再配穿上我此行路上一直穿在身上并盖满沿途各国各地邮戳的夹克背心。我这一身穿戴搭配既符合我的个性特色，还凸显出了文化人的派头，又满足了梁晓华先生对我关切的好心好意。这件衣服我将作为我的藏品好好地收藏，亦算是我对梁先生的念想。

在巴黎法国国家自然历史博物馆与梁晓华先生道别后，我就由在法的华侨郭荣先生和法国友人雷蒙·沙堡博士陪伴陪同着前往东航售票处去办理梁晓华先生通过中国驻法使馆为我预订好了的回国机票（我为此次出国骑行特地办的长城信用卡第一次有机会在国外派上了用场）。当我拿到明天中午13点25分由巴黎飞上海，再经上海转机飞成都的机票时，我也就算是把心放下来了。

因我骑行的这辆自行车要随机托运回国，按照航空公司对随机托运行李的相关规定，我这辆自行车必须拆卸打包装好才能托运，由此一来郭荣先生与沙堡博士先陪同我乘地铁回到我住的酒店后，又专程到卖自行车的地方去为我买来了自行车专用包装袋，郭荣先生还亲自动手来为我打理包装。由于我骑的这辆自行车属国际公路自行车，车身体积长、大，我在将前后两个车轮拆卸后也无法把整个车身完全都装进包装袋里，这样一来车身的一部分也就只能裸露在包装袋外了。我只好用我骑行时捆绑行包的尼龙绳将包装袋扎好，我这辆车在打好包后，我在感到轻松的同时却又担心行包超长不能随机托运，如果这样的话那真就麻烦了，唯愿我这辆"奔驰"号坐骑明天能够顺利随机托运。

自我在路上接到中国驻法使馆新闻参赞吴小俊的短信后，我与吴参赞就一直保持着联系，吴参赞多次力邀我在巴黎期间抽出时间到使馆去一趟，他告诉我大使馆还特意为我准备好了一本精美的画册作为赠送我的礼品，以此来祝贺我此次在法国进行的以大熊猫和大熊猫文化为载体的民间交流、交往活动取得圆满成功。并说好了可以在我的路线图旗帜等物件上为我加盖上大使馆的印章，并由我来选择是加盖中文的印章还是法文的印章即以留存纪念（在我的印象中只知道驻外使用的印章是采用本国的母语来制作，殊不知同时还采用了所在国的文字）。我也想到使馆去拜会中国驻法大使和还未曾与之谋过面的新闻参赞吴小俊先生并当面向大使和相关外交官道上一声谢谢，以感谢驻法使馆对我的关切帮助与道义支持。如果能抽出时间到使馆去拜会，并能在我的路线图旗帜等物件上把驻法使馆的印章加盖上去，亦算是锦上添花之好事。然而最终未能成行，这也算是美中不足的一点小小的遗憾了。

因担心在去机场的路上堵车而延误办理航班登机手续，郭荣先生第二天也就是7月16日早上不到9点钟就驾车来到了我住的酒店，他在帮着我将要随机托运的已打好包的自行车搬到他的车上后，就开车穿越巴黎市区直奔戴高乐机场。去机场的路上还算顺畅，路上郭荣先生告诉我他爱人原来是东方航空的一名空姐，因年龄偏大现已改为地勤人员，恰好他爱人今天当班，在候机办理登机一事上还有可能帮上一些忙。到达机场停车场后，郭荣先生找来一辆行李手推车并协助我将这件体积超长并且有些重量的自行车搬运到了候机厅。

在我两推着车到达办理登机手续前，因有他爱人的关照所以都还顺畅。但到了过磅称重的地方，我这件超长、超重的行包就被卡住了。单纯是行包超重问题好解决，超重的部分额外支付超重费也就行了，问题的关键是我的这件行包不仅超重还超宽超长。行包不能随机托运，我能不能登机也就成了难题。郭荣先生的爱人明确告诉我说，在法国凡由航空公司和机场制定的所有针对航空方面的条款和制度是对事不对人，在法国哪怕就是总统都得依照并按条款和制度来办事，此事的确无法通融。我就这样被"没有想到"卡住了！

情急之下我拨通了梁晓华先生的手机，意在向他讨教并看他有没有什么办法来变通应对。梁晓华先生在听完我对此事的述说后告诉我："罗先生你是近期法国社会和民众普遍都在关注的热点人物，你身上不是带有一张我在巴约纳给你的法国《西南日报》7月11日的报纸吗？这张法文报纸在该期的头版头条就刊载有你的彩色图片和文字，你可以拿着这份图文并茂的法文报刊到机场法国人值班的办公地去试试看，说不定会让事情有转机。"我将梁晓华先生的想法告诉了郭荣先生及他的夫人，郭荣的夫人也认为可以试试看。在郭荣夫人的陪同下，我拿着这份法国《西南日报》在头版印有我在戴维故乡推着自行车的报纸找到了在机场值班的总管，并请郭荣的夫人用法语做了我行包超长被卡的相关说明，这名法国人在仔细地看了报上刊登的彩色图片和文字后，显得异常地激动，并伸出大拇指来对我夸赞。尽管我听不懂这名法国人说的话语，但我从他的表情上还是看出了他激动的情绪。这时的他一点都没有迟疑，立刻通知将我这超长、超重被卡住的行包搬上我将要乘坐的航班，附带还免收了这件行包超重的费用。凭借着这看起来不起眼的法文报纸，竟然会轻而易举地让被超长卡住的麻烦之事就此出现转机，发生在我身上的这样一件事和这样的结果，就连陪同我去交涉此事的郭荣先生的夫人，这位常年服务值勤在戴高乐机场的中国东方航空公司的昔日空姐、现今的地勤人员都感到吃惊和不可思议。在这里套用现今流行的一句广告词"一切皆有可能"！就此看来，此时的我在法国还真成了妇孺皆知的"热点名人"。在我眼看就要离开法国的时候，因"名人效应"而摆脱了看似不是麻烦的麻烦之事，还借以享受到了"名人"光环映照下的"特殊关照"和不同一般的礼遇。

此航班准时在巴黎戴高乐机场起飞，在跨洋飞行的航程中一切顺畅，在飞行近20个小时后于17日上午安全降落在了上海机场。在上海机场停留数小时后转机飞成都。从上海起航飞成都的航班于当天下午14点10分安全降落于成都双流机场。当飞机停稳，我从飞机上走出舱门的那一刻，就此次跨国骑行来说，才算是画上了一个圆满的句号！

走出双流机场我第一眼就看见了我的爱妻李兆先、儿子罗里，此刻的我看见我的亲人，既兴奋、又激动，继而眼睛泛红又一次流淌下

回家了。与妻儿团聚喜极而泣

了"不轻弹"的热泪。100多天的分离，100多天的苦撑，我总算兑现了我走时对妻儿的承诺——我活着回来了！

为欢迎我此次骑行胜利归来，四川大熊猫生态与文化研究会还组织和发动了四川贸易学校的师生会同四川日报、四川电视台等媒体在成都双流机场迎接我。大熊猫文化学者孙前、谭楷、司徒华及研究会副会长罗光泽、副秘书长高富华等都专程到机场来迎接我。司徒华先生特撰文书写了"壮志凌云"的字画条幅赠予我，与出征时在邓池沟天主教堂书赠的"雄风万里"扣题辉映，增添了一抹亮色！

此次跨国骑行，我用超越自我的意志，向生命的极限发起挑战，坚持自己，永不放弃。虽然在骑行的路上充满了诸多的未知变数及各种磨难和危机，我都没有退缩。应该说胆识和勇气是我行走的载体。行笔于此，我用先贤王安石"看似寻常最奇崛，成如容易却艰辛"来结束我跨越国界的追寻之长篇纪实性游记。

凯旋时，司徒华书赠"壮志凌云"

后记

在一年多的写作期间，我可用废寝忘食来形容自己。俗话说"日有所思夜有所梦"，我时常睡到半夜惊醒，不由自主地从床上爬起来叨念并拿起笔来写作。为此我夫人因多次受到惊扰影响了她的睡眠休息而对我大为不满，冲着我发"火"。她在电话里多次向儿子诉说我的不是："你老爸简直就是一个'疯子'！他不睡觉还瞎折腾人，经常半夜三更从床上爬起来写他的书，我说他他不听，还振振有词地说是创作的'灵感'来了，要不赶紧写恐怕就记不起来了。依我看你老爸不是'灵感'来了，而是一门心思想书写'疯'了，他就是一个'疯子'。他在外让人担心牵挂，他回来了也还要整得人不安宁。"我夫人有怨言我能理解，试想我如果没有了像我夫人所说的"疯癫"状态，断不可能全情投入并进入到忘我的写作状态，也不会有创作的欲望和激情！

在我从法国骑行归来后，中新社于7月22日播发了《大熊猫文化骑士罗维孝万里走单骑》的文稿。7月25日《人民日报〈海外版〉》在第5版以《骑行横跨亚欧，沿途传播熊猫文化 "熊猫爷爷"重走熊猫路》对我进行了报道。至此中国国家层面的四家有着巨大影响力的主流媒体和单位：《人民日报》、新华社、中新社、《光明日报》都相继刊发了有关我单人独骑横跨亚欧穿越多国疆域的大熊猫文化之旅的文章，赞誉其传播的正能量。

自从法国归来，我一门心思埋头著书立说。谁料想几个月后，也就是2014年临近圣诞节时，富华老弟告诉我法国《西南日报》通过戴海杜先生辗转给我传来了越洋采访我的电子邮件。当我从富华老弟的手里拿到该报事先已用法文和中文拟定好的对我进行采访的题目并仔细阅读完采访内容后，我才意识到我虽然已从法国归来数月之久，法国的媒体和法国人依然还在关注并惦记着我回国后的近况。就此看来我"一路骑行横跨亚欧奔向法兰西回访戴维故里"的文化交流之旅在法国的影响力并没有因我这个骑行者已回到中国而有所减退。"国之交在于民相亲，民相亲在于常往来"。

令我根本想不到的是，由中国成都大熊猫繁育研究基地面向全球公开招募的大熊猫守护使之一的法国人吉罗姆·布伊耶（中文名蒲毅）先生在成都大熊猫基地履行完守护职责，回到法国图卢兹后，在电视上和报纸上看到了有关我的报道后，竟然萌生出了想到我跨国骑行的启程地——中国四川宝兴邓池沟天主教堂来拜会我这个法国人心目中"不可思议的传奇人物"的想法，并借以拜谒他的先贤戴维神父。他通过各种渠道与大熊猫文化学者孙前先生取得了联系，并请孙前先生提前向我通报了他想要来中国亲自与我谋上一面的意愿。2015年3月30日，也就是在我2014年3月18日我的梦想起航地——宝兴邓池沟天主教堂，我会同孙前、司徒华、高富华和孙前先生带来的法语翻译小向，在"熊猫圣殿"迎接并会见了专程从法国图卢兹飞来的国际大熊猫特级粉丝（我在法国拥有的超级拥趸"合金钢锣丝"）吉罗姆·布伊耶，借以了却了他的一桩越洋拜会我的愿望。这是跨越洲际的大熊猫文化骑士、大熊猫文化学者、国际超级"大熊猫迷"在"熊猫圣殿"邓池沟天主教堂的跨国特别联谊聚会！

吉罗姆·布伊耶请陪同他到邓池沟的翻译向我讲述了他痴迷于大熊猫的故事，并着重向我讲述了他选择在邓池沟与我谋面的理由及我骑单车独行法国回访戴维故里在法国引起的轰动和他本人对我的仰慕和敬重。我向从法国远道而来特意来拜会我的超级"大熊猫迷"吉罗姆·布伊耶赠送了我骑行法国盖有沿途多国邮戳的路线图旗帜复制品。他握住我的手请他带来的翻译转告我说我送给他的这件礼物很珍贵，并向我连声谢谢。看得出他十分高兴。他向我回赠了一本他在世界各地动物园拍摄的大熊猫图片（作为大熊猫繁育研究基地面向全球招募的大熊猫守护使，熊猫基地向入选的各国守护使提供了参访凡属有大熊猫动物园的近距离接触大熊猫的绝佳机会），并将其制作成的一本世界各地各种大熊猫形态的精美画册。他还在扉页粘贴上他的名片，并用法文事先书写好了寄语和祝愿。他将画册赠予我后又要了回去，我问他带来的翻译他这是啥意思，翻译向他问明情况后告诉我，他嫌在名片上给我签写的字体太小，要在名片上方空余的地方重新当着我的面题写。由此看得出他的审慎与认真。两位翻译在旁见证并陪同进行了中法语言的同步翻译。"熊猫摄影家"高华康先生参与了以上两项活动并拍摄了不少图片。

接下来我于2015年11月26日在相同的地方宝兴邓池沟天主教堂又再一次与大熊猫文化学者孙前先生、谭楷先生、司徒华先生会见了又一位从法国千里迢迢赶赴到邓池沟天主教堂来"朝圣"的法国自由撰稿人司黛瑞女士。司黛瑞既是自由撰稿人，也是一位作家，29岁的她从法国来到四川雅安是为了替她的曾祖父圆一个梦。司黛瑞的曾祖父叫阿尔贝·任尔为。她的曾祖父曾在20世纪20年代在四川工作6年之久，他本人既是教会医院的医生，也是一名医学院的教师，同时还兼任过法国巴斯德生物细菌研究所（成都）的所长。司黛瑞曾祖父的遗愿就是希望自己的后代能够回到他当年在中国四川所工作过的地方去走走看看。司黛瑞替他曾祖父完成了他的未了心愿，了结了一个法国老人的遗愿。

邓池沟天主教堂位于中国四川西部宝兴县蜂桶寨乡邓池沟石龙门山腰的二级台地上，距宝兴县城28公里，海拔高度1750米。邓池沟天主教堂始建于1839年，1902年再度进行了扩建整修。扩建后的教堂占地5050平方米，主体建筑为中西合璧的四合院式三层穿叠梁10度防震整体全木结构建筑。综观这座气势恢宏的古老教堂正面矗立着10根直径为70—80厘米的木柱，大门高昂宽阔，可容纳500余人的礼拜堂内，圆拱天穹，万字格花窗，檐挑吊灯，既有中国西南部民间建筑特色，又最大限度地保持了古罗马拜占庭式的西洋建筑风格。邓池沟教堂作为因地制宜全木结构的古教堂建筑体，虽历经岁月和风雨的侵蚀已有局部破损，但数次地震特别是经历了"5·12"汶川特大地震、"4·20"芦山大地震都未曾倒塌而幸存。邓池沟教堂是雅安乃至四川全境历史跨度最长久且保存得最完整的全木质构筑的古教堂。

由于法国传教士阿尔芒·戴维在邓池沟及周边发现了大熊猫、

川金丝猴、绿尾红雉、珙桐等数十种动植物，因而使得这座虽地处中国西南部、四川西部山区的邓池沟天主教堂以其"熊猫圣殿"的称谓闻名于世界。俗话说"以文会友"，我偕同大熊猫文化学者谭楷、孙前、司徒华、高富华等学者朋友，皆是因缘于大熊猫、痴迷喜爱大熊猫才得以"牵手"并和这两位法国友人相逢相会于邓池沟"熊猫圣殿"！

我纵横亚欧大陆架，独行万里单骑"新丝路"，梦圆法兰西，被誉称为"感恩行者"，入选《中国绿色时报》"2014美丽中国梦十大推进者"；获新华社"中国网事·感动2015"年度人物提名奖。

我此次跨越多个国家的单车骑行，包括新购自行车、相机等物件和途中吃、住、行、签证费、机票等费用，总计共花费了92147元。

我把此次西骑列国的花销清单悉数"晒"出来，以便读此本书的受众和"驴友"对我所花费的资金情况有一个大致的了解和参照。

我在哈、俄边境口岸遭到哈萨克斯坦边检人员删掉的近700张照片，回国后经我在摄影圈里的好友谢应辉先生的帮助，已全部恢复了，谨此向谢老师致以感谢！

行笔于此我不妨顺便把我多年来坚持公益骑行却又为何不接受并拒绝任何赞助之事啰唆上几句。说实话，世上没有人与钱过不去，也压根没有一个人不爱钱。更何况我还是一个靠退休金来维持自身生活的退休工人，在经济上也并不十分宽裕。按我的经济条件来说，有人愿意掏钱并主动找上门来对我进行支持赞助，我本应顺其自然，接受才是，但我却为什么一而再、再而三地把好心人送到家里来或是硬塞进我的口袋里的"大洋"想方设法地退还给资助人，甚至"任性"地把塞到我手里的钱当面悉数奉还？尽管为此我没有少"得罪"人，也让很多人不理解。有些朋友在不理解的前提下，还讥笑我是个"脑子出了问题"的"傻子"，试想假如我真的接受了别人的赞助的话，这样恐怕有人会说：他只是一个退休工人，如果没有人去赞助他，他还敢不敢走出去？还能不能够走得出去？而对各种说法和议论，我一笑了之，既不去回应，也不去做任何解释。一直以来我都坚持凭自己的能力来做自己力所能及的事情，花自己的钱去做自己想去做的事理所当然。这既不欠谁的钱，也用不着去看谁的脸色行事，求一个心安

家乡数次的访问者，利用他与法国埃斯佩莱特市前任市长戴海杜先生的良好人脉和关系，为我牵线搭桥，为我的到访抢得了先机，赢得了优势。在此我向孙前先生、司徒华先生、戴海杜先生三位老哥表示我真诚的感谢。

应该说我要感谢的人还有很多，由于篇幅所限我不能逐一去感谢，在此我向所有给予过关心、帮助的中外朋友们表示诚挚的谢意。

此本纪实性游记倾注凝聚着我的心血、伴着我的伤痛、带着我的血泪、留下了我太多难忘记忆，以及作为一名炎黄子孙具有的民族性格、家国情怀与梦想，亦是我献给自己66周岁的生日礼物！愿与读者分享共勉。

2016 年 3 月 18 日于四川雅安红房子（远望斋）

理得。这就是我人生自律的刚性信条！不为钱所累，自然也就不会为名、为情所困。我自信坦然地按照自己心有所想的意愿去做人、做事，努力去做一个"心底无私天地宽"且经得起时光来甄别验证的堂堂中华男儿！

我此次独行闯荡列国尚能活着回来，最要感谢的是我的夫人李兆先、儿子罗里、儿媳刘夏伊带给我的精神慰藉、关爱和在物质上的全力支持。"一寸相思一寸灰"，我若没有了亲人的支持与支撑，恐怕难以有良好的精神状态去搏击进取！没有了后顾之忧的我才得以能把我的梦圆在了法兰西。

说句心里话，除了我的家人外，我首先应感谢的人是富华老弟，正如我在邓池沟启程出发前，在我赠予他的《问道天路》一书中为他签名题写所言："富华老弟既是我骑行法国的见证者，也是在一定程度上的参与者与推动者。"从协助我办理签证，到作为我在骑行路上与国内媒体间信息联动的传递人，富华老弟算得上是我此次跨国骑行最为合拍的搭档，谨此向他表示我发自内心的感谢。

我与光明日报驻巴黎高级记者梁晓华先生素不相识，但他凭借着一个资深媒体人关注、关爱"国宝"大熊猫的敏锐独到眼光，在我骑行法国回访戴维神父故里期间撰写了多篇与大熊猫和我相关联的新闻报道刊登在《光明日报》重要的版面上，在国内外引起了极大地关注。这不仅大大地提升了中国文化名片"国宝"大熊猫的影响力，也提升了我单人独骑横跨亚欧大陆的关注度和影响力。特别是在最后的几天时间里对我进行了"全天候"的陪同跟踪报道，他对我的道义帮扶和驰援，是对我雪中送炭的善举，协助并帮助着我在法国圆满"收官"。在此我向梁晓华先生偕他夫人孙丽老师表示感谢。

在我将书稿主体部分写完后，请大熊猫文化学者谭楷老师替我写序，谭楷老师在看完我的书稿后，尽管忙于手上的太多"约稿"，仍抽出时间来为我友情作了序，在此向谭楷老师深表谢意。

大熊猫文化学者孙前先生、司徒华先生，除亲自到邓池沟为我壮行外，我从法国回来时还亲自前往双流机场接机，随后他俩相约又一次回到宝兴邓池沟天主教堂参加了宝兴县和大熊猫生态与文化研究会共同为我举办的欢迎座谈会。孙前先生作为先行于我到法国戴维神父